KB080506

덜 소유하고
더 사랑하라

우리가 꼭 기억해야 할 것은 사람을 사랑하고 물건을 사용해야 한다는 것이다. 물건을 사랑하고 사람을 이용하는 것이 아니라.

—풀턴 J. 쉰(Fulton J. Sheen) 대주교, c. 1925

사람을 사랑하고 물건을 사용하는 방법을 배우길 바란다.
그 반대가 아니라.

—드레이크(Drake), 2013

목차

들어가며: 팬데믹을 위한 대비 8

덜 소유하고 사는 것에 대해 16

잡동사니 | 과도함 | 물건에 갇혀 버린 삶 | 정리에 능한 저장 강박증 환자 | 꿈의 숫자 | 높아지는 목표 | 나락으로 떨어지다 | 다른 종류의 파티 | 더 미니멀리스트 | 미니멀리즘이란 | 덜 소유하고 더 사랑하라 | 이 책을 효율적으로 사용하는 방법

관계 1. 물건 63

충동으로부터의 자유 | 미니멀리스트의 규칙 | 소비주의 | 현대 광고에 대한 간략한 역사 | 존재하지 않는 문제 | 희소성의 판매 | 광고가 사라진 세상 | 그게 정말 필요할까 | 무언가 사기 전 스스로에게 물어볼 수 있는 여섯 가지 질문 | 새로운 삶을 향해 | 정리: 물건

관계 2. 진실 112

소속감의 위기 | 위험한 진실 | 편안함이라는 거짓말 | 그 거짓말 | 실수와 멍청한 결정 | 거짓말의 비용 | 한 가지 종류

이상의 진실 | 수치심과 자아 존중감 | 침묵보다 가치 있는 진실 | 진실 꺼내기 | 두려움 | 그다음 날 밤 | 정리: 진실

관계 3. 자신 163
알아보기의 기술 | 다시 현재로 돌아와서 | 방해물 | 지금의 중요성 | 나쁜 결정의 대가 | 미니멀리스트의 식습관 | 자기 관리 | 처방 1. 버리기 | 처방 2. 식습관 | 처방 3. 운동 | 처방 4. 수면 | 처방 5. 햇빛 | 성공과 스트레스 | 인생의 복도 | 고통의 목적론 | 넘어지고 난 후 다시 일어서기 | 이기심, 자기 개선, 자기희생, 자기 위주의 삶 | 셀프 케어와 치유의 과정 | 정리: 자신

관계 4. 가치 220
하찮은 타협 | 오브제 A | 쾌락의 쳇바퀴 | 진정한 웰빙 | 취중 쇼핑 | 가치를 이해하는 것 | 근본적 가치 | 구조적 가치 | 표면적 가치 | 허상의 가치| 이 가치들을 사용하는 법 | 정리: 가치

관계 5. 돈 264
재정적 역기능 | 빈털터리들 | 빚에서 벗어나는 법 | 돈에 관한 어릴 적 교훈 | 충동에 취해 | 미니멀리스트 경제 | 학생

의 빚 | 미래를 위한 예산 짜기와 투자하기 | 피해야 할 다섯 가지 투자 상품 | 투자에 관한 일곱 가지 오해 깨기 | 돈이 악의 근원일까 | 미니멀리스트는 가난할 것이라는 오해 | 마무리 | 정리: 돈

관계 6. 창의력 316

모든 것이 창의적이다 | 미루지 않기 | 집중하기 | 디지털 정리 정돈 | 방해물 없애기 | 방해물이 아닌 도구 | 소비자가 아닌 창작자 | 콘텐츠가 아닌 가치 | 비판받을 준비 | 창의력의 도구 | 창의력의 태초 | 완벽주의란 완벽한 악인 | 창작의 결과물 기념하고 공유하기 | 바이럴리티라는 바이러스 | 창의력과 비즈니스 | 정리: 창의력

관계 7. 사람 371

여러 가지 성격들 | 내향성과 외향성 | 세 가지 관계 | 힘이 되는 관계 만들기 | 내 모습 그대로 | 경계선과 소통 | 관계를 고치고 튼튼하게 만들기| 과대평가된 13가지 덕목 | 희생과 타협에 대해 | 해로운 관계 끊어내기 | 사과의 힘 | 사랑의 공생 | 사랑, 그 이상 | 정리: 사람

에필로그 446

감사의 글 450

가치에 관한 워크시트 460

북클럽 가이드 463

참고자료 465

들어가며 팬데믹을 위한 대비

이번에 우리가 맞서야 하는 것은 단순히 소비문화가 아니라 과도함과 혼란이다. 물질적으로든 그렇지 않든 말이다.

삶을 단순화하기에 가장 좋은 시기가 10년 전이었다면, 그다음으로 좋은 시기는 바로 지금이다.

길거리에는 군복을 입은 남자들이 한 손으로는 거대한 라이플총을 휘두르고 다른 손으로는 확성기를 든 채 문을 닫고 집에서 나오지 말라고 소리친다. 머리 위로는 군용 헬기가 날아다니며 헬기의 확성기를 통해 비지스Bee Gees의 노래 〈스테잉 얼라이브Stayin' Alive〉가 울려 퍼진다. 우리가 향한 디스토피아로의 출발을 알리는 배경음인 셈이다. 탕! 탕! 두 발의 총성이 연이어 들린다. 화들짝 놀라 잠에서 깬 나는 옆을 본다. 아내는 내 옆에 있고 딸은 자기 방에 있다. 둘 다 곤히 잠들어 있다. 거실로 나가서 창문 블라인드를 걷자 내가 사는 도시가 눈에 들어온다. 로스앤젤레스다. 시간은 아직 자정을 가리키고 있다. 도로는 텅비어 있고 가로등의 희미한 불빛 아래로 떨어지는 보슬비가 보인다. 계엄령을 선포하던 군인은 온데간데없다. 언덕 아래에 주차된 픽업 트럭 한 대만 보일 뿐이다. 한숨을 크게 내쉰다. 다행히도 그저 악몽일 뿐이었다. 하지만 내가 잠에서 깨어나서 마주한 세상, 현실의 세상은 내 인생의 첫 40년간 경험해 온 세상과는 완전히 딴판이다. 종말론 이후의 세상이라기엔 과하지만 그렇다고 해서 정상적이라고도 할 수 없다.

식료품 가게의 계산대 앞으로 뱀 꼬리처럼 길고 가는 줄이 늘어서 있다. 로데오 드라이브의 길을 따라 연이어 있는 상점의 창문은 굳게 닫혀 있다. 먼지와 어둠만이 내려앉은 영화관에는 안타까운 침묵만이 가득하다. 2미터 간격으로 드문드문 떨어져 줄 서 있는 사람들은 텅 빈 푸드뱅크 안으로 밀려들어 가고 있다. '자택대기명령'에 따라 가족들은 불안에 떨며 격리된 삶에 함께 적응해 가고 있다. 병원에서 살인적인 근무 시간을 감내하고 있는 의료진들의 피곤함은 집에서 직접 만든 마스크 뒤로 가려져 있다. 2020년 봄, 이 책의 마지막 장을 마무리해 갈 때쯤 COVID-19는 전 세계를 강타했다.

우리의 '뉴노멀'은 지독하게도 비정상적으로 보인다. 재정적으로나 신체적으로나 불확실성으로 점철된 상황 속에서 불안은 우리의 일상을 잠식하고 있다. 그럼에도 불구하고 이런 혼란 가운데서도 평안을 되찾고 심지어 풍성함을 누릴 수 있는 방법은 분명 존재한다.

나 역시 이 프로젝트를 처음 시작할 때만 해도 알지 못했다. 하지만 팬데믹 기간 동안 자가격리를 충실히 이행하면서 '더 미니멀리스트The Minimalists'의 다른 반쪽인 라이언 니커디머스Ryan

Nicodemus와 나는 우리가 지난 2년간 집필해 온 책이 그저 단순히 인간관계에 관한 것이 아니라 사실상 팬데믹에 대비한 매뉴얼 이라는 것을 알게 되었다. 바이러스가 이렇게 전 세계를 고통 속으로 밀어 넣기 전에 사람들에게 이 책을 선보일 수 있었더라 면 수많은 사람들의 고통을 조금이나마 덜 수 있었을 텐데. 왜 냐하면 가치지향적인 삶intentional living이야말로 팬데믹에 대비할 수 있는 가장 좋은 방법이기 때문이다. 한 걸음 물러서서 보면 TV에 나오는 마구잡이로 물건을 사재기하는 사람들과 같이 자 칭 자신을 준비된 사람이라고 일컫는 자들이 사실 위기 속에서 가장 준비가 덜 된 사람이라는 것은 쉽게 알 수 있다. 사재기한 옥수수 통조림과 휴지는 사랑이 넘치는 공동체의 지지나 신뢰 와는 결코 비할 수 없다. 이는 결코 대체할 수 없는 것이다. 위 기에는 필요를 줄이면 살아남을 수 있다. 그리고 올바른 관계를 통해 위기 속에서 오히려 더욱 풍요로움을 누릴 수 있다.

팬데믹은 우리로 하여금 세상을 올바르게 바라보도록 하는 교묘한 능력이 있다. 참사를 겪으며 많은 사람이 급격한 성장을 기반으로 한 경제가 결코 건강한 경제가 아니라는 것을 깨닫게 되었다. 오히려 취약하다는 것도 알게 되었다. 인간이 살면서 꼭 필요한 필수품만을 소비했는데도 경제가 무너진다면 우리의 경제는 우리 생각만큼 건실하지 않은 것이다.

이 책에 나오는 미니멀리스트 운동은 2008년 금융위기 이후에 온라인에서 처음으로 주목을 받았다. 사람들은 자신들이 빚과 과소비에 허덕이고 있다는 사실을 깨닫고 이를 해결할 방안을 간절히 찾고 있었던 것이다. 하지만 그로부터 십여 년이 지나면서 우리는 또다시 안주하고 예전 삶으로 퇴행했다. 하지만 이번에 우리가 맞서야 하는 것은 단순히 소비중심적인 문화가 아니라 과도함과 혼란이다. 물질적으로든 그렇지 않든 말이다.

COVID-19 팬데믹의 공포를 겪어 내면서 많은 이들이 라이언과 내가 지난 10년 넘게 그토록 답을 찾으려고 애썼던 질문을 똑같이 던지는 것을 보았다. 과연 정말로 필요한 물건이란 무엇인가? 물론 이 질문에 대한 답은 개인마다 격차가 클 것이다. 하지만 우리는 꽤나 자주 정말 필요한 물건을 필요 없는 물건이나 쓸모없는 물건과 동일시하곤 한다.[i]

위기를 겪으며 우리는 쓸모없는 물건은 꼭 버려야 했고, 꼭 필요하지 않은 물건 또한 잠시나마 어쩔 수 없이 손에서 놓아야 했다. 여기서 꼭 필요하지 않은 물건이란 평상시에는 우리의 삶에 가치를 부여하지만 위기 속에서는 꼭 필요하지 않은 것들을 의미한다. 이것들을 놓을 수 있다면 정말로 필요한 것이 무엇인지 알 수 있으며 천천히 우리의 삶에 필요한 물건 이외의 것들을 다시 들여올 수 있게 된다. 이전처럼 쓸모없는 것으로 가득 채우는 식이 아니라 우리의 삶을 한층 더 풍성하게 만드는 식으

---

i 우리는 "물건과의 관계" 장에서 정크 금지 규칙을 사용하여 필수, 비필수 및 정크라는 세 가지 범주를 설명한다.

로 말이다.

설상가상으로 '필수'의 정의 또한 변해 왔다. 5년 전 아니 심지어 5일 전에 우리가 꼭 필요하다고 간주하던 것이 지금은 필요하지 않을 수도 있다. 따라서 우리는 계속 질문하고, 적응하고, 포기할 것은 포기해야 한다. 특히 위기 속에서는 더욱 그렇다. 일주일이 한 달같이, 한 달이 평생처럼 느껴질 때 말이다.

집에 갇혀 있는 동안 사람들은 자신이 소유한 물건들이 생각보다 훨씬 덜 중요하다는 사실과 씨름했다. 진실에 눈을 뜨기 시작한 것이다. 고등학교 때 야구부에서 받은 트로피, 언제 펼쳤는지 기억도 나지 않는 대학 교재, 고장 난 믹서기와 같이 먼지만 수북이 쌓인 것들은 결코 사람만큼 중요하지 않다. 팬데믹으로 이 사실은 낱낱이 드러났고 우리는 중요한 교훈을 얻었다. 우리가 소유한 것들로 인해 정말 중요한 것이 무엇인지 분별하기 어려워진다는 것이다. 바로 인간관계 말이다. 우리는 너무나도 많이 그리고 자주 삶에서 인간관계를 놓치며 살아왔다. 돈으로는 살 수 없고 우리 스스로가 직접 키워 가야 하는 관계 말이다. 이런 인간관계를 잘 맺기 위해서는 삶을 단순화하는 것이 절대적으로 필요하다. 그리고 그 시작은 우리가 소유한 것을 단순화하는 것에서 비롯되며, 이것이 이뤄져야 삶의 다른 면 또한 단순화할 수 있다. 이 책의 목적은 당신이나 나처럼 무척이나 평범하고 일반적인 사람이 자신의 내면을 들여다보게 돕는 것이다. 또한, 정신적, 감정적, 심리적, 재정적, 기술적으로 우리의 영혼, 창의력, 인간관계를 어수선하게 만드는 잡동사니를 정리하기 전에 우리의 일상생활에 존재하는 잡동사니를 먼저 정리할 수 있도록 돕고자 한다.

'더 미니멀리스트'를 작게라도 눈여겨봐 왔던 사람이라면 다음에 나올 〈덜 소유하고 더 사랑하라〉의 많은 부분이 익숙할 것이다. 이 책에서는 사람들의 삶에서 크나큰 변화를 이끌어 낸 기폭제가 된 어려움, 불안함, 약물 문제, 중독 문제, 배우자의 배신, 공포심, 아픔과 고통을 한층 더 깊이 다뤄 볼 것이다. 그리고 이런 아프고 안타까운 이야기들을 모두 솔직하게 털어놓은 뒤, 각자의 삶에서 우리를 우리답게 만드는 중요한 일곱 가지 관계를 살펴보며 삶의 새로운 방향을 잡아 나갈 것이다.

나는 팬데믹 때문에 이 책을 쓴 것이 아니다. 이 책의 목적은 우리가 매일의 일상을 살아가는 데 필요한 지침을 제공하는 것이다. 팬데믹으로 인해 그저 우리가 일상적으로 마주하던 문제들이 더욱 여실히 드러났을 뿐이고 이 문제를 해결하는 것이 훨씬 더 시급해졌을 뿐이다. 최근 우리는 또다시 경기 침체를 마주하고 새로운 가치를 모색하고 있다. 그런 가운데 우리 사회는 머지않아 중요한 현실을 마주해야 할 것이다. 이미 뉴노멀이 자리 잡고 있다. 그리고 앞으로도 계속해서 뉴노멀이 만들어질 것이다. 어떤 이들은 이전의 노멀을 고수하면서 과거로 돌아가길 원할지도 모른다. 하지만 이런 모습은 손에 얼음 한 덩어리를 쥐고 있는 것과 같다. 결국 그 얼음은 녹을 것이고 사라져 버릴 것이다. 예전에 이런 질문을 받은 적이 있다. "언제쯤 예전으로 돌아갈 수 있을까요?" 과거로 돌아가야 한다는 것을 전제한 질문이다. 하지만 이미 많은 이들이 스스로 깨달았듯 과거의 '노멀'은 올바른 것이 아니었다. 적어도 가치적인 측면에서는 그렇다. 나 또한 미래가 어떻게 전개될지 알지 못한다. 알고 있는 것은 뉴노멀로 이 불확실성의 시대를 이겨 낼 수 있다는 것이다. 소비자의 신뢰를 기반으로 한 뉴노멀이 아니라 가치 지향적인 삶과 공동체를 기반으로 한 뉴노멀로 말이다.

결국 우리는 다시 삶을 단순화시켜야 한다.

앞으로 나아갈 길을 찾기 위해서는 그 길을 막고 있는 불필요한 잡동사니를 정리해야 한다.

지금 보이는 것보다, 그리고 알고 있는 것보다 훨씬 더 깊은 이해의 지점을 찾아야 한다.

COVID-19가 한창 기승을 부릴 때, 나는 내가 멘토로 삼고 있는 사업가 칼 웨이드너Karl Weidner와 대화를 나눴다. 그는 한자로 '위기'를 어떻게 쓰는지 보여 줬다. 위기危機에서 위危는 '위험'을 의미하고 기機는 기회를 의미한다. 비록 언어학자들 사이에서 정말 기機가 '기회'를 의미하는지에 대해서는 의견이 분분하지만 어쨌든 이렇게 생각해 볼 수 있다. 위기는 위험과 기회가 공존하는 시기이다.

분명 앞으로 더 많은 위기가 찾아올 것이다. 이 글을 써 내려가는 지금도 위험과 불안의 기미가 느껴진다. 하지만 동시에 기회도 느껴진다. 비록 우리는 위험 속에서 살아가고 있지만, 나의 친구 조슈아 베커Joshua Becker가 말했듯 "이 시기를 모든 것을 재평가하는 데 사용"할 수 있는 기회가 생긴 것이다.

이 위기의 시대는 어쩌면 정신 차리라는 신호일지도 모른다. 이 기회를 잘 활용해서 모든 것을 재평가하고, 버릴 것은 버리고, 새로 시작하자. 삶을 단순화하기에 가장 좋은 시기가 10년 전이었다면, 그다음으로 좋은 시기는 바로 지금이다.

—조슈아 필즈 밀번Joshua Fields Millburn

덜 소유하고 사는 것에 대해

미니멀리즘은 물건이 아닌 인생의 중요한 것들을 위한 공간을 확보할 수 있도록 만드는 것입니다.

우리가 물질적으로 소유하고 있는 것을 통해 우리의 내면은 여실히 드러난다. 주위를 둘러보자. 분노, 괴로움, 불안, 모두 우리 집 안에 있지 않은가. 미국 가정은 평균적으로 30만 개 이상의 물건을 소유하고 있다고 한다.[1] 그렇게 많은 물건을 소유하고 있으면 무척이나 행복할 것이라고 생각하겠지만 연구 결과는 정반대를 가리킨다.[2] 사람들은 불안하고, 힘들고, 고통스러워한다. 그 어느 때보다 불행하다고 느끼면서 더 많은 물건을 쌓아 가면서 자신을 진정시킨다. 소비의 진짜 비용은 무시한 채 말이다.

우리가 새로 들여오는 물건에 달린 가격표는 비용의 일부일 뿐이다. 물건의 진짜 비용은 그 가격 이상이다. 우리는 그것을 보관, 유지, 청소해야 한다. 필요하다면 물도 줘야 하고 충전도 해 줘야 한다. 꾸며 주기도 해야 한다. 연료를 줘야 한다. 배터리를 교체해 줘야 한다. 고장이 나면 고쳐 줘야 한다. 페인트 칠도 다시 해 줘야 한다. 돌봐 주고 보호해 줘야 한다. 그리고 물론 때가 되면 물건 자체를 교체해 줘야 한다(물건에 따라오는 감정적이고 심리적인 비용은 말할 것도 없다. 물론 이런 것들은 정량화하기 힘들지만 말이다). 이 모든 것을 고려하면 어떤 물건을 소유하는 것에 따르는 비용은 감히 측정할 수 없다. 따라서 우리가 삶에 어떠한 물건을 들일 때에는 매우 신중해야 한다. 모든 것을 소유할 여력이 없기 때문이다.

정말이다. 우리는 모든 것을 소유할 형편이 안 된다. 하지만 물건을 소유하는 데서 오는 만족감을 포기하는 대신 우리는 빚을 진다. 미국인은 평균적으로 지갑에 세 개의 신용카드를 가지고 다닌다.[3] 10명 중 1명은 10개 이상의 신용카드를 갖고 있다. 평균 신용카드 빚은 1만 6천 달러 이상에 달한다.[4]

상황은 더욱 심각해진다. 2020년, 팬데믹이 시작되기노 선에 미국인의 80퍼센트 이상은 부채가 있었으며[5] 미국 내 총 소비자 부채는 14조 달러를 넘어섰다.[6] 유감스럽긴 하나 그럴 법도 하다. 우리는 고등교육에 투자하는 비용보다 신발, 보석, 시계에 더 많은 돈을 쓴다.[7] 50년 전과 비교해서 우리가 살고 있는 집의 크기는 두 배 이상 커졌고[8] 집에 거주하는 사람의 수보다 텔레비전의 수가 더 많다.[9] 평균적으로 모든 미국인은 매년 37킬로그램에 해당하는 의류를 버린다. 그중 95퍼센트는 재사용되거나 재활용될 수 있음에도 불구하고 말이다.[10] 그리고 지역 사회에는 고등학교보다 쇼핑몰이 더 많이 들어서 있다.[11] 결국 요점은 삶에서 정말 중요하고 가치 있는 것들을 위한 자리를 만들 수 있도록 물건들을 정리하는 것이 우리의 목표라는 것이다. 그리고 삶에서 중요하고 가치 있는 것들은 절대 물건일 수 없다.

고등학교 이야기가 나왔으니 하는 말이다. 십 대 중 93퍼센트가 가장 좋아하는 취미로 쇼핑을 꼽았다는 사실을 알고 있는가?[12] 쇼핑을 취미라고 할 수 있을까? 꼭 필요하지도 않은 물건에 매년 1조 2천억 달러를 소비하는 것을 보니 취미라고 할 수도 있겠다.[13] 다시 한번 정확하게 따져 보자면 매년 필요하지도 않은 물건을 사는 데 1조 달러 이상을 소비한다는 말이다.

1조 달러를 사용하려면 얼마나 오랜 기간이 필요한지 알고 있는가? 1초에 1달러씩 쓴다고 생각해 보자. 1조 달러를 모두 사용하려면 9만 5천 년 이상이 걸린다. 부처가 태어난 날부터 매일 100만 달러를 써 왔다고 해도 오늘날까지도 1조 달러를 다 쓰는 것은 불가능하다.

소비가 이렇게 큰 것을 보면 미국 내 가구 중 약 절반이 돈을 하나도 저축하지 못한다는 사실은 그리 놀랍지도 않다. 미국인 중 50퍼센트는 한 달만 월급을 받지 못하면 그 달 생활비로 사용할 수 있는 돈이 수중에 없어진다.[14] 미국인 중 62퍼센트는 저축 통장에 천 달러도 없으며[15] 미국인 중 거의 절반은 위급 상황에서 4백 달러조차 가용할 수 없다.[16] 단순히 소득의 문제라고 치부하기에는 심각하다. 저소득층은 물론 억대 연봉을 받는 사람도 사정이 별반 다르지 않다. 연간 10만 달러에서 15만 달러 사이의 소득을 가진 가구 중 25퍼센트가 추가적으로 2천 달러를 마련하는 데 어려움을 겪는다고 말한다.[17] 결국 사람들은 빚을 지게 되고, 이 모든 빚이 정말 무서운 이유는 전체 가구 중 60퍼센트가 추후 12개월 내에 '재정 쇼크'를 경험하기 때문이다.[18] 이것은 모두 2020년 COVID-19로 촉발된 경기 침체 이전부터 있어 왔던 일이다. 다만 이번 일을 통해 우리가 얼마나 빠듯한 외줄타기 인생을 살고 있는지 확실히 드러났을 뿐이다.

그럼에도 불구하고 우리는 계속 물건을 소비하고 집의 몸집을 불려 나간다. 신축 집의 평균적인 크기는 3천 제곱피트(약 84평)에 달한다.[19] 하지만 우리는 이렇게 큰 집에 살면서도 여전히 물건을 보관할 공간이 필요하다. 미국 전역에는 5만 2천 개의 창고 시설이 있다.[20] 스타벅스보다 창고 시설이 네 배나 더 많은 것이다.

집도 커지고 창고 시설도 많아졌지만 여전히 차고에 차를 주차할 공간이 없다.[21] 왜일까? 차고에도 이미 물건이 넘쳐 나기 때문이다. 우리의 차고는 운동 기구, 캠핑용품, 오래된 잡지책, DVD, CD, 낡은 옷, 전자제품, 가구 등으로 넘쳐 난다. 수도 없이 많은 상자들은 천장에 닿을 듯 말 듯 위태롭게 쌓여 있다.

아이들이 있는 집이라면 장난감도 빼놓을 수 없다. 전 세계 아동 인구의 고작 3퍼센트인 미국 아동은 전 세계 장난감 중 40

퍼센트 이상을 소유하고 있다.[22] 평균적으로 한 아동이 가진 장난감의 개수는 200개에 달한다. 하지만 그중 정말로 매일 가지고 노는 장난감은 12개뿐이다.[23] 그리고 최근 진행된 연구를 통해 장난감을 너무 많이 가진 아이들은 쉽게 주의력이 흐트러지고 놀이 시간을 제대로 즐기지 못한다는 결과가 나왔다.[24] 이것은 부모들도 이미 알고 있는 사실이다.

어른인 우리에게도 저마다 이렇게 우리의 집중력을 방해하는 장난감이 있다. 전 세계가 미국인처럼 소비한다면 엄청난 소비를 감당하기 위해서 지구가 다섯 개쯤은 필요할지도 모른다.[25] 우리가 소유한 것들이 결국 나중에는 우리를 소유하고 만다는 말이 진정으로 다가오는 요즘이다.

그런데 꼭 이래야만 할까?

잡동사니

한때 우리의 삶에 크나큰 기쁨을 주었지만 오늘날에는 무용지물이 된 물건은 수도 없이 많다. 다이얼 전화기, 플로피 디스크, 일회용 카메라, 카세트 테이프, 팩스기, LD플레이어, 삐삐, 초기형 PDApalm pilot, 잔디 인형Chia Pet, 퍼비Furby를 기억하는가? 우리는 유물에 가까운 물건들을 떠나보내지 못하고 계속해서 간직하고 있다. 아마도 그 시절에 대한 그리움 때문일 것이다.

따라서 우리는 비디오 테이프 컬렉션, 플립 폰, 버글 보이$_{Bugle}$ $_{Boy}$ 낙하산 바지를 손에서 놓지 못하고 있다. 그렇다고 해서 이 물건들을 고치거나 재활용해서 사용하는 것도 아니다. 산더미 처럼 쌓여 있는 오래된 물건들 중 하나로 존재할 뿐이다. 이런 물건들이 늘어날수록 우리의 지하실, 옷장, 다락방은 발 디딜 곳 없는 물건들의 지옥이 되어 버린다.

우리가 가진 것 중 상당히 많은 물건이 더 이상 사용되지 않는다. 정말로 이제는 놓아줘야 할 때다. 우리의 필요와 욕구 그리고 기술이 변화하는 것과 마찬가지로 세상도 변한다. 지금 우리에게 가치 있다고 느껴지는 것들이 내일 당장 아무런 소용이 없을지도 모른다. 그렇다면 모든 것, 오늘날 유용하다고 생각되는 것조차도 놓아줄 수 있어야 한다. 우리가 놓아준다고 해서 그것이 당장 쓰레기통으로 가는 것은 아니다. 우리가 스스로 만들어 낸 물건들의 무덤에서 먼지를 먹는 대신 다른 누군가의 삶에서 유용하게 사용될 수도 있다.

길게 보자면 결국 모든 것은 쓸모없어진다. 지금으로부터 100년 뒤 우리 세상은 지금과는 완전히 다를 것이고 어쩌면 새로운 종류의 인간들이 그 세상에 살고 있을지도 모른다. USB 케이블, 아이폰, 평면 텔레비전을 더 이상 쓰지 않는 사람들 말이다. 그렇다면 우리는 지금 삶에 들이는 물건들에 대해 신중히 판단할 필요가 있다. 그리고 그것들이 더 이상 쓸모가 없어질 때 어떻게 처리할지에 대해서도 신중해야 한다. 버리고 정리하는 것이야말로 삶에서 배워야 할 가장 소중한 덕목 중 하나이기 때문이다.

그렇다면 어쩌다 이렇게 되었는지 그리고 어떻게 해야 정리하고 버리는 미니멀한 삶을 살 수 있는지 자세히 알아보자.

과도함

우리의 추억은 물건에 담겨 있는 것이 아니다. 추억은 우리 안에 있다.

덜 소유한다면 과연 우리의 삶은 나아질까? 미니멀한 삶은 이 질문을 스스로에게 던지면서 시작된다. 안타깝게도 나, 조슈아 필즈 밀번은 이 질문을 스스로에게 하기까지 30년이나 걸렸다.

나는 비행기와 펑크 음악의 고향인 오하이오주 데이턴에서 태어났다. 그곳은 최근 미국에서 약물 중독이 가장 심한 도시 중 하나로 알려져 있다.[26] 지금 생각해 보면 이상하다. 나는 자라면서 내가 가난하다는 생각을 해 본 적이 없다. 가난은 산소와도 같은 것이었다. 눈에 보이지는 않지만 그냥 존재하는 것 말이다.

1981년 라이트―패터슨 공군 기지에서 내가 태어났을 때 나의 아버지는 그곳에서 의사로 근무하고 있었다. 그 당시 아버지는 42세로 머리는 회색이었지만 얼굴은 동안인 편이었다. 그리고 아버지보다 7살 어렸던 어머니는 아담한 체구의 금발 머리 여성으로 흡연 탓에 목소리가 걸걸했다. 어머니는 히로시마·나가사키 원자폭탄 투하가 발생하기 몇 달 전, 침묵의 세대Silent Generation의 끝자락에 태어났다.

이 정도만 들으면 내가 중서부의 전원적인 환경에서 꽤 괜찮은 어린 시절을 보낸 것처럼 들릴 수도 있겠다. 당시는 1980년대 초반으로 데이턴 전성기의 막바지 시기였다. 산업 도시가 많았던 중서부 지역이 러스트 벨트rust belt가 되기 이전, 백인 중산층의 교외 이주로 인해 도시가 황폐화되기 이전, 몽고메리 카운티Montgomery County에서 발발한 오피오이드Opioid 중독이 그레이트마이애미강Great Miami River의 양쪽으로 전염되기 이전이다. 그 당시 데이턴은 '작은 디트로이트Little Detroit'라고 불리기도 했다. 좋은 의미로 말이다. 제조업은 활성화되고 있었고 대부분의 사람들은 필요한 것을 살 수 있을 만큼 형편이 좋았다. 그리고 많은 사람들이 삶에서 의미를 찾을 만큼 삶을 즐겼다.

하지만 내가 태어나고 얼마 있지 않아 아버지가 아프기 시작하면서 우리 집안의 불행이 시작되었다. 아버지는 조현병, 조울증과 같은 심각한 정신질환에 시달렸는데 과도한 음주로 인해 증상은 더욱 심각하게 발현되었다. 내가 걸음마를 떼기도 전에 아버지는 이 세상에 존재하지 않는 사람들과 꽤 깊은 대화를 나누기 시작했고 실제적인 교류도 하기 시작했다. 아버지의 정신상태가 악화되면서 그의 행동도 폭력적이고 예측 불가능해졌다. 아버지를 떠올리면 가장 먼저 기억나는 장면은 아버지가 어머니의 가슴에 담뱃불을 지지는 모습이다. 내가 세 살 때의 일이었다.

아버지의 폭력이 시작되고 1년 후 어머니와 나는 아버지를 떠났다. 어머니도 그즈음 술을 마시기 시작했다. 우리는 데이턴으로부터 남쪽으로 30킬로미터 가량 떨어진 교외 마을로 이사했다. 교외라니, 꽤 근사해 보이지 않는가? 실상은 정반대였다. 우리는 두 세대가 한 건물에 거주하는 월세 200달러짜리 듀플렉스로 이사했다. 거의 허물어져 가는 건물이었다(오늘날 그 건물은 철거 예정이라서 더 이상 사람이 거주하지 않는다). 그곳엔 떠돌이 고양이와 개가 많았고 동네에는 술을 파는 가게와 교회가 있었다. 마약과 술이 널려 있었고 황폐한 집들이 가득했다. 치안이 위험하거나 폭력적인 사람들이 사는 동네는 아니었다. 단지 가난했을 뿐.

어머니의 음주가 심각해지면서 상황은 더욱 안 좋아졌다. 나는 어릴 때 돈이 두 종류인 줄 알았다. 초록색 돈 아니면 흰색 돈. 어머니는 종종 가지고 있던 흰색 돈을 팔기도 했다. 초록색 종이로만 술을 살 수 있었기 때문이다. 조금 더 자라고 나서야 그 흰색 종이가 식량 배급표였다는 사실을 알게 되었다.

어머니는 최저 시급을 받았지만 구하는 일마다 그리 오래 버티지 못했다. 한번 술을 마시기 시작하면 몇 날 며칠이고 습기로 눅눅한 방에서 나오지 않았기 때문이다. 음식은 먹지도 않고 그저 술만 마시면서 얼룩덜룩한 소파에 앉아 줄담배를 피웠다. 그래서 우리 집에는 항상 퀴퀴한 찌든 내가 났다. 빈 맥주 캔과 찌그러진 담배꽁초 냄새가 났다. 아직도 그 냄새가 선명하다.

부엌 불을 켤 때마다 사방으로 바퀴벌레가 도망가는 소리가 들렸다. 바퀴벌레들은 이웃집에서 오는 듯했다. 바로 옆 집에는 친절하지만 외로워 보이는 70대의 제2차 세계대전 참전용사가 살았다. 그의 집에는 서너 가구의 살림을 합친 듯이 많은 물건들이 있었다. 그는 벌레가 나와도 전혀 신경을 쓰지 않는 듯했다. 벌레보다 훨씬 더한 것을 많이 봐서 그런지 아니면 벌레라도 있는 것이 외로움을 덜어 주기 때문에 그런지 알 수는 없었다. 어머니는 신고 있던 슬리퍼를 벗어 바퀴벌레를 죽일 때마다 마태복음 22장 39절 말씀 "네 이웃을 네 자신같이 사랑하라"를 중얼거렸다. 술에 취할 때면 그 말씀은 "네 이웃이건 뭐건 꺼져버려라"로 바뀌긴 했다. 어린 시절 내내 나는 실제로 그 두 개의 말씀이 구약과 신약에 각각 다르게 성경에 존재한다고 믿었다.

어머니는 독실한 가톨릭 신자였다. 실제로 20대에 수녀로서의 삶을 살다가 스튜어디스, 그다음엔 비서로 근무하다 30대 후반에는 어머니가 되었다. 매일, 하루에도 몇 번씩 어머니는 기도를 했다. 손목에서는 묵주가 달랑거렸고 묵주 알을 따라 움직이는 오른손 엄지손가락과 니코틴이 짙게 밴 검지에는 굳은 살이 박혀 있었다. 그리고 기도 때마다 같은 주기도문, 성모송을 되뇌고 금주협회에서 가르쳐 준 평안을 비는 기도를 올렸다. 하느님께 제발 자신의 병을 치유해 달라고 간절히 빌고 또 빌었다. 하지만 아무리 기도를 해도 평안은 찾아오지 않았다.

집에 전기가 끊겼던 적을 다 세려면 손가락이 모자라서 발가락까지 필요하다. 이웃 아파트보다 왠지 우리 아파트에서 그런 일이 더 자주 일어났다. 하지만 전기가 끊겼다고 해서 문제 될 것은 없었다. 이웃집 콘센트에서 우리 집까지 연결 코드로 전기를 끌어와서 문제없이 TV를 볼 수 있었다. 겨울에 전기가 끊겨서 도무지 추워서 집에 있을 수 없을 때 어머니와 나는 다른 사람들의 집에서 자고 오곤 했다. 대부분 남자들의 집이었다. 집에 있을 때면 어머니는 오후 내내 잠을 잤고 나는 그동안 지.아이.조G. I. Joe 피규어를 가지고 놀았다. 다 놀면 피규어들을 조심히 플라스틱 박스 안에 잘 정리했던 기억이 난다. 그것은 무질서하고 어수선한 내 삶에서 유일하게 내가 통제할 수 있는 것이었다. 히어로들을 한 상자에 넣고 악당들을 다른 상자에 넣고 무기들은 따로 모아서 다른 상자에 넣었다. 히어로 역할의 피규어와 악당 역할의 피규어는 수시로 바뀌었다.

썩어 가는 현관 베란다 바닥에는 나무판자가 간신히 버티고 있었는데, 세 개의 나무판자가 빠진 자리 옆에 식료품을 담은 봉지가 놓여 있곤 했다. 어머니는 자신이 성 안토니우스Saint Anthony에게 기도했기 때문에 음식을 보내 주신 거라고 했다. 우리는 성 안토니우스가 보내 주신 땅콩 버터, 원더 브레드Wonder bread 그리고 팝 타르트Pop Tart와 프룻 롤업Fruit Roll Up과 같이 설탕이 가득한 가공식품으로 꽤 오랜 기간 연명하기도 했다. 한번은 썩어 가는 현관 베란다에서 넘어진 적도 있었다. 그때 나는 일곱 살이었다.

어린 시절 나는 꽤 통통한 편이었고 현관 베란다의 나무판자는 내 무게를 견디지 못했다. 나는 1미터 아래의 도롯가로 얼굴부터 넘어졌다. 피가 났고, 울었고, 두 가지 종류의 두려움이 나를 덮쳤다. 하나는 턱에서 흘러나오는 피였고 다른 하나는 어머니에 대한 두려움이었다. 내가 당황스러움에 소리치고 두 팔을 마구 휘두르며 집 안으로 뛰어 들어갔을 때 어머니는 소파 위에서 꿈쩍도 하지 않고 있었다. 응급실까지 걸어가는 3킬로미터 동안 나는 혼자였고 외로웠다. 내 턱에는 그때의 그 상처가 아직도 남아 있다. 초등학교 1학년 때 선생님은 자주 나를 '열쇠 목걸이를 찬 아이'라고 부르곤 했다. 그 당시에는 그 말이 무슨 말인지 몰랐다. 학교가 끝난 뒤 문을 열고 집에 들어서면 어머니는 소파 위에 널브러져 있었기 때문이다. 자주 있는 일이었다. 재떨이에는 필터까지 고작 4센티미터 정도밖에 남지 않은 아직 타고 있는 담배가 놓여 있었다. 누가 봐도 우리 어머니는

'전업주부'였다.

오해하지 않길 바란다. 어머니는 마음이 넓고 사람을 진심으로 대하는 좋은 분이었다. 나를 엄청나게 사랑하셨으며, 나도 어머니를 사랑했고 여전히 사랑한다. 그 무엇보다, 그 누구보다 어머니가 그립고 너무 그리워서 어머니 꿈도 자주 꾸는 편이다. 어머니는 나쁜 사람은 아니었다. 다만 인생의 목적과 의미를 잃어버렸을 뿐이다. 그리고 그 상실로 인해 그 무엇으로도 해결할 수 없는 불만과 슬픔이 생겨났다.

어린 시절의 나는 어머니와 내가 불행했던 이유가 돈이 없어서라고 생각했다. 돈만 벌 수 있다면, 그것도 많이 벌 수 있다면 행복해지고 어머니처럼 되지 않을 것이라 생각했다. 돈만 있다면 삶에 영원한 기쁨을 가져다줄 모든 것을 소유할 수 있을 것이라 생각했다. 그래서 18살이 되자마자 나는 대학교 진학을 포기하고 한 회사에 신입으로 입사했다. 그리고 그로부터 10년간 승진에 매달렸다. 새벽에 회의를 했고 야근을 하며 판매 전화를 돌렸다. 일주일에 80시간 가까이 일하면서 '성공'할 수 있는 것이라면 무엇이든 했다.

우리가 물질적으로 소유하고 있는 것을 통해 우리의 내면이 여실히 드러난다.

스물여덟 살이 되었을 무렵 나는 어릴 적 꿈꿔 왔던 모든 것을 이뤘다. 억대 연봉, 럭셔리 자동차, 명품 브랜드 옷, 사람 수

보다 화장실 수가 많았던 교외에 위치한 큰 집. 회사 역사상 140년 만에 나는 오하이오, 켄터키, 인디애나주 전역의 150개 상점을 담당하는 최연소 이사가 되었다. 소비주의적인 삶을 충분히 충족시킬 수 있을 만큼 나는 많은 것을 소유하고 있었다. 멀리서 보면 아메리칸드림을 이룬 듯 보였다.

그러다 어느 날 갑자기 내 인생의 목적을 의심하게 만든 두 가지 사건이 발생했다. 2009년 가을, 어머니께서 돌아가셨고 나의 결혼 생활도 끝이 났다. 모두 같은 달에 벌어진 일이다.

모든 것을 돌아보고 의심하기 시작하면서 내 인생이 소위 성공이라고 부르던 것에만 너무 치중해 있다는 사실을 깨닫게 되었다. 특히 물건을 사고 모으는 데 말이다. 남이 보기엔 마치 내가 아메리칸드림을 이룬 듯 보였겠지만 아메리칸드림은 정작 내가 추구하던 것이 아니었다. 나는 원한다고 생각하던 모든 것을 가지고 나서야 비로소 그것들이 내가 원하던 것이 아니라는 사실을 알게 되었다.

물건에 갇혀 버린 삶

내가 27살이 되었을 때, 어머니는 은퇴 후 사회보장연금을 받기로 하셨고 오하이오에서 플로리다로 이사를 하셨다. 그리고 몇 달 지나지 않아 어머니는 폐암 4기 진단을 받았다. 그 해, 나는 플로리다에서 어머니가 힘겹게 화학 요법과 방사선 치료를 받을 동안 어머니 곁에서 많은 시간을 보냈다. 암이 몸 여러 곳에 전이되면서 어머니의 몸은 점점 말라 갔고 많은 것을 기억하지 못했다. 그해 말, 어머니께서는 돌아가셨다.

어머니가 돌아가신 후에 나는 다시 플로리다에 방문해야 했다. 어머니의 유품을 정리하는 것이 목적이었다. 나는 세인트피터즈버그로 갔다. 도착해서 내가 마주한 것은 어머니의 작은 원룸 아파트를 꽉 채운 짐이었다. 집 세 채는 족히 채울 양이었다.

그렇다고 해서 어머니가 물건을 마구잡이로 모으고 쌓아 두는 사람은 아니었다. 되레 미적 감각이 뛰어난 사람에 가까웠다. 어쩌면 맥시멀리즘을 추구하는 인테리어 디자이너가 되셨을 법도 하다. 어머니는 엄청난 수준의 물건을 가지고 있었다. 장장 65년간 모아 온 것들이었다. 미국인 중 5퍼센트 미만이 강박적 수집 장애를 진단받는다고 한다.[27] 하지만 나머지 95퍼센트도 강박적 수집 장애를 가진 사람만큼이나 많은 것을 모으고 쌓아 둔다. 평생 모으고 쌓은 추억을 버리지 못하는 것이다. 어머니는 확실히 그랬다. 나는 어머니가 생애 모아 뒀던 수많은 물건들을 어떻게 해야 할지 전혀 감이 오지 않았다.

결국 나는 좋은 아들의 도리를 지켰다. 이삿짐센터에 연락한 것이다.

센터에서 가장 큰 트럭을 보내 달라고 요청했다. 가장 큰 8미터짜리 대형 트럭을 사용할 수 있을 때까지 하루를 더 기다려야 했다. 그동안 나는 어머니의 친구들에게 물건을 분류하고 정리하는 것을 도와 달라고 부탁했다. 혼자서 하기에는 불가능할 정도로 물건이 많았다.

거실에는 부피가 큰 앤티크 가구와 미술품이 가득했고 도일리doily(음료를 제공할 때 접시 대용으로 사용하는 밑받침 또는 탁상용 작은 그릇을 받치는 깔개—역자주)는 사방팔방 셀 수도 없이 많았다. 주방도 온갖 종류의 그릇과 컵, 짝이 맞지 않는 식기류로 넘쳐 났다. 화장실에는 작은 미용품 가게를 당장 열어도 될 만큼 많은 화장품과 위생용품이 있었다. 리넨 서랍장에는 호텔을 운영하고 남을 정도로 오만 가지의 목욕 수건, 비치 타월, 침대 시트, 담요, 퀼트가 잔뜩 들어 있었다. 침실은 상태가 더욱 심각했다. 어머니는 겨울 코트가 왜 14벌씩이나 필요했을까? 어머니의 집은 해변가에서 2킬로미터도 채 안 되는 거리에 있었다. 물건이 너무 많았다. 그리고 이 많은 물건을 어떻게 처리해야 할지 도무지 방법이 떠오르지 않았다.

나는 다시 좋은 아들의 도리를 지켰다. 물품 보관소를 대여한 것이다. 어머니의 물건과 나의 물건이 뒤섞이는 것을 피하기 위해서였다. 내가 살고 있는 집은 컸지만 이미 물건으로 가득 찬 상태였다. 물품 보관소에 어머니의 물건을 보관한다면, 모두 보관할 수 있으면서 언젠가, 그 언젠가가 언제가 될진 모르겠지만 뭔가가 필요하다면 보관소에서 꺼내기만 하면 되니까 말이다.

그래서 나는 어머니가 소유했던 모든 것들을 하나도 빠뜨리지 않고 상자 안에 넣기 시작했다. 그러다 침대 근처에서 어머니의 베드 스커트를 들어 올려봤다. 종이 상자 네 개가 눈에 들어왔다. 언뜻 보기에는 굉장히 무거워 보이고, 오래돼 보이는 상자였는데 엄청난 양의 포장 테이프로 칭칭 감겨 있었다. 상자를 꺼내자 박스 겉면에 검정색 마커로 1, 2, 3, 4라는 숫자가 적혀 있는 것을 보았다. 나는 그 자리에 서서 상자들을 내려다보았다. 도대체 이 상자 안에는 뭐가 있는 걸까? 허리를 굽혀 눈을 감고 크게 숨을 들이쉬고, 눈을 다시 뜨고 숨을 내뱉었다.

상자를 열자마자 눈에 들어온 것은 나의 초등학교 시절의 미술 작품, 숙제, 성적표였다. 1학년부터 4학년 때까지 받았던 것들이었다. 그것들을 보자마자 든 생각은 '어머니는 왜 이런 쓸데없는 것들을 아직까지 가지고 있었을까?'였다. 그러다 갑자기 추억이 물밀듯 밀려왔다. 그리고 깨달았다. 어머니는 나의 일부분을 붙잡고 있었던 것이다. 어머니는 모든 추억을 그 상자들 안에 넣어 간직하고 있었던 것이다.

"아니 잠깐만!" 어머니가 20년 넘게 이 상자들을 열어 보지 않았다는 사실을 깨닫고 나는 아무도 없는 빈방에서 소리 내어 말했다. 어머니가 이 '추억'을 꺼내서 들여다보지 않았다는 것은 너무나도 분명했다. 그때 처음으로 나는 중요한 사실을 깨달게 되었다. 우리의 추억은 물건에 담겨 있는 것이 아니다. 추억은 우리 안에 있다.

18세기 스코틀랜드 철학자 데이비드 흄David Hume의 "마음은 외적인 사물을 통해 나타나는 경향이 있다. 그리고 그것을 내적인 감상으로 결합시킨다"[28]라는 말이 절실히 이해가 되는 순간이었다. 어머니가 나에 대한 추억을 간직하겠다고 그 상자들을 가지고 있을 필요는 전혀 없었다. 내가 그 상자 안에 있는 건 아니었으니까 말이다. 그러다 주위를 둘러보고 어머니의 물건들을 보면서 나 또한 똑같은 일을 하고 있다는 생각이 들었다. 다른 점이 있다면 어머니처럼 침대 밑 상자 안이 아니라 자물쇠가 달린 하나의 거대한 공간에 다 밀어 넣으려고 했던 것이다. 혹시나 언젠가 필요할까 해서 말이다.

나는 다시 좋은 아들의 도리를 지켰다. 이삿짐센터에 전화해서 트럭을 취소한 것이다. 그리고 물품 보관소도 취소하고 그로부터 12일간 거의 대부분의 물건을 팔거나 기부했다. 단순히 중요한 교훈을 얻었다고 말하기에는 아까울 만큼 소중한 시간이었다.

추억은 물건에 있지 않다는 것을 알게 되었을 뿐만 아니라 진정한 가치란 무엇인가에 대해서도 알게 되었다. 진정한 가치. 솔직하게 말하자면 이기적이게도 어머니의 짐을 마냥 붙잡아 놓고 싶었다. 하지만 평생 쓰지도 않을 물건들을 보관하기만 하면 그것들은 전혀 가치 없는 물건들이 되어 버릴 것이다. 하지만 이렇게 정리를 함으로써 나는 다른 사람들의 삶에 가치를 더해 줄 수 있었다. 그래서 대부분의 물건을 어머니 친구분들께 나눠 드리고 지역자선 단체에게 기부하면서 물건들의 새로운 보금자리를 찾아 주었다. 누군가에게 쓸모없는 물건이 다른 사람에게는 절실히 필요한 물건이 될 수도 있었다. 몇 개의 물건을 판매한 뒤 얻은 수익은 어머니의 항암요법과 방사선 치료에 도움을 준 자선 단체 두 곳에 기부했다. 이 모든 과정을 통해서 나는 미련 없이 정리하기만 한다면 다른 이들에게 엄청난 도움이 될 수 있다는 것을 알게 되었다.

오하이오로 돌아올 때는 의미 있는 물건 몇 개만 가지고 왔다. 오래된 그림, 사진 몇 장, 도일리도 한두 개 챙겼다. 추억이 담긴 물건을 적게 가지고 있을수록 그 물건들이 훨씬 더 가치 있어진다는 사실을 깨달았다. 자질구레한 물건 수십 개, 수백 개를 가지고 있으면 그 물건들이 지닌 가치와 소중함은 퇴색되기 쉽다. 반면에 단 몇 개의 물건을 가지고 있을 때 비로소 그 가치를 온전히 느낄 수 있게 된다.

마지막으로 실용성 측면에서 무척 도움이 된다는 걸 알게 되었다. 우리의 추억은 물건에 있지 않다는 것은 분명한 사실이지만 때로는 어떠한 물건을 통해 우리의 추억이 더욱 증폭되기도 한다. 플로리다를 떠나기 전에 나는 어머니의 물건들을 사진 찍었다. 그리고 집으로 돌아와서는 인화한 사진들을 스캔해서 컴퓨터에 저장했다.

이 사진들이 있었기 때문에 어머니의 물건들을 정리하는 것이 훨씬 쉬워졌다. 물건을 정리한 것이지 추억을 정리한 것이 아니라는 사실을 깨달았기 때문이다. 결국 나는 나를 짓누르던 것들을 놓아준 후에야 앞으로 나아갈 수 있게 되었다.

정리에 능한 저장 강박증 환자

미니멀리스트로서 내가 가지고 있는 물건들은 모두 각각의 목적이 있고 나에게 기쁨을 준다. 그 외의 것들은 더 이상 필요하지 않다.

집으로 돌아온 후에 내 인생을 면밀히 들여다보기로 했다. 결론은 나는 '정리된' 삶을 살고 있었다는 것이다. 하지만 사실상 나는 그저 정리를 잘하는 저장 강박증 환자였다. 질병적인 측면에서 저장 강박증은 강박증 스펙트럼의 맨 끝에 위치한다. 수많은 강박장애 중에서도 나는 저장 강박증을 앓고 있었던 것이다. 하지만 TV 프로그램에서 보듯 집 안 곳곳을 잡다한 물건들로 가득 채우는 저장 강박증 환자들과는 달리 나는 다소 정리된 모습으로 나의 강박증을 표현하고 있었다.

지하실에는 투명한 플라스틱 상자 수십 개가 각각 라벨링되어 높이 쌓여 있었다. 「GQ」와 「에스콰이어」의 지난달 잡지, 카키 바지와 폴로 셔츠, 테니스 채와 야구 글러브, 한 번도 펴지 않은 텐트와 잡다한 캠핑용품들 그 외에도 수많은 것들이 상자 안에 담겨 있었다. 내가 주로 TV나 영화를 시청하는 방은 작은 전자제품 가게라고 해도 무방했다. 벽에 달린 커다란 프로젝터 TV 옆으로 수많은 영화 DVD와 음악 앨범이 알파벳순으로 정리되어 있었다. 서라운드 스테레오 시스템은 볼륨을 절반만 올려도 주민들의 항의를 받을 만큼 웅장한 소리를 냈다. 나의 집 서재는 도서관과 비슷했다. 바닥부터 천장까지 닿는 높이의 선반 위에는 약 2,000권의 책이 정리되어 있었다. 물론 절반도 읽지 못했다.

옷방은 영화 〈아메리칸 사이코〉의 세트장과 비슷했다. 70벌의 브룩스 브라더스 정장 셔츠, 수십 벌의 맞춤 정장, 적어도 50개는 족히 될 것 같은 명품 넥타이, 가죽 구두 10켤레, 티셔츠 100장, 똑같은 티셔츠 20벌, 하루에 한 번씩 갈아입어도 다 신지 못할 것 같은 양말, 속옷, 액세서리가 모두 곱게 접혀 서랍에 정리되어 있거나 똑같은 간격으로 아름답게 옷장에 걸려 있었다. 나는 계속해서 수집하고 저장해 나갔다. 끝이 없는 것처럼 말이다. 아무리 열심히 정리하고 청소해도 어딘지 모르게 정신 사납고 부산스러웠다.

물론 겉으로는 멀쩡하고 근사해 보였다. 겉으로 보이는 것만. 내 인생은 아무리 잘 정리되어 보여도 실상은 엉망진창이었다. 내 인생은 이때까지 모은 물건들의 무게에 짓눌리고 있었다. 뭔가 바꿔어야 할 시점이었다. 단순화하고 싶었다. 여기서 미니멀리즘이라는 개념이 나의 인생에 처음으로 들어왔다.

나에게 이 단순화 작업은 하나의 질문으로부터 시작되었다. 덜 소유한다면 나의 삶은 어떻게 나아질 수 있을까?

단순화하는 목적을 찾아야 했다. 나에게 중요한 것은 '어떻게'가 아니라 '왜'였다.

내 삶을 단순화한다면 건강, 인간관계, 재정, 창작 활동에 신경 쓸 시간적 여유가 많아질 것이다. 그리고 의미 있는 방식으로 다른 이들을 도울 수 있을 것이다. 보시다시피 실제로 옷장을 비우기도 전에 나는 단순한 삶의 이득을 너무나도 잘 이해하고 있었다.

잡동사니를 실제로 정리해야 했을 때 나는 작은 부분부터 시작했다. 그리고 또 다른 질문이 떠올랐다. 한 달간 하루에 하나씩 물건을 정리해 보면 어떨까?

정답은 지금의 내가 알고 있다. 나는 처음 30일간 30개 이상의 물건을 정리했다. 그리고 그 이후로는 더 많이 정리했다. 매일 정리할 것을 찾는 것은 혼자만의 도전이 되었다. 더 많은 방, 옷장, 서랍, 자동차, 사무실을 뒤지면서 정리할 물건을 찾았다. 그리고 정말 가치 있다고 느껴지는 것만 남겨 두었다. 어린 시절 가지고 놀았던 야구 방망이, 조각이 사라진 오래된 퍼즐, 결혼 선물로 받은 와플 기계 등 유물에 가까운 물건들을 하나씩 보면서 '이 물건이 내 삶에 가치 있게 사용될까?'라고 스스로에게 물었다. 이 질문을 하면 할수록 정리하고 버리기 쉬워졌다. 그리고 속도도 빨라졌다. 하루하루 정리하는 양이 늘어났고 정리하면 할수록 더욱 자유롭고 행복하고 가벼워졌다. 셔츠 몇 벌을 정리하다가 옷장 절반을 정리해 버렸고, DVD 몇 개를 정리하다가 DVD 전부를 정리해 버렸다. 장식품 몇 개를 정리하다가 온갖 잡동사니가 담겨 있던 서랍 전체를 정리해 버렸다. 선순환적인 일이었다. 하면 할수록 더 하고 싶어졌다.

어머니가 돌아가시고 나서 8개월간 나는 지역 기부 센터를 수도 없이 왔다갔다 하며 내가 소유했던 물건 중 90퍼센트 이상을 정리했다. 혼란만 가득했던 내 삶은 평온해졌다. 미니멀한 삶을 살기 시작한 지 10년이 된 지금 만약에 누군가가 우리 집을 방문한다면 "이 집주인은 미니멀리스트네!"라고 말하지는 않을 것이다. "이 집주인은 깔끔한 편이네!"라고 말하며 어떻게 이렇게 정리 정돈을 잘하고 사는지 비결을 물어볼 것이다. 나의 아내, 딸 그리고 나는 많은 것을 소유하려 하지 않는다. 하지만 우리가 소유한 물건들은 우리의 삶에 진정한 가치를 더하는 것들이다. 우리가 소유한 것들 하나하나, 부엌 용품, 옷, 자동차, 가구 모두 각각의 목적과 기능을 가지고 있다. 미니멀리스트로서 내가 가지고 있는 물건들은 모두 각각의 목적이 있고 나에게 기쁨을 준다. 그 외의 것들은 더 이상 필요하지 않다.

잡동사니가 사라지고 나서야 나는 보다 근본적인 질문을 스스로에게 할 수 있게 되었다. 언제부터 나는 물질적인 것에 그렇게 큰 의미를 부여하기 시작했을까? 내 인생에서 꼭 필요한 것은 무엇일까? 내가 그토록 불행했던 이유는 무엇일까? 나는 어떤 사람이 되고 싶은가? 성공을 어떻게 정의할 수 있을까?

쉽게 답할 수 없는 어려운 질문들이다. 하지만 단순히 필요 없는 물건들을 정리하는 것 이상으로 도움이 되는 질문들이다. 이 질문들에 대한 답을 신중하게, 열심히 고민하지 않는다면 애써 비워 낸 옷장은 다시 새로운 물건으로 가득 찰 것이다.

물건을 정리하고 이 질문들에 대한 답을 찾아가면서 내 삶은 더욱 단순해졌다. 곧 나의 동료들도 뭔가 달라졌다는 것을 알아차리기 시작했다.

"훨씬 스트레스를 덜 받는 것 같아요."

"훨씬 더 차분해 보여요."

"무슨 일이에요? 예전보다 더 친절해지신 것 같아요!"

통통했던 초등학교 5학년 때부터 나의 가장 친한 친구였던 라이언 니커디머스는 이렇게 물었다. "도대체 넌 뭐가 그렇게 행복한 거야?"

나는 웃으며 미니멀리즘에 대해서 이야기해 주었다. "그 미니멀리즘이라는 게 뭔데?" 그가 물었다.

"미니멀리즘은 물건에 대한 집착을 버리는 거야"라고 내가 대답했다.

"라이언, 너도 미니멀리즘을 좀 해 봐야 할 것 같아⋯. 글쎄⋯, 너도 잡동사니를 꽤 많이 이고 지고 사는 편이잖아."

꿈의 숫자

라이언 니커디머스도 나와 비슷한 문제 가정에서 태어났고 그다지 행복하지 않은 어린 시절을 보냈다. 라이언이 7살이 되던 해, 그의 부모님의 결혼 생활은 끝났다. 부모님의 이혼 후, 라이언은 어머니와 살았고 어머니가 재혼한 후에는 새아버지와 이동주택에서 살았다. 그리고 그곳에서 약물, 술, 폭력을 목격했다. 물론 재정적인 문제도 있었다.

라이언의 어머니는 실업수당을 받았지만 재정에 대한 걱정이 불행의 가장 큰 부분을 차지했다. 라이언의 아버지는 독실한 여호와의 증인 신자로 작은 페인트 가게를 운영했다. 라이언의 아버지 역시 재정적인 어려움을 겪고 있었다. 가게를 운영하는 사장이었지만 살림살이는 어려웠고 저축할 여유나 미래를 대비할 여유도 없이 근근이 생계를 유지했다.

십 대로 들어선 라이언은 여름 방학의 대부분을 아버지 아래서 일을 하며 보냈다. 말도 안 되게 화려하고 비싼 집에서 페인트 칠을 하고 벽지를 바르는 일을 했는데 보통 차고와 실내 수영장, 개인 볼링장을 가진 100평쯤 되는 초호화 주택이었다. 이렇게 호화스러운 집에 살고 싶은 마음은 크지 않았지만 그런 집은 그의 인상에 깊이 남았다.

햇살이 뜨겁게 내리쬐던 어느 여름날, 라이언과 아버지는 신시내티 교외의 한 주택에서 벽지 도배 작업을 하고 있었다. 수백만 달러의 호화 주택은 아니었지만 라이언이 살았던 수많은 집보다는 훨씬 좋은 집이었다. 라이언은 집주인들을 만났는데 너무나도 행복해 보였다. 벽은 가족과 친구의 행복한 얼굴이 담긴 사진 액자들로 꾸며져 있었다. 그들의 삶이 얼마나 행복한지 증명하는 것 같았다. 그 집은 구석구석 TV, 벽난로, 가구 등 온갖 물건으로 가득 차 있었다. 벽지를 바르면서 라이언은 자신이 그 집에서 사는 모습을 상상해 보았다. 그 많은 물건들이 있는 집을 소유하면 얼마나 행복할까 생각했다. 도배 작업을 마무리하기 전, 라이언은 아버지에게 물었다. "이런 집에서 살려면 얼마나 벌어야 하죠?"

아버지는 이렇게 대답했다. "연봉이 5만 달러 정도 되면 이런 집에 살 수 있을 거야."(이 대화가 오갔던 때는 1990년대라는 것을 기억해야 한다. 그 당시에 5만 달러는 라이언의 아버지와 어머니의 연봉을 합친 것보다 훨씬 많았다.) 그 이후로 5만 달러는 라이언의 목표가 되었다.

높아지는 목표

고등학교 졸업반이 되던 해의 어느 날, 라이언과 나는 단둘이 외롭게 점심 식사를 하며 졸업 후 계획에 대해 이야기를 나누고 있었다.

"뭘 해야 할지 모르겠어, 밀리." 밀리는 당시 나의 별명이었다. "그런데 뭘 하든 연봉으로 5만 달러만 받을 수 있다면 행복할 것 같아"라고 라이언이 말했다.

딱히 반박할 만한 근거가 없었다. 그래서 우리 둘 다 그것을 목표로 삼았다. 고등학교 졸업 한 달 후였던 1999년에 나는 지역 내 이동통신 회사에서 영업사원으로 근무했다. 그리고 몇 년 뒤, 대리점 매니저로 첫 승진을 했다. 그리고 나는 그 당시 아버지의 사업을 도우면서 탁아소에서 근무하고 있던 라이언에게 같이 일을 해 보자고 제안했다. 라이언을 설득하는 일은 어렵지 않았다. 내가 수수료를 얼마나 받는지 알려 주자마자 라이언은 합류하겠다고 말했다. 그로부터 몇 달 후 라이언은 성과를 가장 많이 내는 영업사원이 되었다. 라이언이 그토록 꿈꾸던 연봉 5만 달러를 받기까지는 그리 오래 걸리지 않았다.

하지만 우리는 곧 뭔가 잘못됐다고 느꼈다. 라이언은 행복해 보이지 않았다. 라이언은 금방 문제를 파악했다. 물가상승률을 고려하지 않았던 것이다. 1년에 6만 5천 달러를 벌면 행복할 것이라고 생각했다. 아니면 9만 달러? 아니면 억대 연봉? 아니면 뭔가 많이 소유하면 행복해질 것이라고 생각했다. 행복이 무엇이든 행복하기만 하면 마침내 자유로워질 것이라고 믿었다. 그래서 라이언은 더 많이 벌고, 더 많이 썼다. 행복을 위해서 말이다. 뭔가 새로 하나씩 살수록 아메리칸드림에 가까워지는 듯 보였지만, 실상 자유로부터는 한 발짝씩 멀어지고 있었다.

2008년 무렵, 고등학교 졸업 후 10년이 채 되지 않은 시점에 라이언은 그가 목표로 하던 것들을 이미 모두 가지고 있었다. 그는 이름 있는 회사에서 몇백 명의 직원을 담당하는 관리자로서 억대 연봉을 받는 탄탄한 성공 가도를 달리고 있었다. 몇 년에 한 번씩 차를 바꿨고, 거실 두 개, 침실 세 개, 욕실 세 개짜리 집에 살고 있었다(거실 하나는 라이언, 다른 하나는 고양이 용이었다). 모두가 라이언이 성공했다고 말했다.

사실이다. 그는 성공을 상징하는 모든 것들을 이미 가지고 있었다. 그러나 겉으로 보이지 않는 것들도 그만큼이나 많이 가지고 있었다. 벌어들이는 수입이 꽤 크긴 했지만 빚도 많았다. 라이언이 행복을 찾는 과정에는 단순히 돈 그 이상의 비용이 들었다. 라이언의 삶은 스트레스, 두려움, 불만으로 가득 차 있었다. 물론 겉으로 보기에는 성공한 사람처럼 보였을지 모른다. 하지만 정작 라이언의 마음은 우울감으로 가득했으며 더 이상 무엇이 중요한지 알지 못하는 지경이 되었다.

그 와중에 한 가지는 명확했다. 공허함을 느낀다는 것이었다.

여느 사람과 같이 라이언 또한 그 공허함을 물건으로 채웠다. 그것도 엄청나게 많은 물건으로 말이다. 차, 전자 기기, 옷, 가구, 인테리어 소품을 새로 샀다. 은행 계좌에 현금이 부족할 때에는 값비싼 식사와 술과 휴가를 신용카드로 계산했다. 누릴 여력이 없는 라이프 스타일을 힘겹게 이어 가고 필요하지도 않은 물건을 사기 위해 없는 돈을 사용했다.

라이언은 자신이 결국 행복을 찾을 것이라고 생각했다. 행복은 분명 어딘가, 근처에 있을 것이라고 믿었다. 하지만 그렇게 사들인 물건들도 공허함을 채워 주진 못했다. 오히려 공허함은 더욱 커져 갔다. 그 당시 라이언은 무엇이 중요한지 몰랐기 때문에 물건으로 그 공허함을 계속해서 채우려고 했다. 더욱 큰 빚을 지고 그 어디에도 행복, 기쁨, 자유를 찾아볼 수 없는 소비라는 행위를 통해서 말이다. 이런 삶은 몇 년간 지속되었다. 악순환이었다.

나락으로 떨어지다

덜 소유한다고 해서 나의 삶이 어떻게 나아질 수 있을까?

그렇게 라이언의 20대는 저물어 갔다. 겉으로 보기에 라이언의 삶은 완벽했지만 그의 속은 엉망진창이 되어 가고 있었다. 결국 알코올이 그의 삶에서 큰 부분을 차지하게 되었다. 회사 업무가 끝나 갈 때쯤이면 벌써 해피 아워에 누구와 술을 마실까를 고민하고 있었다. 그러다 맥주 반 짝 아니면 양주를 샷으로 여러 잔을 마시는 밤이 늘어났다. 더 많이 마시는 날도 많았다.

라이언은 저녁에 바에서 술을 마신 뒤 집까지 운전을 하기도 하고 완전히 취한 상태로 회사 행사에 참여하기도 했다. 이런 일은 꽤 자주 있었고 음주운전을 하면서 사고를 적어도 세 번이나 냈다. 더 있었을 수도 있지만 지금 기억나는 건 세 번이다. 새로운 차를 사도 몇 달 후면 헌 차가 되어 있었다. 다행인지 모르겠으나 음주운전으로 경찰에 적발된 적은 없고 정말 다행으로 자신 외에는 다친 사람이 없었다. 정말 최악의 날이 한 번 있었는데 라이언이 너무 심하게 술을 마셔서 구토를 하다가 동료의 거실 카펫, 친구의 생일 케이크, 천 달러짜리 스웨이드 재킷을 망쳐 버린 적도 있었다. 그리고 그중 제일 망가진 것은 라이언 자신의 이미지였다. 시트콤의 한 장면처럼 이 모든 일이 단 하루 만에 일어났다. 불행히도 시트콤이 아니라 라이언의 실제 경험담이다. 라이언의 인생은 술을 한 잔 마실 때마다 나락으로 더 깊이 떨어졌다.

음주만 문제였던 것은 아니다. 약물까지 가세해서 상황은 더욱 악화되었다. 또 술을 거하게 마신 다음 날 그리고 새 차를 박살 낸 지 몇 주 되지 않은 어느 날, 라이언은 아침에 일어나 자신의 엄지손가락이 골절되었다는 것을 알게 되었다. 그때는 별 문제 없을 것이라고 생각했다. 엄지손가락 골절보다 훨씬 더 안 좋은 일이 얼마든 일어날 수 있었을 테니까. 의사는 라이언에게 진통제의 일종인 퍼코셋Percocet을 처방해 주었다. 그로부터 몇 달 내에 라이언은 완전히 중독되었다. 의사의 처방을 받을 수 없게 되자 그는 불법적으로 진통제를 손에 넣었다. 종류는 상관없었 다. 퍼코셋, 바이코딘, 옥시콘틴 등 무엇이든 손에 넣을 수만 있 으면 상관없었다. 엄지손가락 골절과 더불어 엄청난 절망감으 로 인해 라이언은 진통제를 하루에 20알, 많으면 40알까지 복 용했다. 어마어마한 양의 술과 약물을 복용하면서 라이언은 그 고통으로부터 무감각해지기 위해 한 달에 5,000달러 이상을 소 비했다. 스스로 만들어 낸 삶을 버텨 내기 위해서였다.

그리고 그의 약물 과다복용이 시작되었다. 절망감에 압도된 나머지 라이언은 자신의 인간관계, 직장, 집, 차, 빚 등 자신이 가진 모든 것이 엉망진창이고 삶 자체에 희망이 없다고 느끼며 진통제 한 통을 목구멍으로 넘겼다. 죽고 싶었던 것은 아니다. 다만 그 절망감이 멈추길 바라는 마음에서였다. 다행히 라이언 은 다시 눈을 떴지만 일주일간 정신병원의 밝디밝은 형광등 아 래에서 치료를 받아야 했다. 그의 신용카드로 청구된 입원비와 진료비는 또 빚이 되었고 라이언은 어쩔 수 없이 또 알코올과 수면제에 의존했다.

당연히 라이언의 주변 사람들도 고통스러워했다. 그 당시에는 몰랐지만 라이언은 전형적인 가해자였다. 이혼 후, 그는 여자친구를 바꿔 가며 바람을 피웠고 거짓말은 일상이 되었다. 모두에게 모든 일에 대해 거짓말로 일관했다. 비밀을 들키기 싫고 자신의 모습이 부끄러워 가장 가까이 지내던 사람과도 관계를 끊어 버렸다. 가족이나 친구와 시간을 보내는 대신 그저 같이 약물을 복용할 수 있는 사람들과 어울렸다.

라이언의 어머니는 라이언 근처에 살고 있었지만 그를 거의 보지 못했다. 라이언은 어머니에게 일 때문에 바쁘다고 둘러댔다. 어느 정도는 사실이었기 때문에 어머니는 이해했다. 하지만 일은 일부에 불과했고 그는 약물, 알코올, 거짓말로 가득한 삶으로 인해 시간이 없었다.

라이언의 인생은 겉으로 보기에는 여전히 근사했지만 실상은 무너져 가고 있었다. 화려한 집, 새 차, 그리고 모든 좋은 물건들을 가지고 있으면서도 라이언은 어느 것 하나에서도 의미를 찾을 수 없었다. 그의 인생은 의미도, 열정도, 가치도, 방향도, 만족감도, 사랑도 존재하지 않았다. 처음에는 알아차릴 수 없을 만큼 아주 천천히 무너졌지만 점점 더 걷잡을 수 없이 무너져 내려 라이언 자신도 더 이상 자신을 알아볼 수 없을 정도였다. 연봉 5만 달러를 받는 행복한 미래를 상상하던 십 대 소년은 온데간데없었다.

라이언은 삶에서 정말 중요한 것들을 포기해 가며 일주일에

60시간, 70시간, 때로는 80시간까지 일했다. 자신의 건강이나 인간관계는 안중에도 없었다. 정말 최악인 것은 라이언 자신이 느끼기에도 삶이 정체되어 있었던 것이다. 성장은 멈췄고 그 누구에게도 도움이 되지 않는 삶을 살고 있었다.

월요일 오전, 평소처럼 회사로 출근한 라이언과 나는 무미건조한 마케팅 회의를 마친 뒤 회사 복도에 섰다. 나는 그에게 요즘 무엇이 그의 가슴을 뛰게 하는지 물었다. 환한 자동차 전조등을 바라보는 사슴과 같이 술이 덜 깬 눈을 게슴츠레 뜬 라이언은 "전혀 모르겠어"라고 대답했다. 라이언의 삶의 목적은 오로지 돈을 버는 것, 그리고 물건을 사들이는 것이었다. 좋아하지도 않는 일을 하면서 약물, 알코올에 찌들어 해로운 습관들만 길러 가면서 살고 있었다. 살고 있다고 말할 수도 없었다. 그 당시에는 몰랐지만 라이언은 우울증을 앓고 있었다.

다른 종류의 파티

단순히 소비만이 문제가 아니기 때문이다. 진짜 문제는 무분별한 소비에 있다.

많은 면에서 라이언의 삶은 폐점된 쇼핑몰과도 비슷했다. 수년간 고삐 풀린 망아지처럼 소비하고 수년간 하룻밤의 즐거움을 쫓고, 가장 가까운 사람들은 제쳐 두고 계속해서 더 원하고 더 갈망하며 라이언은 황폐해져 갔다. 결국 모두 떠나갔고 의미 있는 모든 것들은 사라졌다. 라이언은 그저 빈껍데기에 불과했다.

30살이 되어 갈 때쯤 라이언은 지난 20년간 가까이 지내던 친구가 뭔가 달라졌다는 것을 느꼈다. 그 친구는 나였다. 라이언은 나에게 최근 몇 년간 처음으로 행복해 보인다고 말했다. 그러나 그는 이유는 알지 못했다. 우리는 20대를 같은 회사에서 바로 옆자리에서 승진만을 바라보며 열심히 그리고 성실히 보내 왔다. 그리고 나 또한 라이언만큼이나 행복하지 않았다. 심지어 나는 그 당시에 인생의 최저점을 지나고 있었다. 어머니는 돌아가시고 결혼 생활도 파탄이 났다. 따라서 내가 행복할 이유는 전혀 없었다. 지금 생각해 보니 라이언보다 행복할 이유는 더욱이 없었다.

어느 날 라이언은 써브웨이 샌드위치에서 근사한 점심을 대접하며 나에게 질문했다. "너는 대체 왜 그렇게 행복한 건데?"

질문을 받고 이십 분간 나는 내가 새로 시작한 미니멀리스트로의 여정에 대해 이야기했다. 지난 몇 달간 내가 어떻게 잡동사니를 모두 정리하고 삶을 단순화하면서 정말 중요한 것들이 삶에 들어올 수 있도록 자리를 만들어 갔는지 설명했다.

끓어오르는 의지를 주체하지 못한 라이언은 그 자리에서 당장 미니멀리스트가 되겠다고 선언했다. 그는 반쯤 먹은 샌드위치를 앞에 두고 나를 보며 흥분이 가득한 목소리로 말했다. "좋앞어. 나도 해 볼래!" 소리 내어 말하지는 않았지만 누가 봐도 "뭐라고?"라고 말하는 나의 표정을 보며 라이언은 잠깐 주춤했다가 다시 말했다.

"미니멀리스트가 될 거라고!"

"음……, 그래 좋아."

"그럼 이제 뭘 해야 해?" 라이언이 물었다.

나도 몰랐다. 애초에 나는 라이언이든 누구에게든 미니멀리스트가 되라고 전도할 의도가 없었다. 그래서 '이제 뭘 해야 해?'라는 질문을 받았을 때 어떻게 답해야 할지 몰랐다. 지난 8개월간 어떻게 조금씩 정리해 나갔는지 이야기해 줬지만, 라이언은 만족하지 못하고 더 빨리 해치우길 원했다.

얼마 후, 내게 좋은 생각이 떠올랐다.

"어쩔 수 없이 너의 모든 물건을 정리해야 할 때가 언제지?"

"언젠데?" 그가 되물었다.

"이사할 때잖아." 나 또한 이사한 지 1년이 채 되지 않았다.

"그렇다면 네가 이사를 한다고 생각해 보면 어떨까?"

그래서 그렇게 하기로 결정했다. 써브웨이 샌드위치에서 점심을 먹다 말고 우리는 마치 이사할 때처럼 라이언이 소유한 모든 것들을 정리해 짐을 싸고 앞으로 3주 동안 정말 필요한 것들만 다시 꺼내기로 했다. 우리는 이것을 정리 파티_{Packing Party}라고 부르기로 했다(라이언은 파티와 관련된 것이라면 뭐든 좋아하기 때문이다).

그 주 일요일, 나는 라이언의 집으로 가 짐을 싸는 것을 도와주었다. 옷, 부엌용품, 수건, 전자 기기, TV, 액자, 미술 작품, 세면도구 모든 것을 정리했다. 가구도 없는 것처럼 보이려고 천으로 덮어 버렸다. 총 9시간 그리고 몇 번의 피자 배달 후에 라이언의 모든 짐은 상자 안에 들어가 있었다. 집 전체에 골판지 냄새가 가득했다. 라이언과 나는 기진맥진한 상태로 거실에 앉아 바닥부터 3미터 높이의 천장까지 탑처럼 쌓아 올린 상자들을 쳐다보았다.

라이언이 소유한 모든 것들, 지난 10년간 그토록 열심히 일해서 모아 온 모든 것들이 그 방에 있었다. 상자는 켜켜이 끊임없이 쌓여 있었다. 라이언이 필요한 물건을 쉽게 찾을 수 있도록 우리는 모든 상자에 이름을 적었다. '잡동사니', '거실 1', '부엌 용품', '침실 옷장', '잡동사니 서랍 7' 등과 같이 말이다.

그렇게 집 안의 모든 물건을 정리하고 나서 21일간 라이언은 그가 정말 필요한 물건만 다시 꺼냈다. 칫솔, 침대 시트, 회사에 입고 갈 옷, 가구, 냄비, 프라이팬, 도구 세트. 정말 그의 삶에 가치 있게 사용되는 것만 골랐다. 그렇게 3주가 지났고 라이언의 물건 중 80퍼센트는 여전히 상자 안에 포장되어 있었다. 그냥 그렇게 아무도 건드리지 않은 채로 거실에 자리하고 있었다. 라이언은 심지어 그 상자 안에 어떤 물건이 들어 있는지 기억하지도 못했다. 결국 자신을 행복하게 만들어 줄 것이라고 생각했던 것들은 아무런 쓸모도 없는 것들이었다. 라이언은 그것들을 전부 그의 품에서 떠나보내기로 결정했다. 골판지 상자에 가득 차 있는 모든 것을 팔거나 기부하기로 말이다.

그렇게 몇 주간의 '정리 파티'가 마무리될 때쯤 라이언은 성인이 되고 나서 처음으로 자유를 느꼈다고 말했다. 필요 없는 것들을 정리하고 정말 필요한 것들만을 위해 자리를 만드는 과정을 통해 라이언은 자유를 느꼈다. 필요하지 않은 물건들을 없애는 것 그 자체로 라이언의 삶이 180도 바뀐 것은 아니다. 다만 변화가 일어날 수 있는 자리와 여유가 생겼을 뿐이다.

라이언은 자신의 삶을 다시 만들어 갔다. 과거의 흔적은 지워버리고, 새로운 우선순위를 세우고, 좋은 습관을 만들어 갔다. 이 책의 나머지 부분에서 이에 대해 조금 더 자세히 살펴볼 예정이다. 나는 라이언의 이전 모습을 폐점된 쇼핑몰에 비유한 바 있다. 정리 이후의 라이언은 많은 사람들이 모여드는 공동 공간과도 같았다. 삶을 단순화한 뒤에도 몇 달간 라이언의 삶은 힘겨웠지만 적어도 그는 삶의 의미를 되찾았다. 굉장히 오랜만에 처음으로, 아니 어쩌면 인생에서 처음으로 라이언은 자기 자신이 아닌 다른 사람들에게 눈을 돌리기 시작했다. 소비주의가 아니라 공동체, 받는 것이 아니라 주는 것, 물건이 아닌 사람들에게 눈을 돌렸다. 그에게 다른 이들을 볼 여유가 생긴 것이다. 물론 이런 결과를 의도한 것은 아니다. 하지만 라이언은 서서히 우주의 중심이 자신이 아니라는 사실을 알게 되었다.

더 미니멀리스트

라이언이 삶을 단순화하고 한 달이 지나자 새로운 습관은 점점 자리 잡기 시작했고 세상을 바라보는 그의 관점 또한 이전과는 완전히 반대가 되었다. 그는 다른 사람들도 자신의 경험으로부터 많은 것을 얻을 수 있을 것이라고 생각했다. 필요한 것은 그의 이야기를 공유할 수 있는 효과적인 방법을 생각해 내는 것이었다. 라이언은 내가 글쓰기를 좋아한다는 사실을 알고 있었기에 2010년 30대 남성들이 흔히 할 법한 일을 벌였다. 그렇게 우리는 같이 블로그를 시작했다. 블로그는 TheMinimalists.com이라고 이름 지었다.

2010년 12월 14일 블로그를 처음 개설하고 나서 정말 놀라운 일이 벌어졌다. 첫 달에 52명의 사람이 우리 블로그를 방문했다! 별것 아닌 것처럼 들릴 수도 있겠지만 라이언과 나는 무척 자랑스러웠다. 적어도 52명의 사람에게 덜 소유하고 사는 삶에 대한 가치를 전달했다는 의미니까 말이다.

그리고 곧 더 놀라운 일이 벌어졌다. 52명의 구독자는 500명이 되었고 곧 5,000명이 되었다. 이제 우리는 매년 수백만 명의 사람들에게 미니멀리즘을 전파하고 있다. 그리고 우리가 다른 이들의 삶에 가치를 전달하면 그 사람들이 자신의 친구와 가족에게 그 가치를 똑같이 전달한다는 사실을 알게 되었다. 가치를 더하는 것은 기본적인 인간의 본능이었던 것이다.

라이언과 내가 각자의 삶을 단순화한 지 10년이 지났다. 사람들은 이제 우리를 '더 미니멀리스트'로 알고 있다. 우리는 미니멀리스트로서 사람들이 덜 소유하고 진정으로 의미 있는 삶을 살 수 있도록 돕는다. 우리가 이렇게 도움을 준 사람은 2천만 명이 넘는다. 정말 중요한 것이 자리할 수 있도록 자리를 비워 두는 것이 중요하다는 간단하지만 가치 있는 메시지를 통해서 말이다.

미니멀리즘이란

미니멀리즘의 시작은 물건이다. 하지만 물건은 시작에 불과하다. 물론 언뜻 보면 미니멀리즘의 목적이 그저 물건들을 정리하고 처리하는 것이라고 생각할 수도 있다. 잡동사니를 없애는 과정이라고 말이다. 없애고, 버리고, 분리하고, 줄이고, 포기하는 과정.

만약에 미니멀리즘의 목적이 단순히 이에 그친다면 모두들 그저 커다란 쓰레기차를 한 대 빌려 거기에 필요 없는 것들을 모두 던져 넣으면 영원한 평안을 누릴 수 있을 것이다. 하지만 가지고 있는 모든 것을 다 버려도 불안하고 불만족스러울 수 있다. 깔끔하게 정리된 빈집에 들어서서 오히려 마음은 더욱 우울하고 무기력할 수 있다. 안정감을 줬던 모든 것이 사라졌기 때문이다.

과도함을 덜어 내는 것, 불필요함을 없애는 것은 미니멀리즘의 중요한 부분이다. 하지만 이는 여러 단계 중 하나에 불과할 뿐이다. 정말 미니멀리즘에 물건이 전부라고 생각한다면 더 중요한 것을 놓치고 있는 것이다. 잡동사니를 없애는 것은 목표이자 지향하는 최종 결과가 아니다. 첫걸음일 뿐이다. 물론 잡동사니를 정리함으로써 마음에 큰 짐을 들어낸 것 같은 안도감과 만족감을 느낄 수도 있다. 하지만 그 느낌은 오래가지 않을 것이다.

왜일까? 단순히 소비만이 문제가 아니기 때문이다. 진짜 문제는 무분별한 소비에 있다. 하지만 바꿀 수 있다. 우리가 매일 내리는 결정에 조금 더 신중하기만 하면 된다. 물론 어떤 물건은 꼭 필요한 것이기도 하다. 중요한 것은 적당하게 소유하고 나머지는 정리하는 것이다. 여기서 바로 미니멀리즘이 등장한다.

미니멀리스트는 단순히 덜 소유하는 것, 자신이 소유하는 물건의 양을 최소화하는 데 초점을 두지 않는다. 미니멀리스트는 더 많은 것들을 위한 자리를, 여유를 만들어 내는 것에 초점을 둔다.

더 많은 시간, 더 많은 열정, 더 많은 창의력, 더 많은 경험,

더 많은 기여, 더 많은 만족, 더 많은 자유. 잡동사니를 정리하면 삶을 더욱 보람차고 풍요롭게 만드는 많은 것들이 들어올 자리가 생겨나게 된다.

사람들이 미니멀리즘을 기피하는 이유 중 하나는 미니멀리즘이라는 단어 자체가 극단적이고 어떤 측면에서 삶의 모든 것을 뒤엎어 바꿔야 할 것만 같은 느낌을 주기 때문이다. 자신의 문화적 경계 밖을 넘어서는 것이 두렵고 '미니멀리스트'라고 불리고 싶지 않은 마음에 삶을 단순화하는 것에 대한 거부감을 느끼기도 한다.

'미니멀리즘'이라는 단어가 마음에 들지 않는다면 '단순화하기' 등 자신의 취향대로 불러도 된다. '가치지향적 삶', '충분주의', '선택주의', '필수주의', '큐레이션적 삶', '실용주의' 뭐든 좋다. 의미가 통하기만 한다면 말이다. 뭐라고 부르든지 요점은 이 모든 것들이 삶에서 정말 중요하고 가치 있는 것들을 위한 자리를 만들 수 있도록 물건들을 정리하는 것이 목표라는 사실이다. 그리고 삶에서 중요하고 가치 있는 것들은 절대 물건일 수 없다.

그렇다면 이렇게 계속 강조하는 삶에서 중요하고 가치 있는 것이란 과연 무엇일까? 곧 살펴보도록 하자.

이 책은 집을 정리하기 위한 가이드를 제시하는 책이 아니다. 서점에는 이미 그런 내용의 책이 수도 없이 많다. 우리가 이 책을 통해 알려 주고자 하는 것은 필요 없는 물건들을 정리하고 버리기 위해 필요한 실용적인 팁이기도 하지만 이는 쉽기도 하고 정말 첫 단계에 불과하다. 요점은 이렇게 첫 단계를 밟고 나서, 불필요한 것들이 모두 정리된 후에 가능성이 넘쳐 나는 삶을 탐색하고 살아갈 수 있도록 돕는 것이다. 이것이 신중하고 분별력 있는 삶을 사는 다음 단계다. 시작은 물건을 정리하는 것이다. 그리고 덜 소유하고 더 정리된 후에 우리가 보여 주고 싶은 것은 정말 삶에서 가져야 하는 것들을 위한 자리를 만드는 방법이다.

덜 소유하고 더 사랑하라

미니멀리스트는 단순히 덜 소유하는 것, 자신이 소유하는 물건의 양을 최소화하는 데 초점을 두지 않는다. 미니멀리스트는 더 많은 것들을 위한 자리를, 여유를 만들어 내는 것에 초점을 둔다.

이 책의 제목을 지을 때 영감을 준 사람이 두 명 있다. 한 명은 "우리가 꼭 기억해야 할 것은 사람을 사랑하고 물건을 사용해야 한다는 것이다. 물건을 사랑하고 사람을 이용하는 것이 아니라"라는 말을 처음으로 한 사람으로 풀턴 J. 쉰 대주교이다. 이 말은 어린 시절 독실한 가톨릭 신자였던 어머니의 침대 위 액자에도 적혀 있어 어머니의 방을 지나면서 거의 매일 보았다. 한 세기 이후 유명 래퍼 드레이크_{Drake}는 그의 노래에서 이 말을 인용해 "사람을 사랑하고 물건을 이용하는 방법을 배우길 바란다.

그 반대가 아니라"라는 가사를 썼다. 우리는 이 말을 약간 변형하여 미니멀리즘의 본질을 담은 문구로 만들어 냈다. "덜 소유하고 더 사랑하자. 그 반대가 될 수는 없으니까Love people and use things because the opposite never works" 팟캐스트 매회 마지막에 이 말을 하고 마무리를 한다. 우리가 이 말을 하면 청중들도 한목소리로 이 말을 따라 한다. 용감한 사람 몇몇은 이 말을 매일 기억하기 위해 이 문구를 문신으로 새기기도 했다.

미니멀리즘 그 자체는 예전부터 있어 왔던 개념이다. 미니멀리즘의 기원은 스토아학파, 거의 모든 종교, 그리고 최근에는 에머슨Emerson, 소로Thoreau, 타일러 더든Tyler Durden으로 거슬러 올라간다. 미니멀리즘의 개념은 동일하지만 달라진 것은 우리가 직면한 문제이다. 그 어느 때보다 요즘 사람들은 물질주의에 현혹되어 있으며, 그 어느 때보다 의미 없는 물건들을 잔뜩 얻기 위해서 사랑하는 사람들을 기꺼이 등지곤 한다. 이 책을 통해 미니멀리즘이 오래전부터 전해 왔던 지혜를 현대의 시각으로 새롭게 재구성해 볼 것이다. 이 책의 목적은 현대 세상과 대적하도록 만드는 것이 아니라 오히려 이 세상에서 더욱 잘 살아갈 수 있는 방법을 알려 주는 것이다.

꼭 필요하다고 자신을 설득해 가며 모아 온 물건들 없이 어떻게 행복하게 살 수 있을까? 가치지향적이고 보람찬 삶을 어떻게 만들어 나갈 수 있을까? 삶의 우선순위를 어떻게 새롭게 세울 수 있을까? 우리가 스스로를 바라보는 방식을 어떻게 바꿀 수 있을까? 삶에서 정말 소중하고 가치 있는 것을 어떻게 얻을 수 있을까?

라이언과 나는 사람을 사람답게 만드는 삶의 중요한 일곱 가지 관계들을 살펴봄으로써 위의 질문에 대한 답을 찾아갈 것이다. 우리가 살면서 맺는 삶의 중요한 일곱 가지 관계란 물건, 진실, 자신, 가치, 돈, 창의력, 사람이다. 이 일곱 가지 관계들은 예상치 못한 방식으로 다양하게 우리의 삶에서 문제를 제기하고, 끊임없이 반복되는 악순환을 만들어 내기도 한다. 하지만 사람들은 종종 이 문제들을 회피하려고만 한다. 문제를 물건 더미에 파묻어 둔 채로 말이다. 이 책은 소비주의에 맞서고 보다 의미 있는 삶을 살 수 있도록 새 출발을 하기 위한 실질적인 방안을 제시한다.

라이언과 나는 우리의 약점을 드러내고 우리의 문제를 어떻게 해결해 나가는지 공개함으로써 다른 이들이 자신의 문제와 과거에 내린 결정으로 인해 느끼는 수치심을 해결하는 데 도움을 줄 수 있다고 믿는다. 이 책이야말로 우리의 진심을 다 쏟아낼 수 있는 가장 좋은 도구이다. 우리는 이 책의 모든 페이지에 전문가로서의 인사이트와 우리가 그랬던 것처럼 매일 내리는 결정에 따르는 수치심을 숨기고 살아온 사람들의 거짓된 겉모습을 자세히 들여다보는 데 도움이 될 연구 사례를 담아냈다.

이 책을 효율적으로 사용하는 방법

본질적으로 좋은 책의 목적은 두 가지다. 소통하고 표현하는 것. 독자에게 가치 있는 사실을 소통하고 전달하는 것이다. 보통 논픽션 작품은 첫 번째 목적, 소통에만 가치를 두는 경우가 많다. 하지만 라이언과 나는 지난 몇 년간 우리가 직접 배운 것을 소통하고 싶을 뿐만 아니라, 우리가 알리고자 하는 것이 독자들의 마음에 자리 잡고 독자들이 실제로 삶에 적용할 수 있도록 잘 전달하고자 한다.

미국 기업가이자 작가인 데릭 시버스Derek Sivers는 "좋은 책은 독자의 마음을 바꾼다. 하지만 위대한 책은 독자의 행동을 바꾼다"라고 말했다. 우리는 이 책이 독자의 마음을 바꿀 수 있는 좋은 책이라고 생각한다. 하지만 이 책을 위대하게 만드는 것은 독자의 몫이다. 책의 각 장을 읽으면서 마음에 와닿는 문구나 문장을 표시해 두길 추천한다. 필요하다면 빈 공간에 자신만의 생각을 써 보는 것도 추천한다. 새 노트를 사서 (아니면 집에 굴러다니는 수많은 노트 중 하나를 골라서) 각 장 마지막에 나오는 문제들에 대한 자신만의 답을 써 보길 권한다. 그리고 덜 소유하고 사는 삶의 장점을 공감하고 이해했다면 행동으로 옮기길 바란다. 이것이 가장 중요하다.

미국 교육학자 에드가 데일Edgar Dale의 배움 피라미드learning pyramid에 따르면[29] 우리의 기억은 아래와 같이 작용한다.

우리는

읽는 것의 10퍼센트를 기억한다.

듣는 것의 20퍼센트를 기억하고,

보는 것의 30퍼센트를 기억한다.

보고 듣는 것의 50퍼센트를 기억하며,

다른 사람과 토론한 것의 70퍼센트를 기억한다.

직접 경험한 것의 80퍼센트를 기억하며,

다른 사람에게 가르친 것의 95퍼센트를 기억한다.

이 책을 읽고 아무것도 하지 않는다면 새로이 알게 된 것도 무용지물이 될 것이다. 처음에는 그저 새로운 정보를 흡수하는 것만으로도 만족할 수 있다. 하지만 정말 삶이 바뀌길 원한다면 직접 행동으로 옮겨야 한다. 그리고 배운 것을 오래 간직하고 싶다면 다른 사람과 배운 것에 대해 이야기를 나누든지 아니면 한 발짝 더 나아가서 다른 사람을 가르칠 수도 있다.

독자의 마음에 최대한 많은 내용이 남길 바라는 마음에서 더 미니멀리스트의 다른 반쪽인 라이언이 한 장을 마무리할 때마다 다섯 가지 질문이 포함된 '정리' 섹션을 준비했다. 질문과 더불어 각 장의 주제와 관련되어 해야 할 것과 하지 말아야 할 것, 즉 일상에 바로 적용해 볼 수 있는 지침들을 제시한다. 시간을 들여서 질문에 답을 작성한 후에 일상에 적용할 수 있는 행동

지침을 실행해 보길 바란다. 이런 일련의 과정을 통해 눈으로 본 내용이 더욱 명확해지고 견고해질 것이다.

이 책의 페이지를 넘기면 넘길수록 이 책은 미니멀리즘을 실현하기 위한 방법을 제시하는 책이 아니라 미니멀리즘을 실현해야 하는 이유를 제시하는 책이라는 사실이 더욱 명확해질 것이다. 매 장을 통해 독자의 삶을 바꿀 수 있을 만한 실용적인 조언을 얻길 바란다. 그리고 책 속에 담긴 흥미진진하고 강렬한 이야기들을 통해 왜 변화의 길을 걷는 것이 중요한지 다시금 깨닫길 바란다. 방법뿐만 아니라 이유까지 확실히 알고 있다면 변화는 영원히 지속될 것이다.

관계 1. 물건

'충분함'은 충분하다고 결정할 때 충분해지는 것이다.

내가 제이슨과 제니퍼 커큰돌 부부를 처음 만난 것은 더 미니멀리스트의 무대 공연을 끝낸 후였다. 그들은 24살에 결혼했고 그 당시 그들은 미래에 대한 희망으로 가득 차 있었다고 한다. 그리고 얼마 후, 그 부부는 아메리칸드림 그 자체를 살았다. 네 명의 자녀, 두 마리의 강아지, 한 마리의 고양이 그리고 미니애폴리스 외곽의 집을 가지고 있었다. 제이슨은 대형 보험 회사 직원이었고 제니퍼는 전업주부였다.

하지만 머지않아 그들의 꿈은 서서히 악몽이 되어 갔다.

한때 꿈의 집이었던 그들의 집은 한없이 늘어나는 살림살이를 감당하기엔 너무 작았다. 그래서 도시로부터 더 멀어진 외곽에 집을 구했다. 그러자 대출 만기 기간도 30년으로 늘어났고 출퇴근 시간도 훨씬 늘어났다.

집 외에 다른 것들도 바꿨다. 체면을 세우기 위해 그들은 몇 년에 한 번씩 차를 바꿨고 옷장에 디자이너 브랜드 옷들을 가득 채워 넣었다. 불안을 낮추기 위해 주말마다 몰 오브 아메리

카Mall of America에서 쇼핑을 했다. 몸에 안 좋은 정크푸드를 자주 먹었고, 아무 의미 없이 TV를 너무 자주 봤고, 온라인 세상에서 너무 많은 시간을 보냈다. 그럼에도 부족했다.

35살이 되기도 전에 제이슨과 제니퍼는 다양한 문제에 직면했다. 그중 가장 큰 문제는 재정적 문제였다. 초과 근무 수당을 받고 일주일에 50시간씩 근무를 해도 제이슨의 월급은 부족했다. 제니퍼는 신용카드 대금, 자동차 할부금, 학자금, 자녀들의 사립학교 등록금, 집 대출금을 충당하기 위해 파트타임으로 일해야 했다.

하지만 재정적인 문제는 빙산의 일각에 불과했다. 그 아래에는 훨씬 더 복잡하고 심각한 문제들이 있었다.

그들은 더 이상 부부관계를 가지지 않았다.

회사 일에서도 성취감을 느끼지 못했다.

서로 어떤 물건을 구매했는지에 대해 숨겼다.

지출에 대해 서로 거짓말했다. 삶에서 창의력을 발휘할 일이 전혀 없어졌다.

서로를 당연시 여겼다. 둘 다 옹졸하고 이기적으로 변했다.

자신의 모습을 부끄러워했다.

결혼 서약을 한 지 10년 후 그들은 불안함과 스트레스를 느끼고, 이 모든 상황이 벅차다고 느꼈다. 삶에 대한 이상적인 비전을 잃어버렸기 때문이다. 자신이 가지고 있는 가장 소중한 자산인 시간과 에너지를 아무 의미 없는 것들에 소진해 버리고 말았기 때문이다. 활기차고 희망에 가득 차 있던 24살 동갑내기 부부는 온데간데없었다.

그렇다. 삶의 불만족을 숨길 수 있는 유일한 방법은 쾌락주의라는 말에 편승하는 것이었다. 좋아하지도 않는 사람들에게 잘 보이기 위해서[30] 필요 없는 물건에 돈을 썼다. 소비주의를 숭배하다시피 했다. 그리고 물건이라는 신을 섬기게 되었다.

그리고 2016년 크리스마스날 아침, 이들 부부가 세상을 새롭게 바라볼 수 있는 계기가 생겼다. 크리스마스 트리 주변에는 이른 시간부터 선물을 열고 남은 포장지들이 널브러져 있었다. 그날도 평소처럼 제니퍼는 넷플릭스를 켰고 〈미니멀리즘: 비우는 사람들의 이야기Minimalism: A Documentary About the Important Things〉라는 영화를 우연히 발견했다. 맷 디아벨라Matt D'Avella가 감독을 맡은 영화로 라이언과 나의 미니멀리스트로의 여정을 담은 영화였다.[ii] TV 화면에 나오는 단순한 삶과 눈앞에 보이는 거대한 포장지 더미, 미처 열지도 못한 선물들, 빈 상자들은 너무나도 대조적이었다. 크리스마스 선물로 새로운 장난감을 받은 지 네 시간도 채 되지 않았는데 이미 새로운 장난감들은 뒷전이었다. 그리

ii 아직도 맷 디아벨라의 팬이 아니라면 그의 유튜브 채널(youtube.com/mattdavella)을 구독하고 그의 영화를 보길 바란다. 분명히 미니멀리스트에 대한 영화를 가장 잘 만드는 영화감독이라고 느낄 것이다.

고 단순히 크리스마스라는 이유로 형식상 제이슨이 건네준 선물은 벌써 상자 안에 고이 담겨 옷장 깊숙이 어딘가 처박혀 있었다. 관심이 가지도 않았고 앞으로 사용할 것 같지도 않았다. 그들이 소유한 대부분의 물건처럼.

제니퍼는 자신의 대학 시절을 떠올렸다.

그때 그녀의 삶은 정말 단순했다.

도대체 언제부터 모든 것이 이렇게 복잡해졌을까?

'복잡한'을 의미하는 영어 'complex'의 어원이 되는 라틴어는 'complect'로 그 의미는 '두 개 이상의 것들을 엮는 것'이다. 제이슨과 제니퍼는 일상에 과도하게 많은 불필요한 물건, 방해물, 의무를 엮어 넣어 무엇이 필요하고 무엇이 필요하지 않는지조차 분간이 되지 않는 정도에 다다랐던 것이다.

복잡함의 반대는 단순함이다. '단순한'을 의미하는 영어 단어 'simple'의 어원이 되는 라틴어는 'simplex'로 그 의미는 '오직 하나의 부분만 있는 것'이다. 따라서 단순화한다는 것은 우리가 스스로 만들어 낸 복잡한 구조에서 불필요한 것들은 모두 제거한다는 의미가 된다. 너무 복잡하면 얽히고설키다가 다 엉켜 버리기 마련이다.

제니퍼는 깨달았다. 다시 행복해지고 싶다면, 다시 인생에 정말 중요한 것들만 남기고 싶다면 변화가 절실하다는 사실을 말이다. 그녀에겐 단순화하는 작업이 필요했다. 하지만 어디서부터 어떻게 시작해야 할지 감이 오지 않았다. 그래서 그녀는 인터넷에 접속했다.

인터넷에는 미니멀리즘을 통해 자신의 삶을 단순화한 수많은 사람들의 이야기가 있었다. 일주일에 100시간씩 일하는 미주리 출신 기업가였던 20대 남성 콜린 라이트는 배낭에 단 52개의 물건을 담아 세계 여행을 떠났다. 솔트레이크시티에 거주하는 아내이자 십 대 딸을 가진 어머니인 코트니 카버Courtney Carver는 가지고 있는 물건의 80퍼센트를 정리한 후에야 자신의 다발성 경화증을 치료하는 데 온전히 집중할 수 있었다. 피닉스 외곽에 사는 부부 조슈아와 킴 베커는 불필요한 물건 대부분을 정리한 후 미국과 멕시코 국경선에 고아원을 운영하는 비영리단체를 설립했다. 괌에서 여섯 명의 아이를 키우는 레오 바바우타는 금연에 성공하고 80파운드를 감량했으며, 캘리포니아로 이사해 전업 작가가 되는 꿈을 이뤘다.

미니멀리즘과 관련된 감명 깊은 이야기는 인터넷 곳곳에서 쉽게 찾을 수 있을 만큼 많았다. 사람들은 각기 다른 모양의 삶을 살았다. 결혼한 부부, 아이가 없는 미혼, 남자, 여자, 젊은 사람, 나이 든 사람, 가난한 사람, 부자인 사람. 하지만 제니퍼는 그들에게 적어도 두 가지 공통점이 있다는 사실을 발견했다. 우선 그들은 의미 있고 계획적인 삶을 살고 있었다. 열정적이고 삶에 뚜렷한 목적이 있었다. 그래서인지 그들은 그동안 제니퍼가 부자라고 생각했던 모든 사람보다 훨씬 부자처럼 보였다. 그리고 그들은 모두 미니멀리즘 덕분에 의미 있는 삶을 살 수 있게 되었다고 말했다.

그리고 물론 제니퍼가 다큐멘터리를 통해 본 '더 미니멀리스트'의 이야기도 영향을 미쳤다. 그 당시 라이언과 나는 (제이슨과 제니퍼처럼) 중서부 출신의 굉장히 평범한 35살짜리 성인이었다(이것도 제이슨과 제니퍼와 같았다). 우리는 아메리칸드림을 이뤘지만(이것도 제이슨과 제니퍼와 마찬가지였다) 더욱 의미 있는 삶을 살기 위해 과시적인 라이프 스타일을 뒤로했다.

이제 제니퍼는 자신의 삶을 짓누르고 있는 모든 잡동사니를 해치울 준비가 되어 있었다. 반면에 제이슨은 이에 회의적이었다. 하지만 그도 마음 깊은 한구석으로는 삶의 정상 궤도에 다시 오르기 위해서 무언가를 해야 한다는 것을 잘 알고 있었다.

정리하는 것에는 흥분과 두려움이 따랐다. 그들은 대형 쓰레기통을 대여해서 물건으로 터져 나갈 듯한 집 옆에 뒀다. 새해 첫 주말 동안 그들은 지난 1년간 사용하지 않은 물건들을 모두 버리기 시작했다. 옷, 화장품, 장난감, 책, DVD, CD, 전자 기기, 조리용 도구, 접시, 유리컵, 머그컵, 애완동물 용품, 도구, 가구, 운동기구. 심지어 탁구대도 버렸다. 그들은 무엇이든 버릴 준비가 되어 있었고 정말 공격적으로 물건을 버렸다.

그로부터 일주일도 지나지 않아 그들의 집은 달라졌다.

물리적인 지저분함은 점점 사라지고 있었다.

눈에 보이는 잡동사니도 훨씬 줄었다.

집에서 대화를 하면 소리가 울리기 시작했다.

그 울림은 마치 단순함의 소리처럼 들렸다.

2017년 1월 말쯤, 잡동사니를 정리하고 버리는 작업도 거의 마무리되었다. 그로부터 1주일 내, 대형 쓰레기통도 없애 버렸다. 수년간 의도치 않게 수많은 것들을 쌓아 두고 살았던 삶도 영원히 사라졌다.

작업은 놀라운 수준으로 진전되었다. 옷장, 지하, 차고까지 모두 정리가 끝났다. 정말 사용하는 가구만 남겨 두었다. 모든 물건이 제자리에 정리된 상태였다. 숨통이 트였다. 집 안에 웃음소리도 늘어났다. 사이도 좋아졌다. 진정한 가족이 된 것 같았다. 버리고 남은 모든 물건은 각각 제 기능이 있었다. 집이 집다워졌고 인생의 우선순위를 새로 세웠다는 확신이 들자 평안이 온몸과 온 집안을 감쌌다. 그러던 어느 날 갑자기 그 일이 일어났다.

업체에서 쓰레기통을 수거하기 하루 전, 쓰레기통에 불이 났다. 아무도 왜 그리고 어떻게 불이 났는지는 정확히 알지 못했다. 그날은 화요일이라 제이슨과 제니퍼는 회사에 있었다. 쓰레기통 안에 있던 무언가에 불이 붙었고 제이슨과 제니퍼가 집에 도착했을 때쯤에는 불이 집으로 옮겨 붙어 집은 완전히 잿더미가 되어 버렸다. 당연히 집 안에 있는 물건들도 모두 타 버렸다.

다행히 불이 났을 때 아이들은 학교에 있었고 애완동물 세 마리 모두 뒤쪽 문을 통해서 탈출했다. 하지만 집 안에 있던 것은 모두 타 버렸다. 정말 하나도 남김없이 싹 다.

제이슨과 제니퍼는 눈물이 가득 찬 눈으로 아이들을 품에 안고 한때 집이라고 불렀던 잿더미를 멍하니 쳐다봤다. 어떻게 이런 일이 일어날 수 있을까? 수년간 열심히 일하고, 이루고, 모아 왔던 것들이 순식간에 다 사라진 것이다. 아무것도 남지 않았다. 아무것도.

두렵고,
우울했다.
그리고 한편으로는…
자유로웠다.

지난 한 달간 제이슨과 제니퍼는 정리하고 포기하는 연습을 했던 것이다. 그리고 바로 그 순간, 그들은 어떤 것이든 포기하고 뒤로할 수 있다는 사실을 깨달았다. 그게 무엇이든 말이다.

아이들은 다친 곳 없이 안전했다. 그리고 가족 관계는 한 달

전에 비해 훨씬 더 좋았다. 미래는 이제 만들어 가는 대로 펼쳐질 것 같았다. 성인이 되고 나서 처음으로 지금까지 자신에게 맞지 않던 라이프 스타일을 추구하지 않아도 되었고, 필요 없는 물건을 소유하지 않아도 되었고, 남들의 시선이나 기대에 맞추어 살지 않아도 되었다. 자기 삶 자체를 단순화한 것이다. 삶을 복잡하게 만들었던 모든 것들이 정말 싹 다 사라져 버리자 단순한 삶을 살 수 있게 되었다.

한 달 전만 해도 제이슨과 제니퍼는 이런 상황에 엄청난 좌절감을 느꼈을 것이다. 하지만 새롭게 상황을 바라보게 되면서 그들은 이것을 좌절이라고 여기지 않게 되었다. 조금 불편했지만, 오히려 어쩔 수 없이 앞으로 나아간 것이 되었다. 모든 것이 사라지고 나서 단 하나의 질문만 머릿속에서 맴돌았다. "이 자유를 어떻게 사용할 것인가?"

충동으로부터의 자유

대다수의 미국인들이 잘 손질된 깔끔한 정원에서 행복한 모습을 하고 있지만 사실은 아메리칸드림이라는 울타리에 갇혀 있다.

놀랍게도 제이슨과 제니퍼와 같은 경험을 한 사람들은 수도 없이 많다. 물론 그들 중 화재를 겪은 사람은 거의 없겠지만. 많은 사람들이 충동구매, 덧없는 쾌락, 표면적인 성공을 상징하는 것으로부터 행복을 추구한다. 사실 우리가 내리는 나쁜 결정과 우리에게 닥친 불행은 아이러니하게도 행복하고 싶은 열망으로부터 기인한다. 우리는 행복을 순간적인 만족과 동일시하기 때문이다.

'행복'이란 사실 굉장히 애매한 단어다. 행복은 각각의 사람에게 서로 다른 의미를 지닌다. 어떤 이들에게는 즐거움, 어떤 이들에게는 성취감, 어떤 이들에게는 만족감일 수도 있다. 어떤 학자들은 잘 사는 것이 행복이라고 믿는다. 하지만 나는 감히 말할 수 있다. 사람들은 행복을 찾는 것이 아니라 자유를 찾는 것이라고 말이다. 그리고 진정한 행복은 그 자유로부터 기인한다고.

자유, 이 단어를 떠올리면 수십 가지의 이미지가 떠오른다. 바람에 휘날리는 깃발, 집으로 돌아오는 전쟁 영웅, 협곡 위로 위풍당당하게 날아가는 독수리. 하지만 진정한 자유는 이런 이미지를 넘어서 훨씬 더 추상적인 뭔가와 관련되어 있다. 많은 사람들이 자유란 원하는 것이면 무엇이든 언제든 할 수 있는 것이라고 생각한다.

무엇이든
언제든

하지만 조금만 더 깊이 생각해 보면 그것은 자유가 아니라 스스로에게 가하는 폭압이라는 사실을 깨닫게 된다.

내 딸 엘라는 여섯 살이다. 만약에 엘라에게 하고 싶은 대로 할 수 있는 권한을 준다면 엘라는 정말 '원하는 것이라면 무엇이든' 기꺼이 하고 말 것이다. 방 여기저기 장난감을 어지럽히고, 유튜브 비디오를 계속해서 시청할 것이고, 초콜릿 케이크를 끊임없이 먹어 댈 것이고, 이 닦는 것을 거부하고 위험한 짓도 스스럼없이 할 것이다.

그 순간에는 기분이 좋을지도 모른다. 하지만 좋지 않은 결정들이 쌓이면 쌓일수록 그 결정에 따르는 대가를 반드시 지급해야 하는 시점이 온다. 결국 경솔한 결정은 인간관계를 망치는 나쁜 습관을 낳고 결국 우리는 우리가 추구하던 자유로부터 더욱 멀어지게 된다.

사람들은 다양한 단어로 자유롭지 않은 상태를 표현한다.

밧줄이나
사슬로 묶여 있다고 말하기도 하고,
덫에 걸렸다 또는
고정되었다고,
갇혀 있다고 말하기도 한다.

결국 말하고자 하는 바는 자신이 원하는 대로 통제하거나 제어할 수 없게 되었다는 것이다. 그리고 발목을 잡는 것을 뒤로하고 앞으로 나아갈 힘을 상실했다는 것을 의미한다. 과거에 묶여 있고, 직장에 매여 있고, 인간관계의 덫에 걸려 있고, 빚에 갇혀 있다는 것을 의미한다.

소유한 물건과 성취한 업적을 자유처럼 여기면 상황은 더욱 악화된다. 반짝이는 스포츠카, 교외의 호화스러운 집, 멋진 창밖 경치를 자랑하는 사무실과 같은 것 말이다. 사실 이런 것들은 알고 보면 자유와 정반대되는 것들이다. 가짜 자유라고 볼 수도 있다. 대다수의 미국인들이 잘 손질된 깔끔한 정원에서 행복한 모습을 하고 있지만 사실은 아메리칸드림이라는 울타리에 갇혀 있다.

물론 과장된 표현일 수도 있다. 하지만 요점은 충분히 전달된다고 생각한다. 진정한 자유란 자유를 상징하는 표면적인 물건 그 너머에 있다. 그곳에 도달하기 위해 우리는 우리 스스로 만들어 낸 아름답지만 거짓된 울타리를 뛰어넘어야 한다.

진정한 자유는 단순히 물질적으로 무언가를 소유하는 것, 부를 쌓는 것, 전형적인 성공이라고 생각하는 것 이상이다. 진정한 자유는 데이터로 기록될 수 있는 것이 아니다. 추상적인 것이다. 거리나 시간과 같은 개념과는 달리 자유를 측정할 수 있는 단위는 존재하지 않는다. 그래서 더욱 이해하기 어려운 것일 수도 있다. 따라서 우리는 셀 수 있는 개념으로 자유를 환산하곤 한다. 돈, 물건의 개수, 소셜 미디어의 팔로워 수. 하지만 이런 것들은 진정한 자유의 의미, 기준, 이득을 모두 담아내지 못한다.

가짜 자유를 추구하면 추구할수록 우리는 진정한 자유로부터 점점 멀어진다. 그리고 다른 이들의 자유에 위협을 느끼기도 한다. 그래서 우리는 우리가 모으고 쌓아 둔 물건들을 더욱 움켜쥐고 삶을 다른 관점으로 바라보는 이들을 의심의 눈초리로 바라본다. 그저 현재에 머무르기를 원한다. 왜냐하면 다른 이들의 사뭇 다른 삶의 방식이 우리의 삶을 능욕하는 것처럼 느껴지기 때문이다. 다른 사람의 자유는 우리가 자유롭지 않다는 반증이 된다.

하지만 자유는 제로섬 게임이 아니다. 자유, 진정한 자유의 파도는 크기와 상관없이 모든 종류의 배를 떠오르게 만든다. 반면에 가짜 자유는 배를 해변으로 이끌 뿐이다. 물론 가짜 자유를 누리고 사는 것은 편안함을 줄지도 모른다. 하지만 어린아이의 애착 이불과 마찬가지로 정말로 안정감을 주는 것은 아니다. 안정감이란 우리의 발목을 잡는 것을 뒤로하고 의미 있고 가치 있는 것을 향해 앞으로 걸어 나갈 수 있는 역량으로부터 오는 것이다.

미니멀리스트의 규칙

규칙은 임의적이고, 제한적이고, 갑갑할 수 있다. 변화를 이루는 데 그저 방해만 되는 것처럼 느껴질 수 있다. 하지만 때때로 어느 정도의 규칙은 우리를 더욱 바른 길로 인도하기도 한다. 정말 해결하고 싶은 문제를 깊이 이해하고 있다면 말이다.

삶의 단순화를 시도할 때 우리는 종종 본격적으로 시작하기도 전에 어려움을 느끼기도 한다. 너무 많은 물건들을 보고 있자면 그중에서 어떤 물건이 가치 있고 가치 없는지 구별하기조차 어렵고 따라서 정리하는 작업이 엄청 어렵게 느껴진다.

미니멀리즘을 시작하려는 사람들에게 소유해야 할 100가지 물건의 목록을 줄 수 있다면 얼마나 좋을까. 하지만 미니멀리즘은 이런 식으로 적용할 수 없다. 나에게 가치 있는 물건이 다른 사람에게는 잡동사니에 불과할 수 있다. 더 나아가 한때 가치 있게 느껴졌던 것이 오늘날에는 그렇지 않을 수 있다. 따라서 우리는 계속해서 스스로에게 질문해야 한다. 앞으로 새로 사들이는 물건들에 대해서뿐만 아니라 이미 가지고 있는 물건들에 대해서도 말이다.

미니멀리즘은 소유하고 싶은 욕구에 대한 해결책이 아니다. 그리고 대부분의 사람들처럼 라이언과 나도 여전히 충동적으로 행동하고 구매하기도 한다. 우리는 잘 정리된 삶을 살고 소비주의에 휘둘리지 않기 위해서 미니멀리스트의 규칙을 만들었고,

책 곳곳에 잘 배치해 두었다(다음 페이지의 검정색 박스로 표시된 부분이다).

이 '규칙들'은 엄밀히 따지면 규칙이라고 할 수는 없다. 즉, 관행으로 인정되거나 규범적인 것은 아니라는 말이다. 모두에게 일괄적으로 적용될 수 있는 것도 아니다. 라이언과 나에게는 해당되는 것이 다른 사람에게는 아닐 수도 있다. 그저 단순한 삶을 살기 위한 레시피라고 생각하면 된다. 요리할 때에도 자신의 취향에 따라 레시피를 약간씩 조정하듯이 이 규칙도 그렇게 하면 된다. 이루고 싶은 목표와 편안함을 느끼는 수준에 따라 자신만의 기준을 세워 이 규칙을 따르면 된다. 규칙을 따르기 위한 규칙은 없다.

하지만 중요한 것은 약간의 불편함을 느껴야 한다는 점이다. 약간의 불편함이야말로 삶에서 불필요하고 무의미한 것들을 정리하는 데 반드시 필요한 것이다. 시간이 흐르면서 이 불편함으로 기른 정리의 힘이 자랄 것이고 그에 따라 규칙을 더욱 조정해 나가면 된다. 그러다 보면 여러분은 어느덧 우리보다 훨씬 더 나은 미니멀리스트가 되어 있을 것이다. 라이언과 나는 그런 경우를 수도 없이 봤다.

미니멀리스트의 규칙　쓰레기 없애기 규칙

우리가 소유하고 있는 모든 물건은 세 가지로 분류해 볼 수 있다. 필요한 것, 필요하지 않은 것, 쓰레기. 사람이 가진 필요는 상당히 보편적이기 때문에 '필요한 것'에 속하는 물건은 한정적이다. 음식, 거주지, 옷, 교통, 직업, 교육. 이상적인 세상에서 우리가 소유하고 있는 대부분의 물건은 '필요하지 않은 것'에 속할 것이다. 굳이 따지자면 꼭 소파나 테이블이 필요한 것은 아니지만 소유하고 있다면 삶이 조금 나아지긴 할 것이다. 하지만 안타깝게도 우리가 소유하고 있는 것 중 대부분은 '쓰레기'로 분류할 수 있다. 좋아하는 물건들, 아니 조금 더 정확하게 말하자면 좋아한다고 생각하는 것들 말이다. 이 물건들은 꼭 필요한 것처럼 보이지만 사실상 삶에 방해만 될 뿐이다. 요점은 다른 것들을 위한 자리를 만들기 위해서 쓰레기에 속하는 물건들을 버려야 한다는 것이다.

소비주의

결국 단순한 삶을 살기 위한 가장 쉬운 방법은 애초에 집에 물건을 들이지 않는 것이다.

우리가 소유한 물건은 내적인 행복을 나타내는 척도이기 때문에 본격적으로 우리 삶에 내재한 중요한 관계들을 개선하기 전에 눈에 보이는 잡동사니를 먼저 파악하는 것이 도움이 된다.

물건과 맺고 있는 관계를 바꾸는 것은 결코 쉽지 않다. 심지어 스스로를 미니멀리스트라고 부르는 나조차도 여전히 소비주의에 흔들린다. 라이언과 나는 우리의 삶에서 불필요한 것들을 모조리 없애 버리고 삶을 단순화하고 앞으로 나아가기 위해 물질적인 것들을 사들이고 싶은 욕구를 더 이상 느끼지 않는다고 말해 주고 싶다.

하지만 안타깝게도 그렇지 않다.

인터넷 광고에 나오는 재킷은 멋있어 보이고 광고 이메일에 나오는 신발도 근사해 보인다.

잘 보면 광고는 정말 눈길이 닿는 모든 곳에 있다.

고속도로를 달리다가 옥외 광고판에 꼭 입어야 할 것 같은 스키니 팬츠가 눈에 들어온다. TV를 틀어도 꼭 써야 할 것만 같은 샴푸가 광고에 나온다.

길을 걷다가도 창문에 붙어 있는 화장품 광고가 보인다.

라디오에서도 기적 같은 다이어트약을 광고한다.

팟캐스트에서도 눕기만 하면 잠이 쏟아진다는 매트리스를 광고한다.

신문을 보다가도 큰 평면 TV를 광고하는 전단지를 발견한다.

이메일을 여니 부엌에 있어야 할 듯한 싱크대 물막이 광고 메일이 와 있다.

TV 채널을 돌리다가 완벽한 휴가용 별장을 본다.

인스타그램 피드를 내리다가 멋진 신형 메르세데스 벤츠 자동차를 본다.

잡지 표지에는 롤렉스 시계가 대문짝만하게 나와 있다.

하지만 롤렉스 시계를 찬다고 해서 시간이 더 늘어나는 것은 아니다. 메르세데스 벤츠를 탄다고 해서 원하는 곳에 더욱 빠르게 갈 수 있는 것은 아니다. 별장이 있다고 해서 휴가를 더 많이 갈 수 있는 것은 아니다. 실제로는 그 반대인 경우가 더 많다. 우리가 진짜 사고자 하는 것은 가격을 매길 수 없는 시간이다. 명품 시계를 사기 위해서 몇백 시간씩 일해야 한다. 비싼 자동차를 사고 나서 할부금을 갚기까지 몇 년이 걸린다. 별장을 사고 나서 대출금을 갚기까지는 거의 평생이 걸릴 수도 있다. 이런 것들을 소유하기 위해서 우리는 기꺼이 우리의 소중한 시간을 납부하는 것이다.

물론 롤렉스도 메르세데스 벤츠도 정말 좋은 명품이고 그만큼의 값어치를 하리라 믿는다. 롤렉스와 메르세데스 벤츠에 문제가 있다고 말하는 것이 아니다. 진짜 문제는 이런 것들을 소유함으로써 우리의 인생이 더 낫고, 의미 있고, 완전하다고 착각한다는 것이다. 이런 것들을 가지고 있다고 해서 우리가 더 나은 사람이 되는 것은 아니다. 우리가 우리의 삶에 가져오는 물건들은 그저 삶을 조금 더 편안하고 생산적으로 만들어 주는 도구에 불과하다. 의미와 가치를 더욱 증폭해 줄지는 몰라도 의미 그 자체를 가져다주지는 않는다.

현대 광고에 대한 간략한 역사

잘못된 곳에 집중력을 소비한 것에 대한 보상은 어디서도 받을 수 없다.

산업 광고 업계는 완벽한 자동차, 옷, 화장품을 가지기만 한다면 우리가 행복해질 것이라고 말한다. 그것도 끊임없이 반복해서 말이다. 포브스에 따르면 미국인이 매일 노출되는 광고의 수는 4,000개에서 많게는 10,000개에 달한다고 한다.[31] 이 통계를 알아보려고 인터넷에 접속한 짧은 시간 동안만 해도 수십 개의 광고를 마주쳤으니 맞는 말인 것 같다.

그렇다고 해서 모든 광고가 본질적으로 유해하다는 것은 아니다. 광고는 제각각 다른 목적과 다른 형태로 만들어졌기 때문이다. 유용한 정보성 광고가 있는 반면 그냥 해롭기만 한 광고도 있다.

광고의 어원이 되는 라틴어 'advertere'는 '향하다'라는 의미를 가지고 있다. 그리고 이것이 바로 오늘날 광고 업계의 목적을 아주 정확하게 나타낸다. 광고 업계와 에이전시는 자신의 상품과 서비스로 우리가 눈을 돌리도록 엄청난 돈을 투자한다. 상품의 수요가 공급보다 적다 해도 문제 될 것은 없다. 돈만 있다면 가짜 수요도 만들어 낼 수 있으니 말이다.

최근 몇 년간 전 세계적으로 광고에 소비되는 비용은 연간 5조 달러를 넘어섰다.[32] 5조. 5,000,000,000,000. 숫자로 써 봐도 얼마나 큰 돈인지 감이 오지 않는다.

그런데 이것이 그렇게 나쁜 일일까? 결국 사람들에게 유용한 물건에 대해 유용한 정보를 전달하기 위해 사용되는 돈인데 말이다.

뭐, 절반은 맞고 절반은 틀렸다.

20세기 이전의 광고는 상품을 제조하는 사람과 그 상품이 정말 필요한 소비자를 연결해 주는 역할을 했다. 하지만 스튜어트 이웬Stuart Ewen이 저서 〈의식의 주인Captains of Consciousness〉에서 말했듯 "산업화가 시작되고 제조품의 공급이 급증하면서 미국 내 광고 업계 또한 엄청난 속도로 발전했다. 제조율이 늘어나고 이로부터 이익을 얻기 위해서 공장에서 만들어지는 제품을 소비해야 하는 사람이 필요했는데 그 대상은 바로 공장에서 그 제품을 제조하는 사람들이었다. 보다 큰 규모로 대중의 경제적 행위에 영향을 미치기 위해 광고라는 것이 탄생했다."

광란의 1920년대가 도래했고 PR과 현대 광고의 아버지로 불리는 에드워드 버네이스Edward Bernays[33] 덕분에 미국 내 광고주들은 인간의 본능이 "타기팅 되고 이용될 수 있다"는 믿음을 가지게 되었다. 지그문트 프로이트의 조카인 버네이스는 광고주들이 전통적으로 채택한 광고 방법인 고객의 이성에 어필하는 것이 "인간 행동의 진정한 동기"라고 여긴 무의식적인 욕구를 이용해서 제품을 판매하는 것보다 효율성 측면에서 훨씬 덜 유리하다는 사실을 깨달았다. 그 이후로 약 100년 동안 광고주들은 인간, 즉 소비자들의 마음 깊이 손을 뻗었고 때로는 너무 깊이 인간의 마음을 파고들기도 한다.

쓰레기를 팔고도 좋은 것이라고 설득할 수 있을 만큼 광고주들은 아주 능숙해졌다. 정크 푸드가 전 세계적으로 잘 팔리는지만 봐도 알 수 있다.

존재하지 않는 문제

다시 오늘날로 돌아와 보자. 광고주들의 탐욕스러운 손길을 가장 잘 나타내는 것은 실데나필이라는 약물이다. 실데나필은 원래 고혈압 치료를 목적으로 개발되었다. 하지만 임상실험을 통해 실데나필이 고혈압 치료에 효과가 없다는 사실이 증명되었다. 실데나필의 운명은 거기서 끝났어야 했다.

하지만 여기에 광고주들이 등장했다.

남성들을 대상으로 몇 차례 실험을 한 결과 실데나필을 복용한 남성들의 발기 시간이 연장되었다는 사실이 밝혀졌고 실데나필 개발자들은 실데나필을 팔기 위해서 새로운 종류의 문제를 만들어 내야 했다. 이들은 광고 에이전시를 섭외했고, 이 광고 에이전시는 "발기부전"이라는 용어를 만들어 냈다. 비아그라의 탄생 비화다. 이 파란색 알약은 연간 30억 달러를 벌어들

이는 거대한 시장이 되었다.[34]

물론 비아그라는 다소 약한 축에 속한다. 부작용이 너무 다양하고 심각한 제약품들이 많아 광고주들은 푸른 초원, 완벽한 미소, 손을 마주 잡은 연기자들을 통해 직장 출혈, 기억 상실, 자살 충동과 같은 부작용의 공포를 감추곤 한다.

정상적인 세상에서 해로울 가능성이 있는 처방약을 홍보하고 판매하는 것은 범죄행위로 간주된다. 실제로도 전 세계 모든 나라에서 이는 불법 행위로 간주된다(단, 미국과 뉴질랜드만 제외하고).[35]

1976년 다국적제약회사 Merck & Co.의 CEO였던 헨리 개스덴Henry Gadsden은 「포춘」과의 인터뷰를 통해 차라리 건강한 사람들에게 약을 판매하는 편이 낫다고 말했다. 그들이야말로 돈이 있는 사람이니 말이다.[36] 그 이후로 새로운 치료약은 수도 없이 나왔다.

그렇다고 해서 내 말을 발기부전 치료제를 비판한다고 받아들이진 않길 바란다. 연구 결과에 따르면 비아그라는 상대적으로 좋은 약물이라고 한다.[37] 비아그라 그 자체에는 문제가 없다는 것이다. 하지만 진정한 문제는 비아그라 광고에 있다.

많은 광고 에이전시들이 작가, 인구 통계학자, 통계학자, 분석가 그리고 심지어 심리학자까지 고용해서 우리로 하여금 돈을 쓰게 만든다. 이렇게 많은 사람들의 합작으로 이루어지는 마케팅에는 경고문조차도 마케팅 요소로 활용된다. "발기가 네 시간 이상 지속된다면 담당 주치의에게 문의하시기 바랍니다." 나라면 담당 주치의보다는 아내와 먼저 상의할 것 같은데 말이다.

초기 개발 의도와 전혀 방향이 달라진 제품은 비아그라만이 아니다. 리스테린 또한 바닥 세척제로 사용되었었다는 사실을 알고 있는가?[38] 코카콜라는 모르핀의 대체재로 개발되었고[39] 그레이엄 크래커는 어린 남자아이들의 자위 행동을 방지하기 위해서 만들어졌다.[40]

미니멀리스트의 규칙 20/20 규칙

혹시 언젠가 필요할까 봐 버리지 못하고 보관하고 있는 물건이 있는지 생각해 보자. 아마 많은 사람이 어떤 물건을 버리려고 하다가도 나중에 후회할까 봐 버리지 못한 경험이 있을 것이다. 그렇다면 이때 20/20의 규칙을 한번 적용해보자. 20/20 규칙이란 예전에 버렸지만 지금 다시 필요하다고 느끼는 물건을 현재 사는 위치에서 20분 이내의 거리에서 20달러 미만으로 구하는 것이다. 하지만 이 규칙이 오히려 사치를 조장하는 것이 아닌지 의아할 수도 있다. 예전에 필요 없어서 버렸던 물건을 다시 사기 위해서 매번 20달러씩 쓸 수 있는 사람이 몇 명 되겠는가? 1년으로 따지면 그 비용만 해도 수천 달러가 될 것 같은데 말이다. 하지만 사실 그렇지 않다. 없앴거나 기부한 물건이 다시 필요한 경우는 극히 드물기 때문이다. 대부분의 경우, 쓸모없는 물건이었을 가능성이 크니까 말이다.

희소성의 판매

우리가 경험하는 광고들은 왜 꼭 우리를 서두르게 만들고 조급한 마음이 들게 만들까?

지금 바로!

오늘이 마지막!

얼마 남지 않았습니다!

이런 조급함은 거의 항상 광고주들에 의해 가공된 것이다. 만약에 세일을 한 번 놓친다 하더라도 어차피 기업들은 소비자에게 또 무언가를 판매할 기회를 만들어 내야 하기 때문에 전혀 문제 되지 않는다. 기업 입장에서 "고객님 죄송합니다. 결정하시는 데 하루나 더 걸리셨으니 고객님에게는 더 이상 이 물건을 판매할 수 없습니다"라고 할 수는 없는 노릇이지 않은가.

그렇다면 왜 모든 광고들에 조급함이라는 요소가 빠지지 않고 등장하는 것일까? 버네이스가 1세기 전 말했듯 이런 조급함 전략은 인간의 본성을 건드리기 때문이다. 무언가 희소하다고 여길 때 인간은 경솔한 결정을 급하게 내린다.

인간의 가장 시급한 걱정거리가 배고픔이었을 때는 충분히 이해 가는 전략이다. 하지만 저 소파나, 비디오게임 콘솔이나, 클러치 핸드백을 영영 가지지 못한다 하더라도 생사가 달린 문제는 아니다. 오늘 사면 몇 퍼센트 할인을 받을 수 있겠지만 아예 사지 않으면 100퍼센트 할인을 받는 셈이다. 아예 물건을 사지 않는 것은 물건을 미리 정리하는 것과 같다.

광고가 사라진 세상

롤렉스 시계를 찬다고 해서 시간이 더 많아지는 것은 아니다. 메르세데스 벤츠를 탄다고 해서 원하는 곳에 더욱 빠르게 갈 수 있는 것은 아니다. 별장이 있다고 해서 휴가를 더 많이 갈 수 있는 것은 아니다.

몇 년 전, 벌링턴에서 보스턴으로 운전을 해서 가는 길이었다. 눈 앞에 펼쳐지는 에메랄드 빛깔 풍경은 맑디맑았고 고속도로 위 도착지까지 몇 킬로미터가 남았는지를 알려 주는 표지판을 하나씩 지나가면서 이루 말할 수 없는 고요함을 느꼈다.

그리고 매사추세츠주 경계를 건너자마자 깨달았다. 그 고요함의 원인은 지금까지 오면서 옥외 광고판을 단 한 개도 보지 못했기 때문이었다. 버몬트주에서는 옥외 광고판 설치가 불법이다. 현재 알래스카, 하와이, 메인, 버몬트 네 개의 주에서 옥외 광고판 설치는 불법이다. 그리고 전 세계 1,500개 이상의 도시와 마을에서도 옥외 광고판 설치를 불법화했다. 이 지구상에서 가장 큰 도시 중 하나인 브라질의 상파울루가 그중 하나다.

상파울루는 2007년 깨끗한 도시법Clean City Law을 발효하며

15,000개 이상의 옥외 광고판을 내렸다.[41] 거기다 더해, 미관을 해치는 철탑 광고, 포스터, 버스와 택시 광고 약 30만 개를 내렸다.

전 세계에서 세 번째로 큰 도시에서 광고들을 전면 금지시켜서 얻은 결과는 무엇일까? 광고 제거 후 시행된 설문 조사에 따르면 상파울루 시민 중 대부분이 이 변화를 마음에 들어 했다. 얼마나 신선한 접근법인가. 수익을 앞장세워 도시의 미관을 해치지 않고 시민들에게 무엇이 마음에 드는지 물어보는 것.

안타깝게도 우리는 광고를 일상생활의 일부로 받아들였다. 광고도 콘텐츠의 일부라고 생각하도록 훈련되었다. 결국 광고를 통해야만 우리가 그렇게 좋아하는 TV 쇼, 라디오 프로그램, 온라인 기사, 팟캐스트를 공짜로 누릴 수 있으니 말이다. 하지만 세상에 공짜는 없다. 한 시간짜리 TV 프로그램에는 군데군데 총 20분 분량의 광고가 들어가 있다. 다른 미디어도 마찬가지다. 결코 '공짜'라고는 할 수 없다. 결국 우리의 가장 소중한 자원인 시간과 집중력이 방해받기 때문이다.

광고로 인해 우리의 (또는 우리 아이들의) 집중력이 흐트러지는 것이 싫다면 우리가 '공짜'라고 생각하는 것들에 돈을 지급해야 한다.

넷플릭스, 애플 뮤직 그리고 다른 비슷한 서비스들은 기존의 전통적인 광고 모델을 채택하지 않고 대중에게 가치를 전달하고 있다. 위키피디아와 브렛 이스턴 엘리스_{Bret Easton Ellis}와 같은 플랫폼이나 개인은 '프리미엄_{freemium}'과 같이 광고가 없는 서비스를 변형한 모델을 제공한다. 크리에이터가 콘텐츠를 무료로 제공하는 대신 대중의 일부가 콘텐츠를 재정적으로 지원하는 형식이다(더 미니멀리스트의 팟캐스트도 광고 없이 이런 방식으로 운영된다).

개인적으로 이 기업들과 개인들에 대한 감정이 어떻든 하나는 명백하다. 이들은 광고로 서비스를 방해하지 않고 훨씬 더 좋은 서비스를 대중에게 전달한다. 그리고 대중의 입장에서는 크리에이터들이 광고주의 눈치를 보지 않아도 된다는 사실을 알고 있으니 서비스에 대한 신뢰도 또한 높아지며 크리에이터들은 대중과 직접 소통하면서 더욱 끈끈한 유대감을 구축할 수 있다. 결국 서비스의 주인은 광고주가 아니라 대중이니 말이다.

더 나아가 소비자로서 서비스를 받는 대신 돈을 지급하고자 하는 의향이 있다면 어떤 서비스를 선택할지 결정할 때 훨씬 더 신중해질 것이다. 돈을 지급한다면 지급한 만큼 가치를 얻어 내야 하기 때문이다.

시간의 가치를 돈으로 환산해서 시간당 가치가 10달러이든 100달러이든 1,000달러이든 매년 우리는 광고주에게 광고 메시지를 받느라 수만 달러를 소비하고 있다. 광고의 대상이 되기 위해서 돈을 지급하는 셈이다. 그리고 잘못된 곳에 집중력을 소비한 것에 대한 보상은 어디서도 받을 수 없다.

그게 정말 필요할까

라이언과 나는 2017년도에 더 미니멀리스트의 필름 및 팟캐스트 스튜디오를 설립하기 위해 로스앤젤레스로 이사했다. 도착하자마자 나는 다른 사람들이 뭘 입고, 타고, 가지고 있는지에 대해 나도 모르게 관심을 기울이고 있다는 사실을 깨달았다. 대리석 부엌 조리대, 테슬라 자동차, 한정판 에어 조던 운동화가 나의 눈길을 사로잡았다. 독일 포르쉐 박물관에 전시된 BMW 아트카 한 편에 "가질 수 없는 것은 언제나 매력적이다"라는 문구를 새겨 넣은 미국 신개념주의 예술가 제니 홀저Jenny Holzer 또한 나와 비슷한 감정이었을지도 모르겠다. 압도적이고 만연한 소비주의의 흔적 때문에 미니멀리스트인 나로서도 나의 눈길이 닿는 것마다 필요하다는 생각을 떨칠 수 없었다. 하지만 나는 준비가 되어 있었다. 이 곳 로스앤젤레스, 수많은 람보르기니가 돌아다니고 멜로즈 플레이스Melrose Place의 배경이 된 3층짜리 건물이 쭉 일렬로 늘어선, 번화가가 즐비한 도시에서도 흔들리지 않을 준비 말이다. 나는 다행히도 알게 모르게 10년 가까이 준비하고 있었다.

미니멀리즘과 관련된 주요 메시지를 하나 꼽으라면 "아무래도 그건 필요 없을 것 같아요"라고 할 수 있겠다. 우리는 저 소파, 저 조리도구, 저 아이라이너, 저 치마, 저 조각품이 필요하다고 스스로를 속인다. 아마 스스로 속일 수 있도록 진화했기 때문일 것이다. 〈알레고리 그 이상More Than Allegory〉의 저자 베르나르도 카스트룹Bernardo Kastrup은 "마음이 내리는 중요한 명령 중 하나는 스스로를 속이는 것이다. 우리의 현실은 자기기만이라는 굉장히 미묘한 과정으로 인해 만들어진다"라고 말한다.[42]

카스트룹의 주장을 오늘날의 현실 세계에 적용해 보면 너무나도 명백해진다. 만약 평균적인 가정이 수십만 개의 물건을 가지고 있고 그중 대부분의 물건은 그저 방해만 될 뿐이라면 우리의 정신상태에 도움이 전혀 되지 않는데도 왜 우리는 굳이 그 많은 잡동사니를 놓지 못하고 붙잡고 있을까? 답은 간단하다. 우리가 스스로 지어낸 스토리 때문이다. 우리가 물건에 대해 어떤 스토리를 부여하는지 한번 생각해 보자. 그리고 또 어떤 새로운 스토리를 만들어 낼 수 있을까?

미디어에서 아메리칸드림은 이제 그 어느 때보다 이룰 수 없는 꿈이 되었다고[43] 하지만 사실은 그렇지 않다. 접근성으로 따지자면 그 어느 때보다 아메리칸드림은 손에 닿기 쉬워졌다. 문제는 우리가 불만을 키우기만 하는 것들을 향해 손을 뻗고 있다는 것이다.

옛날 옛적의 아메리칸드림은 다소 수수하고 평범했다. 평범한 직장에서 열심히 근무하면 평범한 지역에 꽤 괜찮은 집을 구할 수 있었고 소소한 삶을 살 수 있었다. 충분하다고 느꼈을 것이다. 하지만 오늘날 우리는 많은 것을 원하고 지금 당장 원한다. 더 넓은 집, 더 빠른 차, 더 좋은 삶. 충동적으로 과도하게 쇼핑하고 사치스러운 식사를 하고 인스타그램에 올릴 만한 순간들을 쫓아다닌다. 무언가 새로운 것을 살 때마다 분비되는 도파민에 중독되었기 때문이다. 이제 우리는 그저 평범하고 충분한 것으로는 성에 차지 않는다.

그렇다면 어느 정도가 충분한 것일까?

이 질문의 답을 생각해 보지 않은 우리는 무턱대고 과도함을 쫓고 무분별한 소비를 해 댄다.

마음껏 사고, 쓰고, 채운다. 더, 더, 더.

그렇다면 어느 정도가 충분한 것일까?

이에 대한 해답을 찾지 못한다면 우리는 어떻게 해야 할지 알 수 없다. 그리고 언제 멈춰야 할 지도 알지 못할 것이다.

우리는 계속해서 아무 생각 없이 욕구만 쫓게 될 것이다.

'충분함'의 기준은 사람마다 다르다.

우리의 필요와 상황이 바뀌면 '충분함'의 기준 또한 바뀐다.

나의 '충분함'은 소파, 커피 테이블, TV 그리고 6인용 식탁일 수도 있다.

여기다가 방이 3개 있는 집, 차 2대를 수용할 수 있는 차고.

뒷마당에 놓을 수 있는 트램펄린.

누군가에게는 '과도함'이라고 느낄 수 있겠다.

'충분함'의 기준은 시간이 흐르면서 변한다.

어제 충분했던 것이 오늘은 과하게 느껴질 수도 있다.

그렇다면 어느 정도가 충분한 것일까?

충분함보다 없는 것은 모자란 것이고

충분함보다 많은 것은 과한 것이다.

충분함이란 그 중간 어디쯤에 있다. 가치가 만족을 만나는 그 어디쯤 그리고 의미 있고 생산적인 것을 욕망이 방해하지 않는 그 어디쯤이다.

물론 더 많은 것을 원하고 추구할 수 있다.

하지만 "할 수 있다"고 해서 해야 하는 것은 아니다.

'충분함'은 충분하다고 결정할 때 충분해지는 것이다.

무언가 사기 전 스스로에게 물어볼 수 있는 여섯 가지 질문

1달러씩 쓸 때마다 우리의 자유를 약간씩 떼어 내는 것과 같다. 시간당 20달러를 벌면서 4달러짜리 커피를 사서 마신다면 12분짜리 커피를 마신 셈이다. 800달러짜리 아이패드는 일주일 치의 시간, 4만 달러짜리 새로운 차는 1년 치의 자유와 맞바꿀 수 있다.

삶이 끝날 때쯤 무엇이 남아 있으면 좋을까? 자동차? 아니면 1년 더 살 수 있는 시간? 그렇다고 해서 커피 한 잔이나 전자 기기나 자동차를 절대 소유하지 않아야 한다는 말은 아니다. 나도 커피를 마시고, 전자 기기를 가지고 있고, 자동차도 타고 다닌다. 문제는 우리가 우리의 삶에 들여오는 것들에 대해 질문을 하지 않는다는 것이다. 그리고 우리가 가진 것, 가지고 싶은 것에 대해 질문을 할 의향이 없다면 쉽게 욕망에 이끌리는 삶을 살게 될 것이다.

무언가 새로 사기 전에, 삶에 새로운 물건을 들여오기 전에 가게의 계산대에 우리가 열심히 번 돈을 빼앗기기 전에 아래 질문 여섯 가지를 한 번쯤은 해 볼 만하다.

1. 누구를 위해 이것을 사는가?

우리가 소유하고 있는 것들을 통해 우리가 누구인지, 어떤 사람인지는 나타나지 않지만 누가 되고 싶은지, 어떤 사람이 되고 싶은지는 나타나기도 한다. 안타깝게도 우리는 갖고 있는 물건들로 우리가 누구인지 결정되도록 한다. 개성을 나타내기 위해 좋아하는 브랜드를 자랑하고 다니지만 헛된 노력일 뿐이다. "이 반짝이는 것 보여? 이게 바로 나야."라고 말하며 돌아다니며 브랜드의 로고가 우리를 특별하고 독창적이게 만들어 줄 것이라고 생각하지만 그렇지 않다.

하지만 브랜드 자체는 문제가 아니다. 살면서 필요한 물건들도 분명히 있다. 우리가 직접 만들 수 없으므로 기업이 대신 그 물건들을 만들어 줘야 한다. 문제는 우리가 그 물건들이 마치 우리의 불완전한 삶을 완성해 줄 것 같다고 느껴, 그 물건들을 꼭 가져야 한다는 압박을 느낄 때 생긴다.

하지만 그 압박이 꼭 무언가를 사야 한다는 의미는 아니다. 오히려 그 반대다. 잠깐 멈춰 서서 스스로에게 질문을 해 볼 수 있는 타이밍이다. 누구를 위해 이것을 사는지. 이것이 나를 위한 것인지 아니면 그저 다른 사람들에게 어떠한 이미지를 남기기 위해서인지. 만약에 정말 나를 위한 것이라면 사는 것이 맞다. 그 질문에 대한 대답이 '그렇다'라면 사는 것이 옳다. 우리의 삶에 도움이 되는 것을 놓쳐서는 안 되니 말이다. 하지만 그저 소비지상주의적인 마음에서 사고 싶은 마음을 가진 거라면 그 물건은 우리의 자유를 방해하는 것일 테다.

2. 이것이 내 삶에 가치를 더할 것인가?

나는 많은 물건을 가지고 있지 않다. 하지만 내가 가지고 있는 모든 것들은 내 삶에 가치를 더하는 것이다. 그 말인 즉슨 내 차, 옷, 가구, 전자 기기 각각의 것들은 두 가지 목적 중 하나를 수행한다. 도구로서의 기능을 하던지 내 삶에 미학적 가치를 더한다. 사고 싶은 것이 눈앞에 있을 때, 이렇게 질문을 해 보면 된다. 그 물건이 특정한 기능을 수행하는가? 아니면 의미 있는 방법으로 나의 웰빙에 기여하는가? 만약에 대답이 '아니오'라면 살 필요가 없는 물건인 것이다.

3. 이것을 살 만한 여유가 있는가?

신용카드로 물건을 사야 한다면 그 물건을 살 만한 재정적인 여유가 없다는 뜻이다. 빚을 내서 사야 한다면 그 물건을 살 만한 재정적인 여유가 없다는 뜻이다. 이미 빚을 지고 있다면 그 물건을 살 만한 재정적인 여유가 없다는 뜻이다. 그저 뭔가 살 수 있다고 해서 그것을 살 만한 재정적인 여유가 있다는 뜻은 아니다. 그 물건을 살 만한 재정적인 여유가 없다면 뒤돌아서는 것이 옳다.

집을 사야 할 때 아니면 대학 학비를 내야 할 때는 어떻게 해야 할까? 이런 경우는 예외가 아닐까? 다른 종류의 빚이긴 하지만 여전히 빚이긴 하다. 돈을 빌리는 사람은 빌려주는 사람의 노예라는 말은 수천 년 동안 있었다. 빚은 최대한 빨리 갚아 버리는 것이 좋다. 물론 이런 주장이 정상적이지 않다고 생각하는 사람도 많을 것이다. 하지만 지금까지 정상적이라고 믿어 왔던 것 때문에 결국 우리는 지금 14조 달러에 달하는 빚을 진 것이다. 빚에 대한 많은 오해들은 추후 '5장. 돈과의 관계'에서 다뤄 볼 예정이다.

4. 이것이 정말 돈을 쓰는 최선의 방법일까?

다른 말로 하면 '이 돈을 어떻게 다르게 사용할 수 있을까? 대안은 없을까?' 정도가 되겠다. 작사가 앤디 데이비스Andy Davis는 자작곡 〈굿 라이프Good Life〉에서 아주 간단하면서도 명료하게 우리 문화의 재정 남용을 말하고 있다. "집세를 내는 것은 너무나도 고통스럽다. 왜냐하면 청바지가 너무 비싸기 때문이다." 물론 비싼 청바지를 살 여유가 있는 사람도 있을 것이다. 하지만 청바지를 사는 대신 돈을 달리 쓸 수는 없을까? 퇴직 적금에 돈을 넣는다든지 가족 휴가에 쓴다든지, 아니면 집세를 낸다든지. 그럴 수 있다면 조금 더 효율적인 곳에 돈을 소비하는 것이 무언가를 사는 것보다 현명하다고 할 수 있지 않을까?

5. 실제 비용은 얼마인가?

이 책의 초반부에서 이미 한번 언급한 바 있지만 물건의 진짜 비용은 단순히 가격표에 명시되어 있는 가격 그 이상이다. 회계 용어로 이것을 '전부 원가 계산'이라고 한다. 조금 더 쉽게 말하자면 우리가 필요하다고 생각하는 것을 소유하는 데 드는 비용이다.

우리가 소유하고 있는 물건의 가격을 따질 때, 보관 비용, 보수 비용 그리고 심리적인 비용도 고려해야 한다. 이 모든 것을 더했을 때 비로소 그 물건의 진짜 비용을 알 수 있다. 당장 그 물건의 가격은 감당할 수 있겠지만 그 물건의 진짜 비용을 정말 감당할 여력이 될까?

6. 미니멀리스트로서 나는 이걸 정말 살까?

몇 년 전, 내 친구 레슬리는 동네 식료품점에서 계산하려고 줄을 서 있었다. 굳이 필요도 없는 물건을 충동적으로 구매하기 위해 돈을 꺼내려고 지갑의 지퍼를 만지작대고 있었다. 그때 줄을 서 있으면서 그녀는 손에 든 물건에 대해 잠시 생각해 볼 수 있었다. 그것을 자세히 쳐다보면서 스스로에게 물었다. '조슈아라면 어떻게 할까?' 만약에 내가 그녀였다면 그 물건을 샀을까? 그녀는 아니라는 결론을 내렸고 재빨리 물건을 원래 있던 곳으로 가져다 놓았다.

레슬리는 이 이야기를 나에게 해 주면서 앞으로 충동 구매를 하지 않기 위해서 WWJD~What Would Jesus Do('(이 상황에서) 예수님은 무엇을 하실까?'—역자주) 팔찌 같은 것이 필요할 것 같다는 농담을 했다. 나도 그녀의 농담에 웃었지만 한 편으로는 정말 그녀가 줄을 서면서 스스로에게 했던 질문을 나 자신에게도 조금 더 자주 할 필요가 있다고 느꼈다. 다른 사람들도 마찬가지다.

그렇다고 해서 '조슈아라면 어떻게 할까?' 이렇게 스스로에게 질문하면서 돌아다니지는 않길 바란다, 제발. 자신이 정말 미니멀리스트라면 어떻게 할지 스스로에게 물어보라는 말이다. 그 대답에 따라 행동하면 된다. 무언가 살 때마다 이 여섯 가지 질문을 해보는 것이 처음에는 조금 번거롭게 느껴질지도 모른다. 하지만 시간이 지나면서 자신뿐만 아니라 가족에게도 좋은 습관으로 자리 잡을 것이다. 집에 쌓여 가는 잡동사니는 줄어들 것이고 정말 중요한 것에 돈을 쓰게 될 테니 말이다. 결국 단순한 삶을 살기 위한 가장 쉬운 방법은 애초에 집에 물건을 들이지 않는 것이다.[iii]

---

iii minimalists.com/wallpapers에서 이 여섯 가지 질문이 담긴 스마트폰 또는 데스크톱 배경화면을 무료로 내려받을 수 있다. 무언가 새로 사고 싶을 때마다 백화점에서 줄을 서 있거나 컴퓨터 모니터 앞에서 '결제' 버튼을 누르기 전에 잠시 멈춰서 생각해 볼 수 있는 좋은 기회다.

미니멀리스트의 규칙   비상사태 물건에 관한 규칙

혹시 모를 상황에 대비해서 꼭 가지고 있어야 할 물건들이 몇 가지 있다. 비상사태를 대비한 물건들로 예를 들자면 구급 상자, 점퍼 케이블 그리고 대량의 생수 등이 있다. 추운 곳에 산다면 타이어 체인, 조명탄, 담요 등도 포함되어 있을 것이다. 필요한 상황이 없길 바라지만 마음의 안정을 위해 비상사태를 대비한 기본적인 물건을 갖춰 두는 것을 추천한다. 하지만 모든 것이 비상사태에 필요할 것이라고 합리화하지 않길 바란다. 어차피 아무리 대비를 잘한다고 하더라도 결코 완벽히 대비할 수는 없으니 말이다.

새로운 삶을 향해

미니멀리즘과 관련된 주요 메시지를 하나 꼽으라면 "아무래도 그건 필요 없을 것 같아요"라고 할 수 있겠다.

라이언의 '정리 파티'를 하고 나서 약 10년 후, 더 미니멀리스트는 다른 사람들을 대상으로 '정리 파티'에 대한 사례 연구를 진행해보기로 했다. 다른 사람들에게서도 라이언과 비슷한 결과를 얻을 수 있을지 궁금했다.

수백 개의 도시에서 수천 명의 사람들에게 미니멀리즘에 대해 이야기하는 투어를 10년간 이어 오면서 우리는 정리하는 삶에 대한 다양한 이야기를 들을 수 있었다. 우선 우리는 라이언과 나의 이야기가 아주 특별하지 않다는 것을 알게 되었다. 누구나 겪는 일이었다. 그리고 소비주의는 실제로 전 세계 수많은 사람들의 삶에 지대한 영향을 미치고 있었다. 엄청나게 많은 이야기를 들었음에도 불구하고 물건 아래에 숨어 있는 사람들의 비밀, 감정 그리고 고통을 정량화할 방법은 없었다.

여러 사람들을 직접 대면하며 그들은 우리가 더 미니멀리스트의 블로그에 알린 정리 방법을 통해 자신의 삶을 어떻게 단순화했는지 이야기를 나눴다. 그리고 독자 중 정말 용감한 사람들은 라이언의 정리 파티를 약간 변형해서 자신의 삶에 적용했다고도 말해 줬다. 이렇게 많은 이야기를 듣고 나서도 우리는 공식적으로 이 이야기들을 정리하지는 않았었다.

이 이야기들은 모두 덜 소유하고 사는 것이 더욱 의미 있는 삶이라는 우리의 믿음을 뒷받침 해주었다. 하지만 정말 정보 전달을 목적으로 이 이야기들을 공유하기 위해서는 더 많은 데이터, 더 구체적인 데이터가 필요했다.

그리하여 정리 파티 사례연구가 시작되었다.

2019년 3월, 더 미니멀리스트는 온라인으로 만나 왔던 사람들 중 몇몇 개인과 가족을 선별해서 총 47명의 참가자들을 모았다. 그리고 이들에게 한 달 내내 '정리 파티'를 통해 각자가 가진 물건들을 정리하게 했다. 다만 라이언이 했던 것처럼 처음부터 집에 있는 모든 짐을 싸는 것이 불가능한 경우도 있었기 때문에 '파티원'들에게 세 가지 옵션을 줬다.

옵션 1 집 전체 정리 파티. 라이언이 했던 것과 동일하게 이사를 하는 것처럼 집에 있는 모든 짐을 싼 후에 그로부터 3주간 삶에 가치를 더하는 물건들만 다시 꺼낸다.

옵션 2 방 한 개 정리 파티. 라이언처럼 극단적인 방법으로 짐을 정리하는 것이 아니라 21일간 한 개의 방에 있는 짐을 버리고 정리하면서 삶을 단순화하는 작업을 시작한다.

옵션 3 방 여러 개 정리 파티. 집에 있는 모든 짐을 정리하기는 부담스럽지만 서재, 차고, 화장실만 정리하고 싶다든가 부엌, 침실, 거실만 정리하고 싶을 수도 있다. 그렇다면 원하는 대로 방을 선택해서 시작하면 된다!

파티는 함께 해야 제맛이다. 그래서 우리는 참가자 전원에게 동시에 파티를 시작해 달라고 부탁했다. 2019년 4월, 파티는 시작되었다. 4월 1일이 월요일이었기 때문에 참가자들에게 4월이 되기 전 주말 동안 모든 짐을 정리하도록 했다. 3월 30일에서 31일 이틀에 걸쳐 모두들 자신의 짐을 감당할 수 있을 만큼의 상자를 모았고 주말 내내 이사하는 것처럼 짐을 쌌다. 그리고 4월 1일부터 4월 21일까지 모든 참가자들은 특별한 목적이 있거나 의미가 있는 물건들을 다시 상자에서 꺼내는 작업을 했다. 프라이빗 커뮤니티 게시판을 개설해 이 기간 동안 참가자들은 자신의 경험, 어려움, 사진을 공유했다.

그리고 라이언과 나는 그 과정을 관찰했다. 파티의 첫날이 끝나고 우리는 모든 참가자들에게 자신의 파티 과정을 설명해 달라고 했다. 정말 놀랍게도 참가자들은 다양한 방법을 통해 자신만의 파티를 전개해 나갔다. 라이언이 선택한 방법과는 무척이나 다른 것도 많았다.

위스콘신 디어필드에 사는 나탈리 페더슨은 집 전체를 정리했다. 그녀는 "우리는 부엌부터 시작해서 나머지 방을 모두 정리했다. 예상보다 더 오래 걸리긴 했지만 집 안의 모든 짐을 싸고 나니 무척이나 만족스러웠다!"라고 말했다. 버지니아 페어팩스에 사는 애비게일 도슨은 집의 일부를 정리했다. 그녀는 "남편과 나는 방 한 개짜리 아파트에 살고 있다. 남편은 전혀 미니멀리스트가 아니다. 우리는 함께 부엌과 침실에 있는 모든 짐을 쌌다. 단, 남편의 옷은 제외하고!"라고 말했다.

조지아 로즈웰에 사는 엘리 돕슨은 집 전체를 정리하며 이렇게 말했다. "나는 몇 년간 미니멀리스트로 살아왔기 때문에 집 전체의 짐을 싸는 데 한두 시간밖에 소요되지 않았다. 짐을 모두 싸고 나서는 이런 생각이 들었다. '음, 이젠 어떻게 하지?'"

충분히 할 수 있는 질문이다. 그럼 이제 어떻게 해야 할까?

파티원 모두 자신의 물건을 상자 안에 잘 넣어 두고 나서 그 다음 날 다시 꺼낸 물건들의 목록을 기록했다. 가장 먼저 꺼낸 물건이니만큼 당연히 삶에서 가장 큰 가치를 가져다주는 물건이었다.

많은 사람들이 삶에 유용한 물건들을 가장 가치 있다고 생각하고 이 물건들을 일 순위로 꺼냈다.

방 여러 개를 정리한 메릴랜드 브런즈윅에 사는 홀리 오슈는 "필수품으로 칫솔, 치약, 빗, 나와 두 아이들의 옷, 기저귀, 물티슈를 꺼냈다. 그리고 접시, 그릇, 포크, 숟가락, 칼, 일회용 비닐백, 깡통 따개, 계량 도구와 같이 음식을 만들고 먹기 위해 필요한 조리도구와 주방용품, 세제, 항염증약, 아이들의 목욕 장난감, 샴푸, 수건, 달력, 펜, 자, 와인 글라스, 핸드폰 충전기, 베개, 담요, 백색소음 기계, 커피 머신, 커피 관련 도구, 비타민, 아이들의 물병, 휴지, 일회용 행주를 꺼냈다."

방 여러 개를 정리한 영국 햄프셔 플리트에 사는 이안 카터는 "컴퓨터, 은행 문서, 펜, 스캐너, 베이스 기타를 꺼냈다. 그날 밤 저녁 식사에 손님들을 초대했기 때문에 접시 몇 개, 주전자, 차, 커피, 유리잔, 수저 세트 등을 꺼내야 했다." 그날 저녁 식사 내내 그는 손님들과 나눌 이야깃거리가 넘쳐 났다.

첫날 몇 개의 물건만 꺼낸 파티원들도 있었다. 방 한 개를 정리한 버지니아 토아노에 사는 어텀 더피는 "드레스와 스웨터 각한 벌과 매일 사용하는 위생용품"만 꺼냈다. 반면에 엘리 돕슨은 "배낭과 배낭 안에 들어갈 장비를 모두 꺼내야 했다. 그날 캠핑을 가기로 되어 있었기 때문이다. 다만 짐을 다 꺼내고 보니 대부분의 것들이 필요 없다는 것을 느꼈다"고 한다.

파티가 끝난 뒤, 참가자들은 필요 없는 물건들을 어떻게 처리할지 결정해야 했다. 팔든지, 기부하든지, 재활용하든지, 계속 보관하든지 다양한 선택권이 주어졌다. 대부분의 참가자들은 다양한 방식으로 필요 없는 물건들을 처분했고 몇몇은 혹시나 필요할지도 모를 상황에 대비해 보관하기로 결정했다. 앞으로 이들의 이야기를 계속해서 나눌 예정이다.

미니멀리스트의 규칙 **언젠가는 필요할 물건 규칙**

이제 '혹시나 모를 사태에 대비해' 붙잡고 있는 모든 잡동사니를 떠나보내야 한다는 것에는 모두 동의한다. 그리고 비상사태를 대비해서 어떤 물건들을 보관하고 있어야 하는지도 알아봤다. 그렇다면 나중에 꼭 필요할 것이라고 이미 알고 있는 물건들에 대해서는 어떻게 해야 할까? 이것들을 '언젠가는 필요할 물건'이라고 부르자. 그리고 이 물건들을 가지고 있는 것은 괜찮다. 주로 소모품인 경우가 많고 혹시나 모를 사태에 대비해 가지고 있는 물건들과 비슷해 보일 수도 있지만 언젠가는 꼭 쓸 것이라는 것을 확실히 알고 있기 때문이다. 휴지를 한 칸씩 사거나 비누나 치약을 소량씩 사는 사람은 없다. 대부분 필요할 때마다 그때그때 사는 경우가 많다. 필요 없는 물건을 버리는 것 또는 사지 않는 것의 요점은 스스로에게 솔직해지는 것이다. 이 물건이 정말 언젠간 필요할지도 몰라서 가지고 있는 것인지 아니면 언젠간 꼭 필요해서 가지고 있는 것인지 솔직하게 판단해야 할 것이다.

정리: 물건

정리 섹션은 매 장이 끝날 때마다 이번 장에서 다룬 내용을 한 번 복습하고 배운 내용을 실생활에 적용할 수 있는 방법을 알려 드리기 위해 나, 라이언이 담당할 예정이다.

이 섹션에서 최대한 많은 것을 얻기 위해서 두 가지만 약속해 주길 바란다.

1. 정리 섹션에서 다룰 내용을 정리할 수 있는 노트를 한 권 준비하길 바란다. 이 노트에는 질문에 대한 답을 적기도 하고 각 장에 대한 자신만의 생각을 적을 수도 있다. 한 번씩 자신이 얼마나 이 미니멀리스트 여정에서 발전했는 지 돌아보기 위해 적을 때마다 날짜를 기재하는 것을 추천한다.

2. 미니멀리스트 여정에 함께할 수 있는 파트너를 찾길 바란다. 파트너와 함께 이 정리 섹션에 나와 있는 내용을 해 볼 수도 있고 매주 정기적으로 만나서 각자 노트에 적은 답이나 생각을 나눌 수도 있다.

노트 한 권과 파트너 한 명이 있다면 훨씬 더 이 정리 활동에 적극적으로 참여할 수 있을 것이다. 그리고 적극적으로 참여할 수록 더욱 놀라운 결과를 누릴 수 있을 것이다.

조슈아를 통해 물건과의 관계가 우리의 삶에 어떤 영향을 미치는지 전반적으로 살펴봤다. 이제 그 관계가 당신에게 어떤 영향을 미치는지 시간을 잠깐 내어 생각해 보길 바란다. 이 생각의 과정을 돕기 위해서 답해 볼 수 있는 질문 몇 가지와 활동 몇 가지를 준비해 봤다.

물건에 관한 질문

우선 아래 질문들에 답해 보길 바란다. 정직하고, 신중하게, 열심히.

1. 당신과 당신의 가정에는 어느 정도가 충분하다고 할 수 있을까? 보다 자세하게 침실은 몇 개가 적당할지, TV는 몇 개가 적당할지 그리고 옷장 안 코트는 몇 벌이 적당할지 생각해 보자. 당신의 삶에 정말로 가치를 더할 수 있는 것들에 대해 고민해 보자.

2. 물건을 정리하고 버리는 것에 대한 두려움이 있다면 어떤 점이 두려운가? 그리고 그 이유는 무엇인가?

3. 당신의 자유는 얼마만큼의 가치를 지니고 있을까? 자유를 느끼기 위해서 무엇을 포기할 의향이 있는가?

4. 물건을 붙잡고 있는 것에 대한 진짜 비용은 무엇일까?

(재정적인 비용을 넘어서서) 스트레스, 불안, 불만족 측면에서 생각해 보자.

5. 불필요한 물건을 없애는 것이 어떻게 보다 의미 있고 즐거운 삶을 만드는데 도움을 줄 수 있을까? 최대한 자세히 적어 보자. 비전이 구체적일수록 실제로 물건을 정리하는데 훨씬 더 유리할 것이다.

해야 할 것

다음으로 이번 장에서 물건과 어떤 관계를 맺고 있었는지에 대해 배운 점이 있다면 무엇인지 생각해 보자. 배운 점 중에 마음에 남은 것은 무엇인가? 배운 점은 어떻게 불필요한 물건을 버리고 보다 신중한 삶을 살 수 있도록 도움이 되었는가? 오늘, 지금 당장 일상생활에 적용해 볼 수 있는 다섯 가지 지침을 살펴보자.

- **정리된 삶의 이득을 이해하자.** 잡동사니가 적어진 삶에서 누릴 수 있는 이득에 대한 목록을 작성해 보자.

- **자신만의 규칙을 세우자.** 이 장에 나온 '미니멀리스트의 규칙'을 통해 오늘 당장 실천할 수 있는 규칙이 무엇인지 생각해 보자. 만약에 특정 규칙이 상황에 적합하지 않다면

책에 나온 규칙을 약간 변형하든지 새로 자신만의 규칙을 만들어도 좋다.

- **'물건 목록'을 작성해 보자.** 자신이 어떤 물건을 가지고 있는지 파악하고 앞으로 물건의 양을 조절하기 위해서 아래 단계를 통해 '물건 목록'을 만들어 보자.
  - 정리할 방을 선택하자.
  - 노트의 새 페이지 제일 위에 세 가지 제목을 적어 보자. '꼭 필요한 것', '필요하지 않은 것', '쓰레기'.
  - 그 방에 있는 모든 물건을 위의 세 가지로 분류해 보자.
  - '꼭 필요한 것'으로 분류한 물건들이 정말 꼭 필요한 것인지 스스로에게 물어보자. 아니라는 결론이 나온다면 '필요하지 않은 것' 또는 '쓰레기'로 재분류하자.

- **미련 없이 버리자.** 지금쯤이면 기부해야 하거나 재활용해야 하는 쓰레기만 남아 있을 것이다. 정서적인 애착 때문에 그 물건을 놓아주기 어려울 수도 있다. 만약에 어떤 물건에 큰 애착을 느끼지만 놓아줘야 한다는 것을 알고 있다면 만약에 그 물건이 갑자기 불에 타서 없어져 버리면 어떨지 생각해 보자. 아니면 그 물건이 다른 사람의 삶에 어떻게 더 큰 가치를 더할 수 있는지 생각해 보자. 그 물건에

대한 추억을 잊어버릴까 봐 두려운 거라면 그 물건의 사진을 찍어서 보관하자.

- **지지해 줄 동반자를 찾자.** 당신의 미니멀리스트 여정에 힘이 되어 줄 사람 적어도 한 명을 오늘 찾아보자. 친구가 될 수도 있고, 가족이 될 수도 있고, 이웃 또는 직장 동료가 될 수도 있다. 아니면 온라인 공동체가 될 수도 있다(Minimalist.org에서도 기꺼이 도와줄 좋은 공동체를 찾을 수 있다). 그리고 당신이 살고 있는 지역에서 활동하는 정리 전문가를 고용할 수도 있다. 그들도 정리의 가장 좋은 방법은 버리는 것이라고 말해 줄 것이다.

하지 말아야 할 것

마지막으로 물건을 가지고 있는 것이 인생에 어떻게 방해가 될 수 있는지 생각해 보자. 아래는 오늘부터 당장 하지 말아야 할 다섯 가지 행동이다. 기껏 잘 버리고 정리한 후에 다시 잡동사니로 당신의 인생을 가득 채우고 싶지 않다면 아래 사항들을 잘 지키길 바란다.

- 한 번에 다 버릴 수 있다고 생각하지 말자. 그 물건들을 모으는 데도 오랜 시간이 걸린 것처럼 버리는 데에도 시간이

걸릴 것이다.

- 자신의 물건들을 어떻게 정리하고 버릴지 다른 사람들의 시선이나 기대가 그 결정을 방해하지 않도록 하자. 당신이 따라야 할 기준은 오직 당신이 만든 기준이다.
- 물건이 하나 없다고 해서 당신의 삶이 비참해질 것이라고 지레짐작하지 말자. 자신으로 만족을 하지 못하고 자신의 삶이 행복하지 않다면 그 어떤 물건도 당신의 삶을 만족스럽거나 행복하게 만들 수 없다.
- 언젠가 나중에 필요할 경우를 대비해서 물건들을 보관하지 말자. 그 '언젠가'는 절대 오지 않을 수도 있다.
- 물건을 그저 정리하는 데 중점을 두지 말고 줄이는 데 중점을 두자. 정리한다고 해 놓고 그저 깔끔하게 물건들을 쌓아 두는 경우도 많다.

관계 2. 진실

불필요한 물건들을 정리하면서 우리는 종종 예상치 못하게 큰 진실을 마주하게 된다.

나는 2008년 크리스마스 이틀 전, 어머니로부터 두려움이 가득한 목소리로 음성 메시지를 받았다. 어머니는 63년간 그녀를 괴롭힌 중서부 지역의 혹독한 겨울을 피해 몇 달 전 플로리다로 이사했었다. 그날 저녁 나는 바쁜 하루를 마무리하고 어머니에게 전화를 걸었다. 어머니는 폐암 4기 진단을 받았다고 흐느끼며 힘겹게 말을 이어 갔다. 나는 "그럴 리가 없어요"라고 말했다. 어머니를 어떻게 위로해야 할지 적당한 단어를 찾지 못한 채 사실일 리 없다며 현실을 부정하며 전화기만 멍하니 쳐다봤다. 내가 할 수 있는 것은 아무것도 없었고 그 사실이 참담했다.

어머니가 아프다는 사실을 알게 된 후 나는 암이 전이되는 것을 막기 위해 어머니를 여러 의사에게 데려갔다. 하지만 소용없는 일이었다. 그렇게 세인트피터즈버그에서 어머니와 함께 2009년 한 해를 보냈다. 어머니가 점점 더 쇠약해지면서 나는 어머니와의 소원한 관계를 회복하기 위해 노력했다. 어머니의 알코올 중독증으로 인해 나는 다소 불행한 어린 시절을 보냈다. 어머니는 내가 고등학교 때 금주를 시작하셨지만, 그땐 이미 10년간의 음주, 불확실성, 거짓말로 인해 어머니와의 관계가 껄끄러워진 후였다. 18살이 되자마자 나는 독립했고 그로부터 몇 년 후 어머니는 다시 음주의 삶으로 돌아갔다.

21살 생일 때의 기억이다. 나는 감옥에 수감된 어머니를 방문했다. 한 달 전 어머니는 두 번째 음주운전으로 체포되었고 60일 동안 구금된 상태였다. 어떻게 했는지는 모르겠지만 어머니는 간수들을 설득해 면회실을 생일파티 장소로 꾸몄다. 정말 그날의 사진이 없다는 것이 안타까울 만큼 너무나도 말이 안 되는 광경이었다. 주황색 수감복을 입은 어머니는 새하얀 벽 앞에서 알록달록한 색깔의 풍선 다발을 나에게 건네주었다. 190센티미터에 가까운 나는 150센티미터가 채 안 되는 작은 체구의 어머니를 품에 안아 주었고 어머니와 다른 수감자들과 함께 바닐라 맛 생일 케이크를 나눠 먹었다.

그로부터 몇 년 후 어머니는 다시 술을 끊는 듯 보였다. 고통의 근원을 피하기 위해 나는 조심스럽게 행동했다. 가스레인지 불에 데고 나서 다시는 가스레인지 근처도 가지 않는 아이처럼 말이다. 내가 어머니를 피하면서 우리의 관계는 악화되었다. 내 안에 두 가지 마음이 격하게 부딪혔다. 어머니와 거리를 두라고 속삭이는 마음의 소리가 들렸지만 나의 어머니, 클로이 밀번을 사랑하는 마음도 꺼지지 않았다.

어머니는 사랑스러운 분이었다. 그녀는 친절하고, 배려심이 많고 사랑이 넘쳤다. 매해 추수감사절이 되면 재정적인 상태가 어떠하든 개인적인 상황이 어떠하든 어김없이 우리보다 형편이 좋지 않은(그런 사람들이 있다는 것도 놀랍지만) 사람들을 위한 추수감사절 만찬을 계획했다. 지역 교회의 부엌과 체육관을 빌렸고 보이 스카우트 단원들이 그 체육관을 채울 식탁과 의자를 가져다주었다. 지역 식료품점은 칠면조와 햄을 기부했다. 비록 칠면조를 채운 속재료는 박스를 씹는 듯 질겅거렸고 으깬 감자는 수분이 다 빠져 퍼석거렸지만 식료품점에서 보내온 것들이었다. 그 외에도 크랜베리 캔, 그레이비, 소다 등도 받았다. 동네 재봉사는 식탁보와 냅킨을 주었고 어머니의 교회 성도들은 접시와 식기를 빌려줬다. 어머니는 그렇게 매년 자신의 문제는 잠시 뒤로한 채 사람들로 복작거리는 체육관에서 200명 이상의 사람들에게 음식을 나눠 주었다. 특별한 휴일만 이렇게 친절함을 베푼 것은 아니다. 그녀는 친절을 자주 그리고 기꺼이 베풀었는데, 그때마다 마치 검은색 상자 안에서 빛을 발하는 전구 같았다. 어머니는 그저 빛날 기회가 필요했던 것이다.

소속감의 위기

현실에서 지름길이란 것은 없다. 꾸준히 가는 길만 존재할 뿐이다.

불필요한 물건들을 정리하면서 우리는 종종 예상치 못하게 큰 진실을 마주하게 된다. 진실은 간단하다. 그렇지만 간단하다고 쉬운 것은 아니다. 부족함, 변명, 습관, 물건 뒤에 숨기는 쉽다. 하지만 그렇게 숨어 사는 것은 진실한 삶을 사는 데 방해만 될 뿐이다. 그럼에도 불구하고 우리는 숨는다. 진실과 기대는 우리가 감당하기에는 너무나도 압도적이기 때문이다.

그래서 우리는 거짓과 과장으로 쌓아 올린 허울을 만들어 낸다. 진실과는 어울리지 않는, 진실이 아닌 것으로 우리의 삶을 복잡하게 만들수록 우리가 느끼는 불안과 슬픔은 더욱 깊어진다. 그리고 삶을 단순화하면서 얻을 수 있는 이득은 커진다. 단순함은 복잡함의 거짓 아래에 파묻혀 있는 진실을 드러내기 마련이다.

저널리스트 요한 하리Johann Hari와 그의 저서 〈물어봐줘서 고마워요—비명조차 지르지 못한 내 마음속 우울에 대하여Lost Connections: Uncovering the Real Causes of Depression—and the Unexpected Solutions〉에 대해 이야기를 나눈 적이 있다. 그는 우울증 환자들은 삶의 의미와 관련된 위기를 겪고 있을 뿐 정말 우울증과 불안증과 관련된 어려움을 겪고 있진 않다고 했다. 하리의 책은 우리가 우울증을 겪는 아홉 가지 주요 원인을 다룬다. 그중 두 가지는 인간의 생물학적 원인과 관련되어 있다. 하지만 지난 한 세기 동안 서구 사회에서 급격하게 늘어난 우울증의 원인 중 대부분은 의미 있는 삶으로부터의 분리와 관련되어 있다.

나의 어머니도 그러했다. 생산적인 직장, 교류할 수 있는 다른 사람 그리고 의미 있는 가치(하리가 말한 아홉 가지 원인 중 세 가지)로부터 분리되고 나서 어머니는 우울증과 약물 남용 문제를 겪었다. 그리고 이런 분리로 어머니는 희망이 없다고 느꼈다(하리가 말한 또 다른 원인). 하지만 어머니가 자발적으로 술을 끊은 적도 있다. 맥주나 와인으로부터 도망치는 느낌이 아니었다. 의미 있는 무언가를 향해 달려갔던 것이다. 하리는 이렇게 말한다. "중독의 반대는 맑은 정신이 아니다. 중독의 반대는 관계이다."

나는 인디애나주 사우스벤드의 피트 부티지지_{Pete Buttigieg} 시장과 2020년 대선 캠페인 동안, 이 주제에 대해 이야기를 나눈 적이 있다. 나와 마찬가지로 부티지지 또한 러스트 벨트의 탈산업화로 인해 쇠퇴한 중서부 산업 도시 출신이다. 수천 명의 시민들과 소통한 후 부티지지는 늘어난 범죄, 약물 남용 문제부터 높은 실업률과 마름병까지 이 모든 문제의 근원에는 그가 '소속감의 위기'라고 부르는 것이 있다는 사실을 깨달았다.

사우스벤드의 모든 것이 더할 나위 없이 좋았을 때는 사람들이 자신보다 더 큰 무언가에 소속되어 있다고 느낄 때였다. 사람들은 노동시장과 공동체의 일부였고 이로 인해 그들은 미래에 대한 희망을 품을 수 있었다. 하지만 그 희망이 사라지고 나자 서서히 절망이 생겨나기 시작했다. 그리고 마침내 절망이 마음 전부를 잠식해버리면 우리는 세상에 대해 거짓된 진실을 만들어 낸다. "아무것도 의미 없고 상황은 더 나아지지 않을 거야. 그냥 포기하는 것이 나아"라는 자기 충족적인 내러티브 말이다.

나의 어머니도 그러했다. 의미 있는 삶을 사는 것은 어느 정도 어려움이 수반된다는 진실을 마주하는 대신 그녀는 허무주의를 선택했다. '우리는 가난하기 때문에, 이 시대가 어렵기 때문에, 우리가 원하는 것을 가질 수 없기 때문에, 술이야말로 절망으로부터 벗어날 수 있는 유일한 탈출구다'라고 생각했다. 살면서 한 번쯤 우리는 이런 생각의 고리에 빠지곤 한다. 진실을 마주하는 것은 어렵고 복잡하기 때문에 쉽게 탈출할 수 있는 방법을 찾는다.

제이슨 세게디Jason Segedy는 오하이오주 애크런에 거주하는 도시 계획가이다. 애크런 또한 러스트 벨트에 있는 도시로 1970년대부터 다양한 어려움을 겪어왔다. 세게디는 이런 문제가 본질적으로 단지 경제적인 요인 때문이 아니라고 통쾌하게 설명한다. "대부분의 지역에는 사람도 많고 따라서 경제적 활동도 활발하게 일어난다. 재산과 교육 수준도 높은 편이다. 여기 살지도 않는 몇몇 학자들이 생각하는 것과 달리 데이턴, 사우스벤드 또는 애크런이 사라지는 일은 없을 것이다. 이곳에 부도 경제적 활동도 존재하지 않는다는 것은 문제가 되지 않는다. 직업이 없는 것도 기회가 없는 것도 아니다. 문제는 도시의 주요 지역과 외곽 지역 간의 지리적인 극심한 분리다. 미국 내 그 어느 곳보다 이런 지리적인 분리는 러스트 벨트 내에서 가장 심각하게 나타난다." 즉, 다양한 이유로 우리는 분리되었다. 지리적으로도 대인관계에서도.

물론 이런 분리는 중서부의 산업화 도시에서만 일어나는 것은 아니다. 내가 자라난 가난하고 궁핍한 지역뿐만 아니라 우리 사회 전반에서 이런 분리를 목격한다. 환경 운동가이자 〈딥 이코노미Deep Economy: The Wealth of Communities and the Durable Future〉의 저자인 빌 맥키벤Bill McKibben은 사람이 차지하는 공간의 면적이 늘어날수록 의지할 수 있는 친한 친구는 줄어든다는 사실을 발견했다. 더욱 큰 집에 살고 더 높은 지위와 더 큰 부를 누릴수록 우리는 정말 우리를 우리답게 만들고 살아 있다고 느끼게 하는 것으로부터 분리되는 것이다. 공동체, 협동, 소통, 참여, 문제 해결 그리고 풍부한 경험 같은 것 말이다.

위험한 진실

문제가 있긴 했지만 나의 어머니는 분명히 사랑스러운 사람이었다. 무엇보다 어머니의 성격을 가장 잘 보여 주는 면은 그녀의 유쾌한 유머센스였다. 어머니는 교회에 다니는 신실한 중년의 여성 이미지와는 사뭇 어울리지 않는 농담을 잘하곤 했다.

정치적으로 부적절하고 스탠드업 코미디에서나 들을 법한 그런 외설적인 농담들이었다.

돌아가시기 몇 년 전 어머니는 삶을 돌아보면서 '전 수녀, 전 승무원, 전 비서, 전 아내, 전 알코올 중독자의 인생'이라는 제목으로 회고록을 쓰고 싶다고 종종 말하셨다. 물론 책을 실제로 쓰지는 못했다. 하지만 나는 그 회고록에 어떤 내용이 들어갔을지 충분히 가늠할 수 있고 그 일들을 생생히 기억한다. 나의 어린 시절에 지대한 영향을 미쳤던 일들이니 말이다.

나의 어린 시절, 어머니가 큰 즐거움을 느꼈던 일 중 하나는 나와 나의 형 제롬, 그리고 우리 집 문밖을 서성이던 동네 아이들에게 야한 농담을 던지는 것이었다.

우리 동네는 거의 흑인들만 사는 동네였다. 내가 '거의'라고 말하는 이유는 단 두 명의 예외가 있었기 때문이다. 나와 어머니이다. 우리는 그 동네에서 유일한 백인이었다. 심지어 나의 형 제롬도 흑인이었다. 어머니의 특이한 유머 감각을 설명하기 위해서는 어쩔 수 없이 공개해야 하는 사실이다.

13살이 되기 몇 주 전, 어머니는 나와 제롬 그리고 사춘기를 맞은 동네 친구들을 모아 여름의 시작을 바비큐 파티로 축하해야 한다고 했다. 숯이 담긴 플라스틱 포대, 핫도그, 빵, 소스들을 가지고 우리 모두를 플레전트가에 있는 플레전트 파크Pleasant Park로 불렀다. 지금 생각해 보니 공원의 이름도 그 공원이 위치한 도로의 이름도 폐허 같던 동네를 생각하면 참 아이러니하다.

친구들과 함께 금방이라도 땅 아래로 꺼질 것 같은 아스팔트 도로 위를 걸어 공원으로 갔다. 어머니는 공원에 있는 작은 그릴에서 핫도그 소시지를 구웠다. 그러고 나선 일회용 종이 접시를 꺼내서 그 위에 방부제가 가득한 빵을 반으로 가른 후 소시지를 넣었다. 점심 식사였다. 우리는 핫도그 위로 케첩과 머스터드를 마구 뿌려 대고 있었다. 그때 몸집은 왜소하지만 궁금증만은 컸던 친구 주드턴은 자신의 접시를 한 번 보고 그다음 어머니를 한 번 보고 나서 이렇게 물었다. "핫도그는 어디서 나는 거예요?"

어머니의 얼굴에 금세 장난기가 스멀스멀 번졌다.

어머니는 내 동생을 한 번 보고 나를 한 번 본 뒤 주드턴을 한 번 보고 나선 이렇게 대답했다. "종류에 따라 다르지."

"종류라고요?" 주드턴이 되물었다.

"일반적인 핫도그는 돼지에서 나오고," 어머니는 극적인 효과를 위해 잠시 말을 멈췄다. "하지만 30센티미터짜리 핫도그는 검은 돼지에서 나오지."

공원 전체에 웃음소리가 가득했다. "어떻게 백인 중년 여성이 이 정도로 쿨할 수 있지?" 친구들은 서로에게 물었다.

나도 안다. 이런 농담은 차별적인 발언이라는 것을. 하지만 어머니는 단 한 번도 누군가의 기분을 상하게 만들고자 하는 의도로 농담을 던지지 않았다. 그 반대였다. 어머니는 그녀의 재치와 재담으로 사랑을 표현했다. 그리고 온 동네 아이들이 어머니의 이런 점 때문에 그녀를 무척 사랑했다. 어머니의 인종차별적인 농담에도 불구하고가 아니라 그 농담 때문에 말이다.

카프카였던 것 같다. "삶의 가장 어려운 문제들은 농담으로만 논의될 수 있다"라는 말을 한 사람 말이다. 아니면 내가 지어낸 말인가. 확실하지는 않지만, 분명히 20대 때 어디선가 이런 비슷한 말을 본 적이 있다. 하지만 그 때 이후로 누가 어떤 정확한 단어로 이 말을 했는지 찾아낼 수가 없었다. 누가 어떻게 말했든, 저 말 자체는 분명한 사실이다. 사회의 진실을 말하는 사람은 고루한 정치인이나 기업인이 아니다. 데이브 샤펠Dave Chappelle, 제러드 카마이클Jerrod Carmichael과 같은 코미디언이다. 그리고 나의 어머니도 빠질 수 없다.

물론 어릴 적의 나는 어머니의 부적절한 농담을 당연하게 받아들였다. 어머니는 정말 사회의 통념에 어긋나는 주제에 대해서도 너무나도 쉽고 편하게 누구와도 그 어떤 편견이나 부끄러움을 느끼지 않고 이야기를 나눴기 때문에 나 역시 성적인 주제나 그 외에도 민감한 주제로 이야기를 나누는 것에 대해서 단한 번도 어색하게 느끼거나 그러지 않아야 한다고 생각한 적이 없다. 어머니가 들려주는 외설적인 이야기들을 통해 나는 사춘기 이후의 삶에 드리울 축복과 부담을 미리 경험할 수 있었다.

수염 한 가닥이 나기도 전에 말이다.

어머니는 과거 수녀원에서 보냈던 시간을 "예수님과 결혼해서 보낸 고통스럽게 지루한" 5년간이라고 말했다. 그러고 나서 어머니는 절친이자 나의 대모인 로빈과 함께 시카고로 이사해 비행기 승무원으로 근무하며 세상을 여행했다. 아니, 적어도 델타 항공이 운항했던 나라들은 가 볼 수 있었다. 이 기간 동안 어머니는 그녀의 첫 남편인 브라이언을 만났다. 브라이언은 부유한 한량으로 버뮤다에 여러 개의 식료품 가게를 소유했다. 브라이언은 자주, 그리고 대놓고 어머니를 놔두고 바람을 피웠지만 브라이언을 통해 어머니도 '자유 연애'에 발을 들이게 되었다.

어머니는 금발에 체구도 작고 예뻤다. 자신감이 넘치고 친절했기 때문에 많은 남성의 관심을 끌었다. 그중에는 비행 중 만난 유명한 남자들도 많았다. 어머니는 워낙 독립적이고 사회적인 통념에 매여 사는 분이 아니었기 때문에 비행 근무 시간이 끝나면 남성들과 즐거운 시간을 보내곤 했다. 한번은 클리브랜드 브라운의 유명한 러닝백인 짐 브라운Jim Brown을 만났는데 그는 "친절하고 웃기고 여러모로 컸다"고 농담을 하기도 했다. 어머니가 만난 사람들 중에는 로렌스 투로Lawrence Tureau도 있었는데 심지어 그가 Mr.T로 알려지기 전에 그를 만났다고 했다. 당시 그는 금색 체인을 휘감고 어머니가 살고 있는 고층 아파트 1층 바에서 일하는 문지기에 불과했다고 한다. 어머니가 정말 세세

한 부분까지 다 말해 주진 않았지만 말하지 않아도 알 수 있는 것들이 많았다.

그렇지만 항상 즐겁고 아름다운 시간만 보낸 것은 아니었다. 열 명쯤 괜찮은 남자를 만나고 나면 꼭 이상한 놈이 한 명씩은 있었다. 어머니를 임신시키고 나서 낙태를 강요한 데이비드 신부가 그중 한 명이었다. 이런 일을 한 번 이상 겪었지만 어머니는 피해의식에 빠지지 않으려고 노력했다. 아픔을 혼자 담고 있지 않고 그 경험에 대해서 이야기하고 그 경험의 죄와 무게에 대해서도 자유롭게 표현했다. 다만 과거에 일어난 일이 자신의 발목을 잡진 않게 했다.

중독과 외로움을 이야기한 데이비드 포스터 월리스_{David Foster Wallace}의 소설 〈무한한 재미_{Infinite Jest}〉에서 내가 가장 좋아하는 글귀다. "진실은 너를 자유롭게 할 것이지만 진실이 끝나야만 비로소 자유로워질 수 있다." 이 말은 진부해 보이지만 현실을 여실히 드러낸다. 어둡고 침울한 진실에 대해서 이야기하는 것은 어머니에게도 어려운 일이었다. 하지만 어려움을 극복하고 나서는 자유가 왔다. 그리고 그 자유는 삶의 가장 어두운 시간조차도 웃어넘길 수 있는 여유를 줬다.

19살 생일을 맞이하여 어머니가 준 선물은 화려한 포장지와 온갖 현란한 리본과 색 테이프로 포장되어 있었다. 포장지를 풀자 나온 것은 코주부 안경이었다. 왜 값싼 잡동사니를 파는 가게에서 파는 눈썹, 코, 콧수염이 붙어 있는 우스꽝스러운 안경 말이다. 하지만 보통 안경 아래에 코가 붙어 있는 일반적인 코주부 안경과는 달리 이 안경에는 코 대신 크고 반쯤 발기된 성기가 붙어 있었다.

그 이후 10년간 어머니와 나는 그래도 예전보다는 좋은 관계를 유지하며 지냈다. 그리고 그 코주부 안경을 서로에게 몇 차례나 다시 선물하곤 했다. 나는 어머니가 비서로 일하고 있는 직장에 그 안경을 택배로 보냈고 몇 달 후 어머니는 내가 직장에서 회의를 하는 동안 택배 기사를 통해 그 안경을 나에게 보냈다. 이렇게 그 코주부 안경을 주고받는 것은 어머니가 암 투병을 하고 있을 때에도 계속되었다. 쾌차를 비는 카드와 함께 그 안경을 플로리다로 보냈다. 그러고 나서 직접 어머니가 입원해 있는 병원으로 방문했을 때, 항암치료로 인해 몸무게는 7킬로그램 가량 빠지고 머리카락도 얼마 남지 않은 어머니는 침대 등받이를 올려 기댄 채 그 코주부 안경을 쓰고 나를 맞이했다. 삶의 가장 낮고 힘든 순간조차 때로는 가볍게 넘겨야 한다. 그렇지 않으면 슬픔으로 목이 메어 버리고 말 것이다.

하지만 잊지 말아야 할 것은 어머니는 인생의 후반부 거의 대부분을 알코올 중독자로 보냈다는 사실이다. 그렇지만 또 한편으로는 노숙자에게 음식을 나눠 주고 셀 수 없이 많은 시간을 자선 단체에서 봉사하고 매주 가톨릭 미사에 참여하며 보냈다.

한결같이. 마치 두 명의 다른 사람에 대해서 말하고 있는 것 같지만 사실 우리 모두 그렇지 않은가? 우리는 성스러운 죄인이고, 사랑스러운 멍청이고, 진심으로 가득한 사기꾼이다. 우리는 모두 이중성을 지니고 있고 2차원적인 기대로 가득 찬 세상을 살아가는 3차원적인 인간일 뿐이다.

이렇게 복잡하디복잡한 인생이기 때문에 지나치게 사랑을 넘치게 베풀면서 또 누군가에게 고통을 가하는 것이 충분히 가능하다. 우리는 가장 사랑하는 사람에게 가장 큰 고통을 안겨 주기도 한다. 우리가 사랑하는 것에 대해서는 부주의하기 때문이다. 하지만 그 부주의함이 너무 오래 지속된다면 결국 그것은 부서져 버리고 만다.

편안함이라는 거짓말

더욱 큰 집에 살고 더 높은 지위와 더 큰 부를 누릴수록 우리는 정말 우리를 우리답게 만들고 살아 있다는 느낌을 주는 것으로부터 분리되는 것이다.

나의 결혼 생활은 공식적으로 그 끝을 알리기도 전에 이미 끝나 있었다. 처음에는 끝나 가고 있다는 사실도 알아채지 못했다. 시간이 흐르면서 결국 서로에 대한 불만족은 쌓여 갔지만 나는 그 불만족스러운 결혼 생활을 끝낼 용기조차 없었다. 진실을 말할 용기도 없었다. 그래서 거짓말을 했다. 모든 것이 괜찮고 어떻게든 기적처럼 괜찮아질 것처럼 행동했다. 내 자신에게 그런 거짓말을 하면서 살았다.

당연한 말이지만 문제가 있다는 사실을 무시하는 것은 해답이 아니다. 과잉반응하는 것도 좋은 방법이 아니지만 지나치게 반응을 하지 않는 것도 결코 좋은 방법은 아니다. 사람이 많은 영화관에서 불이 났을 때 괜히 당황해서 출구로 나가려는 사람들을 짓밟고 먼저 나가려고 하는 것도 옳지 않지만, 그냥 아무 일 없는 듯 자리에 앉아서 영화를 계속 보는 것도 절대 옳은 일이 아니다. 아무리 앉아 있는 그 자리가 편하다 해도 말이다.

내 결혼 생활은 편했다. 27살 때 나의 편안함을 점수로 매겨 보자면 10점 만점에 6점은 되었을 것이다. 굳이 변화를 논할 필요가 없을 정도의 적당한 편안함이었다. 그렇다고 해서 행복하거나 만족스럽거나 기쁘지도 않았다. 그저 아무것도 하지 않을 만큼 편했을 뿐이다. 괜히 뭔가를 바꾸고 변화를 만들어서 불편함을 느끼느니 가만히 있는 것이 나았다. 하지만 역사상 모든 성공 사례를 보면 그 불편함 그리고 더 나아가서 고통은 바로 성공한 사람들을 성공하게 만드는 요인이다. 불편함이야말로 진실을 찾아볼 수 있는 곳이다. 온갖 단점, 오류, 모순이 드러나는 지점이다. 편안함은 거짓일 뿐이다.

케리와 나는 고등학생 때 처음 만났지만 사귀기 시작한 것은 19살 아니면 20살 때부터였다. 정확한 시기를 기억하지 못하는 것은 굉장히 천천히 연애를 시작했기 때문이다. 그렇지만 정신을 차리고 보니 어느샌가 동거를 하고 있었고, 몇 년 후에는 관계가 급격히 진전되어 약혼을 했고 그리고 결국엔 결혼까지 했다. 그러고 나서 첫 집을 샀고 어마어마한 빚을 함께 쌓아 갔고 별 의미 없는 삶을 함께 살고 있었다. 신중하고 의미 있는 삶과는 거리가 먼 그저 정해진 단계를 밟으며 살아가는 삶은 살고 있었다.

"서로 사랑은 했지만 사랑에 빠져 있지는 않았다"라는 진부한 말을 하고 싶지 않지만 보통 이렇게 진부한 말은 굉장히 근거 있는 진실을 기반으로 하는 경우가 많다. 〈왜 결혼과 섹스는 충돌할까Sex at Dawn〉와 〈문명의 역습Civilized to Death〉의 저자 크리스토퍼 라이언Christopher Ryan 박사는 친밀한 관계에는 세 가지 요소가 들어가 있다고 한다. 성적 이끌림chemistry, 양립성compatibility 그리고 사랑이다. 우리는 보통 한 가지, 때로는 두 가지 요소를 바탕으로 관계를 시작하곤 한다. 성적 이끌림 때문에 관계를 시작한 후에 서로 관심사를 공유할 수도 있고, 그다음에는 관계를 정말 진전시키는 심오한 연결 지점이 있을 수도 있다. 하지만 시간이 흐르면서 이 세 가지 요소 중 한두 개가 사라지게 되면 결국 남는 것은 철저한 불만족과 고통이다.

세 가지 요소 중 한두 요소만 과도하게 발현되어도 결과는 동일하다. 성적 관계는 매우 좋을 수 있으나 관계 전반적으로는 불만족스러울 수 있다. 재정 상태나 라이프 스타일도 잘 맞을 수 있으나 전반적인 관계는 불만족스러울 수 있다. 정말 서로를 깊게 생각하고 배려하더라도 관계를 더 이상 지속하고 싶지 않을 수도 있다. 나는 가장 마지막 케이스에 해당했다. 나는 케리를 정말 사랑하고 존경했다. 하지만 사랑만이 전부는 아니었다. 정말로 관계를 지속하고 잘 발전시키기 위해서는 세 가지 요소가 모두 필요했다. 케리와 나는 이미 연애 초기에 서로에게 이성적으로 끌렸지만 불꽃이 확 튀지는 못했다. 그리고 더 중요한 것은 너무나도 많은 면에서 우리는 잘 맞지 않았다. 서로 원하는 것, 관심사, 목표, 믿음, 가치가 너무나도 달랐다. 결혼 서약을 하고 나서부터 아주 서서히 불만이 쌓여 갔다.

우리 관계의 진실을 직면하기 너무나도 두려웠다. 우리는 잘 안될 것이라는 진실 말이다. 한 번쯤 케리와 얼굴을 맞대고 앉아 진지하게 우리의 관계에 대해서 어렵지만 필요한 이야기를 나누는 대신 겁쟁이였던 나는 결혼 생활에서 누릴 수 없었던 것을 결혼 생활 밖에서 누렸다. 사람들이 결혼 생활 중 한 번 이상 바람을 피우는 이유가 여기에 있다. 하지만 찰나의 만족이 금세 사라지고 나서는 관계로부터 오는 결핍과 불만족은 다시 드러나기 마련이다. 거짓말의 사이클은 이렇게 시작되고 지속된다.

그 거짓말

진실된 사람들은 당신이 어떤 차를 타는지, 어디 사는지, 어떤 브랜드의 옷을 입는지 전혀 신경 쓰지 않는다.

내가 가장 좋아하는 관계에 대한 책 〈관계에 대한 몇 가지 생각 Some Thoughts About Relationships〉에서 저자 콜린 라이트Colin Wright는 의미 있는 모든 관계의 근간이 되는 '관계의 방침'을 소개한다. 이러한 방침에는 '논쟁 방침', '질투심 방침', '부정행위 방침'이 있다. 그중 내가 가장 좋아하는 것은 '그 사람에 대한 방침'이다.

어릴 때부터 우리는 '그 사람', 자신만을 위해 이 세상에 존재하는 그 신비스러운 존재에 대한 이야기를 듣는다. 어디에 있는지는 모르지만 '그 사람'을 찾는 것은 우리만의 '영웅적인 여정'이 되곤 한다.

하지만 실생활에서 '그 사람'이란 개념은 비이성적일뿐만 아니라 해로울 수도 있다. 자신을 완전하게 만들어 주기 위해 정말 딱 자신만을 위해 완벽하게 존재하는 사람이 어딘가에 있다는 사실은 내가 나 홀로, 나로서는 완전해질 수 없다는 것을 의미한다. 그리고 '그 사람'이 아닌 다른 모든 사람은 그저 '그 사람'을 찾기 위한 디딤돌에 불과하다는 말이 된다. 최악의 인간관계 접근방식이다.

라이트는 삶을 살아가는 동안 한 명 이상을 사랑하는 것이 가능하다고 말한다. 심지어 한 명 이상의 사람을 동시에 사랑하는 것도 가능하다고 한다. 딸을 사랑하는 동시에 남편과 어머니를 사랑하는 것이 가능한 것처럼 말이다. 따라서 '그 사람'은 어쩌면 존재하지 않을 수도 있다. 오히려 자기 자신이야말로 우리가 그토록 찾던 바로 '그 사람', 우리를 완성시키고 충족시키고 행복을 가져다줄 수 있는 '그 사람'일지도 모른다. 우리 자신 외의 다른 모든 사람은 그저 아름답지만 부수적인 요소에 불과하다. 우리는 완전하게 태어나서 완전하게 세상을 떠난다. 그리고 태어나고 죽는 그 순간 누구와 함께할지 선택하는 것은 오롯이 우리의 몫이다.

관계의 시작부터 케리와 나는 그저 우리를 각각 '완전하게' 만들 수 있는 사람을 찾는 데 너무 몰두해 있었다. 각자의 신념에 꼭 부합하는 상대를 원했다. 이미 우리 그 모습 그 자체로도 완전할 수 있다는 사실을 몰랐다. 함께함으로써 각자의 좋은 면이 더 커지고 늘어나지는 않고 오히려 억압되고 억제되었다. 서로 어떤 면이 맞는지 그리고 어떤 면이 맞지 않는지에 대해서 솔직하지 못했기 때문이다. 중요한 문제에 대해서 우리는 완전히 정반대의 견해를 가지고 있었다. 자녀 계획, 공동체, 재정 상태 등 우리가 합의할 수 없는 부분이 너무나도 많았다. 결국 이로부터 비롯된 불만과 갈등은 다른 부분으로까지 번졌고 입 밖으로 내뱉지는 않았지만 누가 봐도 우리의 결혼 생활은 망가지고 있었다.

'틀린' 사람은 없었다. 다만 각각 다른 결과를 원했을 뿐. 상대는 록을 좋아하고 나는 재즈를 좋아한다고 해서 우리 중 누가 틀렸다고 말할 수는 없다. 다만 콘서트를 함께 가기 어려울 뿐.

당연히 케리와 나도 부부가 되기 전에 이런 부분에 대해서 서로 소통했다면 결과는 훨씬 달라졌을 것이다.

서로 지향하는 가치가 맞는가?
서로가 생각하는 이상적인 남편 또는 아내는 무엇인가?
어려움이 닥쳤을 때 어떻게 해결하는가?
서로 절대 양보할 수 없는 것은 무엇인가?

유명한 동기부여 강연가인 토니 로빈스Tony Robbins는 이런 말을 했다. "고질라는 아기일 때 없애 버려야 한다. 도시 전체를 정복할 때까지 놔두면 안 된다"라고 말이다. 케리와 내가 그랬다면, 만약에 우리가 시작부터 그런 이야기를 나눴다면 애초에 결혼을 하지 않았을지도 모른다. 하지만 우리는 결혼을 했고 나는 모든 조짐을 무시했다. 고통 없이 관계를 끝낼 수 있는 모든 기회를 놓치고 말았다. 그렇게 8년이 흘렀고 우리의 고질라는 완전히 성인 괴물로 성장해 나의 결혼 생활에 어슬렁거리고 있었다. 죄다 파괴할 심산으로 말이다. 우리는 각자 스스로를 속이고 있었다.

두 명의 사람이 각기 다른 방향으로 향하는 각기 다른 가치를 가지고 있을 때 이 둘 중 한 가지 상황이 벌어지기 마련이다. 한 사람이 순응하고 불행하든지 아니면 다른 사람이 다른 사람의 가치로 끌려가서 불행하든지. 어쨌든 누군가 한 명 또는 둘 다 불행해진다. 그리고 마치 아무 일도 없는 듯 행동한다면 고통은 더욱 커지기만 한다.

여기서 또 다른 진부한 말이 등장한다. "네가 문제가 아니라 내가 문제다." 물론 나의 결혼 생활에 완벽하게 적용될 수 있는 말은 아니다. 오히려 "그녀도 문제가 아니고 나도 문제가 아니라 우리가 문제였다"가 더 적절할 것이다. 케리는 정말 좋은 친구였다. 그리고 나 또한 그녀와의 연인관계를 시작했을 때 좋은 의도를 가지고 있었다. 다만 그녀의 방향으로 따라가며 행복을 경험하지 못했기 때문에 햇수가 지나갈수록 나쁜 남편으로 변모했을 뿐이다. 그렇지만 내게는 완전히 결혼 생활을 포기할 마음도 없었다.

아이러니한 점은 케리와 나, 둘 다 멈추지 않았다는 것이다. 서로의 기분을 상하게 하고 싶지 않았기 때문이다. 솔직히 우리의 결혼 생활이 망가질 것이라고 생각했다. 진실은 악하고 해로운 것이고 앞으로 나아가기 위해서는 진실과 현실에 눈을 감는 것이 유일한 방법이라고 생각했다. 하지만 진실이야말로 관계를 가능케 할 수 있다. 불편하고 어렵고 고통스러울지라도 진실은 상대와의 연결을 더욱 견고히 할 수 있는 풀과도 같다.

실수와 멍청한 결정

어머니가 돌아가신 다음 날 나는 바람을 피웠다. 실수라고 말하고 싶지만 아니었다. 실수라고 하기엔 외도는 도저히 용서받을 수 없는 짓이다. 그 무엇보다 강렬한 배신이고 어쩌면 일종의 살인이라고도 할 수 있다. 관계를 해치는 것은 가해자이지만 계속 고통받는 것은 피해자이다. 그리고 그저 단 한 번의 '실수'라고도 할 수 없다. 실제로 부정을 저지른 것은 한 번일지 몰라도 그 전에 입 밖으로 꺼내지 않은 수많은 파괴적인 결정들이 있었을 테니 말이다.

　정치인이 화이트칼라 범죄를 저지르고 범죄 사실이 드러나면 "실수를 했다"고 말한다. 사업가는 수익의 일부를 제외하고 세금을 신고한 뒤에 국세청에 실수를 했다고 말한다. 십 대 청소년은 부모님의 차를 몰래 훔쳐 타고 나가서는 나중에 들키면 실수를 했다고 말한다.

　실수가 아니라 멍청한 결정을 내린 것이다.

　시험을 칠 때 틀린 답을 선택한 것은 실수다. 시험을 대비해

공부하지 않은 것은 멍청한 결정이다. 실수란 특정한 의도 없이 한 행동을 의미한다. 멍청한 결정은 특정한 의도를 가지고 저지른 것이다. 종종 그 결과는 염두에 두지도 않은 채 말이다.

명청한 결정을 그저 실수라고 자위하기 쉽다. 실수라고 하면 면죄부를 얻는 것 같고 상황을 잘 무마할 수 있을 것 같은 느낌이 든다. 하지만 그렇지 않다. 잘못 내린 결정을 실수라고 하면 그 부주의함에서 자신의 책임이 적게 느껴지고, 잘못된 결정으로 인한 결과가 자신의 잘못이 아니라고 하면 마음의 가책은 덜 수 있을지도 모른다. 하지만 결과적으로 나중에 또다시 똑같은 결정을 내릴 가능성이 높다. 그저 실수라고 넘어가면 말이다.

실수를 하지 않는 사람은 없다. 우리 모두 옳지 않은 결정을 내리기도 한다. 실수는 우리가 살아가면서 반드시 해야 하는 경험이다. 때로는 실수한 것을 긍정적으로 받아들이고 그로부터 교훈을 얻기도 한다. 하지만 헷갈려서는 안 된다. 만약에 실수한 사실을 인정하고 책임을 지려고 한다면 올바른 방향으로 나아갈 수 있을 것이다. 물론 인정하고 책임지는 것은 대충 넘어가는 것보다는 훨씬 어려울 것이다. 하지만 진실이 어렵고 힘든 이유는 진실만이 추구할 가치가 있는 것이기 때문이다. 그 외의 모든 것은 거짓이다.

거짓말의 비용

아무리 좋게 이야기 해도 동화는 진실이 될 수 없다. 안타깝게도 인간에게 가장 두드러지게 나타나는 특징은 거짓말을 할 수 있는 능력이다.

신경과학자이자 〈거짓말하기Lying〉의 저자인 샘 해리스Sam Harris는 "사람들이 거짓말하는 이유는 다른 사람들에게 거짓된 신념을 만들어 내기 위해서이다"라고 말한다. 그리고 소소한 선의의 거짓말을 포함한 모든 거짓말은 절대 옳지 않으며[iv] 우리가 거짓말을 하는 근본적인 이유는 우리가 아닌 다른 사람이 되고 싶기 때문이라고 주장한다.

하지만 놀라운 것은 우리가 가장 많이 거짓말하는 상대는 가장 가까운 친구와 가족이라는 점이다. 벨라 M. 드파울로Bella M. DePaulo와 데보라 A. 캐시Deborah A. Kashy가 진행한 〈가깝고 캐주얼한 관계에서 일어나는 일상적인 거짓말Everyday Lies in Close and Casual Relationships〉의 연구 결과에 따르면 부부 간 소통 중 10퍼센트가 거짓이라고 한다.[44] 언뜻 보면 직관에 반대되는 결과 같다. 사랑하는 사람에게 가장 정직할 것이라고 당연히 생각하겠지만 결과는 반대를 가리킨다. 〈저널 오브 사이콜로지The Journal of Psychology〉에 실린 연구 〈사회적 관계 내 기만적 태도Deceptive Behavior in Social Relationships〉에 따르면 "사람들은 자신의 행동이 다른 사람

---

iv 물리적 폭력을 피하기 위해 자기 방어의 목적으로 하는 거짓말은 제외한다.

이 자신에 대해 가지고 있는 기대를 거스를 때 거짓말한다.[45] 그저 알고 지내는 사이보다 가까운 사이일수록 서로에게 거는 기대가 크기 때문에 상대가 기대에 거스르는 행동을 하고 거짓말을 할 가능성은 커진다." 우리는 가까이 있는 사람의 행동을 당연하게 여기는 경향이 있다.

어느 모로 보나 인간은 진실을 말하는 것과 관련해 복잡한 관계를 맺고 있다. 네 살쯤 될 때 우리는 기만의 힘을 발견한다.[46] 진실의 경계선을 아슬아슬하게 넘나드는 '선의의 거짓말'로 시작하고 경계선을 차츰 넘어가면서 우리는 거짓말로 다른 이들을 오해하게 만들고 기만하고 농락하는 방법을 알게 된다. 하지만 거짓말의 비용을 바로 이해하지는 못한다. 진실의 기적적인 힘에 대해서도 알지 못한다.

거짓말하는 것은 과식과 비슷하다. 그것은 쉽고 순간적인 만족감을 선사한다. 거짓말을 하면 그 순간에는 남의 탓을 할 수 있고 책임을 전가할 수 있고 자신의 부족함을 회피할 수 있다. 단기적인 보상으로 바로 갈 수 있는 지름길을 제공한다. 하지만 현실에 지름길이란 없다. 직통 경로만 존재할 뿐이다. 그리고 그 직통 경로는 진실이다. 하지만 정원을 가꾸는 것이 어려운 것처럼 진실을 말하는 것 또한 어렵다. 건강한 정원에서 건강한 채소를 직접 재배해서 먹는 것보다 오늘, 지금 당장 케이크 한 조각을 먹는 것이 훨씬 쉽고 만족스러운 것처럼 말이다.

HBO에서 방영된 다큐 드라마 〈체르노빌〉은 이런 대사로 시작한다. "거짓말의 비용은 무엇인가?" 〈체르노빌〉의 다섯 개 에피소드 동안 우리는 거짓말로 인해 모든 것을 잃을 수 있다는 것을 알게 된다. 거짓말로 진실성, 명예, 정직함, 덕목 그리고 신뢰를 잃고 우정과 사랑, 값진 경험과 교류, 존경, 자유를 잃게 된다. 그리고 체르노빌 사태와 같이 극단적인 경우에는 다른 이들의 삶까지 희생당한다.

반면에 진실의 비용은 고되고 보상이 있다 해도 언제 받게 될지 모르며 아예 없을지도 모른다. 하지만 진실을 말하는 것에 따르는 보상은 이러한 힘듦을 충분히 감내할 수 있을 만큼 대단한 마음의 평온이다.

해리스는 "정직은 우리가 다른 이들에게 줄 수 있는 선물이다"라고 말하며, 이어 "진실은 힘의 근원이자 단순함의 동력이다. 상황이 어떠하든 진실을 말하고자 노력한다면 우리가 크게 대비해야 할 것도 두려워해야 할 것도 없다. 그저 우리 자신의 모습으로 있으면 된다"라고 말한다.

정직함은 단순한 삶의 가장 중요한 요소다. 이것에 대해서 한번 생각해 보자. 만약에 사실이라면 진실을 말하는 것은 왜 이렇게 어려울까? 글쎄, 단순한 삶이 쉽지 않기 때문일 것이다.

한 가지 종류 이상의 진실

'진실'을 이야기하는 것이 어려운 이유는 진실의 정의가 사람마다 다르기 때문이다. 아이스크림 중 초콜릿 맛을 가장 좋아하는 것도 진실이고 2 더하기 2가 4인 것도 진실이다. 어떤 '진실'은 주관적인 의견인 반면 어떤 '진실'은 객관적 사실이다.

어떤 이들은 종교나 음식 취향과 같은 주관적인 진실을 신념이나 개인적인 믿음이라고 말하기도 한다. 하지만 이런 종류의 진실이 '거짓'이기는 어렵다. 옳고 그름의 문제가 아니라 관점의 문제이기 때문이다. 바닐라 맛 아이스크림을 좋아한다고 그 사람이 거짓되다고 말할 수는 없는 노릇이지 않은가.

반면에 중력이나 산수와 같은 객관적인 사실은 원칙, 규칙, 법이라고 부르기도 한다. 이것은 항상 모두에게 동일하게 적용되는 것들이다. 사실은 개인적인 신념과는 별개로 보편적으로 옳은 것이기 때문이다. 2 더하기 2는 항상 4인 것처럼 말이다.

하지만 진실이 주관적이든 객관적이든 한 가지는 분명하다. 어려운 진실일수록 인정하기 어렵다는 것이다. 특히 거짓말로 뒤덮인 진실이면 더 그렇다.

어떤 진실은 공개적으로 표현되는 반면 다른 진실은 드러내기 꺼려진다. 이 책의 초반부에 공개한 라이언과 나의 고된 어린 시절, 불만족으로 가득했던 회사 생활과 소비주의에 물들어 살았던 지난 날은 쉽게 드러내기 어려운 진실이다. 그럼에도 불구하고 지난 10년간 우리는 그런 진실을 기꺼이 공개하고 나누는 삶을 살았다. 당연히 한 번에 다 쏟아 내지는 않고 천천히 우리가 편하게 느끼는 만큼 나눴고 편하게 느끼는 정도를 서서히 늘려 나갔다.

시간이 많이 흘렀음에도 불구하고 라이언과 내가 특별히 공개적으로 이야기하기 더 어려웠던 진실도 존재한다. 라이언은 올해가 되어서야 그가 한 달에 5,000달러씩 들여 가며 키웠고 결국 그를 나락으로 빠뜨렸던 자신의 오피오이드(마약성 진통제의 일종—역자주) 중독을 자세하게 밝혔다. 라이언과 나는 이 책에서도 서서히 그리고 천천히 이전에는 말하지 않았던 진실들을 하나씩 꺼내 놓을 예정이다. 인정하기 너무 부끄러운 그런 진실들 말이다.

미니멀리스트의 규칙   **순간적 연소의 규칙**

물건을 소유하는 것은 생각보다 많은 스트레스를 유발한다. 과거에 사들인 물건들이 쌓여 더 큰 짐이 될수록 불만족의 온도도 점점 올라간다. 온도가 너무 올라 폭발할 때까지 굳이 기다릴 필요는 없다. 여기서 '순간적 연소의 규칙'이 등장한다. 이 규칙은 간단한 질문으로부터 시작한다. '만약에 이 물건이 순간적으로 연소되어 사라진다면 오히려 내 마음이 편할까?' 답이 '그렇다'라면 미련 없이 버려라!

수치심과 자아 존중감

불편함이야말로 진실을 찾아볼 수 있는 곳이다. 온갖 단점, 오류, 모순이 드러나는 지점이다. 편안함은 거짓일 뿐이다.

잠깐 수치심에 대해 이야기해 보자. 먼저 죄책감이라는 개념을 다루고 넘어가야 한다. 수치심과 죄책감, 이 두 단어는 비슷한 맥락과 용도로 사용되지만 근본적으로 다른 의미를 가지고 있다. 죄책감은 우리의 행동과 관련해서 사용된다. 우리가 규칙을 어기고 누군가의 마음을 다치게 하거나 자신이 생각했던 모습과 다르게 행동했을 때 기분이 나빠지는 경우를 말한다. 반면에 수치심은 우리 자신 및 정체성과 관련해서 사용된다.

메리 C. 라미아Mary C. Lamia는 〈사이콜로지 투데이Psychology Today〉에서 "수치심은 부족함, 불명예, 후회로 물든 내적 상태를 의미한다"[47]라고 말했다. 이런 이유로 숨겨 둔 진실을 터놓고 이야기하는 것은 무척이나 어려운 것이다. 그 진실을 공개하면 우리의 무능력함과 무력함 또한 온 천하에 드러나 다른 사람에게 약해 보일 것이라고 생각하기 때문이다.

하지만 우리는 진실을 밝혀야만 비로소 자유로워질 수 있다. 그 과정은 불편할지도 모른다. 하지만 수치심을 느끼는 것보다는 불편한 것이 낫다. 불편함은 시간이 흐르면서 사라지는 반면 수치심은 지속되고 더욱 커지기 때문이다.

우리는 실수를 했고 잘못된 결정을 내렸다는 사실을 인정함으로써 죄책감을 덜 수 있다. "인정해. 내가 망쳤어. 이제 넘어가자"라고 할 수 있다. 하지만 수치심은 잘못을 인정한 후에도 계속 머무른다. 온 세상이 진실을 알게 되었으니 말이다. "사실 이것은 나의 모습이 아니야. 다른 사람인 척했을 뿐이야." 만약에 온 세상이 이 사실을 알게 된다면 우리가 지금까지 보여 왔던 것보다 더 못난 자신의 모습을 보게 된다. 설상가상으로 인간의 근본적인 욕구 중 하나인 존재의 의미 또한 퇴색된다.

최근에 내 딸 엘라는 축구팀에서 단독으로 두 골을 넣었다. 게임이 끝나자마자 엘라의 엄마와 나는 엘라를 칭찬했다. 하지만 그녀의 능력을 칭찬하지 않으려고 노력했다. "정말 좋은 게임을 했어"는 "정말 잘했어!"보다 훨씬 의미 있는 칭찬이다. 전자는 그녀의 행동을 칭찬하는 말인 반면 후자는 그녀의 능력을 칭찬하는 말이다. 건강한 자아상을 키워 주려면 구체적인 말로 하는 것이 중요하기 때문에 우리는 엘라가 어떻게 좋은 게임을 했는지, 구체적으로 게임에서 언제 어떻게 행동했는지 그리고 왜 우리가 엘라를 자랑스럽게 생각하는지에 대해서 말해 줬다. 자아 존중감은 자신이 추구하는 것으로부터 의미를 발견하고 성취감을 느끼면서 자라난다. 스스로 얻어 내야 하는 것이다. 1년이 지나면 엘라는 지금보다 축구를 더욱 잘하게 될 것이다. 게다가 자아 존중감도 훨씬 커질 것이다.

그 반대의 길, 스스로 얻어 내지 않고 그저 주어지는 것에는 순간적인 만족감만 따를 뿐이다. 이런 만족감은 순식간에 지나간다. 그리고 다른 이들이 관심을 얻기 위해 우리가 좋지 않은 습관을 가지게 만든다. "여기요! 저 좀 봐 주세요!"라고 크게 소리쳐서 누군가 우리를 봐 준다고 해서 우리가 더욱 의미 있고 중요하게 느껴지는 것은 아니다. 이렇게 소리를 지르다가 그것도 효과가 없게 될 때 우리는 또 다른 방법을 쓴다. 멍청한 짓을 하는 것이다. 술에 취해 페이스북에 사진을 올리고, 그저 관심을 끌기 위해 자극적인 글을 트위터에 올리고, 노출 사진을 인스타그램에 올린다. 결코 현명한 행동이 아니다. 그리고 마침내 이런 관심 끌기조차 효과가 없어지면 우리는 그보다 더욱 터무니없는 행동을 한다. 윤리적, 도덕적 경계를 넘어서서 남을 모욕하거나 폭력을 사용하고 자기 자신에게 해를 가하기도 한다. 이런 행동을 할 때 그 순간만큼은 자신이 가장 중요하다고 확실하게 느낄 것이다. 하지만 이는 찰나에 불과하다. 순간적인 만족과 기쁨은 실제로 만족과 기쁨을 가져다주지 못한다.

물론 관심을 끄는 행동을 하면 관심을 끌 수는 있다. 자동차 사고가 나면 차를 천천히 몰면서 사고현장을 슬쩍 쳐다보는 것처럼 말이다. 그렇다고 해서 그 자리에 머무르면서 사고현장이 완전히 수습될 때까지 기다리는 사람은 거의 없다. 이렇게 사람은 결국 혼자 남게 되고 자신의 무의미함은 더욱 크게 다가온다. 그토록 피하고 싶었던 수치심이 증폭될 뿐이다.

하지만 수치심을 느끼는 것이 무조건 나쁜 것은 아니다. 때로는 최선을 다하게 만든다는 점에서는 도움이 될 수도 있다. 그리고 오히려 수치심을 느끼는 것이 적절하고 당연한 경우도 있다. 예를 들어 미래에 자신이 되고 싶은 모습과 반대로 생각하거나 행동하는 자신을 볼 때가 그렇다. 작가가 되고 싶으면서 글을 단 한 번도 쓰지 않는다거나 몸을 좋게 만들고 싶으면서 운동하기 싫어한다거나 승진은 간절히 원하지만 일을 열심히 하지 않을 때, 수치심은 당연히 따르는 반응이다. 계속해서 '옳지 않은' 일을 하는 데서 오는 자발적인 감정적 처벌과도 같다.

안타깝게도 잘못된 행동으로 수치심을 느낀다 하더라도 행동이 고쳐지지 않는 경우도 많다. 오히려 그 반대로 뒷걸음질 치고 문제가 존재한다는 것조차 부정하기도 한다. 이런 행동을 반복하다 보면 패배자가 되었다는 느낌에 사로잡혀 과거에 한 행동 또는 하지 못했던 행동에 대해 후회를 느끼고 미래에 대한 절망만 남을 뿐이다.

수치심을 없애기 위해서는 과거의 자신이나 이상적으로 생각하는 다른 사람의 모습에서 자신의 가치를 찾는 것이 아니라 미래에 되고 싶은 자신의 최고의 모습을 찾아야 한다. 그리고 나서 그 모습에 지금 자신의 행동이 부합하는지 살펴보자. 우선 과거에 저질렀던 실수와 잘못된 결정을 인정하는 것으로부터 시작해야 할 것이다. 그리고 죄책감을 덜어 내자. 여기서 한 발짝 더 나아가서 숨기를 거부하고 작은 것, 재미없는 것으로부터 시작하자. 힘들고 단조로운 일도 묵묵히 겪어 내자. 미래의 자신이 자랑스러울 만한 행동을 하자. 다른 사람의 미래가 아니라 자신의 미래만을 생각하자. 다른 사람의 기대와 이상에 맞추려다 이런 수치심이 생겨났으니 말이다.

살면서 지금까지 마주쳤던 모든 사람들과 같이 우리는 셀 수도 없이 많은 거짓말을 해 왔다. 실수를 했고 잘못된 결정을 내렸다. 하지만 앞으로 계속 거짓말쟁이로 살아갈 필요는 없다. 우리는 나은 사람이고 더 나아지고 싶으니까 말이다. 우리에겐 자신과 다른 사람에게 정직하게 행동할 수 있는 힘이 있고 진실에 가까워질 수 있는 능력이 있다. 진실이 무엇이든 신경 쓰지 않는다면 그 무엇도 중요하지 않다.

나도 살면서 개인적으로 수치스러운 결정을 내린 적이 있다. 게을렀던 적도 있다. 거짓말을 한 적도 있다. 나는 심지어 첫 아내를 상대로 바람을 피운 적도 있다. 하지만 과거는 과거일 뿐 미래의 나는 과거의 나와 다른 사람이 될 수 있다. 과거의 나로부터 배울 수 있고 실수를 반복하지 않을 수 있다는 점에서 실수를 자랑스럽게 여기지는 않되 그 실수에 감사할 수 있다.

잠깐 스스로에게 몇 가지 질문을 해 보자. 이직을 결정할 때 다른 사람이 당신의 결정에 대해 어떻게 생각할지 두려워서 망설이고 있는가? 아니면 정말 직장생활에서 원하는 것이 있는가? 다른 사람의 미의 기준 때문에 자신의 몸을 수치스럽게 생각하는가? 아니면 정말 자신이 원하는 만큼 몸이 좋지 않다고 생각하는가? 옆에 있는 사람의 작품이 더 나아 보여서 자신의 창작 작품이 부끄러운가? 아니면 정말 개인적으로 역량을 더 발휘해서 좋은 결과를 낼 수 있을 것 같은가? 사회의 기준과 기대 때문에 미혼인 사실을 숨기고 싶은가? 아니면 정말 자신의 삶을 나눌 수 있는 진정한 파트너를 찾는 중인가?

보편적인 답이 없는 사적인 질문들이다. 따라서 질문을 대답하는 사람만이 어떤 답이 정답인지, 어떤 답이 옳은지 알 수 있다. 당신에게 비정상처럼 느껴지는 것이 나에게는 완벽하게 정상적일 수 있다. 다른 사람의 기대로 우리의 욕구와 행동을 결정 짓게 되면 결국 우리는 항상 죄책감과 수치심으로 물든 삶을 살게 될 것이다. 모두의 가치와 기대에 부응하는 것은 불가능하기 때문이다. 누군가에게 피해를 끼치는 것이 아니라면 그저 자신의 기준에 맞게 살면 된다. 그 외 다른 것들에 맞춰 살려고 하는 것은 결국 불만족만 안겨준다. 쉽게 정리해 보자. 자신의 기준에 부합하는 삶을 살면 뭔가 숨겨야 할 필요도 없어진다.

침묵보다 가치 있는 진실

순간적인 만족과 기쁨은 실제로 만족과 기쁨을 가져다주지 못한다.

모든 진실이 동일하게 중요한 것은 아니다. 우리는 종종 투명함과 솔직함을 진실로 착각하기도 한다. 물론 투명함, 솔직함, 진실 모두 사실을 말하는 행위라는 점에서 비슷하지만 결정적인 면에서 다르다.

정치인들이 말하는 "투명하게 국정을 운영한다"라는 표현을 한 번쯤은 들어 봤을 것이다. 하지만 정말 우리 정부가 투명해야 할까? 원자력 코드와 같은 것들은 반드시 숨겨야 한다. 우리가 원하는 것은 정직하고 책임감 있는 정부다. 개인의 삶에서도 동일하다. 만약에 정말 우리가 완전히 투명했다면 집 주소, 주민등록번호, 어머니가 결혼하기 전에 사용했던 성까지 모두에게 공개할 것이다. 하지만 이런 정도의 투명함은 불필요할 뿐만 아니라 오히려 해가 된다.

솔직함도 마찬가지다. 만약에 내가 사무실을 돌아다니면서 마주치는 모든 남성, 여성 그리고 심지어 강아지에게도 그들의 옷과 음식 취향에 대해서 이야기하고 돌아다닌다면 나는 불쾌하게 '솔직한' 사람으로 알려질 것이다. 다들 나를 악질이라고 부를지도 모르겠다. 어떤 것들은 입 밖으로 내지 않는 편이 낫다. 누군가에게 불필요하게 상처를 줄 수도 있고 진실의 대가가 너무 클 수도 있기 때문이다. 아니면 결코 그 누구에게도 좋은 일이 아닐 수도 있기 때문이다(세 가지 이유 모두에 해당하는 경우도 있다).

그렇다고 해서 누군가가 와서 "이 셔츠 새로 샀는데 어때요?" 라고 물어보면 거짓말할 필요는 없다. 상처 주지 않고 솔직할 수 있다. 진실이 항상 못될 필요는 없다.

그리고 대가가 너무 큰 진실도 있다. 굳이 말할 필요가 없는 진실 말이다. 만약에 여기서 내가 공화당 지지자라고 밝힌다면 이 책을 읽고 있는 미국인 중 절반이 책을 덮어 버릴지도 모른 다. 내가 민주당 지지자라고 해도 같은 일이 발생할 것이다(실 제로 나는 무소속으로 등록되어 있으며 무소속이라는 사실에 대해서도 어느 정도 대가를 치러야 한다). 하지만 나의 정치적 견해는 내가 이 책을 통해 전달하고자 하는 메시지와 전혀 관계 가 없다. 결국 나의 정치적 입장은 더욱 중요한 진실을 전달하는 데 방해만 될 뿐이다. 나는 정치적인 이데올로기에 대해 말하는 것이 아니라 독자의 정치적 입장과 상관없이 어떻게 보다 의미 있는 삶을 살 수 있는지에 대해 전달하려는 것뿐이니 말이다.

아니면 내가 양파와 해변가와 아이들을 싫어한다고 말하면 어떻게 될까? 설사 그것이 사실이라 하더라도(답변은 거부한 다) 여기서 그 사실을 인정하는 것이 도대체 누구에게 도움이 될까? 이처럼 어떤 진실은 말하지 않는 편이 낫다. 더 의미 있고 가치 있는 진실을 전달하는 데 방해만 될 뿐이다. 나의 친구이자 작가인 네이트 그린Nate Green은 나에게 이런 말을 한 적이 있다. "네가 말하고자 하는 것이 침묵보다 가치 있다고 여겨질 때에만 입을 열어라." 우리 모두 이 말을 실천한다면 우리는 지금보다 다른 이들의 말을 훨씬 귀 기울여 들을 것이고 우리는 지금보다 훨씬 더 신중하게 무엇을 말하고 말하지 않을지 선택할 것이다.

물론 침묵이 정답이 아닌 경우도 많다. 의미 있는 삶을 살고 싶다면 어떤 진실에는 꼭 소리 내어 맞서야 한다. 공개적으로 인정하기는 두렵지만 인정한다면 삶이 조금 더 나아질 것 같은 진실이 있는가? 어떤 것인가? 처음에는 이런 진실을 고백하는 것이 냉담하고 심지어 이기적이라는 생각이 들 수도 있다. 자신이 바라는 모습과는 다른 모습으로 살아왔다는 것을 인정하는 것은 불편할 수도 있다. 하지만 인정해야만 앞으로 나아갈 수 있다. 이것은 진정으로 자신이 되고 싶었던 모습에 가까워질 수 있는 유일한 방법이다.

진실 꺼내기

'정리 파티' 참가자들을 다시 한번 방문해 보자. 파티 첫날이 끝날 때쯤 우리는 파티원들을 한 명씩 만나 파티의 첫 24시간 동안 이 실험이 진실과의 관계에 어떤 영향을 미쳤는지에 대해 이야기를 나눴다. 하루 종일 열정적으로 물건들을 정리하고 버렸기 때문에 파티원들의 대답은 거의 물건과 관련된 것이었다.

방 하나를 정리한 뉴욕 브루클린에 사는 메이 프랑크버거는 "내가 삶에서 가지고 있는 것 그리고 앞으로 들여올 것에 대해 신중하려고 하지만 때로는 생각만큼 신중하지 못할 때도 있다. 내 삶에서 무엇이, 그리고 누가 중요한지에 대해 진실하게 행동하는 것이 내가 앞으로 더욱 노력해야 하는 부분이다."

집 전체를 정리한 조지아 애틀랜타에 사는 크리스틴 휴잇은 "나는 자칭 미니멀리스트이면서도 내가 지난 1년간 얼마나 많은 것을 쌓아 왔는지 인정하기 힘들었다. 이번에 물건을 분류해 보면서 대부분의 물건은 필요하지 않다는 것을 알게 되었다"라고 말했다.

방 여러 개를 정리한 조지아 사바나에 사는 케이틀린 모블리는 이렇게 고백했다. "진실과의 관계는 아직까지 변하고 있다. 삶에 어떤 물건들을 들일지 정하는 데 꽤 신중한 편이긴 하지만 집에 '있어야'하는 것들에 대한 사회적 압박에 때로 지기도 하기 때문이다."

시간이 흐르고 파티원들이 짐 무더기에서 자신이 필요한 물건을 하나씩 꺼내기 시작하면서 더 많은 진실이 드러났다. 라이언과 나는 일주일이 마무리 될 때쯤 파티원들에게 연락해 단순히 물건에 관한 것을 넘어서서 이 정리 파티가 이전에는 드러나지 않았던 진실을 수면 위로 떠오르게 만들었는지 이야기해 달라고 부탁했다.

첫 일주일이 끝나고 엘리 돕슨은 자신과 남편의 삶과 관련된 진실을 발견했다. "우리는 서로 회피하는 관계였다. 서로 잘 안다고 말했지만 사실 상대방을 마주하는 것을 피하며 살았다."

정리 파티를 시작하고 2주 후, 집 전체를 정리한 캔자스 레넥사에 사는 루크 웬저는 꺼내지 않은 물건들이 담긴 상자들을 보면서 이렇게 말했다. "그 '진실'이 뭐든 간에 분명한 것은 이 상자들 안에는 없다."

그렇게 3주가 지나고 대다수의 파티원들이 필요한 물건은 자신이 생각했던 것보다 훨씬 적다는 사실을 인정했다. 그리고 그 과정에서 예상치 못한 어려움을 겪기도 했다. 한 파티원은 삶에서 '밸런스를 찾는' 문제를 겪고 있었다는 사실을 알게 되었고, 또 다른 파티원은 "나는 여전히 진짜 '진실'이 무엇인지 그리고 다른 사람들이 진실이라고 말해 준 것을 분간하는 것이 어렵다"라고 말했다.

미니멀리스트의 규칙 **가장 비싼 물건 10개 규칙**

지난 10년간 구매했던 물건 중에 가장 비싼 물건 10가지를 적어 보자. 자동차, 집, 보석, 가구, 가방. 목록을 작성했다면 그 옆에 삶에서 가장 가치 있다고 생각하는 것 10가지를 적어 보자. 사랑하는 사람과 석양을 보는 것, 아이들이 야구하는 것을 보는 것, 배우자와 사랑을 나누는 것, 부모님과 저녁 식사를 하는 것. 이 두 개의 목록을 비교해 보고 공통점이 있는지 한번 보자. 아마도 거의 없을 것이다. 중복되는 것도 없을 것이다.

두려움

이전 장에서 언급했던 정리 파티 참가자 홀리 오슈는 무려 파티 첫날 자신이 물건과 어떤 관계를 맺고 있는지 충격적인 사실을 깨달았다. "경험하기 두려운 것들에 대한 공허함을 채우기 위해 물건에 의존한다"라고 그녀는 말했다.

두려움은 이제 막 자신의 물건들을 마주하기 시작한 사람들에게 흔히 나타나는 증상이다. 물건 자체가 두려운 것이 아니라 물건을 정리하고 난 후에 의미 있는 삶을 살기 위해서 해야 하는 것들이 두려운 것이다. 하지만 첫발을 떼지 않는다면, 즉 물건을 마주하고 정리하지 않는다면, 진실이 들어갈 자리는 영원히 없을 것이다.

그렇다면 이 두려움은 어떻게 극복할 수 있을까?

홀리가 했던 것처럼 인정하는 것부터 해 보자. 진실을 말하는 것부터 시작해 보자. 우리 모두 두려워하는 것이 있다. 거미, 높은 곳에 올라가는 것, 죽음과 같이 누구나 당연히 두려워할 법한 것들을 두려워하기도 하고 조금 더 추상적으로는 잃는 것이 있겠다. 물건을 잃는 것, 누군가의 인정을 잃는 것, 친구를 잃는 것, 지위를 잃는 것, 사랑을 잃는 것과 같이 우리는 잃는 것을 두려워하기도 한다.

두려움은 덫과도 같아서 우리를 묶어 두고 성장을 방해한다. 우리가 다른 사람에게 도움이 될 수 없게 만들고 행복하고 만족스럽고 보람찬 인생을 사는 것을 방해한다. 두려움의 정반대에는 자유가 있다. 즉, 두려움은 자유를 잃는 것, 제약을 가하는 것이다.

놓아 버리고 잃어 버리는 것에 대한 두려움을 가진 사람은 홀리 외에도 많았다. 다른 많은 파티원들도 두려움과 관련된 반응을 보였다. 방 여러 개를 정리한 조지아 애선스에 사는 레슬리 로저스도 그중 한 명이다. 그녀는 "나는 내가 가진 많은 것들에 추억과 감정을 부여한다. 하지만 내 감정을 충분히 표현하고 다스리지 않았기 때문에 가진 물건들도 제대로 관리하지 못했다. 상자 안이나 바닥 위에 그냥 두었기 때문에 어떤 물건들은 고장 나기도 했고 고양이들이 망가뜨리기도 했다. 나는 어쩔 수 없이 추억이 담긴 물건들을 버려야 했지만 놀랍게도 기분이 좋았다! 이때까지 그저 두려워서 정리하는 일을 미뤄 왔던 것이다"라고 말했다.

레슬리처럼 우리는 종종 물건을 없애는 것이 두려워 그냥 가지고 있다. 나중에 필요할 것이라고 생각한 물건을 잃는 것이 두려운 것이다. 단순히 물건, 그 자체가 없어지는 것이 아니라 그 없어진 물건이 나중에 어떤 의미를 가지게 될지 두려운 것이다. 그래서 우리는 계속해서 놓지 못하고 있다.

자신이 두려워하는 것을 소리 내어 크게 말해 보면 아마 터무니없게 들릴 것이다. 한번 해 보자. "나는 이 셔츠, 책, 핸드폰 충전기를 잃어버리는 것이 두렵다. 왜냐하면 내 삶에 심각한 타격을 미칠 것이기 때문이다."

말도 안 되지 않나.

그렇다면 무언가 놓지 못하지만 곧 진실에 가까워져야 할 때 스스로에게 해 볼 수 있는 질문이 있다. '도대체 나는 무엇이 두려운가?'

한번 해 보자.

상대방에게 'No'라고 말하기가 어렵다. 뭐가 두려운 걸까?

늘 작가를 꿈꿔 왔지만 글을 쓸 수가 없다. 뭐가 두려운 걸까?

항상 배우고 싶었던 악기를 배울 수 없다. 뭐가 두려운 걸까?

운동하고 식단대로 먹는 것이 어렵다. 뭐가 두려운 걸까?

진정으로 원하는 것을 하기 위해서는 너무나도 싫은 직장을 그만둬야 하는데 그럴 수 없다. 뭐가 두려운 걸까?

동전 컬렉션을 정리할 수 없다. 뭐가 두려운 걸까?

나는 [　]를 할 수 없다. 뭐가 두려운 걸까?

이런 질문에 대한 답은 거의 항상 비논리적이고 터무니없다.

사람들이 나를 싫어할까 봐 두렵다.

사람들이 나를 존중하지 않을 것 같다.

내가 사랑하는 사람들이 나를 사랑해 주지 않을 것 같다.

정말 그럴까? 정말 사람들이 좋은 브랜드의 셔츠를 입지 않는 다고 당신을 싫어할까? 정말 그 마스카라 한 통을 버린다고 사람들이 당신을 존중하지 않을까? 가격이 낮은 자동차를 탄다고 해서 사람들이 당신을 사랑하지 않을까? 만약에 그렇다면 곁에 두어서는 안 될 사람들과 어울리고 있는 것이다. 그리고 그것보다 자신이 가짜 두려움을 스스로 만들어 냈을 가능성이 훨씬 높다. 이런 가짜 두려움이야말로 자신의 인생을 주도적으로 사는 것을 방해하는 가장 큰 요소이다.

진실된 사람들은 당신이 어떤 차를 타는지, 어디 사는지, 어떤 브랜드의 옷을 입는지 전혀 신경 쓰지 않는다.

좋은 소식은 두려움은 극복 가능하다는 것이다. 인간은 곧 닥칠 위험으로부터 자신을 보호하기 위해 두려움을 만들어 내기도 한다. 하지만 요즘에는 거의 대부분의 것들이 두려움의 대상이 되는 것 같다. 주식이 하락하는 것, SNS에 부정적인 댓글이 달리는 것, 그저 물건 하나를 버리는 것. 그래서 우리는 두려움을 선택하는 것 같다. 하지만 이 말은 두려움 없이 사는 삶을 선택할 수도 있다는 뜻이다. 무언가 방해처럼 느껴지고 길을 가로 막고 있는 것처럼 느껴질 때, 스스로에게 물어보자. 난 뭐가 두려운 걸까?

수많은 사람들이 이 두려움을 극복하고 보다 의미 있는 삶을 선택했다. 그저 내 말만 믿지 말고 스스로 해 보길 바란다.

나는 당신이 보통 하지 않을 법한 행동을 해 보길 바란다.
가장 좋아하는 셔츠를 기부할 수도 있고,
TV를 없앨 수도 있고,
오래된 전자 기기를 재활용 쓰레기에 버릴 수도 있고,
오래 간직해 온 편지들을 쓰레기통에 버릴 수도 있다.
당신이 주도적으로 더 나은 삶을 살길 바란다.

이제 자유를 가로막고 있는 것을 뒤로 할 때가 왔다. 그러기 위해선 삶에서 불필요한 것들을 없애는 것부터 시작해 보자.

그다음 날 밤

호스피스 안의 분위기는 너무 무거워서 숨을 쉬기 어려울 정도 였다. 머리 위 조명은 부드럽고 평온하게 빛을 발했다. 내가 늘 상 앉았던 의자는 어머니의 침대와 맞닿아 있었다. 어머니의 침대에는 그녀가 집에 있는 것처럼 편하게 느끼도록 사진 액자, 작품, 묵주와 같이 어머니가 좋아하는 잡다한 것들이 전략적으로 배치되어 있었다. 그 옆으로는 어머니의 생체신호를 모니터링하기 위한 LED 스크린의 복잡한 기계가 설치되어 있었다. 기계의 전원이 꺼졌고 나는 성인이 되고 나서 처음으로 울었다.

뜨거운 눈물이 볼을 타고 흐르고 10월의 석양은 블라인드 사이 사이의 틈을 따라 가로로 길게 들어오고 있었다. 나는 생명이 빠져나간 어머니의 몸에 대고 사과했다. 손을 대기에도 차갑게 변해 있었지만 어머니의 온화한 얼굴은 평화로움으로 빛이 났다. 아직 얼음장같이 차디차진 않았지만, 생명이 없어 차게 식은 사람처럼 보였다. 마치 사람이 아니라 물건의 온도를 느끼는 것 같았다. 통제할 수 없을 정도로 울음이 터져 나왔다. 하지만 울음소리와 눈물이 나오기 전까지는 내가 울고 있다는 사실조차 알지 못했다. 그저 자연스러운 반응처럼 나는 울고 있었다. 내 안의 지각이 진동하고 감정이 흔들리는 느낌이었다.

누워 있는 어머니는 너무나도 작고, 연약해 보였다. 어머니의 크나큰 성품과 성격이 그 작은 몸에 맞지 않는 것 같았다. 어머니를 안아서 그녀의 약하고 시들어 가는 몸을 들어 올려 꼭 안아 주고 싶었다. 마구 흔들어서 이 세상으로 다시 돌아오라고, 사랑한다고, 미안하다고 말하고 싶었다. 나는 이제 어떻게 해야 할지 모르고 어른인 척 했지만 사실 어른이 아니어서 미안하다고, 어머니가 생각했던 것처럼 나는 강한 사람이 아니라서 미안하다고 말하고 싶었다. 어머니에게, 모두에게 소리치고 싶었다. 사랑하는 사람이 사라지고 나서야 우리는 비로소 사랑하는 사람을 사랑하는 방법을 알게 된다.

"죄송해요"라고 나는 울음 중간중간 힘겹게 그 말을 집어넣었다. 나의 셔츠는 이미 눈물과 슬픔으로 푹 젖어 있었다. 방에는 나와 어머니, 그러나 어머니가 아닌 그저 어머니의 육신만 남아 있었다. 어머니가 사라진 것은 아니었다. 단지 더 이상 거기 없을 뿐. "죄송해요. 죄송해요. 죄송해요." 나는 내가 늘 앉아 있던 의자에 앉아 정신이 나간 사람처럼 몸을 앞뒤로 왔다 갔다 거리면서 계속 "죄송해요"만 반복했다.

그렇게 눈물을 흘리면서 오묘한 카타르시스를 느꼈다. 죄책감, 분노, 후회가 남김없이 모두 분출되는 느낌이었다. 그 당시에는 알지 못했던 변화의 시작이었다.

더 이상 눈물이 나오지 않을 때까지 울었고, 눈물이 멈추고 나서 그 방을 나섰다. 더 이상 하고 싶은 말도 하고 싶은 행동도 남아 있지 않았다. 어머니의 집으로 택시를 타고 가려던 참에 복도에서 만난 간호사 셸리가 나를 붙잡았다. 엉망진창이 된 나를 봤던 것이다. 셸리는 나를 오래도록 꼭 안아 줬다. 하루가 지나고 우리는 같은 침대에 누워 있었다. 셸리와 내가 처음이자 마지막으로 내가 누군가를 상대로 바람을 피운 날이다. 하지만 부정에 있어서 그 정도나 횟수가 어떠하든 부정을 저질렀다는 그 자체가 진실에 대한 모욕이다.

남자는 심각할 정도로 자신을 혐오하지 않는 이상 아내를 두고 바람을 피우지 않는다. 물론 절망, 고통, 강요, 욕망 등 다른 이유도 있겠지만 지속적으로 내면을 잠식해 오는 자기혐오야말로 그중 가장 큰 원인이다. 결국 내가 바람을 피운 것도 이런 이유다. 그 당시에는 깨닫지 못했지만 나는 그 당시의 내 모습을 심각하게 증오하고 있었다. 그리고 수년간 스스로에게 거짓말을 하고 있었다. 모든 것을 멈추고 싶었고 무의식적으로 모든 것을 깨부수고 싶었다.

나는 너무 오래동안 진실을 회피해 왔었고 마침내 진실은 드러났다. 그 진실은 나에게 해로웠을 뿐만 아니라 내 주변의 모두를 다치게 했다. 내가 우리 부부가 서로 맞지 않다는 진실에 맞서지 않았기 때문에 나의 결혼 생활은 망가졌고 아내와 나 모두 서로 가고 싶지 않았던 방향으로 끌려가고 있었다. '성공'하는 데 너무 몰두해 있었기에 어머니와의 관계도 망가졌다. 어머니와의 시간은 이제 돈을 주고도 다시 보낼 수 없는 것인데도 말이다. 친구와 내가 속한 모든 공동체와의 관계도 망가졌다. 나는 오로지 나만을 생각했기 때문이다. 내가 이룬 성과와 업적은 찰나의 것들이었고 실상 텅 빈 것들이었다. 더 이상 창의력이라는 것도 나에게서는 찾아볼 수 없었다. 무언가 창의적으로 만들어 내기보다는 소비하는 데 바빴기 때문이다. 결국 물건으로는 결코 채워질 수 없는 깊고 큰 공허함은 내 영혼을 점점 갉아먹게 되었다.

지위, 성공, 물질주의를 추구하느라 나는 20대를 통째로 허비해 버렸다. 하지만 승진을 할 때마다, 성과를 올릴 때마다, 물건을 하나 살 때마다 나는 진실로부터 한 걸음 멀어지고 있었다. 럭셔리 자동차를 구매한다고 해서 내가 더 나은 사람이 되는 것은 아니라는 사실을 그 당시에 알았다면 얼마나 좋았을까. 내가 돈, 시간, 관심을 쓰는 방식과 관련해서 다른 사람의 기대에 부응하기보다는 정말 스스로에게 무엇이 중요한지 질문했더라면 얼마나 좋았을까. 우리 각자는 이미 있는 그대로 완전하며 그외의 모든 것들은 그저 우리의 삶을 더욱 풍성하고 효율적이고 알차게 만들어 준다는 걸 깨달았으면 얼마나 좋았을까.

정리: 진실

다시 라이언 차례다! 이번 장에서는 조슈아가 진실에 대해서 이야기해 주었다. 이를 통해 진실은 결코 깔끔하거나 편하지 않다는 것을 알게 되었다. 날 것이고 추악하다. 좋아하고 가까이 가기 어렵다. 하지만 진실은 진실이다. 오늘은 진실과의 관계가 당신의 삶에 어떤 영향을 미치는지 알아보자. 아래 몇 가지 활동을 준비했다. 시간을 들여서 각 활동에 참여해 보길 바란다. 질문을 들여다보고 정말 묻고자 하는 것이 무엇인지 살펴보길 바란다. 일상의 혼란 가운데서 진실을 찾길 원한다면 말이다.

그리고 노트에 질문에 대한 답을 기록해 두는 것을 잊지 않길 바란다(그리고 답을 적은 날짜도 기록해 두면 얼마나 많은 발전을 이뤘는지 나중에 돌아보기 쉽다). 질문에 대한 답을 고민하고 기록했다면 파트너와 함께 이 답을 나눌 수 있는 시간을 만들어 보자.

진실에 관한 질문

1. 숨기고 있는 중요한 진실이 있는가? 있다면 무엇인가?
2. 진실을 숨겨서 다른 사람과의 관계가 망가졌거나 개인적인 불만족을 일으킨 적이 있는가?
3. 진실을 공개해서 일어날 수 있는 최악의 일은 무엇일까?

반대로 일어날 수 있는 가장 좋은 일은 무엇일까?

4. 나중에 후회하지 않을 결정을 내리기 위해 어렵고 힘들더라도 반드시 해야 하는 대화가 있는가?

5. 진실이 성장하는 데 어떻게 도움이 될 수 있을까? 반대로 거짓말은 어떻게 성장을 방해할까?

해야 할 것

다음으로는 이번 장에서 진실에 대해서 배운 것이 있다면 무엇인지 생각해 보자. 배운 것 중에 마음에 남은 것은 무엇인가? 일상생활에서 진실에 더 가까운 진솔한 삶을 살 수 있도록 도움이 되었는가? 오늘, 지금 당장 일상생활에 적용해 볼 수 있는 다섯 가지 지침을 살펴보자.

- **인정하자.** 공개하고 싶은 거짓말을 적어 보자.
- **불편해지자.** 적어 본 거짓말 중 어떤 거짓말이 가장 마음을 불편하게 만드는가? 그 거짓말을 어떻게 마주할 수 있을까?
- **없애자.** 이 시점을 기준으로 그만할 거짓말을 하나 고르자. 이 거짓말을 멈추고 없애기 위해 어떤 일을 할 수 있을까?
- **사과하자.** 내 거짓말로 상처받은 사람이 있는가? 있다면, 누구인가? 손을 내밀어 사과하자. 사과의 경험이 어떻게 관계를 진전시킬 수 있을까?

- **치유하자.** 거짓말로 인해 상처받은 사람에게 용서를 구하자. 다만 용서를 구한다고 해서 바로 용서받을 자격이 있다는 말은 아니다. 경우에 따라 상대가 용서를 할 수 있을 때까지 시간이 걸릴 수도 있다. 하지만 용서를 받아야만 진정한 치유가 일어날 수 있다.

하지 말아야 할 것

마지막으로 부정직함의 위험에 대해서 생각해 보자. 아래는 더욱 정직한 사람이 되고 싶다면 오늘부터 당장 하지 말아야 할 다섯 가지 행동이다.

- 그저 괜찮다고 생각하고 문제가 저절로 해결될 것이라 생각하지 말자.
- 진실을 숨기는 것이 상황 또는 관계에 더 낫다고 자신을 설득하지 말자.
- 진실이 밝혀지는 것을 피하기 위해 스스로 고립되진 말자.
- 과거의 거짓말을 덮기 위해 더 큰 거짓말을 하지 말자.
- 다른 이들의 신뢰를 다시 얻을 수 없을 것이라고 생각하지 말자. 신뢰를 다시 쌓기 위해서는 시간과 지속되는 정직한 행동과 말이 필요하다.

관계 3. 자신

주위에 있는 물리적인 방해물을 없애면 내면을 들여다보고 정신적, 감정적, 심리적으로 잡동사니를 처리할 수 있다.

나에게 우울증이 문제였던 적은 없었다. 우울증이 찾아오기 전까지는 말이다. 2019년 우울증이라는 먹구름이 내 삶에 드리웠던 그 시기, 나는 그 시기를 '신 대공황New Great Depression'이라고 부른다. 그 시기가 찾아오기 전 나는 스스로를 굉장한 낙천주의자라고 생각했다. 수년간 어디 있든 누구와 있든 나는 가장 행복한 사람이었다. 항상 불행 속 한 가닥의 희망을 찾을 수 있는 사람이었다. 물론 슬픔, 우울, 고통의 시간도 겪었다. 하지만 삶의 가장 어둡고 낮은 시기에도 나의 슬픔은 우울로 발전하지 않았다. 나는 최대한 빨리 우울의 깊은 골짜기를 벗어나는 법을 알고 있었다. 벗어나거나 돌아갔지 결코 그 곳에 머물러 있지 않았다. 기분이 좋지 않을 때 나는 거울 속 내 모습을 보고 미소를 지었다. 감정적으로 피곤할 때는 운동을 했고 심리적으로 불안정할 때는 말하는 법을 바꿨다.

가장 혼란스러웠던 20대를 고된 회사 생활로 보내면서도 나는 가장 평범하고 일상적인 만남 속에서 기쁨을 찾았다. 매일 새벽 5시, 11층으로 올라가는 큰 엘리베이터를 타기 전에, 형광등이 쭉 이어진 복도와 칸막이로 나뉜 사무실을 걷기 전에, 내 책상 위 컴퓨터와 블랙베리를 켜서 스프레드시트와 이메일과 문자 메시지를 확인하기 전에 나는 회사 건물에 있는 카페로 가 졸린 눈을 하고 입으로는 형식적인 "안녕하세요?"를 내뱉는 사람들과 인사를 나눴다.

나는 매일 미소를 짓고 열정이 넘치는 목소리로 대답했다. "훌륭해요! 그쪽은 어때요?"

나의 이런 반응은 사람들을 다소 놀라게 했다. 특히 처음 본 사람들은 당황스러워했다. 다들 평범한 "좋아요" 또는 기껏 해봤자 "괜찮아요, 감사해요" 정도를 기대했을 것이다. 하지만 나는 새벽에 가까운 아침과는 어울리지 않는 열정 넘치는 인사로 반응했다. 코미디언 조지 칼린George Carlin은 사람들이 어떠냐고 안부를 물어보면 항상 "좋아요!"라고 답해야 한다고 했다. 나를 좋아하는 친구들은 행복해 할 것이고 나를 싫어하는 사람들은 화나게 만들 수 있는 대답이라고 했다. 굳이 그 말을 반박하고 싶지는 않지만 나는 그런 의도로 그렇게 인사한 것은 아니다. 실제로 나는 정말로 훌륭하게 좋은 상태였고 삶의 가장 평범하고 일상적인 순간에서도 그렇게 훌륭한 일들을 찾아내려고 노력하는 사람이었다.

미니멀리즘이 내 삶에 들어오기 몇 년 전, 나는 나의 일상적인 루틴이 꼭 사전에 나오는 정의를 따를 필요가 없다는 것을 알게 되었다. 루틴이라고 하면 일반적이고, 흔하고, 평범한 것을 말한다. 비록 나의 삶은 비교적 평범하고 크게 다를 바 없었지만 커피 한 잔을 사는 것조차도 나에게는 놀라운 경험이었다. 그 순간에는 정말 살아 있는 것같이 느꼈다. 그 순간이 찰나라 할지라도 말이다.

어떤 바리스타들은 이런 나의 열정적인 인사를 달갑지 않게 여겼고 심지어 불쾌해했다. 하지만 시간이 흐르자 사람들은 점점 나의 열정에 화답했다. "훌륭하다고요?"라고 나에게 되물었다. 마치 훌륭하다는 그 단어의 의미를 이해하기 어렵다는 듯. 그러고 나서 금세 얼굴에는 미소가 번져 나갔다. 그리고 그들은 이렇게 말했다. "훌륭하다니. 그거 마음에 드네요!"

나는 "언제든 쓰셔도 됩니다"라고 말하며 덧붙였다. "훌륭하다고 말하는 건 무료고 나만 사용할 수 있는 건 아니니까요." 곧, 카페의 바리스타들은 내 커피 컵에 이름 '조슈아'가 아닌 '훌륭한 아저씨'라고 쓰기 시작했다.

알아보기의 기술

나는 사람들이 나를 그저 행복한 사람이라고 봐 주길 바라지 않았다. 아무리 비참한 사람이라도 미소는 지을 수 있으나 그래도 비참한 것에는 변함이 없다. 나는 열정 넘치게 행동했다. 대부분의 사람처럼 나는 현실에 충실하지 못했다. 하지만 우리는 언어, 목소리 크기, 톤, 억양, 제스처, 얼굴 표정을 사용해서 내면 상태를 바꿔 현재에 집중하고 감사할 수 있다. 미니멀리즘은 이 부분에서 특히 유용했다. 주위에 있는 물리적인 방해물을 없애면 내면을 들여다보고 정신적, 감정적, 심리적으로 잡동사니를 처리할 수 있다.

하지만 물건으로 가득 찬 물질주의적 세상에서는 주변에 무엇이 있는지, 어떤 일이 일어나고 있는지 알아차리기도, 감사하기도 어렵다. 무언가를 알아차리기 위해서는 주의력, 에너지, 집중력 등 값비싼 자원들이 필요하다. 감사하는 데에도 이 모든 것이 필요하며, 때로는 그 이상을 요구하기도 한다. 모든 것, 특히 특별하지 않지만 중요한 것에서 훌륭한 특성을 알아차리는 것도 필요하다. 알아차리고 감사하기 위해서는 물리적으로나 정신적으로나 그 순간에 충실해야 한다. 하지만 이는 오늘날 무척이나 어려운 것이다.

우리가 한 번에 처리할 수 있는 정보와 감정의 양은 한정적이며 우리는 우리의 생각, 이야기, 삶에만 몰두하는 경향이 있다. 그리고 자신을 제외한 나머지 사람들은 그저 자신의 삶의 엑스트라 정도로 취급한다. 마치 그들은 삶의 문제를 전혀 겪지 않는 것처럼 말이다. 따라서 우리는 현재에 충실하지 않고 휘청거리며 인생을 살아간다. 나는 확실히 그랬다. 너무나도 많은 순간들을 헛되이 보냈다. 현재에 살지 않고 과거에 머물러 있거나 미래에 대한 헛된 꿈을 꾸며 말이다. 하지만 인생은 현재의 순간들이 모여 만들어진다. 그리고 현재를 충실히 살아 내지 않는다면 인생 그 자체를 헛되이 보내는 것과 같다.

인터넷을 떠돌고,
마우스 스크롤을 내리고,
이메일을 보낸다.
문자 메시지를 보내고,
글을 올리고,
트윗을 올리고,
상태를 업데이트하고,
답장한다.

이는 우리가 현대 사회에서 순간을 허비하는 방법 중 일부에 불과하다. 물론 그 행위 자체는 문제가 아니다. 의미 있는 경험을 방해하지 않는다면 말이다. 많은 사람들이 주위에 있는 자연의 아름다움을 보지 못하고 빛나는 작은 화면 속에 있는 가공된 아름다움만 쫓는다.[v]

---

v '6장. 창의력과의 관계' 장에서 기술적인 방해물을 더 자세히 다뤄볼 예정이다.

기술까지 쓰지 않아도 순간을 피하는 방법은 수도 없이 많다.

고민하고,

걱정하고,

조바심을 낸다.

일을 곱씹고,

분석하고,

스트레스 받고,

고통스러워 한다.

그렇지만 이런 문제들은 예전부터 있어 왔다. 동굴에서 벽화를 그리면서 생활했을 때부터 인간은 현재를 회피하는 방법을 찾아냈다. 다만 오늘날에는 회피할 수 있는 방법이 더 늘어났을 뿐이다.

다시 현재로 돌아와서

'훌륭한 아저씨'가 그 카페에 발을 들이지 않은 지 10년 이상 흐른 지금, 나는 여전히 정말 충실하게 현재를 사는 것을 어렵게 느낀다. 바로 눈앞에 있는 것을 알아차리기 어려울 때도 있다. 여느 사람과 같이 나 또한 다양한 방해물, 놀이, 지루함과 싸운다. 하지만 뭔가 잘 못한다고 해서 포기해야 하는 것은 아니다. 잘 못하기 때문에 우리는 계속해서 현재에 충실하기 위한 노력을 해야 한다. 다행히 몇 가지 기술은 터득했다. 경로에서 벗어나면, 참고로 나는 아주 자주 탈선하는 경향이 있는데, 이럴 때 다시 제자리를 잡게 해 주는 기술 말이다.

현재에 충실한 것과 관련해서 내가 가장 큰 영향을 받은 두 명의 사람이 있는데, 이 둘은 완전히 상반되는 신념을 가진 사람들이다. 한 명은 기독교 목사인 롭 벨Rob Bell이고 또 다른 한 명은 무신론자로 유명한 샘 해리스Sam Harris이다. 두 명 다 더 미니멀리스트의 팟캐스트에 출연한 적이 있다. 내가 그들의 팬이 된 것은 그들이 출연하기 훨씬 전에 그들의 저서를 읽고 나서이다.

퇴보하지 않고 성장하기 위해서는 극단적으로 상반되는 두 가지 관점을 취하는 것이 중요하다. 자신의 관점을 계속해서 시험하고 성장하기 위해서 말이다. 우선 종교적인 관점을 보자면 이 두 지식인들은 완전히 상반되는 관점을 가지고 있다. 벨은 그랜드 래피즈의 대형 교회 목사 출신으로 논쟁의 한 복판에 선 〈사랑이 이긴다Love Wins〉의 저자이고 해리스는 신경과학자이며 명상 교사로 종교에 대한 신랄한 비판(미국의 정치 토크쇼인 '빌 마허의 리얼 타임Real Time with Bill Maher'에서 배우 벤 애플렉과 공개적으로 논쟁을 벌이기도 했다)으로 가장 많이 알려져 있다.

벨의 첫 저서인 〈당당하게 믿어라: 내 믿음을 향한 새로운 도

전_{Velvet Elvis: Repainting the Christian Faith}〉에서 벨은 하나님이 모세에게 산에 오르라고 부르셨던 이야기를 한다. 모세는 하나님의 부름에 순응하고 산꼭대기에 오른다. 그때 하나님은 모세에게 "산을 오르라"고 말한다.

내가 모세였다면 약간 짜증이 났을 법도 하다. "이미 말씀하셨 잖아요! 산꼭대기로 올라가라고! 그래서 왔잖아요. 말씀하신 것처럼. 이제 뭘 하면 될까요?"

하나님도 아마 모세의 이런 반응에 똑같이 짜증이 났을지도 모른다. "그냥 산을 오르거라."

하나님의 반복되는 요구를 이해하지 못한 모세는 눈살을 찌푸렸을지도 모른다. 하나님이 모세에게 원한 것은 그저 산꼭대기로 올라가는 것이지 산꼭대기로 가자마자 다음에 뭘 해야 할지를 떠올리는 것이 아니었기 때문이다.

하나님은 모세가 그 꼭대기에 서서 이제 뭘 해야 할지, 어떻게 다시 산을 내려가야 할지, 혹시 잊어버린 것은 없는지, 산에 올라오기 전에 집에 불은 끄고 왔는지를 걱정하길 원한 것이 아니다.

그저 말 그대로 모세가 산꼭대기에서 그 순간을 느끼길 원하셨을 것이다. 하지만 이는 멈추지 않고 계속해서 다음 단계를 계획하고 미래만을 바라보는 사람에게는 불가능한 일이다. 걱정만 하는 사람에게도 불가능한 일이다. 물론 이 이야기에서 교훈을 얻기 위해서 랍 벨(또는 샘 해리스)와 똑같은 관점을 취해야 할 필요는 없다. 이 이야기는 그저 인간은 수천 년 전부터 동일한 문제를 겪어 왔다는 것을 이야기하고 있다. TV가 있기도 전, 인터넷이 있기도 전, 스마트폰, 유튜브, 인스타그램이 있기 전에도 우리는 현실에 충실한 삶을 사는 데 어려움을 겪었다. 인간이라서 그렇다. 하지만 벨이 결국 말하고자 하는 바는 잠깐 멈춰 보면 순간에 감사할 수 있다는 것이다. 산꼭대기에 오르기 위해서는 어마어마한 노력이 들어간다. 그렇게 많은 노력을 했으면 잠시라도 멈춰서 그 순간을 즐길 이유도 자격도 충분하다. 멈추는 것도 무언가를 하는 것만큼이나 중요하다. 멈추지 못한다면 쉬지 않고 쳇바퀴를 도는 햄스터처럼 '해야 할 일 목록'을 써 내려 가고 목록에 있는 일을 해치우는 데 온 여력을 다 소모할 것이다.

삶을 즐기고 싶다면 그저 산 꼭대기에 있기만 하면 된다. 그렇다고 해서 아예 계획을 세우지 말아야 한다는 말은 아니지만 적어도 계획하는 그 과정을 즐기자는 것이다. 그리고 그렇다고 해서 아예 일을 열심히 하지 말아야 한다는 말이 아니라, 적어도 일을 할 때에는 그 일에 온전히 집중해서 일을 즐기자는 것이다.

과거에 머무르지 않고,

미래를 걱정하지 말고

그저 산 꼭대기에 있는 것.

그저 있는 것이다.

방해물

10번째 저서 〈현재에 충실하는 법—살 만한 가치 있는 삶 만들기How to Be Here: A Guide to Creating a Life Worth Living〉에서 벨은 현재에 충실한 삶의 기쁨을 이야기한다. 더 나아가 현재에 충실하게 사는 것을 방해하는 세 가지, 지루함, 냉소, 절망을 이야기한다.

지루함은 치명적이다. 지루함은 우리에게 이렇게 말한다. "여기에는 흥미로운 것이 전혀 없어." 지루함은 우리가 어떤 관점으로 우리가 살고 있는 세상을 바라보고 있는지 알 수 없게 만든다. 지루함이 치명적인 이유는 세상에 대한 정적이고 고정적인 관념을 나타내기 때문이다. 더 이상 새로운 것이 일어날 수 없는 이미 끝난 세상이다.

냉소는 지루함과는 살짝 다르지만 치명적이라는 점에서는 동일하다. 냉소는 이렇게 말한다. "여기에는 새로운 것이 전혀 없어." 냉소는 종종 지혜롭게 보이지만 상처로부터 비롯된 것이다. 한 번쯤 새로운 것을 시도해봤는데 완전히 실패한 경험을 한 냉소자는 결국 무대에서 야유를 받으며 내려간다. 그리고 그는 그때의 상처로 인해 비난하고 조롱하게 되었다. 비난과 조롱에는 그 어떤 리스크도 없으니 말이다. 적정 거리에서 뭔가를 조롱하고 비난하면 적어도 상처 받을 일은 없다.

그리고 절망도 있다. 지루함은 다소 알아차리기 어렵고 냉소는 지적으로 보일 수도, 더 나아가서는 유머러스하게 보일 수도 있지만 절망은 그저 절망 그 자체다. 절망은 이렇게 말한다. "아무것도 중요하지 않아." 절망은 모든 것이 의미 없고 결국에는 뭘 하든지 시간 낭비일 뿐이라는 두려움으로부터 비롯된다.

벨의 말에 조금 더 첨언하자면 이렇게 말하고 싶다.

지루하다면 당신이 지루한 사람이기 때문이다.
냉소적이라면 당신이 게으른 사람이기 때문이다.
절망에 빠져 있다면 당신은 여기 없는 사람과도 같다.
물론 '당신'이라고 하지만 나 자신도 마찬가지이다.

내가 지루하다면, 내가 지루한 사람이기 때문이다.
내가 냉소적이라면 내가 게으른 사람이기 때문이다.
내가 절망에 빠져 있다면 나는 여기 없는 사람과도 같다.

벨에 따르면 지루함, 냉소, 절망이라는 '영적인 질병'은 "우리를 가장 태초의 진실, 바로 우리가 여기 있다는 사실로부터 분리시킨다"고 한다. 현실에 충실한 삶으로부터 점점 멀어지게 만들고 지금의 아름다움을 느끼기 위해 필요한 멈춤을 방해하기 때문이다.

지금의 중요성

반면에 샘 해리스는 인간이라면 피할 수 없는 그것, '죽음'을 통해 순간의 소중함을 이야기한다. 샘 해리스의 유명한 강연 '지금의 중요성It Is Always Now'에서 해리스는 죽음과 우선순위를 다룬다.[48] 해리스는 사람들은 보통 죽음에 대해 이야기하는 것을 꺼리지만 우리는 유한한 삶과 한 끗 차이로 떨어져 있다고 이야기한다.

이런 순간에 사람들이 깨닫는 것 중에 한 가지는 삶이 제자리였을 때 많은 시간을 낭비했다는 사실이다. 단순히 시간적인 것을 말하는 것이 아니다. 단지 일하는 데 너무 많은 시간을 소비했거나 이메일을 확인하는 데 너무 많은 시간을 허비했다는 것이 아니다. '잘못된' 것들에 신경을 과도하게 썼다는 것이다. 자신이 신경 썼던 것들에 대해서 후회한다. 사소하고 하찮은 것들에 너무 많이 몰두해 있었다는 사실을 알게 된다.

10년 전, 사내 카페로 돌아가보자. 회의적인 사람들은 종종 나에게 이런 질문을 했다. "뭐가 그렇게 매사에 훌륭해요?" 마치 대단한 대답을 바라고 물어보는 듯했다. 연봉이 인상되었거나 복권에 당첨되었다는 대답을 바라는 것 같았다. 하지만 내가 할 수 있는 가장 솔직한 대답은 "내가 이 세상에 살아 있잖아요"였다. 정말 관심을 기울인다면 정말 사소하고 평범한 경험조차도 훌륭해 보일 수 있다.

매사 냉소적인 사람에게는 이렇게 밝은 태도가 껄끄럽거나 우리가 살고 있는 '실제'의 세상과 어울리지 않아 보일 수도 있다. 하지만 나에게는 주위를 들여다보고, 잠깐 멈추고, 현재에 존재하는 기쁨의 흔적들을 찾는 방법이었으며 지금도 여전히 그렇다. 일상적인 활동에서 만족할 수 있는 능력은 가히 대단한 능력이다.

하지만 최근에 나는 일상생활에서 이뤄지는 만남 가운데서 '훌륭한 아저씨'로 다른 이들을 대하는 것이 어려워졌다. '훌륭한 아저씨'가 어떠한 작별 인사도 없이, 어떻게 다시 만날 수 있을지에 대한 기약 없이 날 두고 떠나 버린 것 같았다. 그리고 그는 가는 길에 크고 깊은 우울감만 덩그러니 남겨 두었다.

나쁜 결정의 대가

얼마 전, 나의 시련을 정확히 대변 해주는 밈meme을 발견했다. 콘서트 무대 위에서 공연을 하는 락스타가 "다들 오늘 밤 어떤 가요?"라고 소리치자 관객은 열광적으로 "와!"라고 신나게 소리치는데 공연장 뒤편에 앉아 있는 남자 한 명이 "사실 지난 몇 달간 굉장히 힘들었어요"라고 말하는 밈이다.

굉장히 공감하는 바이다.

이 책을 집필하기로 계약을 하고 나서 그 이후 1년간 살면서 가장 힘든 시간을 보냈다. 그 어떤 시기와도 비교할 수 없을 만큼 가장 힘들었던 시기였다. 이상하게도 시작은 괜찮았다.

2018년 여름, 서른일곱 살이 되고 나서 몇 달 후는 평온했다. 굳이 현재에 충실하려고 노력하지 않아도 쉽게 되었다. 창의력을 요구하는 일들도 순조롭게 해냈다. 개인적으로나 일적으로나 맺는 관계들도 순탄하게 흘러갔다. 그 어느 때보다 의미 있는 일들에 크게 기여하고 있었다. 건강 또한 지난 몇 년 간의 건강 문제를 잘 극복하고 최상의 컨디션을 유지했다. 숙면을 취했고, 에너지가 넘쳤고, 집중할 수 있었고, 마음이 평온해서 생산적이고 즐거운 나날들을 보냈다. 과장이 아니라 정말 성인이 되고 나서 최고의 시기를 보냈다.

어떻게 이런 상태까지 되었냐고? 내가 말해 줄 수 있는 것은 그다지 흥미롭거나 색다른 것은 아니다. 그 상태에 다다르기까지 무려 10년이 걸렸다. 조금씩 조금씩 앞으로 나아가고, 습관을 바꿔 가고, 몇 번이나 실패했다. 수많은 물건들을 버려서 의미 있는 것들이 들어올 자리를 만들었다. 다른 이들의 기대에 부응하는 삶을 뒤로했다. 내가 되고 싶은 사람이 할 법한 행동으로 나의 행동을 바꿨다. 충동보다는 가치에 집중했다.[vi] 의미 있는 삶을 살기 위해서 나는 조화로운 삶을 살아 냈다.

하지만 나도 처음부터 그랬던 것은 아니다.

살면서 많은 시간 동안 나는 나의 몸을 제대로 돌보지 않았다. 특히 여섯 살에서 일곱 살이 될 때는 몸무게가 두 배 증가했다. 어머니의 알코올 중독이 걷잡을 수 없이 심각해졌을 때다. 내 주위가 혼란의 기운으로 가득 찼을 때 내가 유일하게 내 의지대로 통제할 수 있는 것은 음식이었다. 콘프레이크, 트윙키 초콜릿 바, 피넛 버터 앤드 젤리 샌드위치, 치즈버거, 프렌치프라이. 확실하게 의지할 수 있는 것들이었다. 결국 내 몸무게는 점점 늘어만 갔고 심각한 비만 상태가 되기까지는 몇 년이 걸리지 않았다. 조만간 나는 초등학교 전체에서 가장 뚱뚱한 아이가 되었다.

십 대가 되어서 나는 여자들이 비만인 사람들을 날씬한 사람만큼 매력적으로 여기지 않는다는 사실을 확실히 알게 되었다. 그래서 살을 뺐다. 건강하지 않은 방법으로 말이다. 그때 나는

---

vi. 이에 대해서는 '4장. 가치와의 관계'에서 더욱 자세히 살펴볼 예정이다.

아예 먹지 않았다. 이렇게 먹지 않는 행위 또한 내 의지대로 할 수 있는 것이었고 확실한 결과를 보장했다. 하지만 영양부족에 사춘기가 더해져 몸은 병에 취약해졌다. 나는 굉장히 자주 아팠다. 하지만 나는 스스로에게 이렇게 말했다. 괜찮아, 적어도 살은 빠지고 있으니까.

키는 190센티미터에 63킬로그램까지 살이 빠졌던 나는 고등학교 입학 때는 말라깽이가 되어 있었다. 1년 전에 비해 45킬로그램이 가벼워져 있었다. 나를 원래 알던 친구들이 나를 못 알아볼 정도였다(같이 수업을 들었던 친구 한 명은 나에게 조쉬 밀번의 가족인지 물어봤다). 마치 새로운 사람이 된 것 같았다. 그때의 나는 누구라도 될 수 있을 것 같았다.

사고방식과 마음 상태는 그대로인 채 체중을 너무 단기간에 감량했기 때문에 고등학교 입학 후 서서히 체중이 늘기 시작했다. 그렇게 내 체중은 천천히 0.5킬로그램씩 증가하다가 20대 초반이 되어서는 다시 비만의 몸으로 돌아왔다. 턱살과 뱃살도 그대로였다. 직장생활의 스트레스도 체중 감소에 전혀 도움이 되지 않았다. 하루 종일 자판기 간식을 뽑아 먹었고, 하루 일과에 운동과 다른 신체적인 활동은 전혀 하지 않았고, 잠은 최소한으로 잤다. 바쁘디 바쁜 회사 생활 가운데 건강에 신경 쓸 여력이 없었다. 승진에 내 모든 것을 소진해야 했고 나머지는 포기한 채 살았다.

그 와중에 의사가 권하는 모든 약은 전혀 사양하지 않았다. 현대 의학으로 모든 것을 쉽고 빠르게 해결할 수 있었다. 건강하지 못한 식단으로 생기는 피부병? 알약 하나만 먹으면 됐다. 만약에 그 알약이 효과가 없다면 다른 알약을 먹으면 됐다. 그 알약을 먹고 부작용을 겪었다면? 문제 될 것 없다. 부작용을 위한 알약도 있으니 말이다.

지름길을 택한 대가는 찰나의 이득보다 훨씬 크다. 입에 넣는 알약마다 족족 치료하려고 했던 질환보다 더 심각한 부작용을 가져왔다. 피부 건조증, 소양증, 발진, 입 마름, 피부 벗겨짐, 눈흰자 염증, 관절 통증, 허리 통증, 현기증, 졸림, 신경과민, 손톱과 발톱 변형, 우울증. 이 모두가 내가 복용했던 약 하나의 부작용이었다.

내가 만난 의사들 중 그 누구도 식습관을 바꾸라는 말을 꺼내지 않았다. 결국 나 스스로 식습관을 바꿔야 한다는 결론에 도달했다. 그 전까지는 그저 의사의 처방을 맹목적으로 신뢰했고 처방 받은 약, 크림, 흡입기 뭐든 복용하고 사용했다. 순응하는 것이 그들의 방법에 대해 의문을 품는 것보다 쉬웠고, 그들의 방법을 채택하는 것이 내 인생을 주도적으로 사는 것보다 훨씬 쉬웠다.

내 습관이 건강하지 않다고도 생각하지 못했다. 정말이다. 병원에서 검진 시 의사들이 물어보는 일반적인 질문들에 대답해 보자면 나는 흡연자도 애주가도 아니었고 마약을 복용하거나 무분별하게 성관계를 가지지도 않았다. 하지만 그 질문들 자체도 건강과는 크게 관계는 없었다. 그 당시에는 무엇이 건강하고 그렇지 않은지도 판단할 만한 지식이 없었다. 먹이 피라미드에 대해서 배운 적은 있지만 가공 식품이 왜 해로운지, 우리가 먹는 식품은 어떻게 공급되는지, 의사 처방 약을 과도하게 복용하는 것에 대한 부작용은 무엇인지에 대해서는 배운 적이 없었다. 21살이 되어서도 프렌치프라이를 많이 먹는 게 야채도 많이 섭취하는 것이라고 생각했다.

미니멀리스트의 식습관

21세기에 들어서서도 전문가들의 '건강'에 대한 견해는 제각각이다. 유명한 한 웹사이트에서는 팔레오 다이어트Paleo diet를 추천하기도 하고, 다른 곳에서는 식물성 식품을 기반으로 한 식단, 또 다른 곳에서는 저탄수화물 식단을 권유한다. 모순되고 상반되는 방법을 여기저기서 읽고 나서 우리는 노트북을 닫아 버리고 오레오 튀김으로 손을 뻗는다(참고로 오레오 튀김은 완전히 비건 음식이다).

더 미니멀리스트 팟캐스트의 184화 '미니멀리스트의 식습관'에서 우리는 비건 운동선수로서 철저히 채식만 하는 리치 롤Rich

Roll과 철저히 육식만 하는 폴 살라디노Paul Saladino 박사와 인구의 99퍼센트가 하듯이 채식과 육식을 섞은 잡식성 식단을 하는 토마스 우드Thomas Wood 박사를 초대해서 식이요법에 대한 논의를 나눴다.[49] 세 명의 전문가 모두 건강의 대명사로 알려져 있지만 세 명 모두 완전히 상반되는 견해를 내놓았다.

나는 '토론'의 호스트 역할보다 이 전문가들이 어떤 부분에서 합의를 할 수 있을지에 더 관심이 많았다. 식이요법에 대한 접근방법은 달랐지만 모두 가공 식품은 건강에 해롭다는 것에는 동의했다. 설탕, 글루텐, 화학물질, 정제유, 공장식 축산에 대해서도 동일한 결론을 내렸다. 그리고 모든 사람은 유전학적으로 다르기 때문에 두 사람이 같은 식단을 하더라도 그 결과는 완전히 다를 수도 있다는 사실에 동의했다.

이래서 건강에 대한 이야기는 너무나도 복잡한 것이다. 나에게는 좋고 효과적인 것이 다른 사람에게는 전혀 아닐 수도 있으니 말이다. 전문가들의 견해를 듣고 나서 그리고 나 자신의 식습관을 바꾸고 나서 내가 내린 결론은 천편일률적인 라이프 스타일을 채택하는 것보다 그저 보편적인 원칙에 집중하는 것이 최상의 방법이라는 것이다. 아래는 건강한 미니멀리스트의 식습관을 정리해 본 것이다.

진짜 음식을 먹자.

과도하게 과식하거나 소식하지 말자.

염증을 일으키는 음식은 피하자

정제유[vii]도 피하자.

가공 식품도 먹지 말자.

먹고 나서 기분이 안 좋아질 것 같은 음식은 먹지 말자.

증상이 아니라 문제에 집중하자.

유기농 채소와 목초 급여 육류를 먹자.

가능하면 로컬 식품을 먹자.

개인별로 차이는 있겠지만 위와 같은 건강한 기초를 쌓으면 우리의 필요와 욕구를 잘 충족할 수 있는 몸을 만들 수 있다.

20대 중반이 된 나는 스스로 건강에 대한 연구를 하고 나의 문제를 해결하기 위해 약에 의존하지 않으면서 비만의 원인을 없애기 위해 식습관을 바꿨다. 식단에서 설탕, 탄수화물, 가공 식품을 철저히 제외했다. 그 대신 첨가물이 없는 유기농 식품을 섭취하고 간식을 줄였으며 하루에 두 끼만 먹었다.

---

vii 우리 몸에 해로운 화학물질을 사용해서 정제되는 카놀라유, 식물성 기름, 콩기름, 홍화유, 옥수수유, 마가린과 같은 기름은 피하는 것이 좋다. 대신 엑스트라 버진 올리브유, 아보카도 오일, 코코넛 오일, 목초 급여 버터나 수지와 같은 건강한 유기농 대안식품을 섭취하는 것이 좋다.

자기 관리

버리는 것은 우리에게 무료로 주어지는 약과 같은 셈이다.

20대 중반쯤 되자 나는 이제 체중은 어느 정도 관리할 수 있게 되었다. 그럼에도 불구하고 나는 의사가 내리는 처방에는 한 치의 의심 없이 계속해서 의존했다. 여러 의사들의 진단을 구하지 않았고 내 몸이 말하고자 하는 바에 귀 기울이지 않았다. 여드름 때문에 몇 차례 아큐테인Accutane을 처방받았다. 아큐테인은 현재 미국에서는 더 이상 처방되지 않고 있다.[50] 너무나도 강력한 약이라서 매달 간 수치를 검사받아야 했다. 그 당시에는 몰랐지만 여드름이 나는 이유는 내가 유제품에 민감한 사람이기 때문이었다. 우유, 치즈, 요거트와 같은 유제품 섭취를 중단하자 여드름은 더 이상 나지 않았다.

그리고 나서는 박트림Bactrim 처방을 받았다. 박트림은 두피에 나는 결절성 여드름을 치료하기 위해 사용되는 항생제로 '무해'하다고 했다. 이것 또한 그 당시에는 몰랐지만 두피 여드름은 콩 알레르기 때문에 생긴 것이었다. 두부, 풋콩 및 다른 콩 제품 섭취를 중단하자 두피 여드름은 사라졌다. 몇 년 동안 매일 항생제를 복용한 결과 스물일곱 살이 되었을 때 계절성 알레르기, 화학물질 과민증, 식품 알레르기, 소화 문제, 만성 피로 등 전에는 한 번도 경험하지 못한 다양한 증상이 나타나기 시작했다.

몇 년 후에는, 항생제 과다 복용으로 인해 클로스트리디움 디피실 감염증에 걸렸다(이 박테리아로 인해 매년 15,000명 이상의 미국인이 사망한다).[51]

나의 건강상의 문제 중 많은 부분, 아니 거의 대부분이 장내 세균 불균형과 그로 인한 염증으로 발생한다는 것을 당시에는 전혀 알지 못했다. 〈비관습적 의약Unconventional Medicine〉의 저자인 크리스 크레서Chris Kresser는 몸 속 미생물이 알레르기, 자가 면역, 뼈 건강, 뇌 건강, 암, 심혈관계 질환, 당뇨, 위장 건강, 면역, 비만, 피부, 갑상선 질환 등 "건강에 대한 모든 것을 관장한다"라고 말한다. 뉴트리언츠Nutrients와 다른 학술지를 통해서도 밝혀졌지만 장내 세균 불균형이 몸 속 염증을 유발한다는 증거는 이미 차고 넘친다.[52] 크레서는 몸 속 미생물 생태계를 불균형한 상태로 만드는 데에는 여덟 가지 원인이 있다고 한다. 그리고 이 요인들은 모두 현대 사회의 질병을 약 하나로 즉시 고치려는 경향과 관련되어 있다고 한다. 항생제, 특정 처방약, 제왕절개, 전형적인 미국인의 식단, 유전자 변형 음식, 낮은 수면 질, 일주기 율동 장애, 만성 스트레스 그리고 만성 염증 등이다. 내가 건강한 게 이상할 일이었다. 체중을 감량한 뒤의 30대 초반에 나는 이 여덟 가지 요인에 모두 해당하였다.[viii]

지금쯤 도대체 이런 것들이 미니멀리즘과 무슨 관계인지 궁

---

viii 장 건강에 대해서 더 알고 싶다면 마이클 루시오Michael Ruscio 박사의 〈건강한 장, 건강한 당신 Healthy Gut, Healthy You〉을 읽어 보길 바란다. 소화하기 쉽지만 이 주제를 잘 알려 주는 책이다.

금해하는 사람도 있을 것이다. 간단히 말하자면 모든 것이 연관되어 있다. 미니멀리즘은 가치 있는 삶을 추구하는 것이다. 미니멀리즘의 시작은 물건일지 몰라도 결국 미니멀리즘이 추구하는 바는 자신의 인생을 온전히 책임 있게 관리할 수 있는 것이다. 과거로 돌아가서 어린 시절의 나에게 이 지혜를 전할 수 있다면 한 단어로 이렇게 말할 것이다. 관리.

어릴 때부터 나는 내 몸에 무지했고 관리에도 무심했다. 절대 망가지지 않을 것이라고 생각하면서 또 한편으로는 쉽게 사용하고 버릴 수 있는 것이라고 생각했다. 내 몸과 분리되어 존재하는 또 다른 내가 있는 것처럼 행동했다. 잘 알지 못했다.

하지만 안타깝게도 나이가 들어서도 잘 알지 못했다. 그래서 계속해서 똑같이 행동했다. 건강한 삶을 산다고 생각하면서도 계속해서 건강하지 않은 선택을 내렸다. 잼을 듬뿍 바른 빵에 배달 음식을 곁들여 먹었고, 운동은 거의 하지 않았고 잠도 거의 자지 않았다. 자랑스럽게 생각하지도 않는 삶에서 직장과 인간관계에서 어마어마한 스트레스를 받았다. 결국 그 대가를 치르게 되었다. 삶에 과도한 물건을 들여놓는 문제와 마찬가지로 건강상의 문제도 무시한다고 해서 저절로 괜찮아지거나 사라지지 않는다. 매년 시간이 지날수록 잡동사니와 질병은 그저 쌓여가기 마련이다.

미니멀리스트의 규칙   선물 주기의 규칙

우리는 생일과 특별한 날에 사랑을 표현하기 위해서 선물을 당연하게 여긴다. 하지만 피그 라틴Pig Latin을 로맨스어라고 할 수 없는 것처럼 선물을 주는 것도 '사랑의 언어'라고 할 수 없다. 우리가 결국 하고 싶은 말은 '기여가 사랑의 언어'라는 것이다. 만약에 선물을 주는 것이 기여를 할 수 있는 최상의 방법이라고 생각한다면, 그리고 실제로 그렇다면 미니멀리즘은 잠깐 접어 둬도 된다. 여기서 '선물 주기의 규칙'이 등장한다. 물질적인 선물을 주지 않고도 기여할 수 있는 방법이 있다. 참여와 존재 자체가 가장 큰 선물이기 때문에 물질적인 것 대신 경험을 선물해 보는 것은 어떨까? 받는 사람도 주는 사람도 훨씬 기억에 남는 선물이 될 것이다.

이런 선물을 받았다고 생각해 보자. 콘서트 티켓, 집에서 준비한 따뜻한 식사, 침대에서 먹는 아침 식사, 마사지, 퍼레이드, 계획 없이 떠나는 자동차 여행, 아무런 방해도 없이 보내는 조용한 저녁, 빛의 축제, 썰매 타기, 춤추기, 휴가, 일출 보기. 그래도 뭔가 물리적인 실체가 있는 선물을 줘야 할 것 같다면 선물하고 싶은 경험과 관련된 사진을 찾아서 예쁘게 포장하면 된다. 아니면 와인 한 병, 좋은 초콜릿 하나, 로컬 커피빈과 같은 소비품을 선물하는 것도 좋다. 필요도 없는 잡동사니를 선물하는 것보다 훨씬 좋은 방법이다.

처방 1. 버리기

멕시코 시티에 사는 마르타 오르티즈는 '정리 파티' 사례 연구 참가자다. 오르티즈는 몇 년 전 삶을 단순화하기 전에 건강상 심각한 문제를 겪었다. "내 몸이 보내는 신호를 무시하고 있었다"라고 오르티즈는 말했다. 정리 파티를 시작하고 나서 일주일이 지나는 시점이었다. 그녀는 지난 3년간 미니멀리즘의 신조를 이미 실천하고 있었고 자신의 삶에 가치가 없는 것들을 기부했다. 하지만 정리 파티를 시작하고 자신이 가지고 있는 물건에 한꺼번에 맞서게 되면서 마르타는 자신과 자신의 건강에 대해 새로운 사실을 깨닫게 된 것이다. 몇 가지만 꼽아 보자면 과도한 스트레스, 건강하지 않은 식단, 수면과 운동 부족, 심각한 소화 문제 등이 있었다.

미니멀리즘을 어느 정도 실천한 바 있었음에도 오르티즈는 여전히 "과도하게 낭비하고, 과도하게 일하고, 과도하게 소비하고, 과도하게 식사"를 하고 있었다. 그녀는 정말 필요한 것만 꺼내려고 상자들을 보다가 이 사실을 깨달았다. "내 삶의 모든 영역에서 나는 여전히 모든 것을 과도하게 하고 있었고 신체적으로 정신적으로 그 대가를 치르고 있었다. 내 자신을 한계로 몰아넣고 있었다." 그녀는 만약에 자신이 삶을 단순화하려는 노력을 하지 않았다면 "그 한계를 넘어섰을 것"이라고 말했다. 그랬다면 그 결과는 너무나도 명백하게 불행했을 것이다.

"내 삶에서 소음을 제거하면서 나는 정말 중요한 것이 무엇인지 들을 수 있게 되었다. 바로 나의 웰빙이었다"라고 오르티즈는 말했다. 지금도 그녀는 여전히 버리려고 애쓴다. 하루에 하나씩 말이다. 정리 파티 기간 동안 자신이 얼마나 과도하게 살아왔는지 깨닫게 되면서 그녀는 '명확한 한계를 설정하고, 더 건강한 식사를 하고, 더욱 신중하게 물건을 구매하고, 몸과 마음이 보내는 신호에 집중'하려고 많은 노력을 하게 되었다.

오르티즈도 인정하듯, 사고방식의 변화는 단순히 그녀가 집에 있는 물건을 정리해서 일어난 것이 아니다. 몇 년 전 입지 않는 옷을 기부해서도 아니다. 그녀의 많은 부분을 소진했던 것들을 제거함으로써 삶에 목적과 의미가 들어갈 자리가 생겨난 것이다. 이를 통해 그녀는 삶을 불필요한 물건으로 치장하는 대신 자신의 웰빙에 온전히 집중할 수 있게 되었다. 그리고 이 작은 변화로 인해 돈 한 푼도 들이지 않고 그녀의 건강 또한 상당히 개선되었다. 어떻게 보면 버리는 것은 우리에게 무료로 주어지는 약과 같은 셈이다.

처방 2. 식습관

운동선수의 퍼포먼스 최적화를 위해 생화학 테스트를 하는 회사인 너리시 발란스 쓰라이브Nourish Balance Thrive에서 최고과학책임

자와 워싱턴대학교 소아청소년과에서 연구 조교수로 재직 중인 토마스 우드Thomas Wood 박사는 "가장 좋은 약은 무료다. 식습관, 운동, 수면, 햇빛"이라고 말한다.

이 '약'을 하나씩 살펴보자. 우선 건강의 가장 기본이 되는 음식부터 시작해 보자.

많은 운동선수, 의사, 연구자들은 건강을 되찾기 위해서는 무엇보다 식습관을 개선해야 한다고 입을 모아 말한다. 우리가 섭취하는 음식은 모든 활동을 가능케 하는 연료와도 같기 때문이다. 음식이 그저 입으로 즐기는 것이 아닌 연료라고 생각한다면 더 이상 충동적으로 행동할 수 없다. 자동차에 기름이 없을 때 주유소를 방문해 기름을 넣는 것처럼 몸의 연료가 떨어졌을 때 연료를 투입해야 한다. 자동차에 기름을 넘치도록 넣는 사람은 없다. 단순히 '치팅 데이'라서 또는 '자신에게 보상을 해 주고 싶어서'라는 이유로 몸의 연료를 넘치도록 넣어서는 안 된다.

정말 자신에게 보상을 하는 방법은 몸을 존중해 주는 것이다. 그리고 잘 살 수 있도록 몸에 제대로 된 영양을 공급해 주는 것이다. 현재의 기쁨을 누리기 위해서 살아야지 단순히 보상을 기대하고 바라면서 살아서는 안 된다. 일주일에 한 번 치팅 데이를 가지면 1년에 치팅 데이를 7주 가지는 셈이다. 다른 사람은 어떨지 모르겠지만 만약에 내 아내 또는 남편이 일주일에 한 번씩, 일 년에 7주나 바람을 피운다면 나는 참을 수 없을 것 같다.

하지만 우리는 이렇게 자주, 그리고 스스럼없이 우리 몸을 상대로 부정을 저지른다.

그렇다고 해서 식사를 즐기지 말라는 말은 아니다. 다만 솔직히 무엇을 먹든 정말 우리 입에 들어가는 그 음식을 진정으로 즐기는 경우는 많지 않다. 그저 드라이브 쓰루에서 음식을 시키고, 음식 배달을 시키고, 지루해서 간식을 먹고, 다른 일을 하면서 아무 생각 없이 입에 음식을 집어 넣는 경우가 태반이다.

지난주, 회사 공용 휴게 공간에서 체구가 큰 한 남자가 페퍼로니 피자 한 판을 다 먹으면서 아이패드로 넷플릭스를 시청하는 모습을 봤다. 페퍼로니 피자도 좋은 음식이 아닐뿐더러 그 음식을 먹는 남자의 표정도 즐거워 보이진 않았다. 오히려 패배자의 느낌이었다. 점심시간을 도피의 시간으로 여기는 듯했다. 그 모든 과정에서 즐거움이라고는 찾아볼 수 없었다.[ix]

조금 이상하게 들릴지도 모르겠지만 건강한 식단으로 식사를 하는 지금 나는 그 어느 때보다 매 식사를 진정으로 즐긴다. 그 이유에 있어 음식은 일부분일 뿐이다. 물론 '건강한 음식'을 맛있게 요리하는 방법[x]에 대해서도 할 말이 많고 음식을 배불리 먹고 나서도 죄책감에 시달리지 않는 기분이 얼마나 좋은지에 대해서도 할 말이 많겠지만 그보다는 내가 가장 즐겁게 생각하는 식사에 대해서 이야기하고 싶다. 바로 다른 이들과 함께 하

---

ix 나도 어느 정도 그와 비슷하다. 나 또한 강박적이고 충동적인, 쉽게 다른 길로 빠지기도 하니까.
x 맥스 루가비어Max Lugavere의 〈지니어스 푸드Genius Food〉를 참고할 수 있다.

는 식사다. TV 앞에서 혼자 간식을 먹거나 차 안에서 혼자 패스트푸드를 먹는 것보다 식탁에서 다른 사람과 둘러앉아 식사를 할 때 가장 기쁘다.

처방 3. 운동

식습관이 건강의 기본이긴 하지만 식습관을 개선한 것만으로는 건강해지기 어렵다. 건강한 식습관을 가지고 있다 하더라도 주로 앉아서만 생활하는 사람은 건강하기 어렵기 때문이다.

운동은 부담스럽고 두려울 수 있다. 동네에 있는 체육관에 가보면 다양한 질문과 선택에 마주하게 된다.

심장 강화 운동부터 시작해야 할까?

무게는 얼마를 들어야 할까?

한 세트는 몇 번 반복해야 할까?

저 기계는 뭐 하는 기계일까?

오늘은 하체에 집중해야 할까? 상체에 집중해야 할까?

배근은 어떻게 길러야 할까?

도대체 그 '코어'는 어딜까?

이럴 때, 가장 좋은 선택은 출구를 찾아 다시 집으로 가는 것일지도 모른다. 하지만 알고 보면 운동의 의미와 목적은 의외로 간단하다.

나는 이 주제에 대해서 여러 전문가와 이야기를 나눠 봤다. 2013년에 건강과 피트니스 분야에서 가장 영향력 있는 100인 중 한 명으로 선정된 벤 그린필드Ben Greenfield, 세계 최대 병원인 메이요 의료원에서 훈련을 받고 인간의 퍼포먼스를 전문으로 하는 의사 라이언 그린Ryan Greene, 미니멀 웰니스의 창립자인 나의 아내 레베카 션Rebecca Shern과 같은 여러 전문가와 이야기를 나눠 본 결과, 체력을 기초까지 끌어올리는 것의 포인트는 한 단어로 표현할 수 있다. 움직임이다. 운동은 전혀 복잡하지 않다. 그냥 하면 되는 것이다. 체육관에 가든지 공원에 가든지, 수영장에 가든지 호수에 가든지, 인도를 걷든지 하이킹을 가든지 요점은 체력을 기르기 위해서는 매일 주기적으로 움직여야 한다는 것이다. 특히나 좌식 생활이 일상화되어 있고 편리함과 편안함을 건강과 웰빙보다 우선시하는 현대 사회에서는 특히 그렇다. 게다가 적정 운동량을 채우게 되면 수면의 질도 올라간다.

미니멀리스트의 규칙 선물 받기의 규칙

더 미니멀리스트가 이런 말 하는 것이 조금 의외일 수 있지만 더 좋은 선물을 받고 싶다면 더 좋은 선물을 달라고 요구해야 한다. 더 비싼 선물을 요구하라는 말이 아니다. 선물로 꼭 물건을 받아야 한다는 말도 아니다. 당신을 아끼고 사랑하는 사람은 당신에게 선물을 주고 싶어 할 것이고 그 마음은 충분히 받아도 된다는 말이다. 대신 물건이 아닌 비물질적 선물을 요구하는 것을 추천한다. 친구들에게 같이하고 싶은 일에 대해서 나누고, 동료들에게는 가장 좋아하는 카페나 초콜릿 가게에 대해서 말해 주고, 가족들에게는 자선 단체와 그 단체가 하는 일에 대해 나누고 당신의 이름으로 기부하는 방법까지 나눠보자. 괜히 이미 있는 커프스 단추를 하나 더 받는 것보다는 이런 선물들이 받았을 때 훨씬 더 기분 좋을 것이다.

처방 4. 수면

매튜 워커Matthew Walker박사는 자신의 저서 〈우리는 왜 잠을 자야 할까—수면과 꿈의 과학Why We Sleep: Unlocking the Power of Sleep and Dreams〉에서 인간의 수면 부족을 심각한 건강상 문제라고 말한다. "수면으로 최적화되는 (그리고 충분한 수면을 취하지 않을 때 심각하게 타격을 받는) 신체의 장기나 뇌에서 일어나는 과정은 단 하나라고 규정할 수 없다. 매일 밤 수면으로 이렇게 많은 이득을 얻을 수 있다는 사실은 그리 놀랍지 않다." 워커는 "별 정당한 이유 없이 일부로 수면을 취하지 않는" 동물은 인간밖에 없다고 말한다. 그럼에도 불구하고 우리는 충분히 수면을 취할 수 없는 이유를 수도 없이 만들어 낸다. 일, 취미, 파티 또는 그냥 바빠서 등 잠을 자는 것은 이런 것만큼 재미있지 않기 때문에 우선순위 목록에서 항상 가장 뒤로 밀려난다. 하지만 충분한 수면 없이 우리는 최상의 상태를 유지할 수 없다. 수면 부족은 명예의 훈장이 아니다. 그저 혼란스러운 삶의 상징일 뿐이다.

당연히 완벽한 수면을 취하는 것은 불가능에 가깝다. 삶에는 수면을 방해하는 수많은 상황이 존재하니 말이다. 신생아가 태어났을 수도 있고, 불안증에 시달릴 수도 있고, 근무 시간이 여의치 않을 수도 있다. 애초에 완벽은 추구하지 않아도 된다. 하지만 이런 어려운 상황 가운데서도 우리가 컨트롤 할 수 있는 부분은 조절하고 수면의 질을 개선할 수 있는 방법은 분명히 있다. 워커는 몇 가지 팁을 준다. 그리고 그중 많은 것들이 우리의 수면 루틴에 적용해 볼 수 있는 것들이다. 이 중 몇 개라도 적용해 본다면 전반적으로 우리의 수면의 질은 훨씬 좋아질 것이다.

매일 같은 시간에 잠들고 일어나라.

낮 시간에는 밖에 나가서 햇빛을 받아라.

매일 밤 꼭 8시간은 잘 수 있도록 스케줄을 짜라.

침실 온도는 서늘한 정도로(약 18도) 유지하라.

침실에는 암막 커튼을 달아라.

알코올이나 다른 종류의 진정제 복용은 피해라(취해서 자는 것은 수면이 아니다).

카페인 섭취를 최소화하라. 특히 12시 이후로는 카페인 섭취를 피해라.

소음과 빛에 방해받지 않도록 귀마개와 안대를 착용해라.[xi]

잠들기 한 시간 전 방의 조도를 낮추고 기기의 화면을 꺼라.

처방 5. 햇빛

삶에 과도한 물건을 들여놓는 문제와 마찬가지로 건강상의 문제도 무시한다고 해서 저절로 괜찮아지거나 사라지지 않는다. 매년 시간이 지날수록 잡동사니와 질병은 그저 쌓여 가기 마련이다.

잠들기 전 과도하게 빛에 노출되는 것은 수면의 질을 저해할 수 있다. 전자 기기 화면에서 뿜어져 나오는 블루라이트는 특히 해롭다. 하지만 낮 시간에는 햇빛을 충분히 받는 것이 중요하다. 햇빛은 네 번째 '무료 약'이라고 할 수 있을 만큼 큰 역할을 하기 때문이다.

이쯤 되면 어떤 패턴이 있다는 것을 알아차렸을지도 모른다. 지금까지 소개한 모든 '무료 약'은 서로 연관되어 있다는 점이다. 식습관에서 운동, 운동에서 숙면, 그리고 숙면에서 햇빛이다. 진 F. 더피Jeanne F. Duffy와 찰스 A. 체이슬러Charles A. Czeisler가 진행한 수면 클리닉 연구에 따르면, "동물과 인간의 주기 시스템은 24시간에 가깝지만 정확하게 24시간은 아니다. 이 주기 시스템은 외부의 환경적 시간에 맞추기 위해서 매일 리셋되어야 한다."[53] 그리고

---

xi 나의 아내는 마음을 진정시켜 주는 잔잔한 음악이 숙면에 도움이 되기 때문에 화이트노이즈 기기도 사용한다.

건강 관련 웹사이트인 에브리데이 헬스Everyday Health에 기고하는 크리스틴 스튜어트Kristen Stewart는 "우리의 수면 시간을 조정하는 생체 시계는 낮 시간 동안 얼마나 많이 햇빛에 노출되었는지 그리고 밤 시간 동안 어떤 빛에 노출되는지 등 빛에 민감하다. 때문에 빛은 수면에 지대한 영향을 미친다"[54]라고 말한다.

우리는 밤에는 블루라이트에 너무 많이 노출되고 낮에는 햇빛에 너무 적게 노출된다. 집에서 사무실로 그리고 또 다른 실내 공간으로 이동하고 이동하는 중간에도 머리 위 자동차 천장에 고이 보호받으며 이동한다. 미국인은 평균 93퍼센트의 시간을 실내에서 보낸다고 한다.[55] 반면에 인간의 먼 조상은 거의 하루 종일 햇빛 아래에서 시간을 보냈다. "1년 중 햇빛을 충분히 받을 수 없는 계절이 있는 지역에 거주하거나 하루 일과가 너무 바빠서 햇빛을 충분히 받을 수 없는 스케줄로 살고 있거나, 둘 중 하나다"라고 레드라이트 테라피 기기 제조사인 조브의 공동 창업자 저스틴 스트라한Justin Strahan은 말한다. "아마 이 책을 공원이나 해변가나 당신의 정원에서 읽고 있진 않을 것이다……. 야외에서 보내는 시간이 일주일에 단 몇 시간에 불과하다면 자연광을 필요한 만큼 충분히 받고 있지 못한 것이다. 부족한 자연광은 생각하는 것보다 건강에 더 안 좋은 영향을 미치며, 불면증, 피로, 우울증 그리고 다른 증상의 주원인이기도 하다."

따라서 밤에는 멜라토닌 생성에 방해가 되는 블루라이트를 최소화하는 것이 중요하지만 낮에는 충분히 햇빛을 받는 것도 그만큼 중요하다. 특히 동틀 녘, 새벽의 빛이 중요하다. 아침 일찍부터 햇빛에 노출되는 사람은 밤에 숙면을 할뿐더러 아침에 빛에 노출되지 않는 사람에 비해 덜 우울하고 스트레스를 받는 경향이 있다[56]고 미국수면재단National Sleep Foundation이 발간하는 저널 「슬립 헬스Sleep Health」의 기사가 말해 준다. 일어나면 가장 먼저 블라인드를 올리고 베란다에 나가서 커피 한 잔을 즐겨 보자. 아니면 침대에서 걸어 나오자마자 동네 한 바퀴를 돌아보는 건 더 좋은 방법이다. 기분도 더 좋고, 밤에는 잠도 더 잘 자고, 스트레스도 덜 받을 것이다.

성공과 스트레스

샌디에이고주립대학교에서 운동과 영양학과 부교수인 사이몬 마셜Simon Marshall 박사는 이번 장에서 나오는 모든 '무료 약'은 SEEDS로 기억할 수 있다고 한다. SEEDS는 Sleep(수면), Exercise(운동), Eating(식습관), Drinking(음주), Stress management(스트레스 관리)의 머리글자를 딴 말이다.[57]

질병관리센터에서 근무한 경력도 있으며 100편 이상 되는 논문의 저자이기도 한 마셜은 행동의 점진적인 변화가 중요하다고 말한다. 극단적으로 하룻밤 만에 삶의 방식을 뒤엎는 것보다는 점진적으로 행동을 바꿔 나가는 것이 장기적으로 훨씬 효과적이라는 것이다.

건강에 필요한 각 요소마다 자신이 할 수 있는 작은 것부터 생각해 보자. 작은 행동에 집중하면서 올바른 사고 방식을 기를 수 있고, 이는 다른 부분에서도 긍정적인 효과를 낼 수 있는 도미노 효과를 불러일으킬 수도 있다. 즉, 변화가 또 다른 변화를 일으킨다.

이것은 미니멀리즘에도 적용될 수 있는 말이다. 단 한 번 삶을 단순화했다고 영원히 그 단순함이 이어질 것이라고 기대할 수는 없다. 미니멀리즘은 천천히 오랜 시간에 걸쳐 점진적인 변화로 이뤄지는 것이다. 우선 우리가 가지고 있는 것 그리고 우리가 소비하는 것, 물건으로 시작한다. 그리고 삶의 다른 부분(진실, 자신, 가치, 돈, 창의력, 사람)으로 확장된다.

개인적으로 마셜이 만든 SEEDS 개념에서 가장 설득력 있는 것은 마지막 글자인 S라고 생각한다. 스트레스 관리. '무료 약'을 잘 활용하는 것도 너무나도 중요하지만 스트레스를 주는 요소들을 피하는 것도 그만큼 중요하다.

내 친구 중에 상담학을 포함해서 총 두 개의 박사학위를 딴 존 델로니John Delony는 스트레스를 연기 탐지기에 비유한다. 그는 이렇게 말한 적이 있다. "부엌에 불이 나면 그저 알람을 끈다고 해서 불이 저절로 꺼지진 않는다." 같은 맥락에서 우리는 스트레스를 받을 때, 이 때를 대비해 배운 호흡법이나 요가 자세를 따라 한다. 물론 그 순간에는 잠시 마음이 진정될 수 있다. 하지만 이런 행동은 그저 임시방편으로 스트레스 신호를 꺼 버리는 것과 같다. 우리의 불안에 불을 피우는 요인을 짚고 넘어가지 않는다면 그 불은 점점 더 커져 결국 우리의 삶을 덮쳐 버리고 말 것이다.

성공만큼 스트레스가 큰 것도 없다. 성공을 원하는 것, 성공을 하는 것, 성공을 유지하는 것, 이 모든 것이 바로 스트레스와 불안의 원인이다. 24시간 미디어가 삶을 장악한 세상을 사는 우리에게 평정을 유지하는 것은 결코 쉽지 않다. 스트레스를 받고자 한다면 받을 수 있는 방법은 수도 없이 많다.

더 많이 소비한다.
모든 것을 소중하다고 생각한다. 버리기를 거부한다.
TV 채널을 끊임없이 돌려 본다.
다른 사람의 SNS를 정독한다.
이메일을 끊임없이 확인한다.
생산성에만 집중한다. 다른 사람과 성과를 비교한다.
물건을 갈구한다.

잠을 자지 않는다.

운동을 하지 않는다.

누군가를 미워한다.

해야 할 목록에 해야 할 것을 계속 늘려 간다.

서두른다.

빚을 진다.

돈을 더 많이 쓴다.

저축을 하지 않는다.

모든 것에 '네'라고 말한다.

이 모든 것을 반대로 할 수 있다면, 더 많이 만들어 내고, 덜 소비하고, 더 저축하고, 바쁨을 지양한다면 마음의 평정을 되찾을 수 있을 것이다. 연기 탐지기의 배터리를 빼 버리는 것이 아니라 우리의 웰빙에 붙은 불을 꺼 버리는 방식으로 말이다.

인생의 복도

미니멀리즘의 시작은 물건일지 몰라도 결국 미니멀리즘이 추구하는 바는 자신의 인생을 온전히 책임 있게 관리하는 것이다.

2018년 9월, '신 대공황' 발병 직전 내가 최고로 건강하다고 자부하고 있던 시기에 라이언과 나는 상파울루에서 열리는 컨퍼런스에 참가하기 위해 브라질로 갔다. 우리는 우리의 세션을 끝낸 후, 브라질 로컬 식당을 방문해서 식사를 하면서 수돗물을 마셨다. 그리고 우리는 식중독에 걸렸다. 일반적인 식중독과 달리 그 식중독은 몇 주, 몇 달이나 갔다. 로스앤젤레스로 돌아온 이후에도 배탈, 발진, 여드름, 설사, 붓기, 염증, 브레인 포그, 후각 과민증, 성욕 상실, 무기력에 시달렸다. 그러고 나선 우울증을 겪었는데 그 증상이 너무나도 심각해서 마치 뜨거운 여름 햇살 아래에 놓인 커다란 유리병에 갇힌 듯한 느낌이 들었다. 유리병 밖의 평화와 자유가 보였지만 나는 병 속에 갇혀 절대 만질 수 없었다.

우울증은 갑자기 찾아오는 것처럼 보이지만 사실 아니다. 일정한 단계가 있다. 갑작스럽게 느껴질지라도 한 번에 갑자기 넘어지는 법은 없다. 일단 슬픔을 느낀다. 그리고 나선 생산적인 활동을 하기 어려워진다. 그리고 나선 일상의 모든 활동이 힘겹게 느껴진다. 결국 사태가 더욱 심각해지면 유튜브에서 '밧줄로 올가미를 묶는 법' 같은 영상을 찾아보게 된다.

단순한 슬픔이나 절망이 아니라 내가 인생에서 처음으로 경험한 나를 몹시 고통스럽게 만든 우울증이었다. 2019년 1월경 나는 매일 아침 눈을 뜨지 않길 바라며 잠을 깼다. 몇 달 전과 너무나도 다른 내 모습에 나도 어찌할 바를 몰랐다. 가장 높은 꼭대기에서 가장 낮고 어두운 골짜기로 떨어진 것 같았다. 그리고 나는 다시 꼭대기로 올라가는 법은 알지 못했다. 피할 수 없는 먹구름이 내 인생의 모든 순간에 짙게 드리워 있었고 나의 모든 영역을 침범했다. 생산성은 90퍼센트 정도 떨어졌다. 다른 이들을 도울 수 있는 능력은 내 앞가림도 하기 어려웠기 때문에 0에 가까웠다. 그리고 최악인 것은 내가 맺고 있는 모든 관계를 유지하기 어려워졌다. 아내, 딸, 친구, 동료, 내 주위 모든 사람에게 내가 마치 짐짝이라도 된 것 같은 느낌이었다.

'여행자 설사'는 보통 1~2주 내로 증상이 완화되기에 나를 진찰한 의사들도 의아해했다. 결장경 검사를 해도 뚜렷한 답이 나오지 않았다. 더 많은 검사를 하고 나서야 대장에 대장균과 다른 기회감염 박테리아가 심각한 수준으로 많다는 것을 알게 되었다. 브라질에서 마신 수돗물 탓이었다. 또 더 많은 검사를 하고 나서야 '유익한' 박테리아(비피도균, 아커만시아, 루미노코쿠스)보다 '유해한' 박테리아(프로테오박테리아, 의간균류, 빌로필라 와드스워시아)가 훨씬 많이 존재한다는 것을 알게 되었다. 유익균은 거의 존재하지 않는 수준이었다. 이로 인해 심각한 장내 세균 불균형을 겪게 된 것이다. 그리고 캡슐형 내시경을 통해 소장에 궤양이 100개 이상 있다는 것을 알게 되었다.

이렇게 문제의 근본 원인을 찾아가면서 몇십 년 전 어머니가 알코올 중독 치료 프로그램에서 들었다는 '한 번에 하나씩'이라는 말이 생각났다. 20대 때의 나는 이 말을 듣고 콧방귀를 뀌었다. 하지만 심각하게 아프고 고통스러운 상황에서는 완벽하게 와닿았다.

살다 보면 좋은 날도 있고 좋지 않은 날도 있다. 우울할 때에는 좋은 날이 거의 있을 수 없다. 그저 안 좋은 날보다 조금 괜찮을 뿐이다. 그리고 좋지 않은 날은 굉장히 좋지 않은 경우가 많다.

'그럼에도 불구하고' 모두 인생의 한 단편이다.

모든 모험은 즐겁고 또 한편으로는 고통스럽기도 하다. 그래서 모험인 것이다. 고통으로 인해 우리는 살아 있음을 알 수 있다. 고통을 그저 피하기만 한다면 삶을 피하는 것과 같다. 하지만 고통을 통해서 상상하는 그 이상으로 자신에 대해서 더 잘 알 수 있다.

식료품 가게에 무언가를 사러 가는 것은 모험이라고 할 수 없다. 나중에 돌아봤을 때 별로 기억에 남지 않을 사건이다. 무모하고 생각없이 살다 보면 그저 하루하루 기억에 남지 않을, 특별할 것 없는 평범한 사건들만 겪게 되는데 마치 그것이 인생이라고 착각하기 쉽다. 사실은 아닌데도 말이다. 오히려 그것은 해야 할 일을 적은 목록에 가깝다. 생산성만 강조한, 해야만 하는 일에만 집중한 그런 목록 말이다. 산다는 것은 우리의 존재에 뒤섞여 있는 복잡 미묘한 것, 감히 이름을 붙이거나 설명할 수 없는 감정을 느끼고 겪어 내는 것이다. 하루하루를 살아가면서 현재를 경험하고 즐기는 것을 의미한다. 그것이 기쁨이든 고통이든, 좋은 일이든 좋지 않은 일이든. 그것이 바로 여기서 저기로 우리를 데려다주는 복도와도 같다. 그 복도를 걸어가면서 우리의 마음은 따뜻해질 수도, 부서질 것같이 아플 수도 있다. 고통이 없다면 의미 있는 여정이라고 할 수 없다. 기쁨도 마찬가지다. 고통과 기쁨, 이 모든 것이 존재해야 비로소 의미 있는 여정이라고 할 수 있다. 그리고 이 중 무엇을 경험하게 될지는 우리가 선택할 수 있는 것이 아니다.

고통의 목적론

새로운 삶의 방식이 들어올 자리를 만들기 위해서는 떠나보내고 버릴 수 있어야 한다.

공자는 이런 말을 했다. "우리는 두 번 인생을 산다. 그리고 두 번째 인생은 우리가 사실 한 번밖에 살 수 없다는 것을 깨닫고 나서 시작된다." 나는 이 말을 머리로는 이해하고 있었지만 삶을 뒤흔드는 경험을 하고 나서야 비로소 진정으로 이해할 수 있게 되었다.

작년에 배운 것이 하나 있다면 바로 이 뻔한 말, 건강이 최고라는 말이다. 그리고 정말 건강은 최고의 자산이다. 조금 더 심오하게 표현해 보기 위해 다시 공자의 말을 빌려 보자. "건강한 사람은 원하는 것이 천 개가 넘지만 아픈 사람이 원하는 것은 단 한 가지다." 분명 이 말도 알고 있었다. 하지만 머리로만 알고 있었다. 정말 아프고 나서야 진심으로 이해하게 되었다.

정말 완벽하고 완전한 해답, 정말 모든 것을 해결할 수 있는 정답이 있다면 공유하고 싶다. 하지만 그럴 수 없다. 나도 여전히 배워 가고 알아 가는 중이기 때문이다. 그리고 고통을 겪어야 가장 고귀하고 깊은 통찰을 얻을 수 있다. 나도 지금까지 많이 배우긴 했지만 여전히 갈 길이 멀다.

이것이 바로 배움의 역설이다. 알면 알수록 아는 것이 별로 없는 것 같다. 하지만 괜찮다. 결코 모든 것을 알 수도 없고 자신이 만족하는 수준에 도달하기는 어렵기 때문이다. 우리가 마침내 만족할 그 지점 자체가 어쩌면 존재하지 않을지도 모른다. 어떤 면에서 우리 모두 길을 잃은 것과 같다. 결국 우리는 무한하고 끝없이 확장하는 우주를 떠돌아다니는 커다란 바위에 서 있는 아마추어에 불과하니까 말이다. 우리는 인생이 무한한 것처럼 살아가지만 사실상 시간이 별로 없다. 흔히 죽음에 대해서 말할 때, 우리는 수명만을 생각한다. 얼마나 오래 살 수 있는지 말이다. 하지만 어쩌면 우리가 얼마나 오래 건강하게 살 수 있는지가 더 중요할지도 모른다. 짧더라도 잘 산 인생이 고통으로 점철된 인생보다 낫기 때문이다. 최악인 것은 그저 어중간한 인생이다.

다시 말하지만 나 또한 어떠한 정답을 가지고 있는 것은 아니다. 하지만 이제 확실히 알고 있는 것은 하나 있다. 이 글을 읽고 있고 건강하다면 그걸로 된 것이다. 그 외의 것, 무엇을 가지고 있는지, 어떤 지위에 있는지, 얼마나 부자인지 등은 하나도 중요하지 않다. 인생을 길게 보자면 고통은 일시적이다. 더 강해지기 위해서 무너져야 할 때도 있다. 물론 고통스러울 것이다. 하지만 무너져야, 넘어져야 다시 일어설 수 있다.

넘어지고 난 후 다시 일어서기

고통 가운데에서 가장 고귀하고 깊은 통찰을 얻을 수 있다.

2019년 5월 28일, 내 문제로도 충분히 힘든 시간을 보내고 있던 와중에 14차례의 토네이도가 이미 경제적 어려움, 약물 복용 그리고 다른 어려움을 겪고 있던 나의 고향 오하이오 데이턴을 강타했다(토네이도가 데이턴을 강타하기 두 달 전 내가 어릴 적 살던 집에서 고작 두 블럭 떨어진 곳에서 대규모 총격 사건이 발생했고 아홉 명의 사상자와 서른일곱 명의 부상자가 발생했다—역자주).[58] 토네이도가 강타한 도시의 모습이 담긴 사진은 종말 이후의 세상이라고 해도 믿을 만큼 처참함 그 자체였다.[59] 자동차들은 뒤집혀 있고, 송전선은 뿌리째 뽑혀 있었고, 건물의 지붕은 사라져 있었다. 내가 어릴 적 〈세서미 스트리트 온 아이스Sesame Street on Ice〉를 처음 관람한 5,500명 규모의 공연장인 하라 아레나는 시속 225킬로미터 강풍에 심하게 파손되어 있었다.

하지만 이 토네이도가 데이턴에게 기회가 될 수 있었다. 물론 주민들이 입은 피해는 심각하고 주민 한 명이 사망하기도 했지만 심각한 부상을 입은 사람은 거의 없었다. 파손된 모든 것들, 너무나도 중요해 보였던 그 외의 모든 것들은 고치고 대체 가능한 것들이었다.

그 후 며칠 그리고 몇 주간 토네이도가 발생하기 이전에는 상상할 수 없을 정도로 지역주민들은 의기투합했다. 교회, 복지관, 그리고 주민 개개인은 토네이도로 집을 잃은 사람들을 위해 문을 열었다. 푸드뱅크와 무료 급식소에 기부된 음식, 생수, 비상시 필요한 물품, 기부금의 양은 최대를 기록했다. 민주당과 공화당은 정치적 이익을 뒤로 하고 하나 되어 도움의 손길을 내밀었다. 토네이도가 무너뜨린 것은 단순히 물리적인 벽이 아니라 지역 사회 내보이지 않는 벽인 것 같았다.

도울 수 있는 여력이 있었고 방법을 알고 있었기 때문에 더 미니멀리스트 또한 다양한 방법으로 구호 활동에 참여했다. 하지만 토네이도로 피해를 입은 주민들이 직접 다른 사람들을 도와주려고 하는 모습에 더 큰 감동을 받았다. 복구 작업이 이뤄지면서 도움을 받은 사람들이 다른 사람에게 도움을 주려고 발벗고 나섰다. 이 현상은 전염처럼 퍼져 나갔다. 비행기 좌석에 꽂혀 있는 안전 팸플릿을 생생하게 보는 것 같았다. "다른 사람을 돕기 전에 먼저 자신의 산소마스크를 착용하세요."

여기서 중요한 교훈 두 가지를 얻을 수 있다.
하나는 자신을 먼저 도우라는 것.
그리고 다른 한 가지는 그러고 나서 바로 다른 사람을 도우라는 것.

도움을 줄 때 허락을 기다리거나 상황이 완벽하게 준비될 때까지 기다릴 필요는 없다. 응급 상황이 발생하면 도움을 위한 허락을 받는 것은 문제 해결에 전혀 도움이 되지 않는다. 비행기가 비상 착륙할 때 산소 마스크를 착용하기 위해서 조종사의 허락을 구할 필요가 없는 것처럼 데이턴의 주민들도 전문가들이 와서 문제를 해결해 줄 때까지 기다리지 않았다. 주도권을 잡고 하나 되어 행동했다. 변화를 만들기 위해서는 참사가 일어난 사실 그리고 참사가 일어나고 나서의 상황보다 더 큰 행동을 취해야 한다. 그래야만 변화를 만들고 앞으로 나아갈 수 있다. 그것이 비극이 일어난 후라도 말이다.

몇 주가 지난 후 임시 대피처가 설치되었고 수백 가구가 복구되었다. 지난 몇 년 중 그때 최고로 온 지역 사회가 하나된 모습을 보였다. 화합이야말로 난관을 타개할 수 있는 방법이었다.

난관에서 빠져나오기 위해서는 새로운 것을 시도해야 한다. 그리고 종종 많은 것을 시도해 봐야 한다. 그중 잘 안되는 것도 있을 것이다. 그런 와중에 휘청거리고, 넘어지고, 어쩌면 실패할지도 모른다. 아이리쉬 작가 사무엘 베케트Samuel Beckett가 말한 것처럼 "다시 시도하라. 또 실패하라. 더 잘 실패하라." 실패가 모여 가장 좋은 모습의 우리가 된다. 개인으로도 공동체로도.

잊지 말아야 할 것은 모든 건물의 기초도 한때는 그저 한 줌의 흙에 불과했다. 어떤 흙은 그저 흙으로 남는다. 다른 흙은 건물의 기초가 된다. 흙으로만 남을지, 기초가 될지, 선택은 우리에게 있다.

이기심, 자기 개선, 자기희생, 자기 위주의 삶

'케노시스kenosis'라는 단어는 나에게 늘 흥미롭게 다가왔다. 케노시스는 '비우다'를 의미하는 그리스어에서 파생된 단어다.[60] 예전부터 케노시스는 희생의 미학을 의미하는 단어로 사용되어 왔다. 다른 이들의 필요를 채워 줄 때 우리는 산다는 것의 진정한 의미를 경험한다. 오늘날에 적용해 보자면 케노시스는 '자기희생'의 일종이라고 할 수 있다. 우리는 다른 사람을 돕기 위해 자신을 온전히 비워 낼 때 가장 살아 있음을 느낀다.

그렇다. 미니멀리즘은 우리의 집을 '비우는 것', 다른 이들이 들어올 자리를 만들기 위해 과도함을 제거하는 것을 의미한다. 하지만 우리 자신을 비우기 위해서 우리는 먼저 비울 만한 것을 가지고 있어야 한다. 비행기 안전 팸플릿에 자신의 산소마스크부터 착용하라고 기재된 데에는 이유가 있다. 산소마스크로 공기가 유입되어 숨 쉬기가 쉬워지면 다른 이들을 돕는 것도 쉬워진다. 이 때문에 자신을 돌보는 것은 굉장히 중요하다. 자신의 이익에 따라 행동하는 것을 무작정 이기적이라고 할 수도 없다. 오히려 자기 개선은 다른 이들의 삶에 기여할 수 있는 가장 효과적인 방법이다.

거짓, 경멸, 속임수를 사용해 다른 이들을 희생시켜 가며 즐거움을 느끼는 것을 이기심이라고 한다. 반면에 자기 개선은 자기 자신을 보완하여 다른 이들을 돌보는 것을 의미한다. 자신의 웰빙을 극대화해야 한다. 그래야만 그만큼 다른 이들에게 베풀 수 있기 때문이다. 따라서 어떻게 보면 자신을 돌보지 않는 것이야말로 이기적이다. 자신의 웰빙을 먼저 관리하지 않으면 결코 누군가에게 베풀 수 없기 때문이다.

그렇다고 다른 사람에게 베푸는 것을 누군가를 '구하는 것'과 혼동해서는 안 된다. 남에게 헌신하는 사람은 구원자가 아니다. 남에게 헌신하는 사람은 이 세상이 다른 이들이 살기 좋아지면 자신에게도 살기 좋아진다는 사실을 이해하는 사람이다.

기여와 관련된 가장 큰 미스터리는 다른 이들에게 자신을 내어 줌으로써 자신이 더욱 많이 받는다는 것이다. 더 많은 물건이 아니라 더 큰 의미, 목적, 기쁨 말이다. 단순히 다른 이들을 돕는 것이 아니라 자기 자신을 돕는 것이다. 주는 것과 자기 개선은 스스로에게 양분을 주는 메커니즘이다. 더 많이 줄수록 더 많이 성장한다. 더 많이 성장할수록 줄 수 있는 것이 더 많아진다. 결국 더 나은 삶의 견고한 기초가 된다.

위대함은 덧없는 것으로 측정할 수 없다. 에이브러햄 링컨이 게티즈버그 연설을 할 때 그의 통장 잔고가 얼마인지에 대해서는 아무도 관심이 없었다. 세네카가 〈인생이 왜 짧은가On the Shortness of Life〉를 썼을 때 그가 토지를 얼마나 소유하고 있는지에 대해서는 아무도 관심이 없었다. 해리엇 터브먼Harriet Tubman이 13번이나 노예들을 탈출시킬 때 그의 인스타그램 팔로워가 몇 명인지에 대해서는 아무도 관심이 없었다. 위대함은 우리가 살고 있는 세상에 얼마나 긍정적인 영향을 미칠 수 있는지로 가늠할 수 있다. 그리고 그러기 위해서는 우리 자신을 먼저 돌봐야 한다. 없는 것을 줄 수 없기 때문이다.

셀프 케어와 치유의 과정

우리는 다른 사람을 돕기 위해 자신을 온전히 비워 낼 때 가장 살아 있음을 느낀다. 실패가 모여 가장 좋은 모습의 우리가 된다. 개인으로도 공동체로도.

내가 아팠을 때를 돌아봐도 현재 우리 사회는 문제가 아니라 증상을 치료하는데 중점을 두는 것 같다. 질병이 완전히 우리를 덮치고 난 후에야 비로소 자신을 돌본다. 하지만 실제로 가장 좋은 방법은 예방하는 것이다. 계속 건강할 수 있도록 건강할 때 자신을 돌보는 것이다.

'심플 셀프 케어' 팟캐스트의 호스트 랜디 케이는 "셀프 케어는 무척 남용되는 단어이지만 치유의 과정을 설명하기 위해서 이보다 정확하고 적절한 단어도 없다"라고 말한다. 케이는 노스다코타 파고 출신으로 20대 때 '셀프 케어'라는 개념을 처음으로 알게 되었다. 그녀는 '셀프 케어'를 '자신의 진정한 필요에 귀를 기울이고 그 필요에 맞게 행동하는 것'으로 정의한다.

26살이 되었을 때, 케이는 종교적 믿음을 잃었고 결혼 생활 또한 내리막길을 걷고 있었다. 그녀는 나에게 "나는 나의 정체성을 찾기 위해 노력했다"라고 말했다. 그 전까지 그녀는 다른 사람의 믿음과 기대로 자신의 정체성을 만들어 갔다. 자신에게 붙여진 이름표, '모르몬교', '아내', '우울' 등을 하나씩 벗겨 내자 그녀의 관점은 완전히 달라졌다. "이전에 믿던 것을 더 이상 믿지 않았다. 영적인 삶을 살기 위해서 어떤 신적인 존재나 시스템이 필요한 것이 아니었고 나 자신을 돌보는 방법을 알기 위해 의사가 필요한 것이 아니었다"라고 케이는 말했다.

케이는 10대 때 우울증 진단을 받았지만 20대가 되어서야 자신의 질병을 마주했다. '내면을 들여다보고' 비로소 자기 존재의 주인은 바로 자신이라는 것을 깨달았다. "회의적인 시선으로 나 자신을 바라보지 않기 위해서 나 자신을 믿는 법을 배워야 했고, 내 몸이 보내는 신호에 귀 기울이는 법을 배워야 했다." 그리고 나서 그녀는 그전까지는 그저 약물과 상담 치료로 가까스로 막아 왔던 우울증을 진정으로 치료할 수 있었다. "물론 약물과 상담도 도움이 됐지만 문제를 해결해 주진 않았다. 귀를 기울이기만 한다면 몸은 무엇이 잘못되었는지 말해 준다."

자아 발견의 과정을 통해 다이어트, 하이킹, 암벽 등반, 일기 쓰기, 마사지, 세포 조직 치료, 심지어 라이브 음악 연주와 같은 생활 방식의 변화가 점진적으로 일어났고 케이는 자신과의 관계를 스스로 만들어 나갈 수 있게 되었다. 그리고 한 번에 하나씩 어떤 사람이 되고 싶은지도 알 수 있게 되었다.

"나는 이것을 자신이 선택하는 치유의 모험이라고 부른다"라고 케이는 말했다. "이혼하고 교회를 떠난 뒤, 나는 더 이상 지금까지 내가 갇혀 있던 틀에 맞지 않는 사람이 되었다." 자신의 삶에서 한때 중추적인 역할을 담당했던 것들은 더 이상 의미가 없었다. 인생은 유동적이기 때문에 오늘 우리에게 도움이 되는 것이 내일은 우리를 망가뜨릴 수도 있다. 새로운 삶의 방식이 들어올 자리를 만들기 위해서는 떠나보내고 버릴 수 있어야 한다. 이는 단순히 물건에 해당하는 것이 아니다. 삶의 모든 관계에 적용되는 것이다.

자아 탐험과 새로운 활동을 통해 케이는 마음과 몸과의 연관성에 대해서 알게 되었다. "행복하지 않았던 이전의 그저 그런 삶", 스트레스만 가득했던 삶에서 했던 의례적인 활동, 그런 삶을 사는 그녀에게 붙은 이름표 대신 요가, 호흡법, 바디 워크와 같은 새로운 의식적인 활동을 일상생활에 도입했고 이런 활동은 삶에 새로운 의미를 부여했다.

스스로 치유를 해 가며 케이는 지난 몇 년간 자신이 맺고 있는 모든 관계와 참여했던 모든 활동에서 자신도 모르게 스스로 자극적이면서도 해로운 요소를 찾아다니고 있었다는 것을 깨달았다. 삶을 즐기는 대신 불평할 대상을 찾아다녔고 우울한 기분에 너무 익숙해진 나머지 계속 그 우울감을 유지하기 위해서 스스로 혼란과 불안을 야기했다. 우울의 확실성을 행복한 삶의 불확실성보다 우선시했다. "이 사이클을 멈추기 위해 나는 우울한 사람처럼 행동하는 것을 멈춰야 했다. 나 스스로 우울하다는 생각을 떨쳐 버렸고 내가 즐기는 것들을 하기 시작했다. 그리고 모든 것을 새로운 시각으로 바라보고 질문하기 시작했다."

누군가에게 어려운 질문을 할 때, 우리가 기대하거나 원하는 대답을 얻지 못하는 경우도 많다. 질문을 통해 믿음이 더 견고해질 수도 있고 반대로 믿음을 잃을 수도 있다. 물건, 관계, 경력, 정체성에도 이는 동일하게 적용된다.

최근에 나는 케이와 통화를 하면서 셀프 케어를 어떻게 실천할 수 있는지에 대해 조언을 구했다. 케이는 아래와 같이 대답했다.

- 가장 큰 스트레스 요인이 무엇인지부터 파악하고 자신을 돌보는 데 가장 큰 방해가 되는 것이 무엇인지 파악하라. 나의 발목을 잡고 있는 것이 무엇인가?
- 삶의 방식을 바꾸는 것은 불편한 일이다. 그 불편함 때문에 모든 것에 회의적이고 의문이 들 것이다. 하지만 성공적으로 삶의 방식을 바꾸기 위해서 이 질문들은 필수적이다.
- 셀프 케어의 방식은 개개인마다 다르다. 모두가 일관되게 따라야 하는 프로그램 같은 것은 없다.
- 누군가에게 도움 되는 습관과 의식이 다른 사람에게는 해가 될 수 있다.
- 현재 모습에 맞춰서 셀프 케어 방식을 정해라. 미래에 되고 싶은 모습 또는 되어야 하는 모습이 아니라.
- 셀프 케어는 원대할 필요가 없다. 작은 변화로도 충분하다.
- 현재 하고 있는 방식이 효과적이지 않다고 판단되면 언제든

방향을 바꿀 수 있어야 한다.

- '왜?'에 집중하라. 어떻게 되어야 하는지는 생각하지 마라.
- 셀프 케어의 여정은 끝이 없다. 잘 하다가도 언제든 넘어질 수 있고 언제든 다시 노력해야 한다.
- 가장 중요한 것은 '나'의 여정이라는 것을 기억해야 한다. 다른 사람과 비교는 금물이다.

통화가 끝날 무렵, 케이는 미니멀리즘과 셀프 케어 간의 중요한 유사점을 언급했다. "물건을 정리하는 데 방해가 되는 것은 셀프 케어를 실천하는 데 방해가 되는 것과 비슷하다"라고 케이는 말했다. 이어 "우리가 가진 물건 또는 마음을 정면으로 마주하지 않는 이유는 그만큼 핑곗거리가 많기 때문이다. '시간이 없다', '과거의 내 모습이 부끄럽다', '변하려는 내 모습이 이기적인 것 같다', '어떻게 시작해야 할지 모르겠다', '다른 사람들이 나에 대해서 어떻게 생각할까?'"

아무리 좋은 변명이라고 해도 변명은 변명에 불과하다. 스스로 만들어 낸 그저 그런 삶을 뒤로 하고 새로운 방향으로 나아가고 싶다면 어렵더라도 변해야 한다. 전화를 끊기 바로 직전 케이는 이렇게 말했다. "우리는 우리에 대해서 잘 모른다. 그리고 우리가 정말 어떤 사람이 되고 싶은지 깨닫고 싶다면 가장 좋은 방법은 셀프 케어를 실천하는 것이다."

정리: 자신

또 라이언의 차례다. 이번 장에서는 조슈아와 많은 전문가들이 말하는 자신과의 관계에 대해서 배웠다. 이제 각자 스스로 '자신과의 관계'를 돌아볼 차례다. 다음 질문을 살펴보도록 하자.

자신에 관한 질문

1. 현재 삶의 방식에서 추구하는 것은 무엇인가? 그 이유는 무엇인가? 정말 본인이 원하는 것인가, 아니면 다른 누군가가 원하는 것인가?

2. 살면서 기분이 가장 좋았던 적은 언제인가? 어떤 요인들로 인해 기분이 좋았는가?

3. 매일 자신의 건강에 조금 더 귀를 기울일 수 있는 방법과 습관에는 어떤 것이 있을까?

4. 건강을 위해 시도해 볼 수 있는 '무료 약'에는 어떤 것이 있을까?

5. 다른 이들의 웰빙에 어떻게 더 기여할 수 있을까?

해야 할 것

다음으로는 이번 장에서 배운 것이 있다면 무엇인지 생각해 보자. 배운 것 중에 마음에 남은 것은 무엇인가? 우리는 어떻게 더 나은 사람이 될 수 있을까? 오늘, 지금 당장 일상생활에 적용해 볼 수 있는 다섯 가지 지침을 살펴보자.

- **감사할 것을 찾자.** 삶에서 감사할 만한 것들을 모두 찾아보자. 가지고 있는 것에 대해서 감사할수록 스트레스와 불안을 줄이기 쉬워진다. 삶에서 긍정적인 영향을 준 사람 10명의 이름을 적어 보고 현재 삶에서 감사할 수 있는 일 10가지를 적어 보자.

- **잠깐 멈춰 보자.** 매일 잠깐 멈추고 쉴 수 있는 방법을 찾아보자. 명상, 산책, 호흡법, 다른 셀프 케어 의식을 통해 잠시 삶의 호흡을 멈추고 쉴 수 있는 방법을 찾아보자. 하루 중 명상을 위해 5분을 비워 두고 산책을 위해 20분을 비워 두자. 자신에게 가장 잘 맞는 셀프 케어 방식을 찾으면 된다.

- **습관을 찾아보자.** 삶에서 실천해 보고 싶은 건강한 습관에 대한 목록을 적어 보자.

- **건강하게 행동하자.** 자신에게 효과적인 건강과 관련된 루틴을 일상생활에 적용해 보자. 건강은 상대적인 것이고 가장 좋은 상태를 찾기 위해서는 시간과 노력이 필요하다. 건강한 습관 중 하나를 선택해서 오늘 바로 실천해 보자.

- **책임감 있게 행동하자.** 건강한 삶을 위해 매일 하나씩 책임감 있게 실천하자. 다음은 도움이 될 수 있는 두 가지 방법

이다. (1) 함께할 수 있는 파트너를 찾자. (2) 건강과 관련된 활동을 매일 꼭 해야 할 일로 달력에 적어 보자.

하지 말아야 할 것

이제 오늘부터 당장 피해야 할 것, 하지 말아야 할 것들에 대한 다섯 가지 지침이다.

- 무언가 놓치는 것이 두려워서 현재에 집중하지 못하고 현재를 즐기는 것을 방해받지 말자.
- 무언가를 놓치는 것은 당연하고 누구에게나 일어나는 일이다. 중요한 것은 필요한 순간에 온 힘을 다해 집중하는 것이다.
- 사소하고 본질이 아닌 것에 대한 걱정을 하지 말자.
- 현재의 몸 그리고 몸 상태를 당연히 여기지 말자.
- 음식을 유흥의 일종으로 생각하지 말자.
- 건강하지 못한 삶을 살고 있다면 변명을 하거나 다른 이를 탓하지 말자.

관계 4. 가치

나는 안절부절못하는 눈빛으로 탈의실을 나섰다. 내 바지 주머니에는 노란색 넥타이가 둘둘 말려 들어 있었다. 내 눈은 감시 카메라를 미친 듯이 찾고 있었다. 막 18살이 된 해였고 내일은 나의 첫 직장 면접이 잡혀 있었다.

어머니는 1년 넘게 술에 손대지 않고 통신 판매용 카탈로그 회사에서 근무했다. 거기서 만난 사람에게 동네 통신 회사와 관련된 작은 가게에서 사람을 구한다는 소식을 들었다. 나는 계산원, 접시 닦이, 버스 보이, 웨이터, 텔레마케터로 일했던 경력을 바탕으로 이력서를 작성했다. 유일하게 하나 있었던 셔츠와 카키색 바지를 곱게 다렸다. 면접 전에 필요한 것은 한 가지였다, 넥타이. 하지만 나에게는 넥타이가 없었다. 돈도 없었다. 그래서 데이턴 쇼핑몰에서 하나 가져오기로 마음먹었다. 잘못된 짓인 줄은 알았지만 한 번 정도는 큰 문제가 될 것 같진 않았다. 게다가 "정말 필요한 것을 가져오는 것뿐인데 과연 도둑질이라고 할 수 있을까?" 하고 합리화하기도 했다.

사복 차림을 한 보안 요원이 나를 보자마자 가게 밖으로 따라올 만큼 나는 누가 봐도 티 나게 떨고 있었다. 내가 가게 문을 나서자마자 그는 나에게 수갑을 채우며 "묵비권을 행사할 권리가 있습니다"라고 말했다. 그러고 나서 내 귀에 들린 것은 쿵쾅거리는 내 심장 소리밖에 없었다. 속이 메스꺼웠다.

하찮은 타협

보안 요원은 나에게 묵비권을 행사할 권리가 있다고 했지만, 어차피 할 말도 없었다. "훔치려는 의도는 없었어요"라고 말할 수도 없는 노릇이었다. 그럴듯한 이유가 있다고도, 한 번만 기회를 달라고도 말할 수 없었다. 의미 없는 말들을 내뱉고 싶지 않았기 때문에 나는 그저 그렇게 수치심을 온전히 몸으로 받아들이며 서 있었다.

쇼핑몰 푸드 코트를 수갑을 차고 지나가는 것만큼 수치스러운 일은 없을 것이다. 내가 그날 바로 큰 깨달음을 얻고 그 이후로는 평생 쇼핑몰에 발도 딛지 않았을 것이라고 생각하는 사람도 있을 것이다. 하지만 그 당시에는 몰랐지만 그로부터 10년 후 나는 100개 이상의 소매점을 관리하는 매니저가 되었고, 그 100개 중 하나는 바로 그 쇼핑몰 바로 근처에 있는 가게였다. 그때 그렇게 내 목을 죄이던 아메리칸드림을 이루리라고는 그 당시에는 상상하지 못했다. 그 꿈은 내가 한 작은 타협들이 모여 이루어질 수 있었다.

1998년 12월, 나는 남들보다 한 학기 일찍 고등학교를 졸업하고 1999년 음향 녹음 학교에 들어갔다. 하지만 당시 대부분의 스튜디오 엔지니어가 최저 시급도 못 받을뿐더러 그 돈이라도 벌려면 원치 않은 음악도 억지로 녹음을 해야 한다는 사실을 깨닫자마자 꿈을 버렸다. 같이 어린 시절을 보낸 사람들과 같은 곳에서 갇혀 살고 싶지 않았다. 나는 정말 돈을 벌고 싶었다. 영혼 없이 회사를 다녀야 할지라도, 회사의 가치가 내 가치와 일치하지 않는다 하더라도 괜찮았다. 돈만 벌 수 있다면.

창꼬치(열대와 아열대 바다에서 서식하는 고등어아목 꼬치고기과의 바닷물고기-역자주) 한 무리가 물 표면 위에 있는 물건을 공격하는 모습을 본 적이 있는가? 정말 놀라운 광경이다. 창꼬치는 뭔가 반짝이는 것만 보면 저절로 반응한다. 창꼬치에게 가치라는 것은 없다. 그저 반짝이는 물건을 향해 달릴 뿐이다. 인간도 이와 비슷하다. 트렌드를 쫓고, 빚을 지고, 그저 새로운 자동차를 사기 위해서 죽기보다 다니기 싫은 회사에 지원한다. 거짓말을 하고, 바람을 피우고, 도둑질을 한다. 그저 타협 후에 또 다른 타협, 그리고 또 다른 타협을 해가며 삶을 살아간다.

하지만 어떤 사소한 것 하나에 타협하다 보면 결국 모든 것에 타협하고 말 것이다. 자신의 가치에마저도.

오브제 A

하지만 어떤 사소한 것 하나에 타협하다 보면 결국 모든 것에 타협하고 말 것이다. 돈과 물건부터 지위와 성공까지, 우리가 갈망하는 것들은 기대하는 만큼의 만족감을 주지 못할 것이다.

대부분의 18살짜리는 자신이 어떤 가치를 가졌는지 알지 못한다. 아니면 나의 경우와 같이 더 심각하게 말도 안 되는 것을 가치로 삼는다. 10대 때, 나는 내가 가지지 못한 것을 갈구했다─돈, 물건, 큰 집, 비싼 자동차, 전자 기기, 안정, 권력, 지위. 미디어와 광고, 또래로부터 받는 사회적 압력은 물론 어릴 때 겪었던 결핍 때문에 나는 자연스럽게 그 덫에 걸리고 말았다.

프랑스 정신분석가 자크 라캉Jaques Lacan은 이 욕망을 '오브제 AObject A'라고 불렀다. 오브제 A는 우리가 원한다고 생각하는 것, 얻고, 소유하고, 달성하기만 한다면 우리를 만족시킬 수 있으리라고 생각하는 것들을 의미한다.

금장 손목시계.

최고급 자동차.

명품 옷.

교외의 별장.

회사에서의 승진.

새로운 도시로 이사.

결혼 프로포즈.

상장 또는 증명서.

그 멍청한 노란색 넥타이….

우리 모두 자신만의 오브제 A가 있다. 그리고 이 오브제 A의 가장 간교한 점은 시간이 흐르면서 점점 변한다는 것이다. 결국 욕망의 대상이 불만의 대상이 될 때까지 말이다. 3년 전 꼭 가져야만 했던 그 스마트폰은 이제 못 견딜 만큼 느리고 오래된 물건이 되었다. 그토록 원했던 자동차는 그저 빚이자 짐일 뿐이다. 주말마다 자유를 선사해줄 것만 같았던 그 요트는 이제 그저 돈 먹는 기계가 되었다. 시간이 흐르면서 우리가 그토록 원했던 것은 사실 원하던 것이 아니라는 사실을 깨닫게 된다.

철학자 피터 롤린스Peter Rollins와 욕망에 대해 이야기를 나눈 적이 있다. "각자에게 오브제 A는 다르겠지만 결국 모든 것을 해결해 줄 것이라고 생각하는 그것이다. 우리의 삶을 불안정하게 만드는 물건일 수도 있고, 꼭 함께해야 하는 사람, 무엇보다 꼭 들어가고 싶은 직장, 살아 있다는 것을 느끼기 위해 이사해야 하는 도시가 될 수도 있다." 극단적인 경우에는, 롤린스의 말을 빌리자면 "자기 존재를 불타게 해서라도 가져야 하는 물건일 수도 있다. 건강, 관계, 삶의 모든 것을 망가뜨리면서까지도 꼭 손에 넣고 싶은 그것이다."

하지만 어쩌면 그렇게 극단적이라고는 할 수 없을지도 모른다. 어쩌면 우리는 우리의 삶 전체가 하나의 거대한 타협이 될 때까지 매일 작은 희생을 하고 있을지도 모르니 말이다. 나이가 들면서 우리는 건강을 포기한다. 더 이상 운동을 하지 않고 건강하게 먹지도 않는다. 매년 몸무게는 조금씩 불어난다. 커리어를 위해 회사 동료나 클라이언트와 시간 보내는 것을 선택하면서 사랑하는 사람을 등진다. 꿈은 흰색 울타리, SUV, 매달 갚아야 하는 빚만큼 '실용적'이지 않기 때문에 우리는 꿈을 포기한다. 이렇게 보면 우리는 정말 우리의 존재를 아주 천천히 불태워 가며 찰나의 즐거움을 누리는 것 같다. 그 즐거움이 장기적으로는 우리를 더욱 비참하게 만들긴 하지만.

그러므로 비단 욕망이 문제라고 할 수는 없다. 진짜 문제는 매번 하는 타협이 영원한 기쁨을 가져다줄 것이라는 착각이다. 이미 그것이 사실이 아닌 착각에 불과하다는 것을 직접 경험하고서도 말이다. 우리 모두 한 번쯤 상을 탄 적도 있고, 새로운 동네로 이사를 한 적도 있고 새로운 관계를 시작한 적도 있고, 간절히 원했던 물건을 손에 넣은 적도 있다. 하지만 그러고 나서 마주한 결과는 실망뿐이었다.

롤린스는 "오브제 A를 존재하지 않는 무언가라고 볼 수도 있다"며 이어 "오브제 A는 화신이다"라고 말한다. 롤린스는 인간은 우리를 고쳐줄 뭔가 절대적인 것이 존재할 것이라고 믿도록 구조화되어 있다고 말한다. "그것은 엄청 많은 돈이 될 수도, 관계가 될 수도, 종교가 될 수도 있다. 오브제 A는 이런 식으로 우리 삶에 나타난다. 하지만 우리가 그 오브제 A를 손에 넣고 난 후에 느끼는 것은 결국 불만뿐이다."

많은 사람과 물건이 오브제 A가 될 수 있을 것이라고 약속한다. 다른 무엇을 원하지 않을 만큼 너무나도 큰 평화, 편안함, 만족을 가져다줄 것이라고 한다. 하지만 이 약속은 사기꾼의 사탕발림이다. 그것은 결국 우리를 실망시키고 말 것이다. 롤린스에 따르면 오브제 A가 우리를 실망시킬 때, 추는 종종 반대쪽으로 넘어간다. "당신의 오브제 A가 일부일처제였다면 현재 맺고 있는 관계에 만족하지 못하는 그 순간 일부다처제를 원할 것이다. 아니면 당신이 보수적인 기독교인이라고 해 보자. 기독교가 당신의 기대에 더 이상 못 미친다고 느낄 때 히피가 되려고 할 수도 있다. 오브제 A가 약속을 지키지 못 할 때는 항상 눈을 돌릴 수 있는 대안이 존재한다."

그 오브제 A가 무엇이든 간에 오브제 A는 반드시 우리에게 실망만을 남긴다. 그럼에도 불구하고 우리는 계속해서 자신만의 오브제 A를 통해서 행복을 추구한다. 우리가 이렇게 행동하는 이유는 세 가지가 있다. 우리의 관심은 환경에 따라 변화하고, 우리는 즐거움을 만족감과 동일시하고, 우리가 표면적으로 갈구하는 욕망은 우리가 진실되게 추구하는 가치와 일치하지 않는다. 이 세 가지 이유를 지금부터 하나씩 살펴보도록 하자.

쾌락의 쳇바퀴

대학교 진학을 위해 도시로 이사하기 전 그리고 이사하여 연구 과학자로 벌이가 꽤 괜찮기 전에, 루크 웬저는 캔자스 북동쪽의 작은 농장에서 어린 시절을 보내며 비교적 평범한 삶을 살았다. 웬저는 '2장. 진실과의 관계'에서 소개했던 정리 파티 사례 연구 참가자이다. 웬저는 그동안 자신이 진정으로 살지 못했다는 것을 인정했다. 정리 도중에 웬저는 이렇게 말했다. "자신의 가치가 올곧다고 생각해도 육체적 쾌락의 유혹에 둘러싸여 있고 이런 유혹이 끊임없이 쏟아진다면 가치에 타협하는 것은 너무나도 쉬운 일이다."

웬저는 과학자로 취업을 하자마자 원하던 모든 것으로 집을 가득 채울 수 있을 만큼 돈을 벌었다. 자신이 진정으로 원했던 것인지는 모르겠지만 적어도 광고주, 마케터, 사회가 원해야 한다고 말했던 것들로 말이다. "무언가 살 때마다 그로부터 오는 만족감은 찰나에 불과했다"라고 웬저는 말하며 "나는 더, 더 많이 소비했고, 더, 더 많이 물건을 모았다. 그저 행복을 찾으려는 헛된 노력이었다."

쾌락의 쳇바퀴Hedonic Treadmill, 쾌락 적응Hedonic Adaptation 이론으로도 알려져 있는 이 이론에 따르면 우리의 욕망은 삶을 살아가면서 그 모양이 바뀌어 간다. 루크 웬저처럼 새로운 변화, 긍정적 변화와 부정적 변화 모두에 적응할수록 우리의 기대는 새로운 환경에 맞춰져 간다. 쾌락 적응Hedonic Adaptation이라는 용어 자체는 1971년도에 처음 만들어졌지만 그 개념은 수백 년 동안 철학자들 사이에서 논의거리가 되어왔다.[61] 에피쿠로스Epicurus부터 양주Yang Zhu까지 많은 저명한 철학자들은 인간에게는 모두 개인마다 다른 쾌락(또는 행복)의 설정값이 존재한다고 말한다. 새로운 변화를 겪을 때마다 순간적인 행복을 느낄 수는 있으나 장기적인 행복은 이런 변화에 큰 영향을 미치지 않는다고 한다.

예를 들어 자동차 사고로 인해 팔을 하나 잃었다고 생각해 보자. 당연히 불행하다고 느낄 것이다. 하지만 시간이 흐르면 몸도 마음도 회복할 것이고 언젠가는 새로운 상황에 적응할 것이다. 그리고 다행히도 다시 행복을 느낄 수 있을 것이다. 반대로 복권에 당첨되었다고 생각해 보자. 엄청난 기쁨과 흥분이 온몸을 휘감을 것이다. 하지만 결국 언젠가 그 기분도 사라질 것이고 다시 원래의 상태로 돌아갈 것이다. 은행 계좌 잔액에 0이 얼마나 많은 지와는 상관없이 말이다.

물론 극단적인 예시였지만 이 이론은 이보다 덜 극단적인 예시에도 동일하게 적용된다. 돈과 물건부터 지위와 성공까지, 우리가 갈망하는 것들은 기대하는 만큼의 만족감을 주지 못할 것이다. 그렇다면 우리는 만족을 측정하는 방법을 다르게 생각해야 한다. 인간으로서 삶에 대한 진정한 보람과 성취감을 느끼고 싶다면 말이다.

진정한 웰빙

수갑을 찬 채로 데이턴 쇼핑몰을 나서기 몇 년 전, 십 대 때의 나는 의미 있는 삶을 구축할 수 있는 발판이 존재한다는 사실을 알지 못했다. 물론 개념적으로 무엇이 옳고 그른지는 알았지만 그저 찰나의 즐거움, 즉각적인 만족감과 결과를 쫓았기 때문에 그런 것들은 중요하지 않았다. 결국 그것이 장기적으로는 불행과 불만족으로 돌아온다 하더라도 신경쓰지 않았다. 이런 생각은 20대에도 계속되었고 소비 능력이 향상되면서 오히려 더욱 확장되었다.

실제로 이런 것이 문제다. 즐거움을 다른 더욱 의미있는 웰빙의 형태와 혼동하는 것 말이다. 우리는 즐거움pleasure, 행복happiness, 만족contentment, 기쁨joy, 이 네 가지 단어의 의미가 모두 동일하다고 생각한다. 하지만 나는 이 네 개의 단어가 각각 의미하는 바는 무척이나 다르며 그 의미를 진정으로 이해한다면 우리의 전반적인 웰빙은 훨씬 좋아질 것이라고 생각한다. 추상적인 이야기를 조금 더 구체화하기 위해서 우리가 음식을 경험하는 다양한 방법을 예시로 들어보자.

즐거움. 생일 케이크 한 조각을 입에 넣을 때, 가공된 당, 지방, 글루텐이 혀의 미뢰에 올라타 입안에서 조화롭게 섞이면 우리는 즐거움을 느낀다. 하지만 이 즐거움은 오래 가지 않기 때문에 또다시 한 조각을 입에 넣는다. 그리고 또 다른 한 조각, 또 다른 한 조각, 배가 터질 때까지 계속 집어 넣는다. 이런 것은 순전히 즐거움을 느끼기 위한 행동이다. 배가 부른 상태에서 몸은 그저 혼란스럽기만 하다. 분명 배가 부른데도 영양가 없이 칼로리만 섭취했고 건강에 필요한 필수적인 영양소나 미네랄은 전혀 섭취하지 않았기 때문이다.

여기서 분명히 해 두자. 즐거움을 느낀다고 해서 문제는 아니다. 우리 모두 즐거움을 느끼길 원한다. 하지만 문제는 즐거움을 느끼기 위해서 더 좋은 웰빙의 행위를 뒤로할 때 생긴다. 즐거움이 부산물이 아니라 목적이 될 때 문제가 되는 것이다. 케이크를 식사로 먹는다면 영양 부족이 될 것이다. 모든 형태의 즐거움 또한 이와 비슷하다. 단순히 즐거움만을 추구하는 것은 우리 삶에서 필수적인 정신적, 육체적, 감정적 영양분을 모두 포기하는 것과 같다. 케이크 몇 입을 먹는 것은 문제되지 않지만 좋다고도 할 수 없다. 그저 즐거움만 느끼는 것에는 가치가 없다. 그리고 역설적으로 들리겠지만 즐거움은 행복의 가장 큰 방해물인 경우도 많다.

행복. 케이크 한 조각을 먹는 것이 즐거움이라면 행복은 맛있고 건강한 한 끼의 식사를 하는 것이다. 행복은 일시적으로 도움이 되는 결정을 내렸을 때 느낄 수 있는 감정이다. 우리는 영양분이 골고루 들어가 있는 좋은 식사를 할 때 행복을 느낀다. 좋은 결정을 내렸기 때문이다. 그 결정은 즐거움만 추구할 때보다 좋지 않을 수 있다. 그리고 때로는 고통스러울 수도 있다(정말 힘들게 체육관에서 땀을 뻘뻘 흘리며 운동했던 기억을 떠올려 보자). 하지만 우리는 그 순간 행복을 느낀다. 자신이 이상적으로 생각하는 사람이 내렸을 법한 결정을 내렸기 때문이다. 즐거움과 행복은 모두 찰나의 것이다. 따라서 둘 다 결코 좋은 목표점이 될 수는 없다. 하지만 가치와 일치되는 삶을 살 때에는 행복을 느낄 수 있다. 따라서 즐거움과 마찬가지로 행복 또한 목표로 삼을 수는 없다. 목표로 삼아야 할 것은 주도적이고 의미 있는 삶을 사는 것이다. 그리고 행복은 그 과정에 느낄 수 있는 아름다운 감정이다.

만족감. 음식 비유를 계속해 보자. 행복이 건강한 식사 한 끼를 하는 것이라면 만족감은 지속적으로 균형이 잘 잡힌 식습관을 가지는 것이다. 건강한 식사와 건강한 라이프 스타일이 서로 다른 개념인 것처럼 행복과 만족감도 서로 완전히 다른 감정이다. 한 달에 몇 번 '치팅 데이'를 가질 수도 있겠지만 만족감은 다소 긴 기간 동안 지속적으로 영양가 있는 결정을 내리는 것으로부터 발생한다. 그저 한 번의 '좋은' 또는 '나쁜' 결정으로 비롯되는 것이 아니다. 잘 사는 삶의 부작용인 셈이다. 물론 만족감은 단순한 행복보다 훨씬 더 어렵고 심오한 것을 요구하지만 그만큼 결과와 대가도 확실하다.

기쁨. 웰빙의 가장 좋은 형태는 기쁨이다. 그리고 기쁨을 느끼기 위해서는 다른 사람의 참여도 필요하다. 우리는 오늘 점심을 먹으면서 즐거움 또는 행복까지 느꼈을지도 모른다. 그리고 전반적인 식습관과 관련해서 만족감을 느꼈을지도 모른다. 하지만 정말 좋아하는 사람과 식사를 함께하면 기쁨을 느낄 수 있다. '삶의 비법은 주는 것이다'라는 말도 있지 않은가. 삶을 가장 잘 살기 위한 비법은 세상과 교류하고 세상에 기여하는 것이다. 단순히 즐거움이나 행복이 아닌 기쁨으로 사는 사람은 다른 사람에게 기쁨을 주는 것을 목표로 산다. 그것이 진정으로 사는 것이다. 삶에서 누릴 수 있는 가장 좋은 경험은 다른 누군가의 삶에 기여할 때 일어난다.

기쁨은 부정적인 감정이 들어올 수도 있다는 점에서 또 다른 웰빙의 형태와는 다르다. 즐거움과 행복에는 슬픔, 짜증, 실망과 같은 감정이 들어올 자리가 없다. 하지만 기쁨은 그저 순간적인 만족을 추구하는 것이 아니기 때문에 다양한 감정을 느끼는 것이 가능하다. 고통, 슬픔, 후회와 같은 감정을 느끼고서도 기쁨을 경험할 수 있다. 기쁨은 단순히 만족에서 끝나지 않고 성취와 평안을 추구한다.

물론 기쁜 경험은 즐거울 수 있다. 하지만 그것이 전부는 아니다. 즐거움이 그렇듯 기쁨은 무언가를 계속해서 원하고 갈구하지 않는다. 살면서 가장 기뻤던 순간들을 떠올려 보자. 언제였을까? 누구와 함께했을까? 떠올린 순간에는 직접적이든 간접적이든 다른 사람들이 함께 있었을 가능성이 높다. 콘서트, 북클럽 모임, 사랑하는 사람과의 성관계 등.

안타깝게도 우리는 즐거움을 느끼는 것으로 만족하고 만다. 빠르고 쉽기 때문이다. 아니면 끊임없이 행복을 추구한다. 하지만 이상적인 세상에서 우리는 만족감과 기쁨으로 가득한 삶을 추구해야 한다. 자신의 가치에 부합하는 의미 있는 결정을 계속해서 내리고 다른 이들에게 도움이 되는 그런 삶 말이다. 임상 심리학자이자 토론토 대학교 교수인 조던 B. 피터슨 Jordan B. Peterson은 행복을 느끼는 대신 '누군가의 아버지의 장례식장에서 가장 의지할 수 있는 사람이 되는 것'이야말로 가장 고귀한 열망이라고 말한 적이 있다. 이 말은 그저 형식적으로 무언가를 원하고 손에 넣는 삶보다는 삶의 가장 어려운 순간에도 다른 이들에게 도움이 되는 의미 있는 삶을 사는 것이 훨씬 더 보람되다는 것을 의미한다.

시간이 흐르면서 우리는 그토록 원했던 것이 사실 원하던 것이 아니라는 사실을 깨닫게 된다.

이 책의 첫 부분에서 나는 내가 소유하고 있는 모든 물건들은 분명한 기능이 있거나 기쁨을 주는 것이라고 말한 적이 있다. 나는 이 말을 할 때 매우 신중하게 그 단어들을 골랐다. 물건은 단순히 즐거움을 주는 것으로 끝나지 않아야 한다. 행복을 주는 것만으로도 부족하다. 그렇다면 언제든 더욱 많이 소유해야 할 새로운 변명거리를 쉽게 찾을 수 있기 때문이다. 대신 내가 가지고 있는 모든 것은 나의 삶을 더욱 풍성하게 하는 도구로 작용해야 한다. 아니면 다른 이들의 삶에 도움이 되어야 한다. 그렇지 않으면 물건은 그저 방해만 될 뿐이다.

앞서 말한 즐거움, 행복, 만족감, 기쁨이 모두 교차하는 지점이 있다. 오늘날 영어권 국가에서 '행복을 추구한다'고 말할 때 행복은 그리스 또는 로마 스토아학파가 '정신의 평정 ataraxia'이라고 부른 그것 또는 고대 그리스인이 '에우다이모니아Eudaemonia' 라고 말한 그것을 의미한다. '아타락시아Ataraxia'는 일반적으로 '동요하지 않는 상태' 또는 '고요함'으로 번역되며, 그리스 철학자 피론Pyrrhon이 처음 사용하기 시작했다. 그리고 나중에는 스토아 학파가 고통과 괴로움으로부터의 지속적인 자유로 인한 강한 평정의 상태를 설명하기 위해 사용했다. 이와 비슷하게 에우다이모니아는 선한 행동이 결국 만족을 일으킬 가능성이 높다는 도덕적인 가치를 바탕으로 한 윤리 시스템이다. 우리의 행동이 우리가 이상적인 모습이라고 생각하는 모습과 일치할 때 즐거움, 행복, 만족감, 기쁨을 느끼는 것은 바람직할 뿐만 아니라 윤리적이라는 말이다.

이제 물론 대부분의 사람은 이 단어들을 동의어로 취급한다 (그리고 아타락시아와 에우다이모니아와 같은 단어는 사용하지도 않는다). 일상적인 대화에서는 전혀 문제될 것이 없다. 하지만 각 감정의 상태를 마치 성취감과 고요함에 다다르는 계단과 같이 웰빙의 각기 다른 단계라고 생각해 보면, 즐거움과 행복도 느끼면서 만족감과 기쁨을 느낄 수 있는 더 나은 결정을 내릴 수 있게 된다. 그리고 이렇게 더 나은 결정들이 쌓여서 더 좋은 삶을 살 수 있게 된다.

미니멀리스트의 규칙　계절성 규칙

우리가 가지고 있는 물건을 한번 둘러보고 그중 하나를 골라 보자. 어떤 것이라도 좋다. 지난 90일간 그 물건을 사용한 적이 있는가? 아니라면 앞으로 90일간 그 물건을 사용할 일이 있을까? 이에 대한 대답이 '아니'라면 버려도 되는 물건이다. 어떤 사람은 이것을 90/90 규칙이라고 부르기도 한다. 이 규칙이 특별히 유용한 이유는 계절과 관련되어 있기 때문이다. 지금이 3월이라고 생각해 보자. 그리고 계절 맞이 대청소를 한다고 생각해 보자. 옷장, 지하 또는 창고에서 눈에 들어오는 물건을 하나 골라 보자. 오래된 스웨터가 눈에 들어왔다. 지금(봄에) 사용하고 있는가? 지난 90일간(겨울에) 사용한 적이 있는가? 앞으로 90일 간(여름에) 사용할 일이 있을까? 이 중 한 번이라도 '네'라고 대답했다면 그 스웨터를 보관해도 되지만, 아니라면 작별 인사를 해도 된다.

취중 쇼핑

최근 조사에 따르면 '취중 쇼핑'은 연간 450억 달러 규모의 산업이라고 한다.[62] 술에 약간 취한 소비자 중 79퍼센트가 적어도 한 번은 취한 상태로 물건을 구매한 적이 있고 평균적으로 취중 쇼핑한 구매자는 매년 444달러를 소비한다고 한다.

하지만 나는 우리 중 100퍼센트가 취중 쇼핑을 한다고 단언할 수 있다. 술에 취한 것은 아니지만 우리는 종종 즉각적인 만족감에 취해서 구매 결정을 내린다. 때로는 너무 많이 취해 우리의 가치와 완전히 반하는 구매 결정을 내린다. 그저 그 순간 도파민 분비를 느끼기 위해서 말이다.

지출 예산을 무시한다.
원하지도 않는 것을 구매한다.
그저 다른 사람에게 잘 보이기 위해서 구매한다.
단기적 이익을 위해서 자신의 가치는 무시한다.
나는 이 모든 것을 해봤다고 확실히 말할 수 있다.
물건에 대한 취향이나 즐거움이 가치보다 강할 때 우리는 일시적인 이득을 위해 성취감을 기꺼이 희생한다. 내가 절도로 체포된 날 나는 확실히 그랬다. 사실 나는 친구에게 넥타이를 빌릴 수 있었고 넥타이 없이 면접에 참석해도 됐다. 그래도 괜찮았을 것이다. 하지만 나는 스스로에게 넥타이가 당장 필요하다는 거짓말을 했고 그 필요가 너무나 강력했던 나머지 나의 가치도 기꺼이 저버렸다. 술은 단 한 잔도 마시지 않았다. 하지만 어떻게 보면 무언가에 취해 있었던 것과 마찬가지다. 나의 판단력은 엉뚱한 생각으로 인해 엉망진창이 되었다. 이건 꼭 가져야 해! 지금! 당장! 그리고 그 당시에는 나의 가치가 무엇인지도 잘 몰랐기 때문에 타협하는 것은 그리 어려운 일이 아니었다.

물론 모두들 살면서 한 번쯤 이런 일을 겪는다. 올바른 길보다 지름길을 찾아 헤매고 충동적으로 행동한다. 주변의 모든 것들이 유혹의 신호를 보내는 듯하다. 취한 상태로 쇼핑하는 사람만 잘못된 것이 아니라 우리의 아이들도 이런 즉각적인 만족감에 중독되어 있는 것 같다.

박물관을 나설 때를 생각해 보자. 거의 모든 박물관은 기념품 가게를 꼭 지나치도록 설계되어 있다. 소비주의의 발악이라고 볼 수 있지만 안타깝게도 확실히 효과가 있다. 온갖 잡동사니로 가득한 기념품 가게를 지나칠 때마다 나의 딸은 꼭 하나 사야한다고 무지막지하게 졸라댄다.

"하나만 사도 돼요? 제발요!"

"뭐가 사고 싶은데?"

"몰라요. 아무거나!"

소비주의는 이런 식이다. 우리는 무엇을 원하는지 알지도 못한 채 그저 더 많이 원하고 원한다. 무엇이 우리의 삶에 가치를 더할 것인지 그리고 무엇이 우리 삶에 그저 방해물이 될지 잠깐 멈춰서 생각해볼 여유조차 허락하지 않는다. 하지만 우리가 삶에 들여오는 모든 것에 대해 이런 질문을 하지 않는다면 우리는 정말 보이는 족족 들여올 것이다. 그게 무엇이든 말이다.

미니멀리즘이 말하고자 하는 바는 간단하다. 5분 전에 필요 없었다면 지금도 필요 없을 것이다. 그리고 설사 지금 필요한 물건이라 하더라도 조금 기다려보는 것도 괜찮다.

딸에게 내일 그 쓸데없는 장난감을 사도 되냐고 물어보라고 하면 다음 날 잊어버리는 경우가 대부분이다. 우리는 의미 있는 것만 기억하기 때문이다. 그 외 나머지 것들은 그저 저 멀리 흔적도 없이 사라져 버린다.

가치를 이해하는 것

행복 또한 목표로 삼을 수는 없다. 우리가 목표로 삼아야 할 것은 주도적이고 의미있는 삶을 사는 것이다. 그리고 행복은 그 과정에 느낄 수 있는 아름다운 감정이다.

자신의 가치를 이해하는 것은 분명히 도움이 된다. 이를 통해 자신이 의미 있는 삶을 살기 위해서 어떤 방향으로 나아가야 하는지 알 수 있다. 가치는 정말 의미 있는 결정을 내릴 수 있도록 도움을 준다. 그리고 이 결정에는 소비에 관한 것도 포함되어 있다. 만약에 내가 과거에 내 가치를 확실히 알았더라면 더 나은 결정을 내렸을 테고 많은 사람 앞에서 수갑을 찬 채 부끄러움, 죄책감, 수치심을 느끼진 않았을 것이다. 분명 그때의 나는 내가 이상적으로 생각한 모습이 아니었다. 하지만 다시 말하지만 나는 내가 어떤 사람이 되고 싶은지 알지 못했다. 내 가치는 기껏해야 흐릿하게 짐작되는 정도였다.

그래서 겉으로 보기에 내 삶은 멀쩡해 보였을지 몰라도 나는 그 후로 10년 동안 안타까운 결정들을 연이어 내렸다. 교외의 멋진 집도, 두 대의 렉서스 자동차도, 맞춤 양복도, 누구나 우러러볼 만한 직장도 있었다. 하지만 누군가에게는 성취로 보일 수 있는 그런 것들은 사실 내가 평생 내려왔던 안 좋은 결정을 보이지 않게 잘 가리고 있을 뿐이었다. 당시 나는 어떤 사람이 되고 싶은지 확실히 알지 못했기 때문에 나쁜 결정들을 내리며 이상적으로 생각한 모습에서 점점 멀어졌다. 처음에는 내 삶이 천천히 다른 방향으로 흘러가는 듯 보였지만 20대 내내 행복과 기쁨이 부재한 삶을 살게 되자 결국 내가 원하던 의미 있는 삶으로부터 의도적으로 도망치는 것처럼 보일 정도였다.

반복되는 실수와 고통을 통해 나는 결국 내가 얼마나 빠른 속도로 움직이든 간에 잘못된 방향으로 향하고 있다면 결코 내가 원하는 목적지에 다다를 수 없다는 것을 깨닫게 되었다. 따라서 어느 방향이 옳은 방향인지 알기 위해서는 내 가치가 무엇인지부터 파악해야 했다.

내가 이 지구라는 행성에서 40년 간의 시간을 보내면서 배운 것이 하나 있다면 바로 이것이다. 의미 있는 삶을 살기 위한 가장 진정성 있는 방법은 장기적인 가치와 단기적인 행동을 일치시키는 것이다. 미래의 내가 현재의 나를 자랑스럽게 여길 수 있도록 말이다. 그렇지 않으면 그저 즐거움만 가득한 경험에서 또 다른 그저 그런 경험으로 옮겨 다니는 것과 같다. 그 순간에는 그것이 행복이고 기쁨이라고 착각할지도 모르겠으나 결국 남는 것은 절망적인 공허함뿐이다.

사람들이 자신의 가치를 이해하지 못하는 데에는 적어도 두 가지 이유가 있다. 첫 번째 이유는 그 가치가 무엇인지 생각해 보지 않는다는 것이다. 그래서 우리는 대중문화, 미디어 그리고 다른 사람의 영향을 받아 그 가치를 형성한다. 두 번째 이유는 우리가 어떤 가치는 다른 가치보다 더 중요하다는 사실을 알지 못한다는 것이다.

이 글을 읽고 있다면 첫 번째 난관은 이미 넘은 것이다. 스스로 가치에 대해 질문을 던지고 있으니 말이다. 하지만 고민하는 것만큼 중요한 것은 모든 가치가 동일 선상에 있지 않다는 것을 이해하는 것이다. 사실 어떤 것은 가치라고도 할 수 없다. 그 말 인즉슨 어떤 것은 중요한 것에 방해만 될 뿐이라는 것이다. 이런 이유로 가치를 근본적 가치, 구조적 가치, 표면적 가치, 허상의 가치라는 네 가지 분류로 정리해 보았다. 하나씩 살펴보도록 하자.

근본적 가치

모든 집은 튼튼한 기초 위에 지어져야 한다. 아무리 아름다운 집이라도 기초가 튼튼하지 않으면 결국 무너지고 말 것이다. 우리가 가져야 할 가치도 이와 같다. 사람마다 각자 가치로 삼는 것은 다를지 몰라도 다섯 가지 근본적 가치는 기본적으로 모두 공통적으로 공유하는 경향이 있다.

- 건강
- 관계
- 창의력
- 성장
- 기여

이것들은 나의 삶의 바탕이 되는, 절대 흔들리지 않는 원칙이다. 종종 삶에 보람이 없다고 느껴질 때면 나는 이 가치들을 다시 살펴보며 혹시 내가 놓치고 있는 것이 있는지 되돌아본다. 모든 것의 기본이 되는 가치 중 이 위의 것들 외 다른 것이 있을 수도 있다. 하지만 이 다섯 가지 가치는 거의 모두가 공유할 만큼 보편적이라고 할 수 있다. 10년 전, 우리의 기초를 더욱 잘 이해하고자 하는 노력의 일환으로 라이언과 나는 이 다섯 가지 가치에 대한 우리의 첫 책 〈미니멀리즘: 의미 있는 삶Minimalism: Live a Meaningful Life〉을 냈다. 그 책의 내용 전체를 반복하는 대신 이 다섯 가지 기초적 가치에 대한 내용을 간략하게 요약해 보려고 한다.

건강

만약 당신이 복권에 당첨되고, 완벽한 짝을 찾고, 빚을 다 갚고, 꿈의 집으로 이사하고, 평생 동안 단 하루도 일을 하지 않아도 된다고 생각해 보자. 그리고 배에 엄청난 통증을 느끼면서 내일 아침 일어난다고 생각해 보자. 해변가 별장에서 나와 값비싼 자동차를 타고 병원에 간다. 진료를 받고 나서 의사는 이렇게 말한다. "살 날이 1년도 남지 않았습니다. 그리고 오늘 이후로는 침대에서 일어나는 것 외에는 할 수 있는 것이 많지 않을 겁니다." 얼마나 가슴이 아플까. 마침내 원하던 모든 것을 가졌는데 건강이 좋지 않아 모두 무용지물이 된 것이다. 건강하지 않고서는 삶의 가장 기본적인 것조차 누릴 수 없다.

관계

만약에 당신이 복권에 당첨되고, 인생에서 가장 잘 나가는 시기를 살고 있고, 빚을 다 갚고, 꿈의 집으로 이사하고, 평생 동안 단 하루도 일을 하지 않아도 된다고 생각해 보자. 그리고 내일 아침 일어났을 때 이 모든 것을 함께 할 사람이 단 한 명도 없다고 생각해 보자. 친구도, 가족도, 사랑하는 사람도. 그러면 얼마나 가슴이 아플까. 마침내 원하던 모든 것을 가졌는데 함께 즐길 사람이 없다니. 이렇듯 소중한 관계를 맺지 않고서는 의미 있는 삶을 살 수 없다.

창의력

만약에 당신이 복권에 당첨되고, 인생에서 가장 잘나가는 시기를 살고 있고, 소울 메이트를 찾았고, 그 외에도 다른 의미 있는 인간관계를 맺고 있고, 빚을 다 갚고, 꿈의 집으로 이사하고, 평생 동안 단 하루도 일을 하지 않아도 된다고 생각해 보자. 그리고 내일 아침 그리고 다음날 그리고 또 다음날 할 일이 아무것도 없다고 생각해 보자. 얼마나 끔찍한 일일까. 볼 수 있는 TV 프로그램도 한정되어 있고 갈 수 있는 휴가도 한정되어 있다. 창의력을 발휘할 수 있는 일이 없다면 성취감이라고는 전혀 느낄 수 없는 삶일 것이다. 삶 자체에 대해 열정이 사라질 것이다. 이것은 종종 많은 사람들이 공허함을 느끼는 근본 원인이기도 하다.

창의력에 대해 알아보면서 우리의 창의력을 저해하는 것에 대해 나중에 더 자세히 알아볼 예정이다. 지금은 잠시 '열정'이라는 개념에 대한 이야기를 나눠보고자 한다. 라이언과 내가 원래 이 다섯 가지 가치를 떠올렸을 때, 세 번째 가치는 '열정'이었다. 하지만 곱씹어보니 우리가 결국 말하고자 하는 바는 '창의력'이었다는 것을 알게 되었다.

인터넷에 검색을 해보면 '열정을 따르라고' 말하는 '전문가'들을 심심찮게 찾아볼 수 있다. 이 조언에는 두 가지 문제가 있다. 첫 번째는 우리가 어떤 특정한 열정을 가지고 태어났다는 것을 전제한다. 마치 태어나기도 전에 우주 비행사, 회계사, 배우가 되도록 태어난 것처럼. 그리고 두 번째는 열정이라는 개념이 지난 20년 동안 소위 인플루언서라고 불리는 사람들에 의해 너무 오남용되었다는 것이다. 결국은 그 의미가 완전히 퇴색될 정도로 말이다.

열정을 의미하는 'passion'의 라틴어 어원은 '고통을 겪다'라는 단어이다. 인터넷을 장악한 그 '전문가'들이 정말 고통을 겪으라고 사람들에게 말하고 있을까? 물론 아니다. 누군가에게 열정을 따르라고 말하기는 쉽지만 그 조언은 너무나도 일차원적이다.

인생은 이렇게 절대적인 것으로 이뤄지지 않았다. 그 누구에게도 태어나기도 전에 이미 정해진 운명이나 스스로 찾아야 할 열정 같은 것은 없다. 살면서 시도해 볼 수 있는 것은 수십, 수백 개가 있다. 열정에 불을 지필 수 있는 창의적인 기회는 무한대로 많다. 이런 측면에서 창의력은 기본적으로 열정과 같은 필요를 바탕으로 한다. 하지만 창의력이 더욱 기본적인 것이기 때문에 이 다섯 가지 근본적 가치 목록에 이름을 올리게 되었다.

성장

삶에서 누릴 수 있는 가장 좋은 경험은 다른 누군가의 삶에 기여할 때 일어난다.

만약에 당신이 복권에 당첨되고, 인생에서 가장 잘나가는 시기를 살고 있고, 소울메이트를 찾았고, 빚을 다 갚고, 꿈의 집으로 이사하고, 열정에 불을 지피고, 창의력을 마음껏 발휘할 수 있는 일을 하고 있고, 인생의 사명을 찾았다고 생각해 보자. 다음은 뭘까? 가장 가까운 호수에 가서 매일 낚시하는 것? 소파에 앉아서 TV의 블루라이트를 마음껏 쬐는 것? 당연히 아니다. 당신은 새로운 인생을 계속해서 즐겨야 한다. 건강해진 몸으로 좋은 관계를 맺고 창의력을 마음껏 발휘하면서. 따라서 계속해서 나아지고 성장해야 한다. "성장하지 않으면 죽은 것과 다름없다"는 말은 잔인하게도 사실이다.

물론 모든 성장이 좋은 것은 아니다. 체육관에서 열심히 땀을 흘리며 한 달간 운동한 후 얻은 이두박근은 성장이라고 할 수 있다. 하지만 우리 몸의 질병인 암도 어떻게 보면 성장이라고 할 수 있다. 따라서 우리는 어떻게 성장할지 신중하게 선택해야 한다. 그렇지 않으면 그저 잘못된 속도와 방향으로 성장할 수도 있다. 산업혁명 이후 우리 사회는 끝없는 성장이라는 특이한 성장을 추구하게 되었다. 끝없는 성장. 언뜻 보면 좋은 말처럼 들린다. 하지만 내가 이루고 싶은 성장은 아니다. 내가 원하는 것은 의미 있는 성장이다.

끝없는 성장을 이루려면 우리는 어떤 비용을 치르더라도 성장해야 한다. 반면에 의미 있는 성장은 우리의 가치에 부합된 성장을 의미한다. '일회성' 타협이 '끊임없이 연속된' 타협이 된 경험이 있는가? 나는 있다. 나는 내가 원하는 것을 갖기 위해 거짓말하고 도둑질까지 했다. 게다가 거기에서 그치지 않았다. 그 전의 거짓말을 감추기 위해 또 다른 거짓말, 더 크고 심각한 거짓말을 해야 했고, 또 그 거짓말을 감추기 위해 그보다 더 크고 심각한 거짓말을 해야 했다. 거미줄에 걸린 곤충같이 빠져나올 수 없었다.

타협할 때 흔히 생기는 일이다. 타협 자체로는 문제 될 것이 없다. 실제로 누군가와 관계를 맺을 때, 상대가 원하는 것과 내가 원하는 것, 그 중간 어딘가에서 만나는 것이 중요하다. 하지만 타협이 문제가 되는 것은 바로 지금 우리가 원하는 것을 당장 손에 넣기 위해서 타협할 때 발생한다. 이럴 때는 세워 둔 원칙을 따르기 어렵고 지름길로 가고자 하는 유혹을 뿌리치기 어려워진다. 하지만 의미 있는 성장을 하기 위해서는 그러지 않는 것이 중요하다.

끝없는 성장은 수익을 위해 사람을 등지게 만든다. 의미 있는 성장에 돈이 전혀 관련 없다고 말할 수는 없지만 결코 수익이 동기가 되어서는 안 된다. 라이언과 나는 두 개의 수익성 비즈니스를 운영하고 있다. 캘리포니아 로스앤젤레스의 더 미니멀리스트와 플로리다 세인트피터즈버그에 있는 밴딧 커피_{Bandit Coffee Co.}이다. 하지만 두 단체 모두 수익이 주된 목적은 아니다.

우리는 독자, 시청자, 팔로워, 클라이언트, 고객에게 우리의 가치를 타협하지 않고 가치를 더하는 것에 중점을 둔다. 우리는 직원을 공정하게 대하고 적정한 임금을 지급한다. 양이 아닌 질에 중점을 둔다. 양 플랫폼 모두 광고를 운영하지 않는다. 고객의 정보를 제3자에게 판매하지 않는다. 그 누구에게도 절대 스팸이나 정크 이메일을 보내지 않는다. 그 결과 사람들은 우리를 신뢰하고 우리가 하는 일을 지지한다. 그 일이 책을 쓰는 일이든 커피를 파는 일이든. 물론 우리의 비즈니스를 통해 돈을 많이 벌 수 없다는 것은 알지만 우리가 내리는 결정이 우리의 가치와 부합한다는 것은 그보다 훨씬 더 행복함을 가져다 준다. 그리고 이 두 회사의 성장이 단지 돈으로 좌지우지 되지 않기 때문에 훨씬 더 긍정적이고 장기적인 전망을 가질 수 있다.

끝없는 성장은 우리로 하여금 경쟁과 기대에 대한 걱정을 하게 만든다. 반면에 의미 있는 성장은 협력과 자신만의 기준을 달성하도록 만든다. 직장 생활을 할 때 나는 보이지도 않는 목표에 너무나도 심하게 집착했다. 나는 내가 관리하던 지점들의 매일 29개의 각기 다른 성과 지표를 측정했다. 아무리 영업이 잘된 날이라 하더라도 불만족스러운 뭔가가 꼭 존재했다.

삶에서도 우리는 이런 모습을 보인다. 우리는 화장실의 크기를 보고 웰빙의 수준을 판단한다. 은행 잔액 명세를 보고 행복의 정도를 가늠한다. 집에 얼마나 많은 물건이 있는지 보고 삶의 완성도를 측정한다. 기대는 시간이 흐를수록 더욱 커지기만 한다. 한때 원대한 희망에 불과했던 것이 곧 흔한 것이 되고 그 과정 가운데 혼란이 생겨난다.

이 혼란을 이겨낼 수 있는 방법은 다소 역설적이다. 삶의 질서를 되찾기 위해서 우리는 기대를 낮추고 기준은 높여야 한다. UCLA의 농구팀 수석 코치인 존 우든John Wooden은 선수들에게 점수판을 보지 말라고 하는 것으로 유명했다. 대신 선수들에게 경기에 최선을 다하도록 격려했다. 우든의 팀은 12년 동안 챔피언십 우승을 10번 했다. 그리고 NCAA 역사상 우든은 승리를 가장 많이 이끈 코치로 기록되었다. 그의 성과는 승리에 대한 기대가 아니라 자신이 세운 높은 기준 덕분이었다.

성장은 의미 있는 삶을 사는 데 매우 중요한 요소이다. 하지만 꼭 의미 있는 성장이어야 한다. 지속적인 성장은 우리가 살아있다는 것을 느끼게 해주고 모든 행동에 의미와 목적을 부여한다. 자신이 삶에서 이뤄 낸 성과를 한번 떠올려 보자. 5년 또는 10년 전에는 불가능해 보였던 것 아닌가? 어떤 변화 때문에 이런 성과를 낼 수 있었을까? 분명 큰 발전 한 번으로 이뤄진 것이 아닐 것이다. 점진적으로 오랜 기간 동안 서서히 일어난 변화 덕분일 것이다. 물론 어떤 변화는 크고 즉각적일 수 있다. 예를 들면 누군가와의 관계를 끊는 것, 퇴사하는 것, 새로운 도시로 이사하는 것. 물론 이렇게 큰 변화가 필요한 때도 있다. 하지만 대부분의 성장은 작은 변화로부터 일어난다. 조금씩 내딛는 발걸음으로 인해 언젠가 크게 도약하는 날이 오니까 말이다.

기여

즐거움을 다른 더욱 의미 있는 웰빙의 형태와 혼동한다는 것 말이다.

만약에 당신이 복권에 당첨되고, 인생에서 가장 잘나가는 시기를 살고 있고, 소울메이트를 찾았고, 그 외에도 다른 의미 있는 인간 관계를 맺고 있고, 빚을 다 갚고, 꿈의 집으로 이사하고,

열정에 불을 지피고, 창의력을 마음껏 발휘할 수 있는 일을 하고 있고, 인생의 사명을 찾았고, 매일이 다르게 성장할 수 있는 여러 가지 방법을 찾았다고 생각해 보자. 다음은 뭘 하면 좋을까? 돈 무더기 위에 올라서서 성공을 맛보면 될까?

그렇지 않다. 그 후에 추구하기에 가장 좋은 것은 주는 것이라고 할 수도 있고 이타주의라고 할 수도 있을 것이다. 결국 마지막에 기초가 되는 가치는 기여다. 그리고 기여는 성장을 완벽하게 보완한다. 성장과 기여는 선순환적인 관계에 있다. 더 많이 성장할수록 다른 이들의 성장을 더 많이 도울 수 있다. 다른 이들의 성장을 도울수록 그것은 다시 돌아와 나의 성장을 한층 더 풍성하게 한다. 의미 있는 성장은 분명 좋은 것이다. 하지만 기여는 그보다 더 기분 좋은 일이다. 우리가 자신보다 사랑하는 사람을 위해서 좋은 일을 더 많이 할 기회가 드물기 때문이다.

인간은 태생적으로 다른 이들을 돕고자 하는 욕구를 가지고 있다. 다른 이들을 도울 수 있는 방법은 많이 있지만 가장 효과적으로 도울 수 있는 방법을 배우는 것은 중요하다. 효율적인 이타주의 운동을 시작한 스코틀랜드의 철학자이자 윤리학자인 윌리엄 맥어스킬William MacAskill은 "효율적인 이타주의는 간단한 질문 하나에 대한 답을 찾는 것으로부터 시작한다. 다른 이들을 가장 많이 돕기 위해서 우리가 가진 자원을 어떻게 사용해야 할까?[63] 그저 옳은 일을 하는 것을 넘어서서 효율적인 이타주의는 신중한 분석과 증거를 사용해서 가장 잘 기여할 수 있는 분야를 모색해야 한다"라고 말한다. 즉, 돕는 것은 좋은 일이지만 건설적으로 돕는 것은 그보다 더 좋은 일이라는 의미일 것이다.

맥어스킬은 우리가 다른 이들의 삶에 현명하게 기여한다면 "세상에 어마어마하게 긍정적인 영향을 미칠 수 있다"라고 말한다. 이어서 그는 "차마 제대로 인지하기도 어려울 만큼 놀라운 사실이다. 어느 날 불길에 휩싸인 건물 안에 어린아이가 있는 모습을 봤다고 상상해보자. 당신은 불길 속으로 뛰어 들어가 아이를 번쩍 들어올려서 안전한 곳으로 나온다. 그 후로 당신은 영웅이라고 불릴 것이다.

이제 이런 일이 이 년에 한 번씩 일어난다고 생각해 보자. 사람들이 매번 그렇게 행동한다면 수십 명의 생명을 구할 수 있을 것이다. 이런 일이 주기적으로 일어난다고 하면 다소 이상한, 그저 상상 속의 세상처럼 들릴지 모르겠지만 사실 이것은 많은 사람들이 살고 있는 실제 세상에서 일어나는 일이다. 미국에서 평균 임금을 받는 사람들이 만약 매년 임금의 10퍼센트를 어게인스트 말라리아Against Malaria 재단에 기부한다면 우리는 아마 평생 수십 명의 생명을 구할 수 있을 것이다."

물론 금전적 기부만이 도움을 줄 수 있는 유일한 방법은 아니다. 재정적인 도움을 줄 여력이 없는 사람도 지역, 그리고 글로벌 공동체에 기여할 방법을 찾을 수 있다. 무료 급식소, 노숙자 보호소, 푸드뱅크에서 음식을 나눠주는 봉사 활동을 할 수도 있고, 해비태트 포 휴매니티Habitat for Humanity에서 집을 짓는 데 도움을 줄 수도 있고, 학교 숙제를 하는 데 도움이 필요한 소외된 아이들에게 공부를 가르쳐 줄 수도 있다. 도움이 필요한 곳은 셀 수도 없이 많다. 완벽한 사람의 도움이 필요한 곳이 아니라 그저 도움을 줄 의향이 있는 우리와 같은 완벽하지 않은 사람의 도움이 필요한 곳 말이다.

라이언과 나는 2011년도에 직장을 그만뒀다. 30년 간 살아오면서 단 한 번도 누구에게 도움을 준 적이 없었던 우리에게 드디어 뭔가 의미 있는 일을 할 시간적 여유가 생겼다. 지난 10년간 더 미니멀리스트는 두 개의 고아원을 짓고, 허리케인 하비 Hurricane Harvey 피해자들을 위한 구호 활동을 했고, 올랜도와 라스베이거스 총격 사건의 생존자들을 지원하는 활동을 했고, 케냐에 있는 고등학교를 1년간 재정적으로 도왔고, 3개 국가에 깨끗한 물이 나오는 우물을 설치했고, 라오스에 초등학교를 지었고, 아프리카의 말라리아 퇴치를 위해 수천 개의 모기장을 기부했다. 이 글을 쓰는 지금, 우리는 데이턴 서쪽 지역에 비영리 식료품 협동 조합을 만들기 위해 모금 활동을 진행하고 있다. 데이턴은 미국에서 식량 부족을 겪고 있는 대표적인 지역 중 하나다.[64] 이 프로젝트들을 언급하는 이유는 자랑하기 위해서가 아니다. 다만 전혀 아무것도 하지 않다가도 짧은 시간 내에 무척이나 도움이 되는 삶을 살 수 있다는 것을 보여주기 위해서다. 필요한 것은 다른 이들을 돕고자 하는 의지뿐이다.[xii]

금전적으로 기부하든 아니면 실제로 현장에 나가서 도움을 주든 기여할 수 있는 가장 효과적인 방법은 계속해서 도움을 줄 수 있도록 스스로에게 동기 부여가 되는 무언가를 찾는 것이다. 돕고자 하는 의지와 능력은 남을 도우면 도울수록 커지며 자신의 새로운 목적을 찾는 데 도움을 줄 것이다. 그리고 삶이 정말 우리 개인에 관한 것이 아니라 우리, 공동체에 관한 것이라는 사실도 깨닫게 될 것이다.

미니멀리스트의 규칙　**1-10 규칙**

미니멀리스트가 된다는 것은 앞으로 새로운 물건을 절대 사지 않는다는 말이 아니다. 새로운 물건을 사더라도 의미 있는 것을 산다는 말이고 필요 없거나, 가치가 없는 것은 신중하게 정리할 수 있다는 것을 의미한다. 여기서 1-10 규칙이 등장한다. 이 규칙은 건물의 수용 인원을 관리하기 위해 사용된다. 건물에 한 명이 들어오면 한 명이 나가는 방식을 차용해서 새로 구매하는 새로운 물건과 버리지 않고 간직하는 물건의 숫자를 관리할 수 있도록 돕는 규칙이다. 물건을 새로 하나 살 때마다 가지고 있는 것 중 열 개는 버림으로써 가지고 있는 물건의 총 개수를 관리하는 방식이다. 셔츠를 하나 새로 사고

---

xii 더 미니멀리스트가 진행하는 프로젝트에 함께 하고 싶다면 minimalists.com에서 무료 뉴스레터 구독을 신청하면 된다.

싶은가? 그렇다면 가지고 있는 옷 중 열 벌은 기부함에 넣어야 한다. 의자를 하나 새로 사고 싶은가? 그렇다면 가지고 있는 가구 중 열 개는 이베이로 팔아 버려야 한다. 믹서기를 하나 새로 사고 싶은가? 그렇다면 가지고 있는 주방용품 중 열 개는 버려야 한다. 이 규칙이 새로운 일상적인 소비 습관이 될 때까지 실천해 보자.

구조적 가치

기초를 다졌다면 골조를 세워야 한다. 모든 집은 골조가 있지만 각기 다른 형태를 지닌다. 어떤 집은 철근과 볼트로 만들어져 있고, 어떤 집은 나무나 벽돌로, 어떤 집은 콘크리트나 시멘트로 만들어져 있다. 우리의 가치도 이와 비슷하다. 우리의 구조적 가치는 우리가 어떤 사람인지를 말해 준다. 개인적인 가치라고도 볼 수 있다. 각 가치의 의미와 구조적 가치 몇 가지를 알아보자.[xiii]

- 자율성: 외부의 압력으로부터 자유
- 충분함: 얼마가 충분한지 분별할 수 있는 능력
- 겸손함: 자신을 분명히 알고 자존심을 세우지 않는 것
- 이동성: 지리적 요건에 구애받지 않는 것

---

xiii 이 목록은 일부에 불과하다. 나의 구조적 가치 전부를 보고 싶다면 minimalists.com/v를 방문하라.

- 질: 수적으로 적더라도 질적으로 나은 것을 추구하는 것
- 제한: 충동적인 행동을 자제할 수 있는 능력
- 진정성: 기만 또는 위선으로부터의 자유
- 고독: 다른 사람과 교류하지 않고 혼자 보내는 시간
- 취약성: 결과에 신경 쓰지 않고 행동할 수 있는 용기

삶의 경험이 더해지며 우리의 구조적 가치는 조금씩 변할 수 있다. 하지만 우리가 살고 있는 집과 마찬가지로 구조는 처음 지어진 그대로 있기 마련이다. 물론 완전히 집을 뒤엎는 리모델링을 거치지 않는 이상 말이다. 30살에 퇴사를 하면서 나는 내가 그동안 가지고 있던 가치들을 모조리 산산이 깨부수고 새로운 구조적 가치를 바탕으로 새로운 삶을 만들어 나갔다.

표면적 가치

기초를 잘 다졌고 골조도 잘 세웠다면 집의 외관을 꾸며야 한다. 물론 외관은 구조를 잘 세우는 것만큼 중요하지는 않지만, 외관을 잘 꾸미면 집이 한층 특별하고 아름다워 보일 수 있다. 외관을 꾸미는 것은 집을 정말 집답게 만드는 요소라고 할 수 있다. 표면적 가치가 바로 이러한 역할을 한다.

소소하지만 이 가치들은 삶에 다양성을 부여하는 데 중요한

역할을 한다. 개인적 관심사라고 봐도 좋다. 이 가치들이 소소하다고 해서 삶에 대한 전반적인 만족도에도 소소한 역할을 한다고 생각해선 안 된다. 더 중요한 가치들에 비해서 소소하다는 것이지 균형이 잘 잡힌 삶을 살기 위해서는 매우 중요한 역할을 하는 요소들이다. 이제부터 몇 가지 표면적 가치를 살펴보자.

- 미학
- 예술
- 청결함
- 디자인
- 명상
- 음악
- 글 읽기
- 글쓰기

우리의 관심사가 변하면 표면적 가치 역시 매달, 매년 그리고 10년에 한 번씩 극적으로 변할 수 있다. 자신의 작은 가치들이 현재 관심사와 부합하도록 집 벽의 페인트 작업을 하거나 집에 새로운 식물을 들이면서 삶을 신선한 시각으로 바라볼 수 있게 된다. 만약 이 표면적 가치 중 하나가 더 이상 가치를 더하지 않는 것처럼 느껴진다면 잠시 내려놓아도 좋다. 마음이 바뀌면 나중에 언제든지 다시 목록에 추가하면 되니까 말이다.

허상의 가치

튼튼한 기초와 골조와 아름다운 외관을 가진 좋은 집을 지었다
고 생각해 보자. 이것은 바로 의미 있는 삶을 의미한다. 안타깝
게도 이런 집을 지을 수 있는 사람은 많지 않다. 우리의 가치를
돌아보는 데 시간을 조금이라도 사용하는 사람은 없는 반면 허
상의 가치에 집착하는 사람은 너무나도 많다. 하지만 허상의 가
치는 중요도로 따지면 가장 아래에 있으며 어떻게 보면 가치라
고도 할 수 없을 만큼 그저 삶의 방해물이 될 때도 많다. 집 주
위를 둘러싸고 있는 울타리와 같다고 보면 된다. 울타리를 넘지
않으면 집에 들어갈 수 없는 것처럼 허상의 가치도 그런 역할을
한다. 허상의 가치 몇 가지를 살펴보자.

- 분주함
- 편안함
- 이메일
- 생산성
- 여론
- SNS

• TV

삶의 경험이 더해질수록 허상의 가치는 변화한다. 우리가 만족을 느끼는 순간 언제든 새로운 방해물이 나타나 우리 앞을 가로막는다. 우리는 매일 새로운 물건들이 우리의 의미 있는 삶을 방해하도록 내버려 둔다. 덧없는 것들로 잘 꾸며진 유치장을 만들고 자신이 만든 창살에 스스로를 가두었다는 사실에 불평불만을 늘어놓는다.

의미 있는 삶을 살기 위해서는 이런 장애물들을 부숴야 한다. 작가 라이언 홀리데이Ryan Holiday는 "장애물이 곧 길이다"라는 말을 했다. 이 메시지에 덧붙이자면 의미 있는 삶을 살 수 있는 유일한 방법은 우리 안의 허상의 가치를 없애 버리고 더 중요한 가치들을 상황에 맞게 우선순위에 두는 것이다.

이 가치들을 사용하는 법

우리는 모두 다르다. 나의 근본적 가치가 다른 사람의 표면적 가치가 될 수도 있고 심지어 허상의 가치가 될 수도 있다. 그래도 괜찮다. 아니 괜찮은 것을 넘어서서 이상적인 현상이다. 사람마다 다른 이 다양성이야말로 삶을 흥미롭게 만드는 것이기 때문이다. 만약 모두가 나와 똑같다면 인생이 얼마나 지루할까.

우리의 표면적 가치는 종종 허상의 가치가 될 수도 있다는 점을 기억해 두면 좋을 것이다. 그리고 정말 솔직하게 말하자면 언젠가 삶의 우선순위를 재정비하면서 우리의 근본적 가치까지 허상의 가치가 될 수도 있다. 자연스러운 일이다. 무엇을 원하는지가 명확해지면 어제 도움이 되었던 것이 이제는 그저 방해물에 불과하다는 것을 깨닫기도 하니까 말이다.

자신의 가치가 무엇인지 파악하기 위해서 이 책의 마지막 부분에 '가치에 관한 워크시트'를 포함시켰다.[xiv] 이 워크시트를 완성한 뒤 자신이 신뢰하는 다른 사람과 한번 살펴보는 것을 추천한다. 그리고 상대가 허락한다면 상대의 워크시트도 한번 보는 것을 추천한다. 자신의 가치를 알고 가까운 다른 사람의 가치를 알게 되면 그 사람과 어떻게 더욱 효과적으로 교류하고 소통할 수 있을지 이해할 수 있을 것이다. 관계는 한층 개선될 것이고 새롭고 예상치 못한 방법으로 성장을 기대해 봐도 좋다. 매년 초, 우리 부부는 부엌 식탁에 앉아 이 가치에 관한 워크시트를 돌아보는 시간을 가진다. 이 시간을 통해 나는 아내와 좀 더 잘 소통할 수 있을 뿐만 아니라 어떻게 내가 정말 이상적으로 생각하는 모습이 될 수 있을지 한층 더 깊게 이해할 수 있게 된다.

---

xiv minimalists.com/resources에서 가치에 관한 워크시트를 내려받아서 인쇄해서 사용할 수 있다.

정리: 가치

다시 라이언의 차례다. 우리는 조슈아를 통해 가치에 대해 엄청나게 많은 것을 배웠다. 그렇다면 자신의 가치가 무엇인지 더 잘 파악하기 위해서 몇 가지 질문들에 대한 답을 할 준비가 되었는가? 좋다! 시작해 보자. 각 문제의 질문에 대해 시간을 들여 신중히 답을 떠올려 보길 바란다. 얼마나 자신의 가치를 더 잘 이해하고 가치를 가치 있게 생각할 수 있는지 놀랄 것이다.

가치에 관한 질문

1. 나의 오브제 A는 무엇인가? 왜 그것인가?
2. 내가 지금 가치를 타협하고 있다면 어떤 방식으로 타협하고 있으며, 그것은 내가 의미 있는 삶을 사는 데 어떻게 방해가 되고 있는가?
3. 내가 추구하는 가치와 부합하는 삶을 살기 위해서 변해야 한다면 가장 두려운 점은 무엇이며, 왜 두려운가?
4. 자신이 생각하는 즐거움, 행복, 만족감, 기쁨의 차이는 무엇인가?
5. 미래의 나는 현재의 나와 삶의 방식에 대해서 어떻게 생각할까? 감사를 표할까?

해야 할 것

다음으로는 이번 장에서 가치에 대해 배운 것이 있다면 무엇인지 생각해 보자. 배운 것 중에 마음에 남은 것은 무엇인가? 어떻게 해야 이상적인 자신의 모습에 가까워질 수 있을까?

- **나의 가치를 이해하자.** 나의 가치, 심지어 허상의 가치까지도 빠짐없이 적어보는 것이 중요하다. 330페이지에 있는 가치 워크시트를 사용할 수도 있고 minimalists.com/resources에서 무료로 가치에 관한 워크시트를 내려받아 인쇄해서 사용할 수 있다.

- **함께 할 파트너를 찾자.** 서로의 가치를 나눌 수 있는 사람을 찾자. 다른 사람과 나의 가치를 나눔으로써 신뢰 관계를 쌓고, 나의 가치를 한층 더 견고히 하고, 가치에 부합하는 삶을 사는 데 동기 부여를 받을 수 있다.

- **확실하게 파악하자.** 워크시트를 완성하고 파트너와 함께 서로의 워크시트를 검토했다면 자신이 현재 어떤 가치를 무시하고 있거나 타협하고 있는지 확실하게 파악해 보자. 타협을 그만두고 가치와 일치된 결정을 내리고 부합하는 삶을 살도록 행동하려면 어떻게 해야 할까?

- **장애물을 파악하자.** 내 앞에 놓인 가장 큰 장애물은 무엇일까? 적어보고 어떻게 이 장애물을 극복할지 계획을 세워 보

자. 도저히 방법이 떠오르지 않는다면 가족이나 친구에게 도움을 청해도 좋다. 물론 상담가, 의사, 코치 등 전문가에게 도움을 구해도 좋다.

- **결과를 인식하자.** 가치에 따르지 않는 삶을 살면 무엇을 희생하게 될까? 희생의 대가에 대해서 적어 보자.

하지 말아야 할 것

마지막으로 가치와 일치하는 삶을 사는 데 방해가 되는 것이 무엇인지 생각해 보자. 아래는 오늘부터 당장 하지 말아야 할 다섯 가지 행동이다.

- 완벽함을 추구하지 말자. 절대 완벽해질 수 없다. 완벽함만을 추구한다면 영원히 실망만 하고 말 것이다. 그럼에도 불구하고 서서히 변화가 일어나도록 지속적으로 행동을 바꿀 수 있다.
- 즐거움과 행복만 좇지 말자. 즐거움과 행복만 좇으면 참된 기쁨을 절대 누릴 수 없을 것이다. 그리고 의미 있는 삶을 사는 것에 중점을 두자. 이 과정에서 즐거움과 행복은 그저 부산물에 불과하다.
- 남의 높은 기대에 부응할 필요는 없다. 대신 자신만의 기준을 세우자.

- 즉각적인 만족이나 불만족에 좌우되지 말자.

- 가치를 타협하지 말자.

관계 5. 돈

나는 18살이 되던 해 여름, 첫 신용카드를 만들었다. 그리고 그 후로 10년간 열심히 긁어댔다. 작고 반짝이는 마스터 카드가 수도 없이 긁혔다. 무언가를 살 여유가 없어도 괜찮았다. 카드가 있으니까! 대부분의 구매는 나의 간절한 염원을 담고 있었다. 마치 성공의 다음 단계를 돈으로 사려는 듯한 시도처럼 보였다. "돈을 쓰지 않고서는 돈을 벌 수 없다"라는 불가사의한 주문 같은 말은 사내 회의와 콘퍼런스에서 자주 듣는 말이었다. 그리고 나는 그 말이 정확히 무엇을 의미하는지도 모른 채 그 말을 굉장히 진심으로 받아들였다. 내 귀에는 멋지게 들렸다. 재정 관리에 능하지 못한 나에게 간단한 합리화를 제공하는 말 같았다.

나는 분수에 넘치는 구매를 하는 것이 아니라고 스스로에게 말했다. 나는 미래의 내 분수에 맞게 살고 있었다. 나는 무모하게 소비하는 것이 아니었다. 다만 나중에 받을 승진, 연봉 상승, 연간 보너스, 커미션을 받은 후의 형편에 맞추어 소비하는 것이었다. 그때까지는 신용카드가 현재의 나와 미래의 나 사이의 간

극을 메워주는 것뿐이었다.

첫 신용카드의 한도를 초과하고 나서는 다른 카드를 만드는 것은 쉬웠다. 그러고 나서 또 다른 카드를 만드는 것도 쉬웠다. 그리고 몇 년이 지났고 결국 내 지갑에는 한도를 초과한 카드 14개가 들어 있었다. 비자$_{\text{Visa}}$부터 디스커버$_{\text{Discover}}$, 다이너스 클럽$_{\text{Diners Club}}$, 메이시스$_{\text{Macy's}}$까지. 그 카드들로 인해 무언가를 구매하는 것이 전혀 문제되지는 않았다. 돈을 실제로 쓰지 않으면서도 새 옷, 인테리어 소품을 사고 그 외 잡다한 충동 구매까지 할 수 있다고 생각했다. 카드를 긁을 때마다 새 옷, 인테리어 소품을 사고 잡다한 충동 구매를 하면서도 실제 돈을 쓰지 않는 듯한 느낌이 들었다.

"제 카드로 계산할게요"는 내 슬로건이 되었다. 빚, 이자 그리고 이들로 인한 불안에 대한 걱정은 전혀 하지 못한 채 나는 계속 신용카드를 사용했다. 그리고 내가 돈을 더 잘 벌 수 있을 것이라 세뇌했고 상황은 더 악화되었다.

빚의 유혹은 우리의 정체성을 흐리게 만들고 다른 이들과 똑같이 되려는 헛된 몸부림을 치게 만든다. 22살 때, 나는 첫 승진을 했다. 그리고 그 해, 첫 집을 장만했다. 이듬해 23살 때, 나는 렉서스를 타고 다녔고, 또 이듬해 24살 때 또 다른 렉서스를 구매했다. 25살이 되어서는 랜드로버를 구입했다. 이렇게 매번 뭔가를 살 때마다 만족이라는 것에 닿을 듯 말 듯했다. 하지만 구매하고 나서 카드를 긁을 때 마구 분비되었던 아드레날린이 잠잠해지자 남는 것은 또 다른 욕구였다. 나는 공허함을 채우기 위해서 뭔가 더 나은 것, 더 다른 것을 원했다. 마치 삽으로 흙을 한 줌씩 퍼내는 듯한 느낌이었다. 그리고 이런 기분을 느끼는 것은 나만이 아니었다.

재정적 역기능

빚의 유혹은 우리의 정체성을 흐리게 만들고 다른 이들과 똑같이 되려는 헛된 몸부림을 치게 만든다.

위스콘신 매디슨에 사는 줄리 해밀턴은 정리 파티 사례연구 기간 동안 자신뿐만 아니라 가족까지 모두 뭔가를 더욱 갈망하는 병에 걸려 있다는 사실을 깨달았다. "나는 작은 사업 몇 개를 운영하는 남편을 돕고 있었다. 우리는 성공과 아메리칸드림을 이루는 데 너무나도 집착했다. 집, 자동차, 물건에 너무 집착한 나머지 결국 그 모든 것에 질식할 것 같았다." 해밀턴의 가족 모두가 정리 파티에 열중하던 중, 그녀는 자신과 남편이 그동안 "스트레스로 숨이 막히는 듯"한 느낌을 받았다고 인정했다. 집을 그리고 삶을 단순화하고 나서야 해밀턴 가족은 원하던 그 삶이 실제로는 지속 가능하지 않으며 더욱 큰 것, 더욱 많은 것을 끊임없이 추구하면서 생겨난 재정적인 부담이 그들을 망가뜨리고 있었다는 사실을 알게 되었다.

수백 만 명의 미국인들이 근근이 생계를 유지한다.[65] 그리고 최근 CFSI(금융 서비스 혁신 센터Center for Financial Services Innovation) 조사에 따르면 미국인 중 72퍼센트가 재정적으로 건전하지 못한 삶을 살고 있다고 한다.[66] 예상치 못한 의료비 때문에 어쩔 수 없이 빚을 지게 되는 경우도 있지만 대부분의 경우에는 부주의한 의사결정을 내리면서 점점 더 빚이 눈더미처럼 불어나게 된다.

나 또한 그랬다. 그래서 내가 내린 무모한 결정들의 피해자가 되기를 스스로 자처했다. 재정적으로 건강하지 못했을 뿐만 아니라 20대 후반에 연봉이 거의 20만 달러에 달했음에도 불구하고 지출이 소득을 능가하는 44퍼센트 중 한 명이었다.[67] 많은 면에서 나는 부유해 보였다. 하지만 사실 나는 '재정적 발기부전financial impotence'을 앓고 있었다. 10년 뒤 닐 개블러Neal Gabler는 더 아틀란틱The Atlantic에서 '재정적 발기부전'이라는 단어를 처음으로 사용했다.[68] 그는 재정적 발기부전에 대해서 "성적 발기부전과 많은 면에서 유사하지만 그 증상을 숨겨야 한다는 간절한 필요성과 모든 것이 잘 되고 있는 것처럼 행동하는 점이 가장 유사하다"고 말한 바 있다.

해밀턴과 나는 비슷했다. 나도 성공한 척했다. 하지만 성공한 것처럼 보이고자 하는 시도들은 그저 나의 재정적 문제를 숨기기 위한 것들이었다. 불에 탄 집에 페인트 칠을 하는 격이었다. 페인트를 몇 겹이나 바른들 불에 탔다는 사실은 절대 숨겨질 리 없었다. 그렇다면 나는 집에 불이 나기 시작한 것을 어떻게 알게 되었을까? 매주 우편함에 꽂히는 대금 청구서가 걱정 되었을 법도 하지만 나는 나의 무분별함을 능숙하게 다뤘다. 기쁨이 넘치거나 덕이 되는 삶을 전혀 살고 있지 않았다. 살기 위해서 일하는 것이 아니라 점점 더 일하기 위해서 사는 것처럼 느껴졌다. 주변 사람들에게 잘 보이기 위해서 스스로를 얼마나 비참하게 할 셈인지 나 자신도 알지 못했다.

그리고 더 최악인 것은 나는 다른 사람들, 가족, 친구, 직장 동료들까지 빚을 지도록 만들었다는 사실이다. '너는 스포츠카를 탈 자격이 있어', '너는 저 그랜드 피아노를 연주할 자격이 있어', "부엌도 새로 리모델링할 자격이 있어."라고 말하며 말이다. 다른 사람들도 나와 같다면 내 행동은 어느 정도 정당화될 수 있다는 생각에 나는 나의 실패를 삐뚤어진 방식으로 포장했다. 고통 속에서 나는 다른 사람들도 내 고통에 동참하게 만들었다.

나의 재정적 역기능이 어떻게 나타났는지 살펴보자면, 나는 돈을 잘 벌었다. 하지만 그만큼 잘 쓰기도 했다. 그리고 30살에 가까워지면서 나는 두 건의 담보 대출을 갚고 있었고, 자동차 대금도 갚고 있었고, 20대 초반부터 사용했던 신용카드 대금도 갚고 있었고, 현재 사용하고 있는 신용카드 대금도 갚고 있었다. 아, 그리고 일반적으로 모두가 내야 하는 공과금과 생활비도 충당해야 했다. 학자금 대출금도 두 건이나 있었지만 그에 해당하는 학위는 가지고 있지 않았다. 가장 절망적이고 간절한 사람들이 손을 뻗는 사채업자에게 도움을 구하기 일보 직전이었다.

미국인 네 명 중 한 명이 예상치 못한 일로 400달러가 필요하다면 누군가에게 돈을 빌리거나 가지고 있는 물건 중 하나를 팔아야 한다는 사실을 알고 있는가? 그리고 연방준비은행이 최근 발간한 보고서에 따르면 미국 성인 네 명 중 한 명은 연금저축계좌가 없다고 한다.[69] 그리고 또 비슷한 수준으로 미국인 중 25퍼센트가 작년에 필요한 의료 서비스를 받지 않았다고 한다. 돈을 낼 여유가 없었기 때문이다.

빚으로 인해 우리의 자유, 안정감, 정체성은 서서히 사라지고 있다. 채권자들은 아메리칸드림을 인질로 삼고 있는 것 같다. 새로운 아메리칸드림에는 빚에 연루되지 않길 바라는 소망이 있다.

몇 년 전에 한 잡지 인터뷰에서 리포터가 나에게 '성공적'이라는 단어를 들으면 무엇이 떠오르는지 물어본 적이 있다. 스티브 잡스, 빌 게이츠, 킴 카다시안. 나는 이런 사람들의 이름을 대지 않았다. 그렇다고 해서 커다란 집, 몇 대의 자동차, 화려함에 필요한 빚과 같은 구식적인 아메리칸드림도 '성공적'이라고 생각하지 않는다. 나에게 성공이란 신시내티에 사는 내 친구 자마 호커다. 그는 찰나의 즐거움은 살 수 있어도 금전적 자유는 살 수 없는 것이라는 사실을 아는 사람이기 때문이다. 그는 정말 좋은 남편이자, 아버지이자, 존경받는 고등학교 교사이면서, 부동산 투자가이지만 나는 이런 이유로 그를 성공한 사람이라고 생각하지 않는다.

내가 그를 성공의 대명사라고 생각하는 이유는 그는 새로운 아메리칸드림을 살고 있기 때문이다. 그는 항상 기쁨이 넘치고, 건강하고, 빚이 없다. 그는 인생을 정말 주도적으로 살고 외부 요인에서 자신의 가치를 확인 받으려고 하지 않는다. 이런 이유로 그는 내가 아는 사람 중 가장 성공한 사람 중 한 명이다. 물론 자마도 열심히 일한다. 하지만 그가 일하는 이유는 더 많은 물건을 모으기 위해서가 아니라 더욱 자유로워지고 싶어서이다. 우리 중 대부분은 파산하기 위해서 일하는데 말이다.

빈털터리들

우리가 재정적 위기를 겪는 이유는 다양하다. 갑자기 어딘가 아프거나 해고를 당하거나 사채를 사용했을 수도 있다. 그리고 물론 인플레이션도 빼놓을 수 없다. 지난 10년간 집값은 26퍼센트 증가했고, 의료 비용은 33퍼센트 증가했고, 대학 등록금은 무려 45퍼센트나 증가했다.[70] 이렇게 늘어나는 비용 때문에 우리는 더 많은 빚을 지게 되었다. 탓을 하려면 탓할 수 있는 것은 많겠지만 결국 우리의 행동에 직접 책임을 져야 하는 것은 우리 자신이다. 어딘가에 서명하고, 무모하게 돈을 쓰고, 분수에 넘치는 물건을 집에 들일 때마다 우리는 미래의 우리에게 현재 내린 결정에 대한 책임을 지우고 있는 것이다.

2018년 여름, 더 미니멀리스트는 램지 퍼스널리티Ramsey Personalities의 데이브 램지Dave Ramsey 팀과 함께 '돈과 미니멀리즘 Money and Minimalism' 강연 여행을 떠났다. 미국 내 세 번째로 많은 청취자를 가지고 있는 라디오 토크쇼의 호스트이자 여러 권의 베스트셀러 저자인 램지는 수백만 명의 미국인들이 빚을 해결하고 더 건실한 재정적 미래를 꿈꿀 수 있도록 도운 장본인이다. 그 해 내슈빌 외곽에 위치한 램지 솔루션Ramsey Solutions 본사에서 시간을 보내며 나는 소위 세상에서 가장 부자인 나라에서 수많은 국민이 파산 상태에 빠진 이유에 대해 배울 수 있었다.

램지는 재정적 부주의에 대해 "돈을 상대로 승리하고 싶다면 대부분의 사람들이 무엇을 하고 있는지 파악하고 그와 다른 방향으로 달려라"라고 말한다. 그는 많은 금언을 열정적으로 써가며 열변을 토했다. 아래는 마치 시와도 같았던 램지의 말을 일부 인용한 것이다.

많은 사람들은 빈털터리가 되었다.

많은 사람들은 괜찮아 보이지만 사실 파산 상태다.

들어오는 돈보다 나가는 돈이 더 많고,

버는 형편대로 살지 않고 계획대로 살지 않는다.

사람들은 비상사태를 대비하여 돈을 따로 모아두지 않는다.

배우자와 지출에 대한 의견을 달리한다.

퇴직 후에 정부가 돌봐 줄 것이라고 그저 헛된 희망에 가득
차 있다.

대부분의 사람들은 소비에 대해 현명하지 못하다. 마치 자신
이 뭔가 된 것처럼 돈을 써 댄다.

어느 때보다 빈털터리인 사람이 많다. 담보권 행사율도 다시
오르고 있다.

대부분의 사람들이 그저 근근이 생계를 이어가고 있다.

신용카드 빚은 다시 오르고 있다.

학자금 대출은 1조 달러를 넘어섰다.

사람들은 자동차 할부금으로 평균 84개월간 500달러씩 낸
다. 바보짓이다.

빈털터리가 된 것과 멍청한 것은 미국에서 정상이다.

정상이면 안 된다. 이상해야 한다.

이상한 것이 정상이 되어 버렸다.

문화가 이상하게 돌아가고 있을 때,

최선은 정반대로 행동하는 것이다.

위와 같은 재정 상태에 대한 램지의 독백에 대해서 내가 가장 감탄하는 부분은 이 말이 사랑에서 우러나온다는 것이다. 물론 매우 거칠고 혹독한 사랑일진 몰라도. 당신이 매주 방영되는 그의 토크쇼를 듣는 1600만 명 중 한 명이라면, 매주 그에게 무척 혼이 났을지도 모른다. 하지만 혼을 내는 것도 신경을 쓰고 마음을 쓰기 때문에 그런 것이다. 어쩌면 그의 말이 청취자에겐 그리 와닿지 않을 수도 있다. 하지만 램지와 직접 시간을 보내면 확실히 알 수 있을 것이다. 램지는 우리 대부분이 내렸던 멍청한 결정을 모두 똑같이 경험했다. 램지는 본인 또한 파산하고, 또 파산하고, 완전히 파산해 파산 신청을 하고 다시 처음부터 시작했던 사람이다. 하지만 그는 재정적 파산의 잿더미에서 불사조처럼 다시 살아났고 지난 30년간 수많은 사람이 빚에서 벗어나 다시 시작할 수 있도록 돕고 있다.

몇 년 전, 나는 〈당신이 빈털터리라는 11가지 증거11 Signs You Might Be Broke〉라는 반 풍자적인 에세이를 쓴 적이 있다. 이 에세이의 내용은 제프 폭스워디Jeff Foxworthy의 유명한 '당신은 시골 사람일지도 몰라요You Might Be a Redneck'라는 시리즈에서 착안했다.[xv] 그 에세이의 내용을 여기서 모두 다시 말해 주긴 어렵겠지만 중요

---

xv 이 에세이에 관심이 있다면 minimalists.com/broke에서 에세이 전체를 볼 수 있다.

한 요지 몇 개를 말하자면 "한 달 월급에 의지해서 근근이 살아가고 있다면 빈털터리일 가능성이 있다," "자동차 할부금을 내고 있다면 빈털터리일 가능성이 있다," "신용카드 빚이 있다면 빈털터리일 가능성이 있다"이다.

하지만 이 에세이의 요점은 빈털터리라도 괜찮다는 것이다. 다만 빈털터리에서 벗어나고자 하는 계획 없이 빈털터리인 것은 괜찮지 않다. 살면서 한 번쯤은 모두 빈털터리가 되어 본 적이 있다. 돈은 살아가기 위해서 꼭 필요한 것이다. 하지만 파이트 클럽Fight Club에서 타일러 더든Tyler Durden이 말했듯 지갑이 당신이 누군지 말해주진 않는다. 지갑에 든 것이나 수입보다 더 중요한 것은 우리가 가진 자원을 어떻게 활용하냐는 것이다. 나는 억대 연봉을 벌면서도 빈털터리인 사람을 한 명 이상 알고 있다. 반면에 연봉이 삼만 달러밖에 되지 않지만 빈털터리가 아닌 사람도 한 명 이상 알고 있다. 이들은 가지고 있는 자원 내에서 신중한 소비를 하는 자들이다. 진정한 부, 안정, 만족감은 우리가 방 한구석에 쌓아둔 물건으로부터 오는 것이 아니라 우리에게 주어진 인생이라는 단 한 번의 기회를 어떻게 사용하는지에 달려 있다. 하지만 삶이 빚이라는 부담에 짓눌려 있으면 삶을 즐기기가 결코 쉽지 않다. 그렇다면 이 부담을 없애서 더 나은 삶으로 나아가야 할 것이다. 빚이 없는 것이야말로 진정으로 돈을 버는 방법이라고 할 수 있다.

빚에서 벗어나는 법

빚이 없는 것이야말로 진정으로 돈을 버는 방법이라고 할 수 있다.

램지에게서 찾을 수 있는 또 다른 장점은 그의 조언이 완전히 실용적이고 적용 가능하다는 것이다. 그의 베스트셀러 중 하나로 무려 800만 부가 판매된 〈7가지 부의 불변의 법칙The Total Money Makeover: A Proven Plan for Financial Fitness〉에서 램지가 제안하는 재정적 계획을 알 수 있다. 이는 모두에게 적용 가능한 보편적인 계획으로 램지 자신도 빚에서 탈출하고 재정적 자유를 얻기 위해 사용했던 계획이다. 그는 이 계획을 '일곱 단계의 걸음마Seven Baby Steps'라고 부른다.

> **걸음마 1.** 비상금으로 1,000달러를 모아 둬라(그리고 재정과 관련된 계획을 세워라).
> **걸음마 2.** '스노우볼 청산방법debt snowball'을 사용해서 주택 대출을 제외한 모든 빚을 갚아라.
> **걸음마 3.** 세 달에서 여섯 달치의 생활비를 미리 모아 둬라.
> **걸음마 4.** 가계소득 중 15퍼센트를 퇴직 후 사용할 비용으로 저축해 둬라.
> **걸음마 5.** 자녀의 대학 등록금을 모아 둬라.
> **걸음마 6.** 주택 대출금을 미리 갚아라.

걸음마 7. 돈을 더 모으고 흘려보내는 삶을 살아라.

걸음마 1과 걸음마 2와 같은 간단한 방법으로 인해 나 또한 여섯 자리에 가까웠던 빚을 청산할 수 있었다. 일단 가능한 빨리 1,000달러를 저축했다. 자동차 수리비, 의료 비용 그리고 다른 예상치 못하게 일어나는 비상사태에 대비해서 말이다. 첫 단계를 달성하는 것은 굉장히 중요했다. 빚을 갚으려고 노력하면서 달성하기에는 크나큰 결심이 필요한 일이기도 했다. 그다음으로는 재정과 관련된 계획을 세울 차례였다. 그 당시에 나는 램지의 봉투 시스템envelope system을 사용했다. 하지만 만약에 오늘날 다시 이 일을 반복해야 한다면 매달 생활비를 관리하기 위해 무료로 내려받을 수 있는 재정 계획 세우기 앱인 '에브리달러EveryDollar'를 사용할 것이다.

비상금을 모아 두고 재정과 관련된 계획을 세우고 나서 나는 전략적으로 자동차 대출금, 신용카드 빚 그리고 학자금 대출금을 갚았다. 램지의 계획을 따라 나는 차 두 대를 팔고 내가 가지고 있던 신용카드를 모두 잘라 버렸다. 그리고 나서 내가 가지고 있는 모든 빚을 금액 순으로 정리했다. 그리고 나서 하나씩 하나씩 가장 작은 빚부터 큰 빚까지 갚아 나갔다(이것이 스노우볼 청산방법debt snowball이다). 빚을 다 갚는 데에는 무려 4년이 걸렸다. 지출을 급격히 줄였고, 외식을 줄였고, 심지어 부업으로 피자 배달 아르바이트도 했다. 빚으로부터 자유롭고 싶어서. 돈을 쓰면서 빚을 없앨 수는 없기 때문에 소비 습관도 완전히 바꿔야 했다. 이제 빚도 모두 청산했고 빚으로부터 자유로운 삶이 얼마나 좋은 삶인지 직접 경험했기 때문에 빚더미에 깔려 살던 때로 절대 돌아가고 싶지 않다.

빚 없이 살면서 나는 다른 사람들을 더 많이 도울 수 있게 되었다. 빚 없이 살면서 나는 직장을 그만둘 수 있는 용기가 생겼다. 빚 없이 살면서 나는 덜 소비하고 더 많은 일을 이뤄 낼 수 있게 되었다. 빚 없이 살면서 나는 전 세계를 돌아다닐 수 있게 되었다. 빚이 없어지면서 나의 내면은 이전에는 느낄 수 없었던 고요함으로 가득 차게 되었다. 빚이 없어진 후에야 나는 '좋은 빚'이란 없다는 것을 새롭게 알게 되었다.

미국 전역의 많은 가족이 겪고 있는 재정적 위기에 대해서 알려 준 것은 데이브 램지뿐만이 아니었다. 램지가 직접 선택한 팀원과 투어를 하면서 나는 레이첼 크루즈Rachel Cruz, 앤서니 오닐Anthony ONeal, 크리스 호간Chris Hogan 등 미국 최고의 재정 전문가 덕분에 돈, 빚, 투자에 대한 식견을 넓힐 수 있었다. 이 세 명은 다음 장에서 다시 등장할 예정이다.

돈에 관한 어릴 적 교훈

미니멀리즘이 모두에게 올바른 정답은 아닐 수 있다. 하지만 현재 상황에 만족하지 못하는 사람들에게는 정답이다.

내슈빌에서 진행된 돈과 미니멀리즘 행사에서 〈내 아이에게 무엇을 물려줄 것인가Smart Money Smart Kids〉의 저자인 레이첼 크루즈는 성인의 소비 습관은 어릴 때부터 형성된다고 말한다. 크루즈는 "부모님이 파산 신청을 했을 때 나는 여섯 살이었다"고 말했다. 그래서 그녀는 재정적으로 어려운 어린 시절을 보냈다. 결국 우리의 자녀는 우리를 본보기 삼아 자란다. 우리의 말에서 배우는 것도 있지만 우리의 행동을 보고 배우는 것이 더 많다.

크루즈는 부모님의 실수를 반복할 운명을 타고 났을까? 아니다. 다행히도 크루즈의 아버지는 데이브 램지다. 그리고 데이브와 그의 아내 셰론이 크루즈와 그녀의 자매들에게 보여준 행동은 집안 재정이 바닥을 치고 나서 180도 변했다. "생후 6개월밖에 되지 않았던 나는 돈에 대한 개념이 전혀 없었다. 돈이 한 푼도 없다는 것 또는 돈을 쌓아놓을 만큼 많다는 것이 무슨 의미이고 느낌인지 알지 못했다. 어떤 이들은 부모님이 파산 신청을 할 당시 태어난 나를 보고 최악의 시절에 태어났다고 말할지도 모른다"라고 크루즈는 말한다.

이어 그녀는 "하지만 나는 그렇게 생각하지 않는다. 나는 더할 나위 없이 완벽한 타이밍에 태어났다고 생각한다. 완전히 새롭게 시작할 수 있었던 시기 말이다"라고 말한다. 부모님이 모든 것을 잃었을 당시에 크루즈는 너무 어렸다. 하지만 부모님이 다시 서서히 일어나는 과정을 그녀는 자라면서 직접 목격했고 그 가운데 부모님이 배웠던 모든 교훈들을 고스란히 습득했다. 물론 쉽지만은 않았다. 결국 데이브 램지 계획을 처음 실행했던 가족은 데이브 램지네였으니까 말이다.

"파산 신청을 한 뒤에도 부모님은 처음에 그들을 파산하게 만들었던 안 좋은 습관들로 다시 돌아갈 수도 있었다"라고 크루즈는 말한다. 그리고 그녀의 말은 옳다. Debt.org에 따르면 모든 파산 신청 케이스 중 16퍼센트는 이전에도 이미 한 번 이상 파산 신청을 했던 사람들이다.[71] 하지만 이는 일부에 불과하다. 결국 모두들 어느 정도의 빚을 지고 산다. 최근 시행된 YouGov 조사에 따르면 미국 성인 중 70퍼센트는 빚을 지고 있다. 그중 78퍼센트는 X세대, 74퍼센트는 베이비붐 세대, 70퍼센트는 밀레니얼 세대, 44퍼센트는 Z세대라고 한다.[72] 만약에 램지 가족이 파산 신청을 했다 해도 다시 빚더미에 오르는 것은 충분히 일어날 수 있는 일이다.

크루즈와 이야기를 나눈 후 확실해진 사실 한 가지가 있다. 우리가 겪는 경제적 어려움 중 많은 부분이 우리의 어린 시절과 부모님의 금전적 어려움으로부터 비롯된다는 것이다. 이 악순환을 끊기 위해서 크루즈는 세 살부터 모든 아이들에게 재정적인 부분을 가르치는 것을 추천한다. 직접 돈을 벌게 함으로써 말이다. 대가 없이 용돈을 주는 것이 아니라 집안일을 하고 난 대가로 돈을 주고 그 소득을 적절하게 배분하도록 권장한다.

크루즈는 3살부터 18살까지 모든 아이들이 자신이 번 소득을 세 가지로 분류하도록 한다. 소비, 저축, 기부이다. "아이에게 세 가지 봉투를 주면 된다. 하나는 '소비', 하나는 '저축', 하나는 '기부'라고 적힌 세 개의 봉투이다. 아이에게 이 단어들을 직접 크게 굵은 글씨로 쓰게 해라. 그리고 원하는 대로 봉투를 꾸미도록 해라. 직접 벌거나 선물로 받는 모든 돈을 봉투 세 개에 나눠 담도록 하면 된다. 아이가 5달러를 벌었다면 제일 먼저 1달러는 '기부' 봉투에, 2달러는 '저축' 봉투에 그리고 마지막 2달러는 '소비' 봉투에 말이다. 예산 짜기의 가장 기본적인 형태라고 볼 수 있다.

크루즈는 돈을 잘 배분하는 습관은 아이들이 좋은 소비 습관을 기르는데 무척 도움이 된다고 말한다. 이 부분에 관한 글을 작성하면서 나는 내 여섯 살짜리 딸에게 이 방법을 적용해 봤다. 내 딸이 자라서 워런 버핏과 같은 투자의 대가가 될진 모르지만 이 방법으로 딸 아이가 확실히 산수를 즐기는 모습을 볼 수 있었다.

이런 것들을 어릴 때 배웠다면 훨씬 도움이 되지 않았을까? 나는 그랬을 것 같다. 사실 크루즈가 자녀에게 재정을 가르치는 방법은 간단해 보이지만 내가 직장 생활 중 가장 잘 나갈 때 쓰던 재정 계획보다 훨씬 더 많은 의미를 내포하고 있다. 나는 20대 중반에 예산 짜기에 대해서 배웠다. 하지만 무시하기로 결정했다. 왜일까? 반짝이는 새로운 물건들로 삶을 채우기 위해서이다. 그리고 이렇게 단기적인 시각으로 인해 우리는 다시 빚더미에 올라앉게 된다.

충동에 취해

올해도 다시 그 시기가 돌아왔다. 사람들이 빚을 지는 시기다. 물론 이 글을 12월에 읽고 있든 6월에 읽고 있든 상관없다. 사람들은 1년 내내 빚을 지기 때문이다. 그래서 우리가 빈털터리인 것이다.

우리는 신용카드로 선물을 산다.

우리는 할부로 보석을 산다.

우리는 84개월 할부로 자동차를 산다.

우리는 30년 (심지어 40년) 담보 대출을 받는다.

심지어 가구도 대출로 산다.

진심으로 말도 안 된다.

최근에 아내가 새 베개를 사고 싶다고 해서 가구 가게에 간 적이 있다. 커피 테이블, 소파, 캐비닛으로 가득한 미로 같은 공간을 떠돌아다니면서 다양한 가구 위에 전략적으로 놓여진 종이를 보고 또 봤다. "오늘 가져가세요! 대출 가능합니다."

정말 세상이 어쩌다 이렇게 되었을까? 원하는 것이 있으면 당장 가져야 하는 듯하다. 재정적 계획을 짤 필요도, 저축을 할 필요도, 소비에 대한 우선순위를 만들 필요도 없는 듯하다. 미래의 우리가 알아서 해결할 테니까 말이다. 언젠가는.

그렇다면 정말 잘 해결이 될까? 과거의 자신의 무모한 소비에 대해서 감사하게 생각하고 있을까? 계획을 짜지 않고 무자비하게 소비했던 과거와 그 책임을 져야 하는 현재에 행복한가? 과거의 자신이 충동이라는 것에 취해 구매했던 모든 것이 남겨둔 빚에 만족하는가? 나는 그렇지 않다. 빚으로부터 자유로워지기 위해 수년이 걸렸다. 그리고 나는 빚더미에 앉아 있었던 과거의 나로 돌아갈 생각이 추호도 없다. 현재의 나를 만족시키기 위해서 미래의 나를 고통 속으로 밀어 넣고 싶지 않기 때문이다.

그때까진 우리는 유행 지난 소파 위에 앉아도 괜찮고, 조금 스프링이 나간 매트리스 위에서 자도 괜찮다. 이미 화장실 선반 위에 있는 화장품을 사용해도 괜찮다. 옷장에서 입지 않는 옷을 찾아내는 것을 쇼핑이라고 생각해도 좋다. 정말 정비소에 가야 할 때까지는 오래된 미니 밴을 타고 다녀도 괜찮다.

솔직히 말하자면, 뭔가 새로운 것을 원하면 그것을 살 여유가 있을 때까지 기다릴 수 있어야 한다. 그때까지 열심히 땀 흘려

번 돈을 조금은 손에 쥐고 있어도 괜찮다. 그리고 가게에 들어서서 이전까지 그토록 원하던 물건을 직접 맞닥뜨렸을 때 사실은 그 물건이 없어도 괜찮다는 사실을 깨닫게 될 것이다.

그렇게 기다리지 않으면 충동적으로 행동해서 그저 우리의 욕망을 즉각적으로 채우는데 만족할 것이다. 빚의 유혹에 굴복하면 물건을 계산하며 줄에 서 있을 그때는 엄청난 즐거움이 온몸을 휘젓는 것처럼 느끼겠지만 그 즐거움은 신용카드 청구서가 도착하는 순간 사라질 것이다.

미니멀리스트의 규칙 **기다림의 미학 규칙**

온라인 쇼핑과 간편 결제의 발달로 물건을 쌓아두고 사는 것이 한결 쉬워졌다. 이로 인한 충동 구매를 막기 위해서 더 미니멀리스트는 기다림의 미학이라는 규칙을 만들었다. 이 규칙은 30/30 규칙이라고도 불린다. 30달러 이상의 물건이 사고 싶을 때 앞으로 30시간 동안 그 물건 없이도 살 수 있을지 생각해 보자(만약에 물건의 가격이 100달러라면 30일을 기다리자). 그 기간 동안 그 물건이 정말 자신의 삶에 가치를 더할 물건인지 판단할 수 있을 것이다. 종종 30시간 또는 30일의 고민 끝에 어쩌면 그 물건이 없는 편이 더 나을 수도 있다는 결론에 도달하는 경우도 많다. 하지만 반대로 고심 끝에 물건을 구매하기로 했다면 물건을 사더라도 충동적으로가 아니라 충분한 고민 끝에 삶에 들여왔기 때문에 훨씬 더 기분 좋은 소비가 될 것이다.

미니멀리스트 경제

소비주의를 통해 경제를 활성화하려는 노력은 망치로 금이 간 거울을 고치려는 것과도 같다. 문제를 더욱 악화시킬 뿐이라는 말이다.

만약 모두가 당장 소비를 멈춘다면 경제는 붕괴될 것이다. 당연하다. 모두가 미니멀리스트가 된다면 우리 경제는 망가지고, 경제를 '활성화'할 수 있는 방법이 없을 것이고, 현재의 금융 시스템 또한 망가지고, 우리는 부를 축적할 수 없을 것이라고 말한다. 하지만 이런 주장에는 몇 가지 오점이 있다. 그중 몇 가지는 어쩌면 당연한 말이고 다른 몇 가지는 조금 난해할 수도 있다.

일단 조금이라도 상식이 있는 사람이라면 그 누구도 당장 돈을 그만 쓰라거나 소비를 그만둬야 한다고 말하지는 않을 것이다. 이 책의 초반부에 말했던 것처럼 소비 자체가 문제가 아니다. 소비주의가 문제인 것이지. 소비주의는 강제적이고, 무미건조하고, 유해하고, 충동적이고, 불분명하고, 잘못되었다. 최악인 것은 매력적이라는 것이다. 소비주의의 반짝이는 겉모습은 그것이 줄 수 있는 것보다 더 많은 것을 약속하는 듯하다. 사랑, 만족감, 고요함과 같은 것들은 절대 상품화될 수 없고 우리의 기본적인 욕구가 채워지고 난 뒤에 사소한 물건들을 구입하는 것은 전반적인 삶의 질 향상에 그다지 도움이 되지 않는다.

소비주의를 통해 경제를 활성화하려는 노력은 망치로 금이

간 거울을 고치려는 것과 같다. 문제를 더욱 악화시킬 뿐이라는 말이다. 물론 모든 사회에서 거래는 중요한 부분을 차지한다. 하지만 미니멀리스트로서 소비주의를 피해 간다는 것은 경제에 전혀 관여하지 않는다는 말이 아니다. 미니멀리즘은 목적을 바탕으로 한다. 즉, 미니멀리스트는 신중하게 소비해야 한다.

미니멀리스트는 물건 대신 경험에 투자한다. 여행, 콘서트, 휴가, 연극. 새로운 물건을 사지 않고서도 소비할 방법은 많다.

미니멀리스트는 새로운 물건을 사더라도 신중하게 구매한다.

그러기 위해서 이러한 질문을 스스로에게 한다.

이 물건이 내 삶에 가치를 더할까?

내가 빚을 지지 않고 이 물건을 살 수 있는 형편이 될까?

이것이 이 돈을 쓸 수 있는 가장 좋은 방법일까?

미니멀리스트는 지역 사회 내 상점을 이용한다. 작은 독립 상점은 수익에 의해 좌우되지 않는 경우가 많다. 물론 당연히 운영을 위해서 수익을 내야 하겠지만 동네 서점, 식당, 자전거 가게의 주된 목적은 1달러라도 더 버는 것이 아닌 경우가 많다. 이들이 가게를 운영하는 이유는 자신이 판매하는 상품이나 서비스에 대한 열정 때문이고 그 열정을 다른 이들과 나누고 싶기 때문이다. 열정은 더 좋은 질의 상품과 서비스를 만들어 낸다. 그런 상품과 서비스로 번 돈은 더욱 가치 있는 것이다.

결국 미니멀리스트의 관심사는 경제 '활성화'에 있지 않다.

그 활성화라는 것은 덧없는 일시적인 것이다. 미니멀리스트는 더욱 장기적인 관점에서 경제를 건강하게 성장하는 것에 관심을 두고 이를 위해 소비하는 것, 지역 사회 일에 관여하는 것 그리고 지역 사회 내 상점을 지지하는 것과 관련하여 좋은 결정을 내린다. 미니멀리스트이든 아니든 대부분의 사람이 이렇게 행동한다면 결국 우리의 경제는 애초에 필요하지도 않았던 쓰레기 같은 물건을 생각 없이 쌓아두도록 만드는 긴박함과 삐뚤어진 생각이 아닌 개인의 건강한 기준과 지역 사회 내 교류를 바탕으로 더욱 건강해질 것이다.

학생의 빚

우리가 빚과의 고리를 더 빨리 끊을수록 우리는 더욱 빨리 자유를 즐길 수 있을 것이다.

삐뚤어진 생각이 나왔으니 하는 말인데 얼마나 많은 대부업체가 18세 아이들에게 다섯 자리, 심지어 여섯 자리 숫자까지 해당하는 금액을 대출해 주는지 알면 놀랄 것이다. 아니, 어쩌면 이 대출은 미국 정부가 해 주는 것이니 그리 놀랄 일이 아닐 수도 있다. 대출을 아무리 많이 해 준다 하더라도 이 기관들이 잃을 것은 전혀 없기 때문이다. 말 그대로 전혀 없다. 하지만 이상한 점은 우리 사회는 아이들이 평생 종사해야 할 미래의 직업을 선택하길 바라면서 그 길을 따르기 위해서 엄청난 돈을 대출 받도록 한다. 결국 아이들의 선택지는 점점 좁아지고 자신이 하고 싶은 일을 정하는 데 매우 불편함을 느끼며 빚에 묶여 있는 듯한 느낌을 받는다. 혹시 어떠한 패턴이 보이는가? 오늘 신중하게 선택하지 않으면 결국 내일은 이자가 붙어 한없이 불어난 돈을 갚아야 한다.

더욱 최악인 것은 우리는 학생들에게 패션디자인, 미술사, 교양과목, 음악, 커뮤니케이션 등 투자를 해도 수익이 거의 없는 학위에 없는 돈을 쓰도록 한다는 것이다. 정말로 소통을 잘하는 사람 중에서 커뮤니케이션 학위가 있는 사람이 몇이나 되겠는가? 그리고 얼마나 많은 패션 디자이너, 예술가, 음악가의 성공이 학위로 판가름 나겠는가? 반대로 생각해보면 강아지 산책을 시켜주는 사람과 바리스타 중 얼마나 많은 사람이 석사나 박사 학위를 가지고 있겠는가?

오해하지 않길 바란다. 패션이나 미술이나 커뮤니케이션에 대해 배우지 말라고 권장하는 것은 결코 아니다. 그저 빚을 쌓아가면서까지 그렇게 학위를 따는 것이 합당한 것인지 의문을 제기하는 것뿐이다. 우리는 종종 학교와 교육을 동일시한다. 하지만 뭔가 새로운 것을 배우기 위해서 꼭 책상과 강의가 필요한 것은 아니다. 진짜 세상에 나가면 우리는 결국 모두 학생이다. 그리고 실생활 경험만큼 좋은 교육은 없다. 이는 아무리 대단한 일류 대학이라도 결코 제공할 수 없는 것이다.

물론 꼭 학위가 있어야만 하는 직업도 있다. 독학한 외과 전문의나 유튜브를 보고 배운 치과의사나 자기 마음대로 처방을 만들어내서 치료하는 피부과 의사에게 자기 몸을 맡기길 원하는 사람은 아무도 없을 것이다. 사람의 생명을 다루는 직업이나 사회적으로 중요한 직업에는 학위가 필요할 것이다. 하지만 그렇다고 해도 우리가 그들을 만났을 때 그 사람이 어느 대학을 나왔는지 신경쓰는 경우는 거의 없을 것이다. 나 역시 함께 일하는 회계사, 변호사, 마사지 치료사가 어떤 학교를 나왔는지 전혀 알지 못한다. 학교보다 중요한 것은 그들이 어떤 지식, 소통 기술, 환자를 대하는 태도, 성격, 기술을 가졌는 지다. 예일 대학교 졸업생이면서 매사에 시큰둥한 간호사보다는 오하이오 주립 대학교를 나온 친절하고 능력 있는 간호사가 백 번 천 번 나을 것이다.

〈빚지지 않고 학위 받기Debt-Free Degree〉의 저자인 앤서니 오닐과 더 미니멀리스트는 돈과 미니멀리즘 투어 기간 중 앨라배마 버밍햄에서 함께 강연을 한 적이 있다. 우리는 성인이 되어 가면서 우리가 어린 시절 내린 결정의 영향력에 대해서 이야기를 나눴다. "모든 부모는 자녀에게 가장 좋은 것을 주고 싶어 한다. 많은 부모는 자녀의 성공에 대학이 중요한 부분을 차지한다는 것을 알면서도 대학 등록금을 내는 데 어려움을 겪고 결국 자녀는 학자금 대출을 받게 된다. 대학 졸업생은 빚의 대가를 알지도 못한 채 평균적으로 35,000달러의 빚을 지고 대학을 졸업한다"라고 오닐은 말한다.

오닐은 학자금 대출을 반대하지만 그렇다고 대학 경험을 가벼운 것으로 치부하지 않는다. 그저 부모와 학생들이 큰 그림을 보길 원한다. 그는 "학위가 있어야 직장을 얻을 수 있는 것은 아니다"라고 말한다. 그리고 "빚 없이도 충분히 학위를 받을 수 있다, 모든 것은 부차적인 것이다"라고 말한다.

일반적인 견해와 달리 오닐은 빚을 한 푼도 지지 않고서도 대학교를 졸업하는 것이 가능하다고 말한다. 오닐은 "학자금 대출을 전혀 받지 않고도 대학교 진학과 졸업을 할 수 있도록 수천 명의 학생들을 도왔다"고 말한다. 어떻게 가능한 일일까? 오닐은 "학교에서 제공하는 자금을 최대한 활용하는 것"이 답이라고 말한다. 보조금과 장학금, 그리고 적절한 학교를 선택하는 것이 빚 없이 학위를 받는 세 가지 중요한 요소라고 한다.

찾아보면 신청할 수 있는 장학금과 보조금의 종류가 10,000개가 넘는다는 사실을 알고 있는가? 그리고 신청만 하면 받는 것도 어렵지 않다. 나 또한 오닐이 그의 웹사이트 anthonyoneal.com에 있는 장학금 검색 툴을 알려줘서 알게 되었다. 이 툴을 통해서 학생들은 자신에게 가장 적합한 장학금과 보조금을 쉽게 찾을 수 있다. 오닐은 지미라는 고등학생에 대한 이야기를 해 준 적이 있다. 고등학교 2학년 때 지미는 거의 100개에 가까운 장학금과 보조금을 신청했다. 하지만 신청서를 낸 것 중 80퍼센트가 거부되어 지미는 무척이나 실망했다고 한다. 하지만 그중 몇 개는 승인되었다. 지미가 계산해 보니 그저 장학금 신청을 했을 뿐인데 한 시간에 무려 400달러 이상 번 것과 같다는 사실을 알게 되었다. 고등학생이 어디서 그렇게 많은 돈을 벌 수 있을까?

장학금을 받는 것 외에도 자신에게 적합한 학교를 잘 선택하기만 한다면 많은 돈을 벌 수 있다. 명성 있는 일류 사립대학교 대신 처음 2년간 주 내의 커뮤니티 칼리지를 다니면 평균적으로 66,000달러를 아낄 수 있다는 사실을 알고 있는가?[73] 커뮤니티 칼리지를 2년 다닌 후에 자신이 원하는 학교로 편입을 한 후에 그 학교의 학위를 받고 졸업을 하는 방법도 있다.

정확히 하자면, 학교를 빚 없이 졸업하고 싶다면 단순히 장학금을 받고 적절한 학교를 찾는 것 외에도 다른 노력을 해야 한다. 고등학생 때 좋은 학점을 받고, ACT나 SAT에서 좋은 점수를 받고, 고등학교 마지막 해에 대학교 수업을 미리 듣고, 대학 등록금 계좌를 미리 만들어 두고, 온라인 수업을 듣고, 실무경험 프로그램에 참여하고, 대학교에 다닐 때는 기숙사가 아닌 집에서 다니는 등 다양한 노력도 필요하다. 하지만 확실한 것은 결국 빚으로 미래의 자신을 힘들게 하지 않고서도 대학교에 진학하고 졸업할 수 있는 선명한 청사진이 존재한다는 것이다. 빚 없이 학교를 졸업하는 것은 재정적으로 자유로운 삶을 살 수 있는 첫걸음이다.

미래를 위한 예산 짜기와 투자하기

우리는 종종 학교와 교육을 동일시한다. 하지만 뭔가 새로운 것을 배우기 위해서 꼭 책상과 강의가 필요한 것은 아니다.

켄터키 루이스빌에는 여름 저녁에 어울리는 구름 한 점 없는 하늘이 머리 위에 펼쳐져 있었다. 도시의 불빛만이 하늘을 가득 채웠고 하늘은 푹 익은 자두 색깔 같았다. 역사적인 도심 한 중심에 위치한 역사적인 튜더 고딕 형식의 극장인 머큐리 볼룸 Mercury Ballroom 앞에는 길을 따라 길의 모퉁이까지 쭉 긴 줄이 이어졌다.

체구는 미식축구 선수급이었지만 목소리는 바리톤 음악가 같았던 크리스 호건Chris Hogan은 출연자 휴게실에서 눈썹 위에 맺힌 땀을 닦고 있었다. 곧 그의 가장 최근 저서 〈누구나 백만장자가 될 수 있다Everyday Millionaires〉에 나오는 원칙들을 더 미니멀리스트와 논의하기 위해 무대 위로 오를 예정이었다. 그의 저서는 최초로 백만장자를 대상으로 시행한 최대 규모의 연구를 바탕으로 만들어졌다. 호건은 책의 목적에 대해 "평범한 사람이 경제적 자유를 달성하는 것을 방해하는 백만장자에 관한 오해를 낱낱이 파헤치는 것"이라고 말한다.

호건과 그의 연구 팀은 순자산이 백만 달러 이상에 달하는 10,000명의 사람들에 대한 조사를 진행했다. 그리고 그들이 어떻게 많은 부를 축적할 수 있었는지에 대한 비밀을 발견했다. 호건은 "우리가 알아낸 공식에 놀랄 것이다. 백만장자라는 지위를 가진 사람들은 엄청나게 많은 돈을 물려 받거나 연봉이 높은 사람들이 아니었다. 백만장자가 되는 방법은 오히려 평범했다. 이미 우리와 같이 평범한 사람들도 하고 있거나 쉽게 배울 수 있는 방법이었다. 이번 생에는 백만장자가 될 수 없을 것이라고 생각했다면 그 생각을 바꿔도 좋을 것이다"라고 호건은 말한다.

처음에 그 말은 다소 이상하게 들렸다. 아니, 자신이 백만장자가 될 수 있을 것이라고 생각하는 사람이 과연 있을까? 정말 뜬구름 잡는 말 아닌가? 호건은 나에게 이렇게 말했다. "백만장자가 되는 사람들은 신탁 기금을 물려받은 사람들이 아니다. 자신의 일을 열심히 하는 평범한 사람들이다." 그가 연구한 10,000명의 백만장자 중 가장 부자인 세 명의 직업은 엔지니어, 회계사, 교사였다. "이 사람들은 평균적으로 억대 연봉을 받는 사람들이 아니다. 당신 옆에 거주하거나 옆에서 일하는 사람들이다. 그저 열심히 일해서 모은 부를 자랑하지 않는 사람들이다." 호건과 나는 이 말에 동의한다. 하지만 백만 달러를 은행 계좌에 모으는 것은 목적이 될 수 없다. "재정적 자유를 달성해서 그 누구보다 잘살고 많이 나누는 것이 목표다." 그리고 퇴직 후에도 계속해서 돈을 위해 일하는 것이 아니라 돈이 스스로 굴러가도록 해야 한다.

호건이 무대 위에서 땀을 흘리고 있던 이유는 긴장되어서가 아니라 오히려 그 반대였다. 그의 쾌활한 목소리와 환한 미소와 다른 호감 가는 특징들로 인해 어떤 이들은 그에게서 아우라가 느껴진다고 할 정도이다. 그는 열정적이고 에너지가 넘쳤고 그저 그런 가식적인 동기 부여 연설이 아닌 아버지의 마음으로 정말로 그들의 미래에 대해 신중하고 진지한 태도로 관중에게 다가갈 준비가 되어 있었다. 그의 첫 번째 저서 〈퇴직 이후의 삶 Retire Inspired〉에서 호건은 사람들이 "25살이든 55살이든 빈털터리인 상태로 스트레스를 받으며 하기 싫은 일을 오랜 기간 하다가 퇴직해서는 안 된다"라고 말한다. 자신의 말을 입증하기 위해서 그는 퇴직 지수Retire Inspired Quotient, R:IQ를 개발했다. 퇴직 후 삶에 대한 계획을 명확히 세우기 위해 퇴직 시까지 필요한 돈을 계산할 수 있는 계산기를 chrishogan360.com에서 사용해볼 수 있다.

"퇴직은 나이에 관한 것이 아니라 실제 돈과 관련된 숫자에 관한 것이다"라고 호건은 말한다. 이어 "대부분의 사람들은 꿈에 투자하는 것에는 주저하지만, 한 잔에 5달러 하는 커피나 한 켤레에 200달러 하는 운동화, 한 벌에 300달러짜리 청바지, 하나에 1,000달러짜리 핸드폰, 하나에 3,000달러짜리 컴퓨터, 한 대에 50,000달러짜리 자동차와 같이 2년 내에 구식이 되어 버리거나 2분 안에 소모되는 것에 돈을 소비하는 데는 전혀 주저하지 않는다." 미국인 중 60퍼센트는 퇴직 후 삶을 위해 저금해둔 돈이 25,000달러도 되지 않는다.[74]

호건에게 이는 단순한 숫자가 아니다. 호건은 수천 시간을 들여 금전적으로 문제를 겪고 있는 수천 명의 일반인들과 이야기를 나눴다. "숫자 뒤에는 실제 이름, 실제 얼굴, 실제 가족을 가진 실제 사람들이 존재한다. 나는 그들과 산책하고 울고 웃었다. 그들 눈에 가득 찬 두려움을 봤고 노년이 되어서도 통장 잔고에 돈이 하나도 남아 있지 않거나 갑자기 일을 할 수 없는 상황이 된 사람들의 불행을 직접 목격했다." 혹시 이런 상황에 처한 사람이 있다면 호건은 이렇게 말할 것이다. "나는 당신이 변하길 바란다. 이제 변해야 할 시간이 왔다."

변화는 사고방식의 변화로부터 비롯된다. 호건은 "퇴직이란 나이 많은 사람들에게만 한정되는 일이 아니다"라고 말하며 이어 "퇴직을 대부분의 사람들이 겪고 있는 금전적인 문제에 얽매이지 않고 '할 수 있는 것 무엇이든 할 수 있는 자유가 있는 상태'라고 생각하길 바란다"라고 말한다. 호건은 램지 솔루션에

합류한 이후 할리우드 스타, 세계적인 운동 선수의 재정 코치로 일해왔다. 놀랍게도 우리가 소위 부자로 알고 있는 사람들도 금전적인 문제를 겪고 있다. 호건은 "믿을 수 없을 정도로 돈으로 '멍청한 짓'을 하는 사람들을 많이 봤다"라고 말한다.

왜일까? 호건은 그 이유를 이렇게 말한다. 사람들이 꿈을 충분히 크게 가지고 있지 않거나 자신의 꿈이 아닌 다른 사람의 꿈을 꾸고 있기 때문이다. 따라서 퇴직 후 재정적 독립을 위한 첫 단계는 꿈을 크게 가지는 것이다. "고화질의 꿈을 꾸길 바란다"라고 호건은 말하며 꿈에 대한 목록을 최대한 자세히 만드는 것이 중요하다고 한다. 퇴직 후 어떤 삶을 살기 원하는지 명확하고 디테일하게, 예를 들어 어디 살 것인지, 하루를 어떻게 보낼 것인지, 지역 사회에는 어떻게 기여할 것인지에 대해 적어보길 바란다. 그렇다면 그런 삶을 살기 위해서 얼마 정도의 돈이 필요한지 파악할 수 있을 것이다. 반대로 어디를 향해 가는지 알지 못한다면 결국 아무데도 도달하지 못할 것이다.

"각기 다른 삶을 살아온 다양한 사람들과 수년간 일하면서 나는 한 가지 본질적인 진실에 대해 알게 되었다. 대부분의 사람들은 계획이 없다는 것이다." 호건은 이 말을 수도 없이 반복했다. "계획 없는 꿈을 꾼다면 그것은 그저 희망사항에 불과하다." 호건 또한 계획 세우기가 겉보기에는 간단하게만 보인다는 사실을 알고 있다. "하지만 계획 세우기는 많은 사람들이 간과하는 중요한 요소이다"라고도 말한다. 그렇다면 좋은 퇴직 후 계획은 어떤 것일까? "그저 소파에 앉아서 돈이 저절로 굴러들어 오길 바랄 수는 없다. 예산을 짜야 한다."

이번 장의 초반부에서 예산 세우기에 대한 개념을 다룬 적이 있다. 이제 호건의 '예산 세우기의 세 가지 주요 단계'를 통해 이 개념을 확장해 보도록 하자. 우선 소득부터 시작하자. "버는 것을 하나도 빠뜨리지 않고 시작해야 한다. 부업으로 버는 수입과 보너스를 포함해 한 푼도 빼놓지 말고"라고 호건은 말한다. 그다음으로는 필요와 욕구를 분리해야 한다('1장. 물건과의 관계'에 나오는 쓰레기 없애기 규칙을 지침으로 사용해도 좋다). 마지막으로 벌어들이는 모든 돈에 대해 계획을 세우면 된다(예산을 정하기 위해서는 무료 앱 에브리달러 사용을 추천한다).

예산을 세우는 작업을 완료했다면 빚을 없애는 데 모든 노력을 투자해야 한다. "빚진 채로 퇴직할 수는 없다"라고 호건은 자신이 코칭하는 사람들에게 말한다. 대출, 자동차 할부금, 융자금 등 모든 종류의 빚으로부터 완전히 자유로워야 한다. 호건은 퇴직 후 계획을 세우기 전에 주택 담보 대출을 제외하고 모든 종류의 빚을 갚는 것을 추천한다. "집을 제외하고 모든 빚을 청산하고 나서 비상금을 두둑이 채운 다음 소득의 15퍼센트를 퇴직 후 연금으로 저축해야 한다"라고 호건은 말한다. 그는 401(k) 또는 403(b), 개인은퇴연금계좌인 로스 IRA_{Roth IRA},

뮤추얼 펀드 등에 투자하는 것을 추천한다. 나는 사업체를 운영하고 있기 때문에 소득의 20퍼센트를 매달 단순 근로자 연금 SEP-IRASimplified Employee Pension과 S&P 인덱스 펀드에 투자한다.

401(k), 뮤추얼 펀드, IRA, 인덱스 펀드와 같은 투자 상품을 통해 안전한 퇴직을 보장받을 수 있지만 모든 투자가 '좋은' 투자라고는 할 수 없다.

피해야 할 다섯 가지 투자 상품

크리스 호건과 나의 투자 전략을 꼭 적용하지 않더라도 내가 개인적으로 피하는 종류의 투자에 대해서 이야기하지 않으면 내일을 제대로 하지 않은 것처럼 느껴질 것 같다. 물론 나는 자산관리전문가가 아니지만 조언 삼아 말하고자 하는 바는 호건, 램지 그 외에도 내가 만나보고 인터뷰해 본 수많은 전문가의 견해와 일치하기 때문에 어느 정도 신뢰해도 될 것이다. 소위 투자라고 불리는 것 중 몇몇은 성공의 가도를 달릴 수 있는 탁월한 기회처럼 들릴지도 모르겠지만 잘못된 곳에 돈을 투자하는 것은 서류 파쇄기에 돈을 무더기로 넣는 것과 똑같다고 해도 과언이 아니다.

해약 환급금이 있는 생명 보험. 종신보험이든 유니버셜 보험이든 해약 환급금이 있는 보험은 최악의 투자다. 자동차 보험이나 건강 보험에 '투자'하는 사람은 없다. 그렇다면 생명 보험에도 투자할 이유는 전혀 없는 것이다. 물론 부양할 가족이 있다면 생명 보험이 필요하겠지만 그럴 경우 가장 안전한 선택은 정기 생명 보험이다. 나는 내 연소득의 20배에 해당하는 20년 정기 생명 보험을 가지고 있다. 갑작스럽게 내가 사망한다고 해도 나의 아내와 딸이 돈 걱정을 할 일은 없을 것이다. 내가 운영하는 사업체도 비슷한 보험 전략을 사용해서 만약에 내가 잘못된다고 하더라도 라이언이 충분히 회사를 운영해서 우리 회사의 미션을 충실히 이행할 수 있을 것이다.

개인 주식 투자. 직업 투자자가 아니라면 일반인에게 개인 주식 투자는 너무나도 큰 리스크를 가진 행위다. 고용주가 회사의 주식을 '특별가'로 제공한다고 해도 나는 한 푼도 주식 투자에 사용하지 않을 것이다. 심지어 애플, 구글, 테슬라와 같은 세계적인 기업 주식에도 투자하는 일은 없다. 나는 내가 가지고 있는 자산이 시간에 따라 서서히 증가하길 원하는 사람이다. 한 마디로 '벼락 부자'가 되기보다는 서서히 아주 천천히 부자가 되고 싶다는 말이다.

금, 은 그리고 다른 귀금속. 주식과 같이 금과 은 같은 귀금속은 인덱스 펀드와 비교했을 때 리스크가 큰 편이다. 게다가 금과 은은 재화로 간주되고 재화의 가격은 시장의 원칙인 공급과 수요가 아니라 투기에 의해 조종되는 경우가 많다.

연금. 변액연금, 아니 어떤 종류의 연금이든 연금에 투자하는 것은 멍청한 짓이라고 할 수 있다. 훨씬 나은 대안이 너무나도 많다. 연금에 가입하면 각종 수수료와 위약금을 내야 하며 심지어 수익률도 낮은 편이다.

낮은 금리의 투자 상품. 5년 이상 투자할 예정이라면 CD나 채권과 같은 낮은 금리의 투자 상품은 현명하지 못한 선택이다. 이율이 인플레이션보다 적은 경우가 많기 때문이다. 하지만 12개월 이하로 투자할 예정이라면 전반적인 리스크가 낮기 때문에 좋은 선택이 될 수 있다.

투자에 관한 일곱 가지 오해 깨기

퇴직 이후의 삶을 계획한다는 것이 부담스럽게 느껴질 수도 있다. 그리고 부담을 느낄 때 우리는 왜 투자할 수 없는지 그리고 왜 조금 더 기다리는 편이 좋은 지에 대한 이야기를 만들어내기 시작한다. 내가 확실하게 말할 수 있는 것은 퇴직 후 삶을 위해 저축을 해야 하고 기다릴 필요는 없다는 것이다. 혹시 가지고 있을 걱정, 아니 오해들을 함께 논의함으로써 이 과정에 대한 두려움을 해소하는 시간을 가져 보자. 이 오해들은 내가 다른 사람들의 퇴직 후 삶에 대한 계획을 같이 세우면서 직접 들었던 것들이다.

오해 1. 퇴직 후를 준비하기에는 이미 너무 늦었다. 회사를 다닐 때 나는 나보다 나이가 많은 직원들을 고용하기도 했다. 그들 중에는 나보다 20살 내지 30살 많은 직원들도 있었다. 그리고 퇴직 적금이 없는 사람들도 있었다. 그 사실에 대해 두려움을 느끼기 시작했을 때는 이미 너무 늦었고 이제 와서 그들이 할 수 있는 일은 없었다. 기회를 놓친 것이었다. 정말 그럴까? 아니다. 50살보다는 25살에 퇴직을 준비하는 것이 좋겠지만 따지고 보면 70살보다는 50살 때라도 시작하는 편이 낫다. 과거는 과거이고 뒤를 돌아보기보다는 앞만 보고 나아가야 할 때도 있다. 숨을 쉬고 있다면 결코 늦지 않았다. 하지만 그렇게 이른 것도 아닐 수 있기 때문에 무조건 시작하는 편이 좋다.

오해 2. 퇴직 후를 걱정하기에는 나는 아직 너무 젊다. 너무 젊다고? 절대 아니다! 30살 이하라면 충분히 해당된다. 과

세 구간과 상관없이 젊은 사람들은 복리로 부유해질 수 있는 엄청난 기회 앞에 서 있다. 25살에 12퍼센트 이익률로 25,000달러를 투자한 사람은 65살에는 200만 달러를 모았을 것이다. 반대로 똑같은 사람이 30살 때까지 아무것도 하지 않았다면 같은 결과를 얻기 위해서는 세 배 이상 더 투자해야 할 것이다. 여기서 얻을 수 있는 교훈은 분명하다. 장기적으로 볼 때 부를 늘릴 수 있는 가장 좋은 방법은 복리를 이용하는 것이다. 그러므로 젊을 때 시작할수록 유리하다.

오해 3. 퇴직 후 걱정을 하기에는 소득이 너무 적다. 누구나 백만장자로 퇴직할 수 있다. 정말 말 그대로 누구나 가능하다. 최저시급을 받고 일하는 사람도 퇴직할 때쯤엔 백만장자가 될 수 있다. 말이 되지 않는 것 같지만 수학적으로는 그렇다. 25살부터 매주 23달러씩 저축한다면 퇴직할 때쯤에는 백만 달러를 모았을 것이다. 단, (12퍼센트의 이익률로) 올바르게 투자를 했다고 가정하면 말이다. 자, 이미 25살은 훨씬 넘었을지도 모른다. 나도 그렇다. 그리고 매년 12퍼센트의 이익률을 노릴 수 없을 수도 있다. 그래도 괜찮다. 형편대로 상황대로 하면 된다.

오해 4. 인플레이션 때문에 나의 퇴직 후 연금이 손해 볼 것 같

다. 유일하게 어느 정도 사실이기도 한 오해다. 10년 뒤의 100달러는 오늘날의 100달러에 비해 가치가 떨어지겠지만 이를 반대로 생각해볼 수도 있다. 10년 뒤에 우리가 보유한 100달러는 친구의 0달러에 비해 훨씬 더 큰 가치를 가지고 있을 것이다. 건강한 투자야말로 인플레이션을 이길 수 있는 유일한 방법이다. 그저 은행 계좌에 넣어두거나 매트리스 아래에 고이 모셔두는 것보다는 투자하는 것이 낫다.

오해 5. 다른 데 돈을 쓰는 것이 더 나을 것 같다. 의도는 선한 것이라 할지라도 변명에 불과하며 미래를 대비하고 싶지 않아서 사람들이 대는 가장 강력한 변명 중 하나이다. 우리는 누가 봐도 성공을 외치는 새 차, 최신 기기 그리고 소비주의를 상징하는 모든 물건들을 사는데 우리의 소득을 사용하길 원한다. 하지만 자선 단체, 비영리기관 그리고 우리의 도움을 필요로 하는 가족이나 친구 등 우리 자신 이외의 사람들을 돕기 위해 돈을 쓰는 데에는 무척이나 인색하다. 돕는 것은 분명히 선망할 만한 행동이고 다른 이들을 후하게 돕는 것도 분명히 좋은 일이지만 다른 이들을 도울 수 있는 가장 좋은 방법은 자기 자신을 먼저 돕는 것이다. 후하게 돕기 위해서는 우선 줄만한 것을 가지고 있어야 한다. 자신에게 투자하는 것은 마치 돕기 위한 근육을 기르는 것과도 같다.

오해 6. 주식 시장은 안전하지 않다. 이 말을 해석해 보자면 주식 시장을 이해하지 못하고 있다고 할 수 있다. 그래도 괜찮다. 나도 주식에 대해 잘 모른다. 복잡한 주식 시장을 꿰뚫고 있는 사람은 증권중개인, 전문 투자자, 펀드매니저 정도이다. 하루에 몇 시간을 무츄얼펀드, 인덱스펀드, S&P 500이 무엇인지 알기 위해 투자하기보다는 뱅가드Vanguard와 같은 전문 투자 서비스를 사용하는 편을 추천한다. 모든 투자에는 리스크가 따르기 마련이다. 하지만 장기적으로 주식 시장에 투자하는 것은 퇴직 연금을 불리기 적합한 방법 중 하나다. 지난 30년간, 2008년도 경제 위기와 그에 따른 경기 불황 가운데서도 주식 시장의 투자 수익률은 거의 11퍼센트에 달했다.[75] 1929년도 대공황을 감안하더라도 지난 100년간 주식 시장은 평균 9퍼센트 이상의 성장률을 달성했다. 주식 시장에 투자하는 것은 장기적으로 봤을 때 가장 안정적이면서도 확실한 방법이라고 할 수 있다.

오해 7. 퇴직 연금을 관리할 시간도 지식도 없다. 사실이다. 전문가가 아니라면 그 누구도 재정적인 지식을 쌓을 시간적, 금전적 여유가 없을 것이다. 그래서 우리는 유능한 전문가들이 개발한 툴을 사용해야 한다. 나는 보통 모든 일을 스스로 알아서 하는 편이지만 투자 전략과 관련해서는 그러지 않았다. 대신 많은 검색과 연구 끝에 과도하게 통제하지 않고서도 나의 재정을 통제할 수 있도록 하는 온라인 투자 툴을 찾아냈다. 나는 나의 투자 결과를 계속해서 들여다보고 싶지는 않다. 시장의 지수가 올라갔다 내려갔다 하는 것에 일희일비하고 싶지 않았다. 그렇다고 해서 내 돈을 맡겨두고 그저 눈 뜬 장님처럼 있고 싶지도 않았다. 비행기를 내가 직접 조종하는 대신 나는 최고의 비행 조종사를 고용해서 조종석에 앉혀 놓았다. 뱅가드에게 나의 퇴직 연금 계좌와 모든 투자를 맡긴 것이다.

미니멀리스트의 규칙　판매 기한의 규칙

뭔가 팔아 보려고 했지만 도무지 팔리지 않았던 경험이 있는가? 중고 판매 웹사이트나 페이스북에 올렸는데도 팔지 못한 물건이 있는가? 그렇다면 판매할 물건의 사진이나 물건과 관련된 글을 제대로 쓰지 못했을 수도 있고 가격을 너무 높게 책정했을 수도 있다. 우리가 지급한 가격만큼 그 물건의 가치가 높지 않다는 것을 받아들이기 어렵기 때문이다. 우리는 모두 '매몰 비용 오류'의 희생자이다. 이에 '판매 기한의 규칙'을 소개한다. 이것은 더 이상 우리에게 가치가 없는 물건들을 해결할 수 있는 방법 중 하나이다. 어떤 물건을 판매할 계획이 있다면 그 물건을 팔기 위해 할 수 있는 모든 것을 해볼 수 있는 기한은 딱 30일이다. 온라인 경매에 물건을 올리든 중고품 위탁 판매점에 맡기든, 건물 꼭대기 위에 올라가 혹시 이 물건이 필요한 사람이 없냐고 소리쳐보든 할 수 있는 모든 것을 해 보는 것이다. 단 30일간. 그리고 30일간 서서히 물건의 가격을 내려야 한다. 30일 후에도 물건이 팔리지 않는다면 지역 사회 내 자선 단체에 기부하자.

돈이 악의 근원일까

반대로 어디를 향해 가는지 알지 못한다면 결국 아무데도 도달하지 못할 것이다.

대부분의 인간관계에서 가장 문제가 되는 것 중에 하나는 바로 돈이다. 우리는 생활비 때문에 말다툼을 하고, 싸우고, 관계가 틀어지는 경우를 많이도 봐왔다. 그리고 비논리적으로 들릴지 모르겠지만 돈이 많아질수록 인간관계는 더더욱 어려워진다.

몇 년 전 인간과 가장 가까운 영장류인 보노보와 침팬지의 차이점[76]에 대한 연구 결과를 본 적이 있다. 보노보와 침팬지 모두 각 사회에는 화폐라는 개념이 없지만 음식이라는 가장 소중한 자원과 관련해서 이 두 종이 행동하는 양상은 매우 다르다. 인간의 영아기처럼 가장 어린 시기의 보노보와 침팬지는 다른 동물들과 기꺼이 자신의 바나나를 나누길 원한다. 하지만 이러한 성향은 이 두 종의 동물의 나이가 점점 많아지면서 두 갈래로 나뉜다. 보노보는 성인이 되어서도 매우 후한 성향을 보이며 가족과 친구들과 바나나를 기꺼이 나눈다. 반면에 침팬지는 자신이 먹을 바나나를 쌓아두고 심지어 자신의 바나나를 가져가려는 상대를 만나면 폭력도 스스럼없이 휘두른다.

더 놀라운 사실은 인간이 보노보에게 음식을 쌓아두라고 가르쳐도 보노보는 그러지 않는다는 것이다. 연구자들은 한 보노보에게 바나나 한 송이를 쌓아둘 수 있는 기회를 주고 다른 보노보에게 우리 밖에서 몰래 이 광경을 목격하도록 했다. 하지만 보노보는 어김없이 우리의 문을 열고 다른 보노보를 우리 안으로 들여와 바나나를 나눠 먹는 모습을 보였다. 침팬지에게서는 절대 찾아볼 수 없는 면이다. 침팬지들은 필요하다면 말다툼을 하고 심지어 싸움까지 벌이는 동물들이다. 혹시 어딘가 익숙한 모습 아닌가?

재정과 관련해서 성인인 우리의 행동은 침팬지와 다소 비슷한 면이 많다. 돈 때문에 결혼, 우정, 사업 파트너십이 깨진다. 그래서 돈이 억울하게 비난을 받는 경우가 많다. 하지만 꼭 그럴 필요는 없다. 침팬지와는 달리 우리는 자원을 어떻게 활용할지 그리고 자원을 어떻게 대할지 선택할 수 있는 능력이 있다. 모든 것을 손에 꼭 쥐고 절대 놓지 않으려고 하는 대신 우리는 우리 마음속에 분명히 존재하는 보노보를 불러야 한다.

돈은 나쁜 것도 악한 것도 아니다. 그저 증폭제에 불과하다. 돈 때문에 우리의 삶이 나아지지는 않지만 우리가 기존에 가지고 있는 습관이나 행동이 증폭될 수는 있다. 좋지 않은 습관을 가지고 있다면 돈 때문에 그 습관이 더 나빠질 수 있다(복권 당첨자들이 결국 궁핍한 삶을 사는 이유도 이 때문이다). 그리고 이미 후한 사람이라면 돈 덕분에 우리는 다른 이들을 더 잘 돌아보고 배려할 수 있게 된다. 과거에 어떠한 습관이나 행동을 가지고 있었든 오늘날 우리가 내릴 수 있는 선택은 지금 우리의 선택에 달려있다. 침팬지처럼 살 것인가 보노보처럼 살 것인가. 우리가 맺고 있는 모든 인간관계의 존폐 여부가 달렸기 때문에 신중하게 선택하길 권한다.

미니멀리스트는 가난할 것이라는 오해

"나는 평생 미니멀리스트였다. 사람들은 나를 보고 가난하다고 말했다." 누군가가 이 진부한 말을 할 때마다 뭔가 하나씩 모았다면 창고 하나를 잡동사니로 가득 채웠을 것이다. 이런 말을 하는 사람들이 그저 엄청난 냉소주의자들인지 아니면 그저 가난과 미니멀리즘의 차이를 구분하지 못하는 사람들인지는 모르겠으나 어쨌든 특이한 생각임이 분명하다. 또 어떤 이들은 미니멀리즘은 부유한 사람들만을 위한 것이라고, 미니멀리즘은 부유한 선진국의 문제들을 해결하는 방안이기 때문에 빈곤선 이하의 사람들에게는 적용될 수 없다고 주장하기도 한다. 이렇게 이분법적인 생각을 어떻게 이해해야 할지 개인적으로는 잘 모르겠다. 그래서 양쪽의 의견을 모두 살펴볼 예정이다.

미니멀리즘은 근본적으로 우리의 제한된 자원을 의미 있게 사용하는 일이라는 것을 이미 알고 있다. 그렇다면 미니멀리즘으로 이득을 볼 수 있는 사람은 누구일까? 나 또한 가난하게 태어났고 라이언도 그랬다. 우리는 당시 확실히 미니멀리스트가 아니었다. 하지만 제한된 자원 속에서 자랐어도 그 자원을 신중하게 사용했다면 확실히 더욱 좋은 나날들을 보냈을 것이다. 실제로 극심하게 빈곤했던 어린 시절의 나는 부자가 된 성인일 때보다 미니멀리즘으로 훨씬 더 많은 장점을 경험했을 것이다. 분명히 라이언도 그러했을 것이고.

하지만 일단 그 사실은 차치하고 내가 개인적으로 칼라마주부터 케냐까지 미니멀리스트가 되고자 하는 사람들에게서 이메일, 편지, 트윗을 받지 않는다고 해 보자. 이들 중에는 거의 아무것도 소유할 수 없는 형편이지만 욕망과 소비주의의 끊임없는 유혹과 싸우는 사람들이 대다수이다. 그리고 이들 중 미니멀리즘으로부터 이득을 경험한 사람이 전혀 없다고 해 보자. 그리고 어떤 이들이 말하는 것처럼 정말 미니멀리즘이 부유한 선진국의 문제만을 해결할 수 있다고 해 보자.

그렇다고 해 보자.

뭐가 잘못됐을까? 선진국의 문제는 해결할 만한 가치가 없는 것일까? 돈이 있는 사람들은 자신이 소유한 물건들에 대해서 의문을 품어서는 안 되는 걸까? 우리는 소득을 바탕으로 사람을 구분하고 소외시켜야 할까?

미니멀리즘이 모두에게 정답은 아닐 수 있다. 하지만 현 상황에 만족하지 못하는 사람들에게는 정답이다. 서구의 50퍼센트는 소비주의와 현대사회의 과도함에 대해 별로 신경을 쓰지 않는 듯 보인다. 그런 그들에게 물건을 버리라고 말할 권리는 나에게 없다. 하지만 나머지 50퍼센트는 수많은 기회를 눈앞에 두고 있다. 부유하든 가난하든, 나이가 많든 적든, 유색인종이든 백색인종이든, 남성이든 여성이든 더 많은 것을 끊임없이 추구하는 일상에 공허함을 느끼는 이들은 더 적게 가지고 사는 삶을 통해 더 많은 것을 누릴 수 있다.

마무리

돈이 전부는 아니지만 그렇다고 해서 아무것도 아닌 것은 아니다. 미니멀리스트로서 나는 돈을 소유하는 것에 반대하는 입장은 아니다. 다만 돈과 관련된 문제를 겪는 것에 대해 반대하는 입장이다. 누군가에게 어떻게 인생을 살라고 말해줄 수는 없다. 하지만 나는 내가 저지른 재정과 관련된 실수와 안 좋은 결정들을 모두 밝혔다. 독자들이 나의 실수로부터 배웠으면 하는 바람으로 말이다. 나는 만병통치약처럼 모두에게 획일적으로 적용되는 해결 방안을 선호하지 않는다. 하지만 돈과 관련해서는 이 책에서 유일하게 모두에게 보편적으로 적용할 수 있는 방안을 제시했다.

예산을 세워라.

비상금을 모아둬라.

버는 것보다 적게 소비해라.

가능한 한 빨리 빚을 해결해라.

주택담보대출을 제외하고는 다시 빚을 지지 마라.

퇴직 후 삶을 위해 저금함으로써 미래의 자신에게 투자하라.

다른 이들의 웰빙에 기여하기 위해 자신의 자원을 사용해라.

자동차 대출을 받는다면 그 자동차를 소유할 형편이 안 되는 것이다.

신용카드로 그 물건을 산다면 그 물건을 소유할 형편이 안 되는 것이다.

빚을 진 상태라면 물건을 구매하는 것 중 대부분은 불합리한 것이다.

학위를 따려고 빚을 질 필요는 없다.

자녀가 어릴 때부터 저축하고 기부하는 법을 가르쳐라.

의미 있는 삶은 돈으로 살 수 없다. 스스로 살아야만 하는 것이다.

우리의 성별, 연령, 배경은 다양하겠지만 삶에 이 원칙을 적용해서 이득을 보지 않는 사람은 단 한 명도 없을 것이다. 거의 약 10년 동안 나는 데이브 램지의 〈7가지 부의 불변의 법칙〉을 거의 수십 권 사서 가족과 친구 그리고 빚을 해결하는 방법에 대해서 물어보는 사람이라면, 심지어 전혀 모르는 사람에게도 이 책을 나눠줬다. 우리는 행동하지 않고 그저 기다리는 경우가 너무나도 많다. 누군가가 나타나서 우리의 문제를 해결해주기를 말이다. 정부가 새로 시작하도록 도와주길, 미래의 우리가 돈을 더 많이 벌길, 가족이나 친지 중 한 명이 사망해서 빚을 청산할 수 있을 만큼 유산을 두둑히 나눠주길. 하지만 모두의 빚을 해결한다 하더라도, 당장 내일 모든 사람의 빚이 싹 사라진다 하더라도 우리의 행동을 바꾸지 않는다면 빚의 구렁텅이를 다시 코 앞에서 마주할 것이다. 좋은 습관은 돈으로 살 수 없다. 재정적으로 우리를 구원해줄 사람은 존재하지 않는다. 우리를 빚의 수렁에서 구할 수 있는 사람은 우리 자신뿐이다. 우리가 빚과의 고리를 더 빨리 끊을수록 우리는 더욱 빨리 자유를 즐길 수 있을 것이다.

정리: 돈

다시 라이언의 차례다. 이번 장에서 조슈아는 재정을 어떻게 관리해야 하는지 이야기했다. 이제 우리가 삶에서 가장 중요한 관계 중 하나인 돈과의 관계를 어떻게 맺고 있는지 살펴보도록 하자. 아래 질문에 신중하게 답해 보자.

돈에 관한 질문

1. 당신과 돈의 관계에 대해 생각해 보자. 건강하다고 할 수 있는가, 건강하지 않다고 할 수 있는가? 이유는 무엇인가?
2. 돈 때문에 스트레스를 느꼈었다면 어떤 스트레스였나?
3. 예산에서 불필요한 비중을 차지하는 부분은 무엇인가?
4. 퇴직 후 삶에 대해서 어떤 계획을 세웠는가?
5. 소비 습관과 돈과의 관계를 개선하기 위해 어떤 변화를 줄 예정인가?

해야 할 것

다음으로는 이번 장에서 돈과 어떤 관계를 맺고 있었는지에 대해 배운 것이 있다면 무엇인지 생각해 보자. 배운 것 중에 마음에 남은 것은 무엇인가? 어떻게 빚을 처리하고 미래에 투자할 수 있도록 도움이 되었는가? 오늘, 지금 당장 일상생활에 적용해 볼 수 있는 다섯 가지 지침을 살펴보자.

- **접근 방식을 바꾸자.** 노트에 간략하게 자신에게 돈이 어떤 존재인지 적어 보자. 돈이 제공하는 것은 무엇인가? 돈이 무엇을 제공했으면 하는가? 돈이 어떻게 자신의 삶을 통제하는가? 돈이 얼마나 있어야 행복할 것 같은가? 돈이 있다면 다른 이들을 위해 무엇을 할 수 있을까? 이에 대한 답을 적은 후, 현재 돈에 접근하는 방식을 조정해야 할 필요가 있을지 생각해 보고 어떤 행동으로 긍정적인 변화를 만들 수 있을지 적어 보자.

- **어떤 영향을 받고 자랐는지 생각해 보자.** 돈에 관련한 태도는 어떻게 형성되었는가? 이에 대한 답을 알아보기 위해서 주위 사람들이 재정과 관련해서 어떤 실수를 했는지 그리고 또 어떤 좋은 선택을 내렸는지 적어보자. 돈과 관련해서 떠오르는 첫 기억은 무엇인가? 어떤 미디어가 자신의 돈에 관한 관점에 영향을 미치고 있을까 생각해 보자.

- **자유를 생각해 보자.** 재정적으로 자유롭다는 것은 어떤 것일지 적어 보자. 빚을 다 갚는다면, 퇴직한다면, 어디에 살 수 있을지, 하루를 어떻게 보낼 수 있을지, 지역 사회에 어떻게

기여할 수 있을지 구체적이고 명확한 답을 적어 보자.

- **예산을 세워 보자.** 오늘 바로 예산을 세워 보자. 예산 없이 재정적 자유를 얻기란 불가능하다. 아래는 예산을 세우는 방법이다.
  - 예산 짜기에 적합한 스프레드 시트를 만들거나 무료 앱인 에브리달러와 같은 예산 짜기에 도움을 줄 수 있는 툴을 내려받자.
  - 매달 버는 소득을 적어보자. 월급, 보너스, 부업, 중고 물건 판매로 인한 수입, 그 외에도 돈이 들어오는 다양한 경로를 파악해 보자.
  - 물건 중 필수적인 것, 필수적이지 않은 것 그리고 쓰레기로 간주할 수 있는 것은 무엇인지 적어 보자(이에 대해서는 '1장. 물건과의 관계'에서 '쓰레기 버리기 규칙'을 참조하자). 그리고 정말 필수적인 물건에 대해서만 예산을 세워 보자. 필수적이지 않은 물건은 나중에 넣어도 괜찮다. 그 물건들을 살 형편이 된다면 말이다.
  - 가계 소득을 잘 배분할 수 있도록 돕는 예산 툴을 사용해 보자. '일곱 가지 걸음마'에 따라 소득을 분배해 보자.

- **소비를 단순화하자.** 미니멀리스트처럼 소비해 보자. 미니멀

리스트는 모든 물건을 신중하게 구매한다. 그리고 의미 있는 소비를 한다. 이를 위해 뭔가 구매할 때, 다음과 같은 질문을 스스로 해 봐야 한다. '이것이 내 삶에 가치를 더할 것인가?', '빚을 지지 않고도 이 물건을 살 여유가 되는가?', '이것이 돈을 소비할 수 있는 최선의 방법인가?'

하지 말아야 할 것

마지막으로 건강한 재정 관리에 방해가 되는 것이 있는지 생각해 보자. 아래는 오늘부터 당장 하지 말아야 할 다섯 가지 행동이다.

- 안 좋은 소비 및 저축 습관은 바로 버리자.
- 여력이 부족하면 불필요한 재정적인 부담은 떠안지 말자.
- 스스로에게 빚을 지도록 설득하지 말자.
- 살면서 꼭 필요하지는 않지만 삶에 가치를 더할 수 있는 물건을 영원히 구매하지 않을 필요는 없다. 적절한 예산 짜기와 절약으로 충분히 삶에 들여올 수 있다.
- 단기적인 이익을 위해서 장기적인 재정 건전성을 포기하지 말자. 지금 한순간의 즐거움을 위해서 미래의 안정감을 희생해서는 안 된다.

관계 6. 창의력

내가 처음으로 일한 것은 13살 때였다. 정확하게 말하면 중학
교를 졸업하고 고등학교에 들어가기 전 여름 방학이었다. 오하
이오 미들타운 외곽에 위치한 아메리카나_{Americana}라는 놀이공원
에서 솜사탕을 만드는 일이었다. 하지만 내가 일을 진짜로 처음
시작한 것은 그보다 10년 전, 80년대 중반이라고 할 수 있다.

우리 가족이 막 데이턴의 남쪽으로 30킬로미터 가량 떨어져
있는 아메리칸 빌리지로 이사를 했을 무렵이었다. 아메리칸 빌
리지는 빛이 바랜 갈색 풀밭을 사이에 두고 듬성듬성 들어선 수
십 개의 갈색 벽돌로 만들어진 건물들로 이뤄진 평범한 아파트
단지였다. 우리가 이사를 간 방 한 개 짜리 공간은 온통 베이지
색으로 물들어 있었다. 카페트, 벽, 심지어 가전제품들까지도
모두 빛바랜 베이지 색을 띠고 있었다.

네 번째 생일을 맞기 몇 주 전, 나는 동네 백화점에서 지.아
이.조 액션 피규어를 사도 되는지 어머니에게 물어본 적이 있
다. 어머니는 내가 원하는 이 플라스틱 장난감을 사기에는 생활
비가 빠듯하다고 설명을 해주시며 장난감을 사려면 금요일까지

기다려야 한다고 말씀해 주셨다. 고작 네 살이었고 돈이나 구매에 대한 개념도 전혀 없었기 때문에 나는 내가 어머니를 도울 수 있을 것이라고 생각했다.

그날 오후 나는 아파트의 관리사무소로 당당하게 걸어 들어가 직업이 필요하다고 말했다. 관리사무소에 계셨던 아주머니는 내 말이 농담이 아니라는 것을 깨닫고 나서는 동료에게 뭔가 귓속말로 소근거린 다음 나를 친절한 눈빛으로 다시 쳐다봤다.

"그래, 네가 건물 주위에 떨어져 있는 쓰레기를 모두 주워 오면 일주일에 1달러씩 줄게."라고 그녀는 말했다.

"2로 하죠."라고 나는 대답했다.

"뭐라고?"

"일주일에 2달러씩 주시면 할게요."

두 분 다 웃음을 참지 못했다. 이 어린아이가 정말 협상을 하고 있다고? 믿지 못하는 눈치였다.

"2달러라고?" 아주머니 두 분 중 한 분이 말했다.

"1달러는 어머니의 생활비에 보태어 드리고 나머지 1달러는 제 장난감을 사려고요."

"정말 착하구나." 아주머니 한 분이 그렇게 말했다. 계약이 성사되었다는 의미로 우리는 악수를 했다.

그해 여름 매 주말 나는 수십 개의 유리병, 음식 포장지, 종이 등 다양한 쓰레기가 가득한 작은 쓰레기 봉투를 관리사무소 앞에 두었다. 그리고 주말마다 나는 어머니에게 드릴 1달러와 내 장난감을 위한 1달러를 손에 쥐고 집에 돌아왔다.

아무리 80년대 중반이라고 해도 최저시급도 되지 못한 돈을 받았다는 사실과 아마 아동 노동 관련 법규를 몇 개나 위반하고 있었다는 사실은 차치하고 내가 그해 여름 얻은 지혜에만 집중해 보자.

나는 그 당시 예산 세우기나 인플레이션이나 건전한 재정 관리에 대해서는 배우지 못했지만 꿈의 기초가 된 수많은 귀중한 교훈을 얻었다. 힘들고 단조로운 일의 대가에 대해 배운 것이다. 밑바닥을 거치지 않고서는 꼭대기에 절대 오를 수 없다는 사실을 배웠다. 가치 있는 일을 통해 소득을 얻는 것에 대해서 배웠다. 그리고 그저 아무것도 하지 않고 다른 이들에게 기대는 것은 올바르지 않다는 것도 배웠다.

그리고 가장 중요한 것은 질문의 힘에 대해서 배웠다. 만약에 내가 나의 첫 '직장'을 직접 질문하여 얻지 않았다면 첫 소득의 달콤함도 맛보지 못했을 것이고 그 경험을 통해서 배운 지식도 결코 얻지 못했을 것이다.

책을 쓰는 일이든, 요가 스튜디오를 여는 일이든, 케이크를 굽는 일이든 모든 창의적인 시도는 결국 질문으로부터 이뤄진다. 창의력과 관련된 모든 일은 지속적으로 질문하는 것으로부터 탄생하고 그로 인한 결과물은 그 질문들에 대한 대답이다.

누가 이것으로부터 이득을 볼 수 있을까?

나의 해결 방식을 재밌거나 특이하게 만드는 점은 무엇인가?

내가 이것을 보는 관점에서 가장 필요한 부분은 무엇인가?

이 문제는 왜 여전히 해결되지 않은 걸까?

나의 창의력으로 타인의 삶에 어떻게 더 기여할 수 있을까?

내가 할 수 없는 일은 무엇일까?

모든 위대한 예술과 리더는 이러한 질문에 대한 해답을 모색한다. 창의력은 질문에 대한 해답을 찾을 때 가장 효과적이고 강력하고 진실된다. 물론 이 질문에 대한 답은 창의력이 어디에 필요한지에 따라 다를 수 있다. 영화, 책, 방송 분야일 수도 있고 비즈니스, 봉사 활동에 창의력이 필요할 수도 있고, 아니면 그저 다른 누군가의 말을 귀 기울여 들을 때에도 창의력이 필요할 수 있다. 문제를 해결하기 위해 어떻게 창의력을 사용하든 그 중심에는 늘 변함없이 질문이 존재한다. 우리가 무언가를 창조하면서 그리고 그 결과물이 또 다른 질문을 불러일으키면서 더 나은 질문들이 나타난다.

모든 것이 창의적이다

반짝이는 작은 화면은 우리를 산만하게 만들고 모든 것에 방해가 된다. 그리고 우리는 이런 종류의 방해에 이미 중독되어 있다. 스마트폰 화면을 스크롤 하는 것은 흡연만큼이나 중독적이다.

미니멀리즘이 창의력을 향상시킨다고는 말할 수 없다. 하지만 삶에서 필요 없는 부분을 없애는 과정을 통해 사람들은 자신의 창의력을 발견하기도 한다. 정말 오랜 기간 나는 두 개의 삶을 살아왔다. 회사에서 전문가로 일하는 내가 있었고 사적인 삶 속의 내가 있었다. 새침데기 같고 정말 누가 보기에도 단점 하나 없을 것 같던 회사에서의 내가 있고, 단점투성이었던 창의력 넘치는 내가 있었다. 이 둘의 모습이 섞이는 것은 콘크리트에 유리를 문질러 대는 것만큼 어울리지 않았다. 그래서 이 두 모습을 분리했다. 회사에서의 나는 글쓰기를 얼마나 좋아하는지에 대해 이야기하지 않았고 창의력 넘치는 나는 세상으로부터 나의 창의력을 숨기고 사는 자신을 죽도록 미워했다. 이 두 모습이 서로를 부끄러워하는 듯했다.

하지만 내가 그 당시 깨닫지 못했던 것은 두 모습 모두 창의적인 사람이라는 것이다. 직장 생활의 연차가 늘어나면서 회사에서의 나는 리더십, 비즈니스 관리, 화술 그리고 수많은 다른 기술을 습득할 수 있었다. 그리고 이런 능력들은 미래에 내가 만들어낼 수많은 결과물의 바탕이 되었다. 그 당시에는 내가 창의력을 발휘한다고 생각하지 못했지만 나는 나도 알게 모르게 점점 성장하고 있었고 다른 이들의 문제를 해결하는데 기여하고 있었다. 그 당시 회사에서의 나도 충분히 창의력이 넘치는 사람이었다.

흔히 '창의적'인 사람을 떠올리면 우리는 아그네스 마틴Agnes Martin, 미켈란젤로Michelangelo, 메리 카Mary Karr 또는 F. 스콧 피츠제럴드F. Scott Fitzgerald와 같은 사람들을 떠올린다. 하지만 나는 인간이 하는 시도 중 대부분의 것들이 어느 정도 창의적이라고 주장하고 싶다. 예를 들어 나의 형 제롬은 신시내티에 위치한 공장에서 부엌 상판을 만드는 일을 한다. 제롬을 예술가라고 할 수는 없겠지만 그는 무언가를 만들어 내는 사람이다. 나의 아내 레베카는 사람들과 1대1로 상담하며 개인에 맞는 영양 식단을 짜는 영양사이다. 물리적인 무언가를 발명하는 것은 아니지만 그녀 또한 무언가를 만들어 내는 사람이다. 내 친구 "팟캐스트 숀" 하딩"Podcast Shawn" Harding은 더 미니멀리스트의 책 에세이, 팟캐스트 영상을 편집한다. 그는 직접 컨텐츠를 만들어내는 저자나 출연자는 아니지만 더 미니멀리스트의 창작 활동 전 과정에서 매우 중요한 역할을 한다. 그 또한 무언가를 만들어 내는 사람이다.

결국 요지는 문제를 해결하는 무언가 또는 다른 이들의 삶에 가치를 더 하는 무언가를 만들어 낸다면 충분히 창작가라고 불릴 자격이 있다는 것이다. 생각보다 간단하다. 이 사실이 중요한 이유는 의미 있는 삶에서 창의력은 필수적인 요소이기 때문이다. 하지만 의미 있는 무언가를 만들어 내기 위해서는 그저 만드는 것에 대해서 이야기하는 것이 아니라 실제로 만들어야 한다. 안타깝게도 그 과정에는 수많은 장애물이 존재한다. 그리고 여기서 미니멀리즘이 다시 등장한다. 만들어 내기 위해서 걸어야 하는 길을 가로막는 장애물들을 없애는 것이다.

미루지 않기

수년간 나는 작가 지망생이었다. 글을 많이 쓰지는 않았지만 매일같이 작가가 되길 희망했다. 벽돌공, 목수 그리고 비슷한 직업군의 사람들은 무언가를 만들기 위해서는 정말 말 그대로 벽돌을 하나씩 하나씩 쌓아야 한다는 사실을 잘 알고 있다. 하지만 이상하게도 사람들은 어떤 모호하고 불가사의한 방법으로 어느 날 갑자기 작가가 될 수 있다고 생각한다. 실제로 글을 쓰지도 않으면서 말이다. 작가들이 비현실적인 수준으로 완벽함을 추구하기 때문일 수도 있다. 그리고 페이지 위에 수놓인 문장들이 머리 속에 떠돌아다니는 생각만큼이나 완벽하지 않아서일 수도 있다.

그래서 우리는 할 일을 미룬다. 20대의 나는 할 일 미루기의 달인이었다. 할 수 있는 변명은 다 했던 것 같다. 너무 바빠서,

너무 피곤해서, 너무 일러서, 너무 늦어서, 너무 방해되는 것이 많아서라며 '너무'로 시작하는 모든 변명을 댔다. 무언가를 만들어 내고 창작해 내는 힘든 일을 피하기 위해서 변명과 사과 문구로 가득한 노트를 가지고 있는 것처럼 수많은 변명과 사과의 말을 했다. 대부분의 변명은 사실이었다. 나는 진짜로 너무 바빴고, 진짜로 다른 할 일이 많았다. 하지만 아무리 좋은 변명이라도 변명은 변명이다.

어떤 작가들은 '슬럼프'에 빠졌다는 핑계를 대기도 한다. 나 또한 손쉽게 쓰는 핑계였다. 하지만 생각해 보면 다소 이상한 정당화다. 간호사들이 '슬럼프'에 빠져서 출근을 하지 않았다는 말은 들어 보지 못했다. 간호사, 의사 그리고 수많은 다른 직업을 가진 사람들은 피곤할 때에도 무기력할 때에도 변함없이 할 일을 한다. 그렇게 해야 하기 때문이다. 자, 그렇다면 어떤 이들은 이런 직업군은 창의력을 요하지 않는다고 반박할 수 있다. 하지만 나는 이 말을 다시 반박할 수 있다. 이 전문가들도 다른 이들의 문제를 해결하는 직업을 가지고 있다. 그리고 이것이야말로 창의력의 가장 중심에 있는 능력이다.

창작 활동을 하는 모든 사람들은 창작을 하고 싶으면 그 자리로 나와야 한다. 어쩌면 작가의 슬럼프도 애초에 존재하지 않는 것일 수도 있다. 애써 슬럼프가 있다고 스스로 믿고 다른 이들을 설득하지 않는 이상. 물론 전문 작가를 포함해서 모든 창작자들이 할 일을 미루지 않기 위해서는 오직 한 가지 효과적인 해결 방법만 있다.

자리로 나와야 한다. 이 한 문장이 나의 창작 생활을 완전히 변화시켰다. 슬럼프가 문제가 아니었다. 앉아서 일을 할 의지의 문제였다. 나는 매일 자리에 앉아야 했다. 정말 말 그대로 책상 앞에 앉아야 했다. 매일 습관이 될 때까지 의자에 앉아서 방해받지 않은 상태로 일을 해야 했다. 정말 좋은 글을 써낸 날도 있었지만 아무것도 쓰지 못한 날도 숱하게 많았다. 하지만 중요하지 않았다. 정말 중요한 것은 매일 아침 책상 앞에 앉아 뭔가를 만들어 낸다는 것이었다. 식물은 삼투압을 통해 성장에 필요한 영양분을 섭취한다. 삼투압이 자연적으로 저절로 일어나는 현상인 반면 우리는 식물이 아니기 때문에 노력을 해야 한다. 모든 창작 활동에는 이와 같은 노력이 필요하다.

20대 때 나는 대단한 의미를 가진 무언가를 만들어내고 싶었다. 결과만을 원한 것이다. 그 결과를 얻기 위해서 필요한 것, 노력은 염두에 두지 않았다. 그래서 나는 할 일을 미뤘다. 미니멀리즘과 정반대의 삶을 살았다. 단순화하고 창의력의 본질에 바로 직접적으로 닿기보다는 나는 온갖 방해물로 나의 일상을 어지럽혔다. 나의 마음과 손은 바빴지만 무언가를 만들어 내지는 않았다. 일을 하지 않기 위해서 나는 나 자신을 의도적으로 산만하게 만들었다.

집중하기

비판은 비판하는 사람의 불안과 취약한 면을 반영하는 거울과도 같다.

창작하는 삶을 논하면서 집중하는 것의 중요성을 빼놓을 수 없다. 창의력과 산만함은 반비례 관계에 있기 때문이다. 표면적으로 우리는 미니멀리즘이 잡동사니를 없애는 과정이라고 생각한다. 하지만 미니멀리즘을 집중력을 방해하는 것을 없애는 과정으로 이해하면 더 받아들이기 쉬울 수도 있다. 창의력 넘치는 삶을 사는 데 물건은 방해가 될 뿐만 아니라 과도한 물건을 없애보면 우리가 얼마나 물리적으로 그리고 정신적으로 산만했는지 더 명확하게 드러난다. 현대 사회에서 우리의 산만함을 가장 극대화시키는 것 중 하나는 바로 '기술'이다.

"전자 기기 및 기술과 관련된 것이라면 나는 항상 가장 최신 제품과 고품질을 추구했다"라고 제롬 요스트가 말했다. 요스트는 펜실베이니아 엠마우스에 사는 정리 파티 사례 연구 참가자다. 그는 이어 "최신 스마트폰도 충분하지 않았다. 아무리 최신 핸드폰이라 하더라도 나는 항상 기능적으로 부족한 면을 찾아냈다. 그 스마트폰도 내게 필요한 모든 기능을 충분히 충족시켜줬는데도 말이다"라고 말했다.

정리 파티 중에 요스트는 자신을 가장 산만하게 만들었던 것은 바로 전자 기기라는 것을 깨달았다. 본디 세상과 보다 잘 연결해줘야 하는 전자 기기를 올바르게 사용하고 있지 않다는 것을 알게 되었다. 반대로 전자 기기를 통해 세상으로부터 숨고 자연적인 것이 아닌 인공적인 것으로부터 마음의 안정을 찾고 있었다.

이것이 새로운 문제는 아니다. 2,000년 전, 스토아학파는 과도한 독서로 인해 실제 세상과 교류하지 않는 것에 대한 우려를 표했다. 오늘날 독서는 사치처럼 느껴진다. 나 또한 당신이 이 책을 여기까지 읽었다는 사실이 매우 놀랍고 기쁘다. 10명 중 6명이 온라인 기사를 볼 때 헤드라인만 읽고 나서 댓글을 남긴다.[77] 온라인 기사 한 건에 대한 통계가 이 정도라면 책 한 권에 대해서는 얼마나 참담한 통계가 나올까.

이 책을 구매한 사람은 수천 명일 수 있다. 하지만 집중력을 발휘해서 여기까지 읽은 사람은 그리 많지 않을 것이다. 왜 그럴까? 수많은 사람들이 요스트와 같은 문제를 겪고 있기 때문이다. 반짝이는 작은 화면은 우리를 산만하게 만들고 모든 것에 방해가 된다. 그리고 우리는 이런 종류의 방해에 이미 중독되어 있다. 스마트폰의 화면을 스크롤 하는 것은 흡연만큼이나 중독적이다.

가장 좋아하는 식당에서 친구와 저녁 식사를 하고 있다고 생각해 보자. 수저와 접시가 경쾌하게 부딪히고 음식을 씹는 소리가 은은하게 들려온다. 친구 주머니 속에 있는 핸드폰에서 울리는 벨소리가 들려온다. 대부분의 사람은 바로 그 자리에서 전화를 받기 위해서 대화를 멈추지 않을 것이다. 아무리 급한 상황이라도 테이블에서 일어나서 자리를 피해 전화를 받을 것이다. 그렇다면 문자, 이메일, SNS 글에 대해서는 왜 이와 같은 예의를 보이지 않는 것일까?

다음에 식당이나 마트, 편의점에 갈 때면 주위를 한번 둘러보길 바란다. 이 중독 증세가 만연하다는 것을 바로 알아차릴 수 있을 것이다. 한 세대 전만 해도 거의 모든 사람들이 하루종일 담배를 피워 댔고 담배 연기는 자욱하게 온 거리를 채웠다. 오늘날 실내 흡연이 가능한 곳은 거의 찾아볼 수 없다. 다만 작은 화면으로부터 뿜어져 나오는 밝은 빛이 담배 연기를 대체할 뿐이다.

다시 한번 주위를 둘러보자.
숨을 들이마셔 보자.
사람들의 얼굴에서 미소를 찾아볼 수 있는가? 아니다.

하루에 150번도 넘게 스마트폰을 들여다봐서 그런 것 아닐까?[78] 아니면 하루에 2,617번 스마트폰을 두드리고, 넘기고, 클릭하기 때문에 그런 것 아닐까?[79] 우리는 평균적으로 하루에 최대 12시간 전자 기기에 붙어 산다고 한다.[80] 더 최악인 것은 스마트폰 사용자 중 86퍼센트가 가족, 친구와 대화 중 스마트폰을 틈틈이 확인하며[81], 밀레니얼 세대의 87퍼센트가 스마트폰을 옆에 끼고 산다고 한다.[82] 기술의 목적이 연결과 교류라고 하면 우리는 왜 우리가 소유한 전자 기기로 연막 작전을 펼칠까? '벽을 세우는 것'에 대한 이야기가 요즘 많다. 어쩌면 벽은 이미 존재할지도 모른다. 우리와 우리 일상생활에 있는 사람 사이에 있는 주의력의 벽 말이다. 아니면 코미디언 로니 쳉Ronny Chieng이 말한 것처럼[83] "미국인들은 매일 밤 얼굴과 벽 사이에 얼마나 많은 화면을 갖다 댈 수 있는지 경쟁을 펼치는 것 같다."

개인적으로 이 반짝이는 화면이라는 벽을 허물기 위해서 나는 최근 뭔가 다른 것을 시도해 보고 있다. 집에서든 회사에서든 식당에서든 문자 메시지에 답장을 해야 할 때면 나는 이렇게 말한다. "잠깐 나가서 문자 메시지에 답장 좀 하고 올게요, 양해 부탁드려요." 전화를 받을 때처럼 말이다.

처음에는 어색할지 몰라도 이렇게 말하는 동안 정말 긴급한 것과 중요한 것에 대한 우선순위를 세울 수 있게 된다. 자세히 들여다보면 긴급히 처리해야 할 일들이 중요한 경우는 거의 없다. 게다가 나의 친구는 내가 이렇게 예의 바르게 양해를 구하는 것을 감사하게 생각한다. 그리고 나에게도 똑같이 예의 바르게 대해 준다. 의도적으로 이렇게 행동하는 것은 산만함을 없애기 위한 중요한 걸음을 내딛는 것이다. 하지만 사실 이것만으로 충분하지는 않다. 많은 사람들이 디지털 생활에 가득한 방해물을 없애기 위해서 더 많은 노력을 한다.

디지털 정리 정돈

책을 쓰든, 요가 스튜디오를 열든, 케이크를 굽든, 모든 창의적인 시도는 결국 질문으로부터 이뤄진다.

방해물을 없애는 것은 말은 쉽지만 행동으로 옮기기에는 그리 쉽지 않다. 조지타운 대학교의 컴퓨터과학과 교수인 칼 뉴포트Cal Newport는 그의 저서 〈디지털 미니멀리즘Digital Minimalism〉에서 1,600명의 사람들에게 '디지털 정리 정돈' 실험에 참여하도록 했다. "이 실험을 통해 내가 경험한 바로는 한 번에 하나씩 서서히 습관을 바꿔나가는 것은 그다지 효과적이지 않다. 관심 경제attention economy의 만들어진 매력과 편리함이라는 마찰이 합해지면 관성은 줄어들고 결국 처음 시작한 지점으로 다시 돌아가게 된다"라고 뉴포트는 말한다. 그는 대신 "단기간에 일어나고 결과가 오래 지속될 만큼 충분히 타당하게 실행되는" 급속도의 변화를 추천한다. 여기서 디지털 정리 정돈의 개념이 등장한다.

뉴포트는 연구 참가자들에게 30일간 "삶에서 필수적이지 않은 전자 기술을 끊어내도록" 했다. 참가자 개개인에게 자신만의 규칙을 만들 수 있는 권리를 부여했지만 삶에서 필수적이지 않은 전자 기술에는 '즐거움을 선사하거나, 정보를 알려주거나, 다른 사람과 교류를 가능케하는 앱, 웹사이트, 컴퓨터 화면이나 핸드폰을 통해 접근할 수 있는 디지털 도구'가 포함되었다.

뉴포트에 따르면 SNS, 레딧Reddit, 비디오 게임, 유튜브 그리고 심지어 문자 메시지까지 디지털 정리 정돈을 준비할 때 정리 대상에 둬야 할 '새로운 기술'로 간주할 수 있다고 한다. 반면에 전자레인지, 라디오, 전동 칫솔은 포함되지 않는다. 즉, 전자 기기나 전자 기술과 관련된 것 중 삶에서 방해물로 작용하는 것은 무엇인가? 한 달간 그것을 없애 보는 것이다.

그 한 달간 전자 기기 없이 사는 것은 전혀 즐겁지 않을 수 있다는 것을 뉴포트는 잘 알기 때문에 참가자들에게 의미 있고 만족할 만한 아날로그적인 활동을 시도해 보길 추천했다. "이 과정을 성공하기 위해서 디지털 세상 밖에서 자신에게 무엇이 중요하고 무엇을 즐길 수 있는지에 대해서 재발견하며 시간을 보내는 것이 중요하다"라고 뉴포트는 말한다. 그는 이어 "기술이 제공하는 쉬운 방해물을 대신할 수 있는 좋은 대안을 찾아내는" 참가자들이 성공할 가능성이 높다고 말한다. 대안이란 독서, 친구와의 커피 한잔, 글쓰기, 그림 그리기, 각종 지역 사회 행사 참여하기, 가족끼리 외출하기, 음악 감상, 콘서트 가기, 운동 등이 있다. 끊임없이 울려 대는 알람 소리, 업데이트 소식과 같은 방해물이 삶을 침범하기 이전에 우리가 즐겨왔던 취미생활을 재발견하는 것이다.

한 달의 기간이 끝난 후, 뉴포트는 참가자들에게 잠시 사용을 멈췄던 전자 기기와 전자 기술을 다시 삶에 들여오도록 했다. "각 전자 기기와 전자 기술에 대해 그것이 자신의 삶에서 어떤 가치가 있는지 그리고 더욱 자세하게는 그 가치를 극대화하기 위해서는 어떻게 사용해야 할지 파악해야 한다"라고 뉴포트는 말한다. 이를 효과적으로 이행하기 위해 참가자 스스로 이 질문을 해보길 권한다. '이 기술이 정말 내가 가치 있게 생각하는 그것을 극대화할 수 있는가?' 아니라면 사용을 멈추는 편이 낫다. 뉴포트는 이렇게 말한다. "디지털 미니멀리스트는 자신의 삶에서 가장 중요하게 생각하는 것에 도움이 되는 전자 기기와 기술만을 사용한다. 나머지는 기꺼이 사용하지 않는다."

생산성 전문가 타냐 달톤Tanya Dalton은 이것을 "놓치는 기쁨"을 제거하는 과정이라고 말한다. 실제로 〈놓치는 기쁨The Joy of Missing Out〉이라는 저서를 내기도 한 달톤은 "덜 하는 것은 비생산적이라고 생각할 수도 있겠지만 사실은 그 반대다. 오히려 더 생산적이다. 정말 자신이 하고 싶은 일에 집중하고 있기 때문이다"라고 한다. 나에게는 이 말이 디지털 미니멀리즘을 가장 잘 대변해주는 말이라고 느껴진다. 방해물과 분주함을 생산성, 효율성과 동일시하지 않는다면 우리에게 주어진 창의력으로 더욱 대단하고 의미 있는 것을 이뤄낼 수 있을 것이다.

기술로 인해 우리는 너무 많은 것을 하면서 우리로서 살아갈 시간이 부족하다. 매시간 사이사이에 일을 밀어 넣고 있다. 밖에 나가 보면 모두 같은 모습을 하고 있다. 고개를 푹 숙이고 반짝이는 화면에 눈은 고정되어 있다. 흡사 기술 시대의 좀비들 같다. 우리가 사는 세상은 분주하다. 인간으로서 우리의 가치는 작업량, 산출량, 결과로 측정된다. 우리는 극심한 경쟁에 내몰려 있다. 우리의 하루는 회의, 스프레드시트, SNS 업데이트, 출퇴근 시간의 교통체증, 트윗, 컨퍼런스 콜, 차로 이동하는 시간, 문자 메시지, 보고서, 음성메일, 멀티태스킹으로 가득 차 있다. 늘 어디를 향해 가고 있고 늘 분주하고 늘 뭔가를 해내고 끝내는 데 열중한다.

미국인의 근무 시간은 그 어느 때보다 길어졌다. 하지만 근무로 인한 소득은 그에 비해 줄어들었다.[84] 분주함이 새로운 정상이 되었다. 특히 직장 생활에서 분주하지 않은 것은 게으름, 비생산적, 비효율적, 즉 낭비로 간주된다.

하지만 나에게 '분주함'이란 악담과도 같다. 누군가 나에게 분주하다고 말할 때마다 나의 얼굴 표정은 일그러지고 고통에 온몸을 비틀어댄다. 그리고 매번 이렇게 대답한다. "저는 분주한 것이 아니라 집중하는 거예요."

헨리 데이비드 소로Henry David Thoreau는 이렇게 말한 적이 있다. "부지런히 하는 것으로는 충분하지 않습니다. 개미도 그렇습니다. 당신은 무엇에 대해 부지런합니까?" 나는 그의 말을 조금 변형해서 이렇게 말할 것이다. "바쁜 것으로 충분하지 않습니다. 모두들 그렇습니다. 당신은 무엇에 집중하고 있습니까?" 분주한 것과 집중하는 것은 천차만별이다. 분주함은 생산성을 상징하는 모든 것을 내포하고 있다. 우리의 손을 바쁘게 하고 그저 앞으로 나아가고 컨베이어 벨트를 움직이게 하는 것을 의미한다. 이렇게 별 의미없는 일을 '잡무'라고 하기도 한다. 잡무는 공장의 로봇이나 다른 자동화 기계에는 필요하다. 하지만 눈 떠 있는 시간 동안 의미 있는 무언가를 하려고 시도하는 사람들에게 잡무는 통 어울리지 않는다.

반면에 집중하는 것은 주의력, 인지력, 신중함을 요구한다. 사람들이 종종 내가 집중하는 시간을 분주함으로 오해하는 이유는 온전히 집중하면 겉으로는 바빠 보이기 때문이다. 나의 하루 일과는 대개 가득 차 있다. 하지만 내가 분주하다고 말할 수 없는 이유는 나는 많은 일을 하지 않기 때문이다. 내가 집중하는 일과 사람은 나의 온전한 주의력과 관심을 받고 있다.

집중하게 되면 분주할 때보다 많은 일을 처리할 수는 없다. 따라서 지난 몇 년간 내가 끝낸 일을 수치적으로 본다면 점점 줄어들고 있다. 하지만 내가 맡는 일의 중요성은 점점 커지고 있다. 예를 들어, 올해 나는 몇 개의 일만 할 예정이다. 이 책의 출판과 글쓰기 수업을 가르칠 것이다.[xvi] 하는 일이 많지는 않지만 온전히 집중해서 해낼 것이다. 그리고 그 외의 모든 것들은 직접적으로나 간접적으로 이 일들과 관련된 일들일 것이다.

성과와 지표를 자랑하는 사람들과 비교해서 내가 해내는 일은 다소 비루해 보일 수도 있다. 그리고 나는 많은 것들을 거절해야 한다. 하지만 그저 분주하기 위해서 분주한 삶을 사는 것보다는 훨씬 나은 삶이다. 물론 나 또한 여전히 분주함의 사이클에 다시 빠지기도 한다. 하지만 그럴지라도 나는 내가 그 사이클에 빠져 있다는 사실을 인지하려고 노력하고 더욱 의미 있는 일에 집중하려고 노력한다. 끊임없는 싸움이다. 그러나 싸울 만한 가치가 있는 싸움이다.

미니멀리스트의 규칙　　업그레이드 금지의 규칙

스마트폰, 노트북, 태블릿과 같은 전자 기기의 경우 2주마다 한 번 꼴로 새로운 버전의 기기가 출시되는 것 같다. 광고주는 우리가 가장 최신 기기를 구매하도록 수십 억, 수백 억을 투자한다. 우리가 현재 가지고 있는 기기, 우리를 만족시켜줄 것이라고 믿었던 그 기기는 이제 그다지 만족스럽지 않다. 하지만 업그레이드의 노예가 될 필요는 없다. 업그레이드는 안 해도 되는 것이다. 물론 기기가 고장 날 수도 있다. 그럴 때 세 가지 선택지가 있다. 없이 살든지,

---

xvi 자세한 사항은 howtowritebetter.org에서 확인할 수 있다.

수리하든지, 다른 기기를 구매하든지. 없이 사는 것은 현재 우리 문화에서 거의 금기시되고 있다. 하지만 종종 가장 좋은 선택이기도 하다. 왜냐하면 정말 그 기기가 삶에 필수적인지를 다시 고려해볼 수 있기 때문이다. 그리고 종종 없는 편이 낫다는 것을 깨닫기도 한다. 물론 없이 사는 것이 불가능한 기기도 있다. 이런 경우, 새로운 기기를 사지 않고 수리를 하면 된다. 자동차의 브레이크 패드가 고장 났다고 해서 자동차를 새로 구매하는 경우는 거의 없지 않은가. 다른 물건도 충분히 그럴 수 있다. 그리고 정 안될 때, 없이 사는 것도 불가능하고 수리하는 것도 불가능할 때, 마지막 방안으로 다른 기기를 구매할 수 있다. 하지만 그렇게 하더라도 언제든 중고 기기를 구매할 수 있다. 심지어 '다운그레이드'해도 삶에 전혀 지장 없이 기기를 사용할 수 있다. 이 방법은 환경에게도 우리에게도 훨씬 좋은 방법이다.

방해물 없애기

나는 스토아학파도 아니지만 확실히 러다이트Luddite(1811년~1817년에 일어난 기계 파괴 운동-역자주)도 아니다. 창의력을 발휘하기 위해서는 방해물 없이 온전히 집중할 수 있는 시간이 어느 정도 필요하다. 뉴포트는 이를 '열중하는 시간'이라고 부른다. 그리고 이 시간을 누리기 위해서 나는 내게 방해가 된다고 생각하는 것들을 일정 기간 제거한다. 그것이 내 삶에 진짜 가치를 더하는지 아니면 허상의 가치를 더하는지 판단하기 위해서이다. 일정 시간이 지나고 나서 그 잠재적 방해물을 다시 내 삶에 들이기로 결정한다면 그 이후로 나는 그것을 더욱 신중하게 사용할 수 있게 된다. 지난 10년간 내가 스스로 내 삶에서 제거한 방해물 몇 가지를 살펴보고 이를 제거하는 것이 나의 창의력 넘치는 삶에 도움이 되었는지 알아보자.

TV. 나의 첫 번째 결혼 생활에 종지부를 찍고 나서 얼마 후 나는 데이턴에 있는 아파트로 이사했다. 그 아파트는 최근에 리모델링한 아파트였다. 라이언은 그 집을 방문할 때마다 벽의 빈 공간을 가리키며 물었다. "TV 사이즈는 뭘로 할 거야?" 처음에 나는 "나도 모르겠어"라고 대답하며 140센티미터짜리 화면은 적당할지 고민했다.

그러다 며칠, 몇 주가 지났고 나는 TV가 굳이 필요하지 않다는 사실을 깨닫게 되었다. 사실 없는 편이 더 나았다. 매일 밤 퇴근하고 집에 오면 그 전까지 가장 큰 방해물이었던 TV를 켜고서 화면에서 뿜어져 나오는 불빛 앞에 최면에 홀린 듯 머무는 것이 아니라 뭔가 더 생산적인 일을 할 수 있게 되었다. 글을 쓰기도 했고, 독서를 하기도 했고 운동을 하기도 했다. 아니면 다른 오락거리를 찾아냈다. 참 흥미롭다. 방해물 하나를 제거하고 나면 다른 방해물들이 더 두드러지게 눈에 띈다.

인터넷. 1년 동안 TV 없이 지낸 후 나는 빚을 없애기 위해 더 작은 아파트로 이사했다. 어느 금요일, 라이언은 이사를 도와주러 집에 왔다. 그리고 그날 오후 나의 인터넷 케이블을 이전하기 위해서 케이블 회사에 전화를 했다. 며칠간 기술자를 보내줄 수 없다는 답변이 돌아왔다. "알겠어요"라고 나는 대답하며 "달력을 확인하고 다시 전화 드릴게요"라고 말하며 전화를 끊었다.

그리고 예상치 못한 일이 일어났다. 그 주말, 나는 성인이 되고 나서 가장 생산적으로 주말을 보냈다. 짐을 정리하고 집을 청소한 후 나는 매일 몇 시간씩 글을 썼다. 가족에게 전화를 걸어 안부를 묻고 나의 안부를 전했고 심지어 책도 한 권 읽었다. TV와 인터넷의 방해 없이 나는 마침내 내가 그토록 하고 싶었던 일을 해낼 수 있었다. 보통 때라면 굉장한 노력을 요구하는 일들이었다. 결국 방해물이 없어져야 꿈꾸던 일을 할 수 있었던 것이다.

그래서 나는 케이블 회사에 다시 전화를 걸지 않았다. 인터넷을 사용해야 할 일이 있을 때는 회사나 카페 아니면 길 건너 도서관에 갔다. 그러면서 나는 미리 인터넷으로 무엇을 해야 할지에 대한 계획도 세워야 했다. 자연스럽게 쓸데없이 인터넷 서핑을 하는 시간이 사라졌다. 유튜브를 보거나 SNS를 구경하면서 그저 인터넷으로 의미 없는 시간을 보내고 싶을 때에도 그것마저 미리 계획해야 했다.

스마트폰. 집에서 TV와 인터넷을 없애고 나서 무언가를 창작해 내는 시간은 기하급수적으로 늘어났다. 마침내 내가 늘 하고 싶다고 말하고 다녔던 작가로서의 삶을 시작할 수 있게 되었다. 블로그를 개설하고 24살 때부터 쓰기 시작했던 소설을 마무리하고 나서도 매일 글을 썼다. 아침에 눈을 뜨자마자 글을 썼고, 퇴근하고 나서도 글을 썼고, 주말에도 글을 썼다. 그러고 나서 내 인생 가장 큰 리스크를 감수할 만한 자신감이 생겼다. 퇴사를 하고 전업 작가가 되기로 했다.

몇 달이 더 지나고 나서 나는 나를 온종일 따라다니는 크나큰 방해물의 존재를 하나 더 알게 되었다. 카페를 가든, 친구의 집에 가든, 심지어 매일 밤 침대까지 나를 따라다니는 존재, 바로 스마트폰이었다. 주머니에 방해물을 온종일 가지고 다니는 셈이었다. 집에서 TV도 인터넷도 없었지만 정말 없앴다고 할 수 있을까? 주머니에 작은 TV와 인터넷을 들고 다니면서? 그래서 나는 2개월간 핸드폰을 서랍에 넣어두고 서랍을 자물쇠로 잠가 버렸다. 그러고 나서 내가 가지고 있는 습관에 대해서 정말 많이 깨닫게 되었다.

오늘날 공중전화는 거의 없다고 해도 무방하다는 사실을 알게 된 것 외에도 특이한 종류의 외로움도 느끼게 되었다. 인생에서 TV, 인터넷에 이어 핸드폰을 없앤다는 것은 삶에서 가장 큰 안정을 주는 것을 제거한다는 것을 의미한다. 그리고 마침내 충동적인 라이프 스타일을 살게 만들었던 많은 것들을 어쩔 수 없이 마주하게 된다. 나를 즐겁게 하는 반짝이는 화면이 눈앞에서 사라지자 엄청난 침묵을 마주하게 되었다. 주변의 모든 소리를 줄이게 되면 자신의 머릿속을 떠돌아다니는 생각이 얼마나 큰 소리를 내는지 비로소 알게 된다.

19권의 베스트셀러를 써낸 세스 고딘Seth Godin은 자신의 블로그를 통해 "스마트폰을 처음 샀을 때, 스마트폰을 들여다보는 데에 1년에 1,000시간 이상 사용하게 되리라는 것을 알았을까?"[85]라는 질문을 던졌다. "몇 달 후, 그 1,000시간 이상을 어떻게 사용했는지 기억해 낼 수 있을까? 우리가 시간을 낭비하는 것처럼 돈을 낭비했다면 세상에 파산하지 않은 사람은 단 한 명도 없을 것이다"라고 고딘은 말한다.

끊임없이 울려대는 핸드폰 없이 살았던 두 달간 나는 우리 사회 전체가 이상한 기대를 가지고 있다는 사실을 깨달았다. 스마트폰을 없애기 이전의 나는 모든 문자 메시지, 이메일, SNS 알림에 답장을 해야 한다는 이상한 압박을 느꼈다.

이 압박의 수준은 사람마다 매우 다를 것이다. 누군가는 한 시간 내에 답변이 오길 기대하는 반면 또 다른 누군가는 10분 이내에 답변이 오길 기대할 것이다. 아니면 그냥 하루 안에 답변이 오면 그 정도로 만족하는 사람도 있을 것이다.

그 어느 것도 옳다고 할 수 없다. 내가 울려대는 핸드폰에 즉각적으로 대응을 할 수 없게 되자 세상이 내가 언제 어떻게 반응해야 하는지 기대하는 것에 맞추기보다는 나의 기대를 새롭게 만들어 나갈 수 있었다. 그리고 곧 문자 메시지를 통해 피상적으로 누군가와 교류하는 것보다는 얼굴을 직접 맞대고 소통하는 것의 소중함을 알게 되었다. 친한 친구, 사랑하는 사람과 시간을 보낼 때 나는 더욱 진중하게 대화를 나눌 수 있었다. 그리고 스마트폰을 끼고 살던 그 때보다 훨씬 더 즐거운 시간을 보낼 수 있었다.

주머니에 핸드폰을 가지고 다니지 않게 되자 '다운타임(휴식 시간)'은 부적절한 단어라는 것을 알게 되었다. 옛날 우리는 일상의 위안이 되는 소중한 순간들을 누릴 수 있었다. 공항, 가게, 대기실 어디서든. 오늘날은 더 이상 그렇지 않다. 지금은 모두가 쉴 새 없이 핸드폰으로 통화를 하고, 문자 메시지를 보내고, 인터넷을 하고 있다. 그저 더 생산적인 활동을 하고 더 많이 교류하려는 것처럼 보이기도 한다. 하지만 잠깐 멈추고 생각하는 것이 이메일을 한 번 더 확인하거나 SNS를 한 번 더 들여다보는 것보다 효과적일지도 모른다. 특히 무언가 의미 있는 것을 만들어 내고 싶다면 말이다.

마침내 나는 방해물이 있든 없든 세상은 변함없이 돌아간다는 것을 깨달았다. 휴대폰, 인터넷, TV 없이도 지구는 변함없이 공전한다. 짧은 기간 동안 어떤 방해물 없이 사는 것이 더 나은지 테스트해 보는 시간을 가져도 좋다. 핸드폰 없이 살았던 두 달간 정말 핸드폰이 절실히 필요했던 적은 단 한 번도 없었다. 물론 불편한 적은 많았고 짜증이 났던 적도 많다. 하지만 정말 의미 있는 삶을 살기 위해 필요한 아주 작은 대가에 불과했다.

방해물이 아닌 도구

미니멀리즘이 창의력을 향상시킨다고는 말할 수 없다. 하지만 삶에서 필요없는 부분을 없애는 과정을 통해 사람들은 자신의 창의력을 발견하기도 한다.

미니멀리즘을 실천한다고 해서 부족함을 느끼며 살아야 한다는 것은 아니기 때문에 두 달 후 나는 다시 핸드폰을 사용하기 시작했다. 하지만 다른 용도와 다른 방식으로 사용하게 되었다. 오늘날 나는 핸드폰을 GPS, 전화, 사전 앱, 메모 그리고 다른 유용한 앱을 쓰기 위해 사용한다. 물론 종종 문자 메시지를 받고 보내기도 한다. 하지만 다른 누군가와 있을 때 문자 메시지를 확인하거나 보내는 일은 없다.

그리고 혼자 있을 때 핸드폰에 방해를 받기 가장 쉽기 때문에 나는 모든 알람을 끄고, SNS를 삭제하고, 불필요한 앱을 모두 지웠다. 특히 지난 90일간 한 번도 사용하지 않은 앱은 모조리 다 지웠다. 그리고 정말 핸드폰을 사용해야 할 때를 제외하고는 핸드폰을 '방해 금지' 모드로 바꾸어 더 미니멀리스트의 전자 기기 없이 보내는 토요일에 참여한다. 토요일마다 나와 아내는 서랍 안에 핸드폰을 넣어두고 전자 기기의 화면을 보지 않고 하루를 보낸다.

그리고 나는 심지어 핸드폰의 화면을 흑백으로 설정해둔다.[86] 전 구글 디자인 윤리학자인 트리스탄 해리스Tristan Harris에 따르면 화면을 흑백으로 설정해두면 설치된 앱이 훨씬 덜 매력적으로 보이기 때문에 쉴 새 없이 핸드폰을 확인하는 일이 줄어든다고 한다. 인스타그램의 사진과 유튜브의 영상이 생동감 넘치는 색깔로 표시되는 것이 아니라 무미건조한 흑백으로 나타난다고 생각해 보자. 보고 싶은 마음이 조금은 줄어들 만하다.

구글 혁신의 구루인 고피 칼라일Gopi Kallayil은 우리의 스마트폰을 "79번째 장기"라고 칭했다. 우리가 정말 반이상향적인 미래에 살고 있다는 생각이 들지는 않는가? MRI 사진 촬영을 통해 핸드폰 중독자 뇌에서 지능을 나타내는 부분은 마약 중독자의 뇌와 비슷하게 형태와 크기가 변한다는 사실이 밝혀졌다.[87] 개인적으로 나는 핸드폰을 뇌를 변형시키는 부속물보다는 나에게 유용한 도구로 사용하고 싶다.

하지만 아무리 좋은 도구도 누가 사용하는지가 중요하다. 사슬톱으로 뒷마당에 썩어 가는 나무를 잘라낼 수도 있지만 이웃을 다치게 할 수도 있다. 페인트 한 통으로는 집의 외면을 아름답게 꾸밀 수 있다. 아니면 똑같은 페인트 한 통으로 공원 벽에 마음껏 그라피티를 그릴 수도 있다. 기술도 이와 비슷하다. 우리의 삶 그리고 더 나아가 다른 이들의 삶을 더욱 풍성하게 만들기 위한 도구로서 트위터나 레딧이나 유튜브를 활용할 수 있다. 분명 이 플랫폼은 다른 이들과 소통하고 공유할 수 있는 새로운 방식을 제시하기 때문이다. 아니면 반대로 SNS의 버뮤다 삼각지대에 갇혀서 그저 페이스북에서 인스타그램으로, 인스타그램에서 틱톡으로 옮겨다니며 반짝이는 작은 화면을 들여다보며 무의미한 시간을 보낼 수도 있다.

스마트폰을 통해 아름다운 풍경의 사진을 찍을 수도 있고, 사랑하는 사람에게 안부를 전하는 메시지를 보낼 수도 있고, 가고 싶었던 국립공원으로 가는 길을 찾을 수도 있다. 아, 물론 전화를 걸 수도 있다. 아니면 그 똑같은 기기를 그저 이메일을 체크하고, 다른 사람의 SNS를 끊임없이 염탐하고, 수많은 셀카를 올리는 등 무의미한 활동을 행하기 위해 사용할 수 있다. 그 과정에서 우리가 살고 있는 세상의 모든 아름다움은 무시한 채 말이다.

결국 우리 손에 쥐어진 사슬톱, 페인트 한 통, 그리고 기술을 어떻게 사용할지는 우리에게 달려 있다. 도구는 도구일 뿐이다. 그리고 그 도구를 왜, 어떻게 사용할지에 대한 답을 찾아내는 것은 우리의 몫이다. 러다이트가 되면 기술의 도구로 더욱 풍요로워진 더 나은 세상을, 가능성의 세계를 포기하는 것이다. 기술을 의미 있게 사용한다면 우리는 이 도구를 통해 세상에 큰 변화를 일으킬 수 있다. 반면에 엄청난 위협을 가할 수도 있다. 그 선택은 우리만 내릴 수 있다. 우리의 손가락 끝에 세상의 운명이 달려 있다.

지난 10년간 나는 각기 다른 시기에 내가 삶에서 잠시 끊어냈던 기술적인 방해물을 다시 들여왔다. 그 방해물 없이 사는 기간을 통해 나는 더욱 신중하게 그것을 다시 들여올 수 있었다. 이전과 달라진 점이 있다면 방해물이 아니라 도구로서 내 삶에 다시 들여왔다는 것이다.

나는 9년간 TV 없이 살았다. 이사 간 로스앤젤레스의 새로운 아파트에는 벽걸이 TV가 포함되어 있었기 때문에 어쩔 수가 없었다. TV가 없었더라면 더 좋았겠지만 있었기 때문에 나와 내 가족은 종종 TV를 사용했다. 하지만 TV 시청을 더욱 의미 있게 만들 수 있는 규칙 세 가지를 만들고 지켰다. 그 세 가지 규칙은 24시간 전에 미리 TV 시청 시간을 계획하는 것, 일주일에 세 시간 이상 TV 시청을 하지 않는 것, 그리고 절대 혼자 TV를 보지 않는 것이었다.

오늘날 나는 인터넷도 TV와 비슷하게 새로이 내 삶에 들여오는 작업을 하고 있다. 5년간 집에 인터넷을 설치하지 않고 보냈지만 시간이 흐르며 상황이 변했다. 나보다 나의 아내와 어린 딸이 집에서 인터넷을 사용해야 하는 일이 늘어났다. 나에게는 집에 인터넷을 설치하는 것이 방해가 되었지만 결국 적절한 타협점을 찾게 되었다. 집에 인터넷 케이블을 설치하고 아내와 딸은 나에게 와이파이 비밀번호를 가르쳐 주지 않았다. 나에게는 인터넷이 없는 것과도 같았다.

당신은 어떤 상황에 놓여 있는가? 창의력을 발휘하는 데 가장 큰 방해물에는 어떤 것이 있는가? 그 방해물이 무엇인지 파악하기 어렵다면 '4장. 가치와의 관계'에 나온 허상의 가치를 다시 한번 읽어 보길 바란다. 보통 허상의 가치가 삶의 가장 큰 방해물인 경우가 많다. 하루, 일주일, 한 달간 그 방해물을 삶에서 제거해 버리면 어떤 일이 생길까? 이 질문에 대한 답을 찾는 방법은 단 한 가지밖에 없다, 해 보는 것이다.

소비자가 아닌 창작자

우리는 우리 스스로를 소비자라고 생각하는 경우가 많다. 분명 어느 정도 사실이긴 하다. 하지만 소비자이기 전에 우리는 창작자다. 오랫동안 우리는 도구, 건물, 예술을 만들어 냈다. 하지만 현대의 소비주의 사회는 우리로 하여금 우리가 그저 고객이자 구매자라고 생각하도록 만들고 있다. 그리고 그 결과, 많은 사람들의 창작 근육은 서서히 위축되고 있다.

인간인 우리가 창작 활동을 하는 데에는 두 가지 이유가 있다. 표현과 소통이다. 창작 활동을 멈추면 효과적으로 우리 자신을 표현할 수 있는 능력을 상실하고 다른 이들과 소통할 수 있는 능력을 상실한다는 말이다.

의미 있는 창작 활동은 사랑의 표현이기도 하다. 다른 이들을 위해 무언가 의미 있는 것을 만들어 내는 것만큼 사랑을 잘 표현할 수 있는 것도 없다. 미국 내 전국적으로 유명한 라디오 호스트이자, 커리어 코치, 〈친밀함의 원칙The Proximity Principle〉의 저자인 켄 콜맨Ken Coleman은 창작 활동을 함으로써 세 가지를 달성할 수 있다고 한다. 필요한 능력을 전수하고, 다른 이들에게 동기를 부여하고, 즐거움을 선사하는 것이다. 콜맨은 이것을 창의력의 세 가지 기둥이라고 한다.

"그림 한 점이든 자기 개발서 한 권이든 창작 활동의 결과물은 사람들이 더욱 경험하고 싶게 만들 정도로 즐거움을 선사해야 한다"라고 콜맨은 나에게 말하며 이렇게 말했다. "창작 활동의 결과물은 다른 사람들로 하여금 자리에서 일어나 뭔가 행동을 취하고 싶도록 만들어야 한다. 그 행동이 크든 작든 상관은 없다. 그리고 사람들에게 지식과 경험을 선사해야 한다. 시작은 그림 한 점이나 영화 한 편이었을지 몰라도 단순히 그 그림이나 영화가 전달하고자 하는 것보다 훨씬 더 의미 있는 것을 도출할 수 있도록 도와야 한다."

내가 작가로서 생계를 유지한 지 약 10년이 되어 간다. 20대에 소설을 처음으로 쓰기 시작하면서 나는 그저 작가가 되고 싶었다. 그냥 글을 쓰는 사람 그 이상 그 이하도 바라지 않았다. 그리고 정말 작가가 되었다. 그러고 나서 나는 내가 블로그, 팟캐스트, 강연과 발표, 영화 제작 등 다른 종류의 창작 활동을 즐기는 사람이라는 사실을 새로이 깨달았다.

글쓰기를 좋아한다고 해서 글쓰기'만' 좋아한다는 것은 아니다. 실제로 우리가 가진 능력 중 많은 것들이 여러 분야에 걸쳐 유용하게 사용될 수 있다. 글은 소통이나 어떤 생각이나 감정을 표현하기에 가장 좋은 수단이다. 그리고 다른 이들에게 무언가를 가르치고, 동기를 부여하고, 즐거움을 선사할 수 있는 가장 좋은 방법이기도 하다. 하지만 이제 글쓰기 외에도 메시지를 전달할 수 있는 다른 수단을 찾아서 활용하기도 한다. 아직도 글을 많이 쓰긴 하지만 창작 활동은 매일 한다. 창작 활동을 통해 나는 살아있음을 느낀다. 창작 활동이 잘되어갈 때 신경 말단까지 그 짜릿함을 느낀다.

콘텐츠가 아닌 가치

오늘날 너무나도 많은 사람들이 스스로를 '콘텐츠 제작자'라고 지칭한다. 왜일까? 나는 창의력과 창작 활동을 무척이나 지지하는 사람이지만 그저 만들어내기 위해서 만드는 것을 좋아하지는 않는다. 그저 만들어내기 위해서 만들다 보면 종종 만들어내는 양에 초점을 두기 쉽다.

나는 '콘텐츠' 만들기에 초점을 두지 않는다. 대신 '가치' 만들기에 초점을 둔다. 문제를 해결하고, 즐거움을 선사하고, 의미 있는 메시지를 전달하고, 좋은 생각과 아이디어를 표현하고, 시간이 지나도 의미가 퇴색되지 않을 가치 있는 무언가를 만들어내는 데 초점을 둔다. 소비자로서 무언가를 구매할 때 신중하게 선택해야 하는 것처럼 무언가를 만들어 낼 때에도 신중함이 필요하다. 그렇지 않으면 그저 그런 여느 '콘텐츠 제작자'가 되기 십상이다.

광고주, 케이블 뉴스 방송국, SNS '인플루언서'의 공통점은 무엇일까? 두 가지가 있다. 무의미한 활동을 하고 수익을 동기로 한다는 것이다. 지금쯤이면 내가 돈 자체를 반대하거나 싫어하는 사람이 아니라는 것을 알고 있을 것이다. 하지만 창작 활동의 결과가 수익일 필요는 없다. 실제로 취미를 통해 수익을 추구하는 것은 창작 활동에 대한 열정에 물을 끼얹는 것과도 같다. 캐니언시티Canyon City로 많은 사람들이 알고 있는 가수 겸 작곡가인 폴 존슨Paul Johnson과 대화하고 이 사실은 더욱 명백해졌다. 폴 존슨은 취미로 음악을 시작하다가 음악이 직업이 된 사람이다.

존슨은 아주 어릴 때부터 기타를 연주했다. 하지만 18살 때 음악가로서 꿈을 이루기 위해 파고에서 내슈빌로 이사하면서 그는 자신이 음악 업계 의사결정자들의 마음에 들기 위해 자신의 창작 능력을 타협하고 있다는 사실을 깨달았다. 그는 나에게 이렇게 말했다. "기업을 위한 상업적 음악을 만들어내는 계약을 따내면서 마침내 나는 생활비를 벌 수 있었다. 하지만 내가 만들고 싶은 음악은 만들 수 없었다."

수년간 라디오 CM송과 영혼 없는 '콘텐츠'를 녹음하면서 존슨이 그토록 꿈꾸던 음악가라는 직업은 악몽이 되었다. 그는 "음악의 기쁨을 모두 빨아내 버렸다. 내가 가장 사랑했던 음악이 죽어버린 것 같았고 마치 내가 죽인 것 같았다"라고 말했다. 그래서 존슨은 갑작스럽게 음악을 그만뒀다. 그리고 홈 디포Home Depot에서 나무를 옮기는 직업을 가졌다. 그리고 음악은 다시 취미로 하기 시작했다. "음악으로 돈을 버는 일을 그만두자 음악에 대한 사랑은 곧 돌아왔다. 그리고 캐니언시티를 시작했다." 돈에 대한 사랑보다는 창작하는 그 행위에 대한 사랑을 되찾자 존슨은 다시 전업 음악가가 될 수 있었다. 이전과 차이가 있다면 자신이 원하는 음악을 만들고 수익에 휘둘리지 않는다는 것이다. 수익은 그저 부가적인 것에 불과하다.

좋은 비즈니스는 돈을 번다. 더 좋은 비즈니스는 세상에 변화를 만든다. 창작 활동도 이와 비슷하다. 나의 창작 활동으로 돈을 벌 생각을 하지 않아도 나의 창의력으로 다른 사람을 즐겁게 하고 다른 이들의 문제를 해결할 때 돈은 저절로 따라온다. 결국 경험과 능력이 충분히 쌓이면 사람들이 먼저 나서서 돈을 주려고 할 것이다. 나는 그라피티 작가인 셰퍼드 페어리Shepard Fairey의 말에 전적으로 동의한다. "나는 내가 2센트 들여 만든 것을 3센트에 판다." 물론 이는 창작의 결과물을 다른 사람이 가치 있게 생각할 때만 사실이 될 수 있는 말이다.

비판받을 준비

미니멀리즘을 실천한다고 해서 부족함을 느끼며 살아야 한다는 것은 아니다.

창작 활동의 결과물을 세상과 공유할 때 그 결과물에 즐거움을 느끼는 사람도 있겠지만 불만과 반대 입장을 표하는 사람도 있을 것이다. 세상에 창작물을 공개하면 창작자는 평가를 받는다, 당연한 일이다. 하지만 이 때 알아야 할 것은 비판과 피드백에는 분명한 차이점이 있다는 것이다. 비판은 문제를 조명한다. 반면에 피드백은 해결책을 제시한다. 따라서 우리는 우리가 신뢰하는 사람들로부터 피드백을 받아야 한다. 피드백을 바탕으로 우리의 창작물은 개선될 수 있기 때문이다. 반면에 비판과 비난은 피해야 한다. 창작 활동의 길에 방해만 되기 때문이다.

의미 있는 무언가를 만들어 낼 때마다 비판을 받을 것이다. 그리고 그 창작물이 아무리 완벽에 가깝더라도 항상 판단 받고 평가 받을 것이다.

"조명이 좀 으스스하네요."
"이 책은 전혀 좋지 않아요."
"취미로만 하세요."

비판은 비판하는 사람의 불안과 취약한 면을 반영하는 거울과도 같다. 대부분의 비판은 그저 개인적인 취향에 불과하다. 우리가 비판해 달라고 요청하지 않았으므로 우리는 그 비판에 반응하지 않아도 된다. 오히려 반응하지 않는 편이 더 좋다. 그저 다음 창작 활동에 전념하면 된다. 이렇게 비판을 무시하는 일을 충분히 그리고 자주 하다 보면 굳은살이 점점 더 생겨나 창작물이 다른 이들에게 어떻게 보여질지에 대해 걱정하지 않고도 다음 창작물에 더욱 집중할 수 있을 것이다. 이렇게 두려움 없이 창작 활동을 하면서 신뢰 받는 이들에게 좋은 피드백을 받으면 좋은 작품이 나오게 된다.

결국 다른 대안도 마땅히 없다. 모든 트집과 까탈스러움에 일일이 반응할 수도 없는 노릇이다. 그렇게 반응한다면 애초에 만들려고 했던 것이 무엇인지도 잊어버리게 되고 결국 '갈매기'들에게 먹이만 주게 될 것이다. 갈매기라고 했냐고? 그렇다. 라이언과 나는 인터넷에 의미없는 악플을 다는 사람들을 악플러나 안티가 아니라 '갈매기'라고 부른다. 날아 들어와서 당신과 당신의 창작물에 똥을 싸고 유유자적 날아가기 때문이다. 그리고 갈매기와 같이 이 사람들의 말과 행동 속 의미는 너무나도 단순하다. 사실 비판만 늘어놓는 대부분의 사람들은 생산적인 말을 하는 경우가 거의 없다. 그저 자신의 불안을 투사할 뿐 이들과의 대화에서 가치와 의미라는 것은 전혀 찾아볼 수 없다. 이들이 하는 말을 듣게 되면 그들이 가진 불안은 우리의 생각을 파고들어 우리 또한 결국 가치 있는 무언가를 만들어낼 수 없게 된다. 따라서 우리가 할 수 있는 일은 두 가지다. 계속 창작 활동을 하면서 비판을 받거나, 새똥이 무서워서 의미 있는 창작을 그만두거나. 나라면 그저 머리를 보호할 뭔가를 쓰고서라도 계속해서 의미 있는 무언가를 만들 것이다.

하지만 대화하다 보면 가치 있는 말을 하는 비판가들도 분명 있다. 이들을 전문 비판가라고 할 수 있다. 하지만 이 비판도 창작자를 위한 것이 아니라 창작물을 소비하는 사람들을 위한 것이다. 나의 창작물 또한 다양한 미디어에 의해 비판을 받고, 수도 없이 혹평을 받았다. 그래도 괜찮다. 우리가 하는 일을 모두가 좋아하기란 불가능하다. 대중의 스포트라이트를 받은 지 10년이 다 되어가는 지금 내가 알게 된 것을 라디오 호스트인 샬라마뉴 더 갓_{Charlamagne tha God}이 아주 잘 정리해서 설명해 줬다. "그들이 말하는 것처럼 절대 완벽해질 수 없을 것이다. 그렇다고 해서 그들이 말하는 것처럼 나빠질 수도 없다." 창작 활동을 할 때 우리는 이 말을 기억해야 한다. 비판은 우리를 향한 것이 아니다. 대신 우리의 창작물을 한층 업그레이드하는 데 도움을 주길 원하는 사람들로부터 피드백을 받아야 한다.

창의력의 도구

우리는 종종 창의력의 도구와 창의력 그 자체를 혼동하는 경우가 많다. 헤밍웨이가 소설을 쓸 때 사용했던 연필을 찾아 다니고 코폴라가 영화를 찍을 때 사용했던 카메라를 찾아 다니고 헨드릭스가 쳤던 기타를 찾아 다닌다. 하지만 지미 헨드릭스의 기타를 가졌다고 해서 지미 헨드릭스가 되는 것은 아니다. 헤밍웨이의 연필과 코폴라의 카메라도 마찬가지다. 물론 많은 창작 활동에는 다양한 도구가 필요하지만 도구 자체는 우리가 생각하는 것만큼 그렇게 중요하지 않다. 도구에 너무 초점을 맞추면 오히려 창작 활동에 방해가 되기도 한다. 여기서 또 창의력의 외연을 넓히기 위해 미니멀리즘이 등장한다.

책, 에세이, 심지어 사야 할 식료품 목록을 쓰기 위해 완벽한 노트, 펜, 키보드를 찾아 헤매는 대신 그 시간에 나는 그냥 글을 쓴다. 당시 나에게 있는 도구가 무엇이든 그것을 이용해서 말이다. 내가 썼던 글 중 가장 좋은 문구들은 그저 평범한 연필로 식당 냅킨에 낙서처럼 끄적인 것들이다.

오히려 나는 제약이 창의력을 더욱 풍부하게 만든다고 주장하는 사람이다. 영화감독이 엄청나게 감동적인 영화를 제작하고 나서 또는 음악가가 너무나도 좋은 음악 앨범을 녹음하고 나서 바로 실패작을 내놓는 경우를 본 적이 있는가? 영화감독이나 음악가 모두 첫 시도에는 사용할 수 있는 자원이 한정되어 있었을 것이다. 따라서 순전히 자신의 능력에만 의지해야 했을 것이다. 하지만 한 차례의 성공 후 무한한 예산과 다른 자원이 주어지고 난 후에는 문제를 맞닥뜨렸을 때 창의력을 발휘해서 문제를 해결하기보다는 그저 돈으로 문제를 해결했을 것이다. 창작 활동을 하는 사람들에게서 자주 나타나는 경향이다. 금전적인 방식으로 문제를 해결하려고 할 때 우리의 창의력은 퇴보한다.

무한한 자원은 창의력을 억압한다. 따라서 창작 활동을 할 때 처음으로 우리는 우리에게 주어진 가장 강력한 도구를 꺼내야 한다. 창의력 넘치는 모든 사람의 도구함에 있는 그 도구, 바로 질문이다. 질문을 하는 것보다 창의력을 자극하는 것은 없다.

따라서 창의력을 키우고 싶다면 자주 그리고 많이 질문해라.

내가 표현하고 싶은 것은 무엇인가?

내가 소통하고 싶은 것은 무엇인가?

내가 해결하고 싶은 문제는 무엇인가?

내가 대답하고 싶은 질문은 무엇인가?

이것이 타인의 삶에 어떤 방식으로 가치를 더할 수 있을까?

이것이 어떻게 다른 이들에게 지식을 전수하고, 동기를 부여하고, 즐거움을 선사할 수 있을까?

이 질문들은 분명히 다른 질문을 낳고 또 다른 질문을 낳을 것이다. 좋은 일이다. 왜냐하면 그 어떤 반짝이는 물건보다 호기심이야말로 창의력을 기를 수 있는 요소이니 말이다.

창의력의 태초

"아이디어는 어디서 얻으세요?" 창작 활동을 꿈꾸는 사람들이 흔히 하는 질문이다. 하지만 나는 이 질문이 조금 우습게 들렸다. 이 질문을 들을 때마다 창의력을 판매하는 상점이나 보관하는 창고나 만들어내는 일급 비밀 정부 기관이 떠올랐기 때문이다. 이 질문을 들을 때마다 나는 내가 할 수 있는 가장 솔직한 답변을 내놓는다. "인생으로부터요."

미니멀리스트의 규칙　**사진 스캐닝 파티**

그 당시에는 열심히 찍어 댔던 사진을 수년간 보지도 않고 어디 있는지 기억도 못 하는 사람들이 꽤 많을 것이다. 다른 물건들과 함께 상자 안에 밀어 넣어서 구깃구깃해진 사진들은 이제 옷장 한구석으로 밀려난 지 오래다. 그렇다면 사진 스캐닝 파티를 열 타이밍이다. 우선 친구 몇 명을 집으로 초대해서 음식을 배달시키고 가지고 있는 사진들을 모조리 꺼내서 친구들과 같이 부엌 식탁에 앉아 보자. 사진들을 하나씩 넘겨 보며 사진에 얽힌 추억에 대해서 이야기하자. 이때 간직하고 싶은 마음에 드는 사진 몇 장은 따로 빼 둔다. 그리고 휴대용 사진 스캐너로 그 사진들을 스캔해서 디지털 파일로 변환한 뒤 메모리 카드에 저장해두자. 마지막으로 그 사진들을 클라우드에 업로드한다. 이제 집에 무슨 일이 일어나든, 홍수가 나든, 화재가 나든, 도둑을 맞든 사진들은 안전하게 보관할 수 있을 것이다. 조금 더 용기가 생긴다면 스캔 후에 실제 사진들은 폐기해 보자. 방 한구석 어딘가에 사진들을 처박아 두는 대신 디지털 액자를 사용해서 디지털 사진들로 집을 꾸며 보자.

사진을 스캔해서 보관하는 방법에 대해서 자세히 알고 싶다면 더 미니멀리스트 팟캐스트의 272화 '숨겨진 잡동사니'를 들어 보자.

창의력은 경험을 통해서 생겨난다. 20대의 나는 소설을 썼다. 아무래도 내 삶이 너무나도 평범하고, 놀랍게도 놀라운 면이 하나도 없어서였을지도 모르겠다. 마치 내 삶은 이야깃거리가 될 가치가 없는 것처럼 느껴졌다. 그래서 내가 쓴 이야기의 대부분, 심지어 내가 지어낸 상상 속의 이야기들도 읽을 가치가 없을 만큼 형편없었다.

하지만 시간이 흐르면서 나 스스로 내 삶에 변화를 만들었고 그 변화들은 다른 사람들과 공유할 만한 가치가 있는 것들이었다. 오랜 기간 나의 젊음과 열정을 바쳤던 회사에서 퇴사했던 일, 이혼했던 일, 내가 소유한 물건 중 대부분을 정리했던 일, 새로운 관계를 만들었던 일, 새로운 취미를 만들었던 일. 직접 종이 위에 이러한 변화들을 써 내려가면서 그 변화들을 더욱 자세히 들여다볼 수 있었다. 만약에 내가 스탠드업 코미디언이었다면 나의 아픔과 슬픔을 농담으로 희화화했을 것이다. 만약에 내가 건축가였다면 건축물의 디자인을 통해 나의 개인적 어려움을 표현했을 것이다. 모든 직업이 그러하다. 우리가 만들어내는 것은 간접적으로 그리고 직접적으로 우리 삶에 일어난 사건과 세상에 일어난 일을 나타낸다.

그렇다고 마틴 스코세이지가 갱단원이었다거나 짐 캐리가 정말로 동물 탐정이었다는 말은 아니다. 이 사람들은 자신의 창작물을 통해 삶의 심오함을 표현했고 각자 다른 방식을 이용해서 자신의 창의력을 나타냈다. 사람마다 자신의 예술가적 기교나 비전을 나타내는 방식은 다르다. 하지만 결과는 동일하다. 모든 창작물에는 삶의 고단함, 어려움, 고통이 드러나기 마련이다.

우리는 모두 뭔가를 만들어 내고자 한다. 창작은 인간의 보편적인 욕구다. 하지만 정말 무에서 유를 창조하는 법은 없다. 창작하려면 우선 누군가와 공유할 만한 삶을 살아야 한다. 흠없는 완벽한 삶을 살아야 한다는 말은 아니다. 다만 우리 스스로 배울 만한, 그래서 다른 이들이 우리 삶의 경험으로부터 배울 만한 것이 있는 삶을 살아야 한다. 결국 내가 하고 싶은 말은 이것이다. 글을 쓰는 일은 좋은 일이다. 하지만 살 만한 가치가 없는 삶에 대해서는 쓰지 않길 바란다.

완벽주의란 완벽한 악인

볼테르Voltaire는 이런 말을 한 적이 있다. "완벽함이 선함good의 적enemy이 되지 않도록 하라." 어떤 창작 활동을 할 때 누구나 최선을 다하고 싶어 한다. 거울을 보고 당당하게 이렇게 말하고 싶어 한다. "그 당시 나에게 주어진 자원에도 불구하고 나는 내가 할 수 있는 최선을 다했어." 하지만 완벽함이 우리의 기대가 되어서는 안 된다.

우리의 최선은 시간에 따라 변한다. 20년 전 나의 최선은 오늘날의 그저 그런 수준일 수도 있다. 비록 그 그저 그런 날들이 있었기 때문에 오늘날 내가 있겠지만 말이다. 어쩌면 다소 김빠지는 소리 같을 수도 있다. 하지만 나는 오히려 그 반대라고 주장하고 싶다. 오늘날 '충분히 좋아질' 가능성이 있다는 말로 이해하길 바란다. 아니면 작가 베키 보프레 길레스피Becky Beaupre Gillespie가 말한 것처럼 "충분히 좋은 것이 오늘날의 완벽함이다."

이런 측면에서 창작 활동은 체육관에 다니는 일에 비유해 볼 수 있다. 몸을 단단한 근육질로 만들고자 한다면 유일한 방법은 체육관에 매일 나가는 것이다. 전날의 노력에 다음날의 노력을 더하고 또 그다음날의 노력을 더하는 방식 말이다. 절대 "완벽한" 몸을 만들 수는 없겠지만 노력의 시간이 쌓일수록 매일 조금씩 가장 좋은 모습이 되어 갈 것이다.

실제로 뭐라도 하는 것이 머릿속으로 완벽한 아이디어만 그려내는 것보다 훨씬 낫다. "흠 없이 완벽한 무언가를 만들어 내려고 몇 시간을 투자하든 말이다"라고 엘리자베스 길버트Elizabeth Gilbert는 저서 〈빅 매직Big Magic: Creative Living Beyond Fear〉에서 말한다. 그녀는 이어 "아무리 완벽하다고 생각해도 항상 흠을 찾아내는 누군가가 존재할 것이다(베토벤의 심포니가 너무 시끄럽다고 주장하는 사람이 있는 것처럼). 어느 순간에는 그저 하던 일을 끝내고 손에서 놓아버려야 한다. 그래야만 기쁨과 열정이 넘치는 마음으로 계속해서 다른 무언가를 만들어 낼 수 있다. 그리고 이것이 바로 창작 활동의 목적이다."

창작의 결과물 기념하고 공유하기

자, 이제 본인이 만든 음악이나 그림, 소프트웨어를 세상에 공개할 준비가 되었다고 생각해 보자. 충분히 오랫동안 공들였고 힘든 시간을 충분히 보냈다. 가장 신뢰하는 지인들로부터 피드백도 받았고 이를 바탕으로 결과물도 개선했다. 거울에 비친 자신의 모습을 보고 비록 완성물이 완벽하지는 않지만 지금 할 수 있는 최선을 다했다고 당당하게 말했다. 축하한다!

자, 이것이 무슨 의미인지 잠깐 생각해 보자. 우선 주위를 둘러보자. 아는 사람 중 책을 쓰거나 앨범을 녹음하거나 그림을 그린 사람이 몇 명 있는가? 다섯 명? 그것보다 적은가? 아마 아주 가까운 지인 중 이런 일을 시작하고 완성까지 한 사람은 당신이 유일할 것이다. 충분히 자랑스러워해도 된다. 당신의 손끝에서 태어난 창작물은 남은 삶의 기간 동안 소중한 자산이 될 것이다. 아무도 그 자산을 당신에게서 빼앗아 갈 수 없다. 해고를 당하든 소중한 가족 중 한 명을 잃든 재정적으로 어려운 시기를 맞닥뜨리든 당신이 만든 것은 영원히 당신 것이고 영원한 자산으로 남을 것이다. 비록 추후 10년간 서랍 속에 고이 간직될지라도. 하지만 고이 간직하지는 말길 바란다. 충분히 세상과 나눌 만한 가치가 있으니 말이다.

바이럴리티라는 바이러스

그렇다면 새로 만들어 낸 그 창작물로 뭘 할 수 있을까? 가장 이상적인 것은 그 창작물에 관심이 있는 사람들과 공유하는 것이다. 하지만 관심있는 사람들을 어떻게 찾을 수 있을까? 청중과 어떻게 교류할 수 있을까? 세상에 우리의 창작물을 어떻게 보여 줄 수 있을까?

이 질문에 대한 답을 찾기 위해 우리는 사회 전체가 가지고 있는 가장 큰 오해를 먼저 다뤄야 한다. 우리의 창작물을 세상과 공유하기 위해서는 일단 '바이럴viral되어야 한다'는 오해다. 온라인으로 거의 모든 것이 이뤄지는 오늘날, 모든 창작자가 바이럴되기 원할 만큼 바이럴리티는 매력적. 우리는 하루아침에 성공하길 원한다. 비법. 마법의 알약. 지금 우리 문화에서는 가장 쉬운 길을 걷는 것을 선호하는 경향이 만연하다. 하지만 나는 그 길이 아닌 다른 길을 권장한다.

바이럴되기 원하는 욕망은 반직관적이다. 우리는 평생 바이러스를 피해가며 산다. 우리는 손을 씻는다. 입을 가리고 기침을 한다. 아픈 사람은 피해 다닌다. 하지만 대중에게 다가가는 측면에서는 유일하게 바이럴한 순간을 찾아 다닌다. 이런 종류의 관심을 받고자 하는 경향은 질병이자 집착에 가깝다는 사실을 알지 못한 채 말이다. 바이럴 컨텐츠는 그 속에 본질은 없는 그저 잘 만들어진 사운드 바이트sound bite에 불과하다. 사운드 바이트는 그 순간에는 엄청나게 매력적으로 보일지 몰라도 절대 그 매력이 오래가지는 않는다.

생각해 보자.

정말 바이럴되는 것에는 어떤 것이 있나 말이다.

많이 노출된 인스타그램 사진.

월드스타가 싸우는 영상.

자동차 사고 유튜브 영상.

언쟁이 오가는 트윗.

무의미한 주장.

TMZ 헤드라인.

대부분의 바이럴 순간은 찰나로 지나간다. 그리고 그 잠시 머문 사이에 남기는 발자국은 세상에 딱히 어떠한 도움도 되지 않는다. 그리고 정말 드물게 좋은 책이나 앨범이나 TED 영상이 바이럴 된다고 하더라도 결코 바이럴리티를 목적으로 만들어진 것이 아니다. 단지 훌륭한 작품성의 결과일 뿐이다.

우리가 왜 그토록 바이럴리티를 갈구하는지 생각해 본 적 있는가? 왜 그렇게 바이럴 영상, 수천 번, 수만 번 공유될 블로그 포스트, 끊임없이 리트윗 되는 트윗을 만들어 내려고 애쓰는 이유가 있을까? 우리 모두 그저 파블로프의 개처럼 대중의 관심에 침 흘리는 존재에 불과한 걸까?

내가 개인적으로 무엇이든 빠르고 쉽게 가능케 하는 마법의 알약이라는 개념을 무척이나 싫어하는 것일 수도 있다. 나의 성공은 절대 하룻밤 사이에 일어나지 않았기 때문이다. 한번에 조금씩, 아주 조금씩 일어났다. 지금까지도 내가 생각하기에 내가 창작한 것 중에 바이럴된 것은 없다. 그렇다고 해서 바이럴되길 원하는 것도 아니다. 물론 바이럴되면 수많은 클릭 수와 조회 수로 많은 사람들에게 도달할 수 있겠지만 정말 그런 관심을 원하는지 한번 생각해 보자. 그렇게 관심을 얻은 사람들이 정말 당신의 창작물에 관심이 있는 사람들이라고 할 수 있을까? 얼마나 오래 관심을 끌 수 있을까? 상호적인 관계라고 할 수 있을까? 바이럴된다는 것은 술을 무료로 제공하는 파티를 여는 것과 비슷해 보이지 않는가? 파티에 사람들은 몰려들겠지만 무료 술이 다 떨어지고 나서 과연 그 사람들이 파티에 남아서 즐길까?

바이럴 말고도 대안이 있다. 바이럴되는 것에 중점을 두는 것 대신 나는 단 한 가지에만 중점을 둔다. 가치를 더하는 것이다. 습관적으로 나는 트윗을 보내기 전에 그리고 팟캐스트를 녹음하기 전에 책을 쓰기 전에 스스로 묻는다. '이것이 정말 가치를 더하는 것일까?' 이에 대한 대답이 '아니'라면 공유할 만한 가치가 없는 것이다. 얼마나 많은 대중의 관심을 끌 만한 일이던 말이다. 진정한 창작자들은 관심을 받기 위해 창작하지 않는다. 진정한 창작자들은 창작하지 않으면 안 되기 때문에 창작한다.

대중과 자신의 결과물을 공유하는 것에 있어서 장기적인 성공을 위한 유일한 방법 그리고 신뢰 관계를 형성하기 위한 몇 안 되는 방법 중 하나가 가치이다. 사람들이 당신을 신뢰한다면 사랑하는 사람들과 당신의 창작물을 자발적으로 공유해 줄 것이다. 인간은 본능적으로 다른 이들과 가치 있는 것을 나누고자 하는 동물이기 때문이다. 바이럴리티가 아닌 신뢰야말로 우리의 창작물을 세상과 공유하기에 가장 좋은 전략이다. 신뢰가 없다면 관심을 얻는 것도 그저 클릭 한 번, 그리고 그 관심이 떠나는 것도 그저 클릭 한 번이다.

창의력과 비즈니스

금전적인 방식으로 문제를 해결하려고 할 때 우리의 창의력은 퇴보한다.

오늘날만큼 창의력을 마음껏 발휘하기 좋은 시기는 없다. 온라인 세상 덕분에 사상 최초로 창작물의 통제권은 우리 자신에게 있다. 직접 경험해서 아는 바이다. 20대 때 나는 출판업계의 구조에 불만을 느낄 때마다 직접 나섰다. 내 책을 출판하는 데 다른 이들의 허락 같은 것은 필요하지 않았다.

출판업계의 누군가가 안 된다고 말해도 나는 스스로 된다고 말했다. 지난 10년간 라이언과 나는 독립 출판으로 네 권의 책을 출간했다. 그중 세 권은 베스트셀러 목록에 올랐다. 우리는 전 세계를 돌아다니며 책 투어를 했고 기존의 방법으로 책을 출간한 대부분의 저자들보다 더 많은 독자를 확보했다. 최근까지만 해도 우리 스스로 모두 해낸 일이다. 그저 창작자에만 머물지 않았기 때문에 할 수 있었던 일이다.

창작자의 역할이 그저 창작에 그쳤던 시절이 있었다. 나와 같은 작가는 최선을 다해 가장 좋은 글을 쓰는 것에만 집중했다. 그리고 편집, 교열, 디자인, 홍보, 판매, 출판은 다른 이들의 몫이었다. 대부분의 작가들은 이런 시스템에 만족했다. 아니, 부분적으로 만족했다고 말하는 것이 더 적절할 것이다. 이 시스템 외의 다른 선택권은 없었으니 말이다. 독자에게 글을 전달하기 위해서는 유일한 방법이었다.

오늘날에는 그렇지 않다. 다른 선택권이 많이 존재한다. 기존의 전통적인 출판 시스템을 통해 책을 출간하는 작가들도 스스로 자신의 책을 홍보함으로써 주도권을 쥐기도 한다. 물론 독립적으로 책을 출간하는 작가들도 늘어났다. '발견'되고 돈벼락을 맞고 싶다면 이 이야기는 적용되지 않겠지만 다른 의미로 성공하고 싶다면 자신을 창의적인 사업가, 기업가 정신을 탑재한 사람으로 바라보는 것이 필요하다. 이런 관점을 통해 우리는 모든 비즈니스적 선택을 우리의 작업물을 개선하고 적절한 사람들에게 전달할 수 있는 기회로 바라볼 수 있게 된다. 그리고 SNS에 글을 업데이트하고 책을 실제로 판매하는 것과 같은 행정적인 일은 창작 과정의 일부가 될 뿐이다.

처음에는 약간 부담스럽게 들릴지도 모른다. 하지만 생각해보면 오히려 더 많은 권한이 주어진 것이고 더 많은 자유가 생긴 것이다. 더 이상 변명할 필요도 없고, 누군가에게 선택받길 기다릴 필요도 없고, 다른 누군가에게 실패를 탓할 일도 없어진다. 우리 창작물의 질, 디자인, 유통 등 모든 운명이 우리 자신에게 달려 있다. 창작 후 스스로 나서서 그 창작물을 봐줄 대상을 찾아야 한다. 그 누구도 대신해 주지는 않을 것이다.

정리: 창의력

다시 라이언의 차례다. 조슈아가 창의력과 창작 활동에 대한 깊은 통찰력을 나눠줬으리라고 생각한다. 그리고 이를 바탕으로 당신의 창의력을 발휘하고 싶게 만드는 그 무엇인가를 찾을 수 있길 바란다. 준비되었는가? 그렇다면 아래 질문을 통해 한층 더 깊게 당신의 창의력을 열정적으로 발휘할 수 있는 부분은 무엇인지 함께 찾아보도록 하자.

창의력에 관한 질문

1. 할 일을 미루는 것이 삶에 어떠한 영향을 미치는가?
2. 창의력을 발휘하는데 가장 큰 방해물은 무엇인가?
3. 스스로를 분주하다고 생각하는가 아니면 한두 가지 일에 집중한다고 생각하는가? 이유는 무엇인가?
4. 어떤 부분에 더 집중하고 싶은가? 이유는 무엇인가?
5. 편하다고 느끼는 안전지대를 얼마나 자주 벗어나는가?

해야 할 것

다음으로는 이번 장에서 기술과 창의력의 관계에 대해 배운 것이 있다면 무엇인지 생각해 보자. 배운 것 중에 마음에 남은 것은 무엇인가? 창의력을 발휘하는 데 방해가 되는 것들은 제거하고 세상에 도움이 될 수 있는 의미 있는 무언가를 만들기 위해서 배운 것 중 어떤 것을 적용할 수 있을까? 오늘, 지금 당장 일상 생활에 적용해볼 수 있는 다섯 가지 지침을 살펴보자.

- **자신이 창의력을 발휘할 수 있는 분야를 찾자.** 삶에서 무엇을 만들고 싶은지 명확하게 아는 것이 중요하다. 창작하고 싶은 다섯 가지를 적어보자. 이 다섯 가지를 파악하기 위해 스스로 아래 질문을 물어 볼 수 있다.
  - 다른 이들을 어떻게 더 잘 도울 수 있을까?
  - 나는 어떤 문제를 해결하고 싶은가?
  - 해결이 가장 필요한 분야는 무엇인가?

- **창의력을 집중해 보자.** 어떤 창작물에 집중할지 파악하기 위해서 한층 더 깊이 내면을 살펴봐야 한다. 목록에 쓴 다섯 가지에 대해 아래 질문에 대한 답을 써 보자.
  - 이 창작물의 흥미롭거나 독특한 점은 무엇인가?
  - 이것이 다른 이들에게 어떻게 가치를 더할 수 있을까?
  - 머릿속에 있는 창작물을 실현시키기 위해서 어떤 단계가 필요할까?

- **창의력을 키워 나가자.** 이제 목록의 다섯 가지 중 하나를 선택해서 실현할 차례다. 만약에 고르는 것이 어렵다면 무작위로 하나를 선택해도 무방하다(다섯 가지 창의적인 일을 각각 쪽지에 적고 상자 안에서 뽑는 방식을 사용해도 좋다. 다만 상자 안에서 쪽지 하나를 꺼낼 때 어떤 것을 뽑길 바라는지 생각해보면 선택하기 쉬울지도 모른다).

- **방해물을 없애자.** 이제 하나를 선택했으니 집중할 차례다. 이를 위해 창작 활동에 방해가 되는 것에 대한 경계선을 그어야 한다. 하루에 시간을 가장 많이 소비하는 방해물은 무엇인지 생각해 보자. 솔직하게 대답해야 한다. 그리고 떠오른 모든 방해물에 대해서 아래 질문에 대한 답을 적어 보자.
  - 삶에서 이 방해물이 정말로 필요한가? 그렇다면 이유는 무엇인가?
  - 현재 이 방해물에 얼마만큼의 시간을 소비하고 있는가? 소비하기에 적절한 시간은 어느 정도라고 생각하는가?
  - 이 방해물이 없다고 가정했을 때, 집중할 수 있는 정말 중요한 것들에는 어떤 것이 있을까?

- **창의력을 실천하자.** 모든 방해물을 제거했기 때문에 분명 시간적 자유가 있을 것이다. 이제 그 시간을 창작 활동에 투자

하면 된다. 효율적인 창작 활동을 위한 계획을 세우기 위해 아래 질문에 대한 답을 적어 보자.

◦ 얼마나 자주 창작 활동을 할 예정인가? 매일 습관화할 수 있을까?
◦ 이 과정을 누구와 함께할 수 있을까?
◦ 언제 시작할 것인가?

하지 말아야 할 것

마지막으로 방해가 되는 것에 대해서 생각해 보자. 아래는 오늘부터 당장 하지 말아야 할 다섯 가지 행동이다. 창의적인 삶을 살고 싶다면 아래 사항들을 잘 지켜가길 바란다.

• 돈을 주된 목적으로 열정을 추구하지 말자.
• 바이럴되는 것에 중점을 두지 말자. 대신 사람들의 신뢰를 얻고 가치를 더하는 것에 중점을 두자.
• 완벽함 때문에 창작 활동에 구애받지 말자. 창작물은 절대 완벽할 수 없다. 아무리 전문가라고 해도 말이다.
• 창작 활동을 하는데 사용하는 도구의 브랜드에 연연하지 말자. 도구는 도구일 뿐이다.
• 다른 사람들의 비판을 신경 쓰지 말자. 그 대신 창작에 집중하자.

관계 7. 사람

해로운 사람은 그 무엇도 받을 권리가 없다.

당신은 절대 주위 사람들을 변화시킬 수 없다. 하지만 주위 사람들을 바꿀 수는 있다. 시간을 되돌려서 어릴 적 나에게 충고하나를 할 수 있다면 위 문장이 적힌 종이 한 장을 줄 것 같다.

어린아이일 때 우리는 다른 사람들을 없어서는 안 될 필수적인 존재로 인식한다. 어머니는 우리를 먹여주고, 아버지는 우리를 돌봐 주고, 형제자매는 우리를 가르쳐 주고, 친구는 우리와 소통하고 교류한다. 이처럼 우리 주위의 가족과 친구는 우리를 사랑해 주는 존재다. 하지만 시간이 지날수록 우리 자신과 우리 삶에 존재하는 다른 사람들 사이에는 벽이 생겨난다. 우리의 욕구가 많아지고 스스로 시도하는 것들이 많아지면서 말이다.

인정하자. 2020년 COVID-19라는 바이러스가 전 세계를 강타하기 훨씬 이전부터 우리는 이미 사회적 거리두기를 하고 있었다. 사춘기를 맞이할 때쯤, 우리는 자동차, 옷, 그 외 수많은 것들에 관심을 두면서 가족과 친구들로부터 조금씩 거리를 두기 시작한다. 그리고 20대를 맞이하면서 우리는 이미 조금씩 멀어진 거리를 더 멀어지게 만드는 직장이라는 세계에 발을 들이게 된다. 그저 열심히 일할 뿐 잘 사는 방법으로부터도 점점 멀어진다. 그리고 나이가 점차 들어가면서 온갖 물건과 잡동사니를 모아 댄다. 그리고 다른 사람과의 사이에 세워진 벽은 점점 높아지고 거리도 점점 멀어진다. 물건으로 집을 가득히 열심히 채우지만 그 잡동사니 한가운데서 우리는 고립된 섬과 같이 외로움을 느낀다.

스위스 치즈처럼 마음에 숭숭 뚫린 구멍을 채우기 위해서 우리는 새로운 관계를 찾아 헤맨다. 하지만 가치를 나눌 수 있는 사람들과 관계를 맺는 것이 아니라 우리 안의 최악의 모습을 이끌어 내는 사람들과 관계를 맺는다. 그리고 어느덧 몸은 다 성장했지만 성숙하지 못한 성인의 모습을 띤다. 30살, 40살, 50살 또는 그 이상이 되어 우리는 어리둥절한 모습으로 주위를 둘러보면서 궁금해한다. 왜 그렇게 많은 물건과 사람들로 우리의 공허한 삶을 채워 댔는지 말이다. 이 엉망진창이 된 수렁에서 벗어나고 싶다면 현재 우리가 맺고 있는 관계를 솔직하게 재평가해야 한다. 심지어 스스로 느끼기에 해로운 관계들도 말이다.

다시 이번 장의 첫 문장이 등장한다.

너무나도 자주 우리는 주위의 사람들을 변화시키려 한다. 그들이 아닌 다른 사람의 모습에 맞춰서 바꾸려고 한다. 우리로 하여금 성장하고, 발전하고 우리의 가장 좋은 모습을 이끌어 내는 생산적인 관계를 맺는 대신 우리가 이상적인 친구, 애인, 가족의 모습이라고 생각하는 다른 누군가로 바꾸려고 한다.

당연히 이런 관계를 통해 애정이나 배려는 자라날 수 없을뿐더러 관계에 속해 있는 양측 모두 성장하기 어렵다. 그리고 시간이 흐르면서 이 관계는 점점 더 해로워지고 작은 언쟁들과 방어적이고 공격적인 태도들이 쌓이고 쌓여 결국 차마 내뱉지 말아야 할 말들을 내뱉게 된다. 사랑해서 시작했던 많은 관계들이 전쟁으로 끝나는 이유가 여기에 있다. 화내서 내뱉은 사나운 말들은 큰 소리가 되어 되돌아오고 곧 벽이 부서지고 물건이 날아다닐 만큼 폭력으로 변질된다.

조금 세심한 독자라면 이 책의 모든 장이 '나'라는 단어로 시작한다는 사실을 이미 알아차렸을 것이다. 하지만 유일하게 이 장은 '당신은'으로 시작한다. 의도적인 장치다. 의도적으로 이 책의 포맷을 우리의 삶과 닮도록 만든 것이다. 나는 관계에 대한 책을 쓰기로 마음을 먹으면서 대외적인 인간관계를 망치는 많은 요인들이 사실 우리 내면이 문제들과 연관이 되어 있다는 사실을 깨달았다. 다른 이들과 의미 있는 관계를 맺기 이전에 우리 내면의 문제부터 먼저 파악하는 것이 중요하다.

그렇다고 해서 지금까지 삶에 필요한 여섯 가지 관계와 관련된 문제를 모두 해결하기 전까지는 다른 이들을 막 대해도 된다는 말은 아니다. 과도한 물건을 제거하는 미니멀리즘을 통해 우리는 물건뿐만 아니라 우리의 머리와 마음속에 있는 과도한 생각과 짐 또한 정리해야 한다. 진실, 자신, 가치, 돈, 창의력과의 관계가 개선될수록 우리는 우리가 이상적으로 생각하는 모습이 되어가고 따라서 다른 이들과의 관계를 개선할 수 있는 기초를 다질 수 있게 된다. 우리 자신을 먼저 이해하지 않는 것은 우리의 잠재력을 숨기고 사는 것과 마찬가지며 우리 주위의 사람들에게 벌을 주는 것과도 같다.

여러 가지 성격들

1921년 출간된 칼 융Carl Jung의 〈심리 유형Psychological Types〉에 나온 성격의 차이 이론에 따르면 '기본적으로 세상을 대하는 태도'로 사람의 성격을 분류할 수 있다고 한다.[88] 마이어스—브릭스 재단 창립자인 이사벨 브릭스 마이어스Isabel Briggs Myers는 융의 성격 유형 이론을 "사람들의 실생활에 보다 쉽고 유용하게 활용할 수 있도록" 마이어스-브릭스 유형 지표MBTI, Myers-Briggs Type Indicator를 개발했다.[89]

이사벨 마이어스와 그녀의 어머니 캐서린 브릭스Katharine Briggs는 네 가지 선호 지표가 조합된 양식을 통해 16가지의 성격 유형을 정의한다.

에너지 방향. 외적 세계에 집중하는 것을 선호하는가, 내면의 세계에 집중하는 것을 선호하는가? 이 질문에 대한 답에 따라 외향형E, Extroversion 또는 내향형I, Introversion으로 나눌 수 있다.

인식 기능. 외부에서 들어오는 기본적인 정보에 집중하는 것을 선호하는가 아니면 정보를 해석하고 의미를 부여하는 것을 선호하는가? 이 질문에 대한 답에 따라 감각형S, Sensing 또는 직관형N, Intuition으로 나눌 수 있다.

판단 기능. 결정을 내릴 때, 먼저 논리와 일관성을 고려하는 것을 선호하는가 아니면 관련된 사람과 환경을 고려하는 것을 선호하는가? 이 질문에 대한 답에 따라 사고형T, Thinking와 감정형F, Feeling으로 나눌 수 있다.

생활 양식. 어떤 일을 하거나 계획을 할 때, 할 일이나 문제를 빨리 처리하고 결정하는 것을 선호하는가 아니면 새로운 정보를 수용하고 다양한 선택을 고려하는 것을 선호하는가? 이 질문에 대한 답에 따라 판단형J, Judging과 인식형P, Perceiving으로 나눌 수 있다.

이 설명을 읽어 보기만 해도 자신의 성격 유형을 쉽게 파악할 수 있을 것이다. 하지만 조금 더 확실하게 알고 싶다면 myersbriggs.org에서 성격 유형에 대한 테스트 전체를 해볼 수 있다.

마이어스—브릭스 이론을 단순하게 표현해 보자면 이렇게 말할 수 있다.

어떤 사람은 내향형_I이고 어떤 사람은 외향형_E이다.
어떤 사람은 디테일을 보고_S, 어떤 사람은 '큰 그림'을 본다_N.
어떤 사람은 고심해서 생각하는 것을 좋아하고_T, 어떤 사람은 그 순간을 느끼는 것을 좋아한다_F.
어떤 사람은 계획적으로 행동하는 것을 좋아하고_J, 어떤 사람은 충동적으로 행동하는 것을 좋아한다_P.

위와 같은 분류 네 개에 속한 지표를 통해 자신의 성격 유형을 파악했다면 그 성격 유형을 네 개의 알파벳으로 표현할 수 있을 것이다.

나의 MBTI를 밝히자면 나는 ISTJ(내향형, 감각형, 사고형, 판단형)이다. 그렇다면 나와 비슷한 성격 유형을 가진 사람들만 어울려야 할까? 전혀 그렇지 않다. 더 미니멀리스트의 다른 반쪽인 라이언은 나와 정반대의 MBTI를 가지고 있다. 그는 ENFP(외향형, 직관형, 감정형, 인식형)이다. 반면에 나의 아내는 나와 조금 더 비슷한 성격을 가지고 있는 INTJ(내향형, 직관형, 사고형, 판단형)이다.

성격을 가지고 옳고 그르다를 논할 수 없다. 하지만 이 MBTI 자체를 얼마나 진심으로 받아들이든 자신의 성향을 이해하는 것은 중요하다. 다른 이들과 소통하고 교류하는 데 분명히 도움이 되기 때문이다. 이와 비슷하게 자신의 성격에 맞게 다른 이들의 성격을 고치려고 하기보다 다른 이들의 성격 유형의 유일무이함을 인정하게 되면 비록 다르더라도 그들의 관점을 존중할 수 있게 되고 따라서 그 관계는 더욱 단단해지고 풍성해질 것이다. 개인적으로는 특히 이 점은 내향성과 외향성과 관련하여 더욱 중요하다고 생각한다.

내향성과 외향성

수년간 나는 내가 왜 혼자 있는 것을 즐기는지 이해하지 못했다. 그래서 사회적 통념에 따라 사람들과 교류했고 나의 성향을 만들어 갔다. 나는 본래 심하게 내향적인 사람이지만 10대와 20대의 나의 행동을 보면 외향적인 사람으로 보였다. 내가 선택한 직업 때문에 나는 사람들과 교류하는 것을 좋아했어야만 했고, 눈 떠 있는 시간 대부분을 회의하고, 통화하고, 사람을 만나 판매를 하며 보냈다. 내가 정말 혼자 있을 수 있는 시간은 화장실을 갈 때뿐이었다. 유일하게 문을 걸어 잠그고 잠시나마 혼란과 소음이 가득한 세상을 뒤로 할 수 있는 시간이었다.

그리고 외향적인 사람으로 더욱 오해를 받았던 이유는 사회적으로 능숙했기 때문이다. 심지어 나 스스로 내 자신이 외향적이라고 생각한 적도 있을 정도였다. 하지만 그것은 알래스카 연어가 자신을 저면 셰퍼드라고 이야기하는 셈이었다. 아무리 개목줄을 달고 있더라도 물고기가 개처럼 짖을 수는 없는 노릇이다. 그저 그렇게 태어나지 않은 것이다. 외향성이 나에게 없는 것처럼. 결국 사람들과 끊임없이 만나고 소통하고 교류하면서 온몸의 에너지와 힘이 빠져나간 것 같은 느낌이 들었다.

내가 확실히 말할 수 있는 것은 라이언은 나와 정반대로 행동했을 것이다. 만약에 라이언에게 혼자만의 시간이 많은 삶을 살도록 했다면 그는 이야기하고 교류할 친구 없이 비참하게 살았을 것이다. 그렇다고 해서 라이언이 조용한 시간을 아예 즐기지 않는다는 것은 아니다. 하지만 그 조용함은 그의 '기본 상태'가 아니다. 저면 셰퍼드는 수영은 할 수 있을지 몰라도 물속에서 숨을 쉴 수는 없지 않은가.

물론 그 누구도 100퍼센트 내향적이거나 100퍼센트 외향적이지는 않다. 내향성과 외향성이라는 성향은 모 아니면 도인 것이 아니라 스펙트럼으로 나타난다. 내향적인 사람들은 대체로 조용하고, 차분하고, 부끄러움을 많이 타고, 내성적이고, 말이 없고, 믿음직스럽고, 평온하고 우직하다. 반면에 외향적인 사람들은 대체로 수다스럽고, 사회성이 높고, 사교적이고, 활기차고, 스킨십을 좋아하고, 긍정적이고, 활발하고, 자기 주장을 펼치는 데 거리낌이 없다.

하지만 솔직히 말하자면 내 성격을 표현하기 위해서는 내향적인 사람을 설명하는 단어뿐만 아니라 외향적인 사람을 설명하는 단어도 몇 개 빌려와야 한다. 나는 전형적으로 내향적인 사람으로 차분하고, 믿음직스럽고 우직하지만 부끄러움을 많이 타거나 수동적이지는 않다. 그리고 수다스럽거나 사교적이진 않지만 일반적으로 외향적인 사람처럼 긍정적이고 나의 주장을 잘 펼치는 경우가 많다. 요점은 그 누구도 특정한 성향에 완벽하게 들어맞을 수는 없다는 것이다. 하지만 자기 자신을 잘 안다면 다른 사람의 기대에 맞춰서 자신의 성격을 애써 연기할 필요 없이 자신의 성격에 따라 라이프 스타일이나 다른 사람과 교류하는 방식을 조율할 수 있다.

솔직히 나는 내가 어딘가 잘못된 줄 알았다. 20대 내내 나는 사회적 통념에 따라 정상적으로 기능하는 사회인이라면 할 법한 것들을 그대로 하면서 살았다. 퇴근 후에 동료들과 놀러 가고, 매일 저녁 그리고 매 주말 친구들과 시간을 보냈고, 사람들과 별 의미 없는 가벼운 농담도 잘 했다. 항상 누군가와 함께 있었고 무언가를 하고 있었다. 혼자인 적이 거의 없었다. 하지만 이토록 끊임없이 누군가와 교류하면서 나는 점점 마모되는 느낌이었고 점점 함께 있을 때 즐겁지 않은 사람으로 변해갔다. 이상하게 외로운 느낌이었다.

그리고 20대가 저물어가면서 나는 나 혼자만의 시간을 어느 정도 보내고 나면 다른 사람과 함께할 때 훨씬 더 즐거울 수 있다는 사실을 깨달았다. 오늘날 나는 엄청나게 많은 혼자만의 시간을 가진다. 실제로 나보다 혼자만의 시간을 더 많이 보내는 사람은 본 적 없는 것 같다. 나는 혼자 산책하고, 글을 쓰고, 운동하고, 책을 읽고, 공상한다. 그리고 그 과정에서 침묵의 소리를 즐기는 방법을 배웠다. 조용히 앉아 주변의 소리에 귀 기울이는 것이 아니라 내면의 소리에 귀 기울이는 법을 배웠다.

하지만 오랜 기간 혼자만의 시간을 보내기의 가장 큰 장점은 친구와 저녁 식사를 하든, 아내와 데이트를 하든, 수천 명의 독자들과 북투어 행사를 하든 어떤 사회적인 상황에 내 자신을 다시 노출시키고 그 상황에 집중해야 할 때, 나는 훨씬 더 즐거운 사람이 된다는 것이다. 혼자만의 시간을 통해 이득을 보는 사람은 나뿐만이 아니라 내 주위의 모든 사람들이다. 나와 내 주위의 사람들 모두 가장 좋은 모습의 나를 보기 때문이다.

하지만 누구에게 더 많은 혼자만의 시간을 가지라고 하거나 다른 사람들과 더 많이 어울리는 시간을 가지라고 쉽게 조언을 하지는 않는다. 나에게는 좋은 것이 다른 사람에게는 아닐 수도 있기 때문이다. 라이언이 나처럼 살아야 한다면 그는 무척이나 고통스러울 것이다. 그는 어디서든지 시선을 사로잡는 스타다. 태생적으로 카리스마가 넘치고, 웃기고, 모두가 쉽게 좋아할 만한 사람이다. 그리고 외향적인 사람으로서 그는 다른 사람들로부터 에너지를 얻는 반면 혼자 있는 시간은 그에게 에너지가 소모되는 시간이다. 나는 완전히 그 반대다.

따라서 그의 방식이나 나의 방식을 옳고 그르다라고 판단하는 것은 옳지 않다. 어떤 방식을 선택하든 그것은 사람마다 각기 다른 성향에 달려 있다. 게다가 아무리 스펙트럼의 극과 극에 위치한 성향을 가진 사람이라 할지라도 절대적인 것은 없다. 정말 수도사의 경계선에 위치한 나 또한 완전히 혼자 살라고 하면 절대 그러지 못할 것이다. 라이언도 마찬가지로 아무리 그가 내향적인 사람이라 하더라도 그 또한 종종 사람들로부터 떠나 혼자만의 휴식이 필요하다.

세 가지 관계

우리가 사랑을 가장 잘 표현할 수 있는 방법은 다른 이들에게 솔직해지는 것이다. 조금 더 거리를 두고 사랑하는 것이라 해도 말이다.

사람들은 '관계'라는 말을 사용할 때 주로 신체적으로 가깝거나 친밀한 사이를 지칭한다. 하지만 이번 장에 있어서는 '관계'는 우리가 살아가면서 교류하는 모든 사람들, 친구, 파트너, 배우자, 애인, 룸메이트, 동료, 지인을 가리킨다는 점을 염두에 두고 읽어 줬으면 한다. 이 모든 사람들은 우리와 관계를 맺고 있는 사람들이다. 건강하든, 중립적이든, 해롭든 우리가 삶에서 맺는 관계는 주요 관계, 보조 관계, 주변 관계로 나눌 수 있다.

주요 관계는 우리와 가장 친한 사람들을 칭한다. 배우자, 직계 가족 그리고 가장 친한 친구를 의미한다. 우리의 삶을 영화로 제작한다면 그 속에서 다섯 손가락 안에 드는 주인공들을 주요 관계라고 할 수 있을 것이다. 우리의 삶에서 우리가 가장 중요하게 생각하는 사람들 말이다.

보조 관계는 주요 관계와 비슷하지만 여러 이유로 주요 관계의 사람들보다는 덜 중요한 사람들을 의미한다. 부차적인 관계에는 친한 친구, 상사, 친한 동료 그리고 친척들이 있다. 이들은 삶이라는 영화에서 조연들이 될 것이다.

주요 관계와 부차적인 관계를 제외한 나머지 사람들, 아마 삶에서 알고 지내는 대부분의 사람들은 마지막 분류인 주변 관계에 속할 것이다. 대부분의 회사 동료, 이웃사촌, 지인, 먼 친척들, 대부분의 페이스북 친구와 같은 사람들이 주변부 관계에 속한다. 이들은 삶이라는 영화에서 단역 또는 엑스트라 정도가 될 것이다.

하지만 누군가가 이 세 가지 분류에 속한다고 해서 그 관계가 꼭 건강하다고 말할 수는 없다. 실제로 의미 있는 삶을 사는데 가장 방해가 되는 것 중 하나는 우리의 삶에 스멀스멀 등장해서 해로운 영향만 미치는 사람들이다. 따라서 어떤 사람들이 우리의 삶에서 어떤 역할을 하고 있는지 파악하는 것이 중요하다. 그에 따라 관계에 대한 우선순위를 재정의하고 자신이 이상적이라고 생각하는 모습에 도달할 수 있도록 힘을 주고 도와주는 사람들을 곁에 두는 것이 중요하다.

우리 삶에 있는 모든 사람들에 대한 목록을 만들고 그 관계가 건강한지, 중립적인지, 해로운지 등 관계에 대한 정의를 내려보면 주요 관계와 부차적인 관계에 속하는 대부분의 사람들과 정말로 어떤 관계를 맺고 있는지 보다 명확히 파악할 수 있다. 우리 삶에 있는 모든 사람들이 어떤 역할을 맡을지 결정하는 것은 우리에게 달려 있다.

안타깝게도 우리가 인간관계에 대한 우선순위를 세울 때 가장 중요시하는 것은 접근성과 편리함인 듯하다. 결국 우리는 주변부 관계에 속한 사람들과 우리의 소중한 시간 중 대부분을 보내곤 한다. 주변부에 속한다고 해서 꼭 '나쁜' 사람이라고 할 수는 없다. 하지만 우리에게 주어진 시간은 하루에 단 24시간이고 이 시간을 동료나 지인과 보내게 되면 우리에게 가장 중요한 사람들을 등지는 셈이다. 그들에게 공평하지도 않을뿐더러 우리에게도 좋은 일이 아니다.

기억할 것은 모든 관계가 고정적이지 않다는 점이다. 여러 사람이 우리의 삶을 드나들 것이고 우리가 성장하고 그들이 성장하면서 그들이 속한 관계의 분류 또한 끊임없이 변할 것이다. 10년 전 우리와 가깝게 지냈던 사람들 중 오늘날까지 가까이 지내는 사람들이 많지 않은 것처럼 말이다. 이와 비슷하게 미래에 우리가 맺는 관계도 계속 변하고 성장할 것이다. 우리는 새로운 친구들을 만들 것이고 현재 우리가 맺고 있는 관계는 서서히 저물거나 더 친밀해질 것이다. 완전히 끝나버리는 관계도 분명히 있을 것이다. 이 과정에서 우리는 주도적으로 행동해야 한다. 어떤 관계를 맺고 사는지는 우리가 결정해야 한다. 앞으로 우리는 우리에게 힘이 되는 관계를 어떻게 새로 맺을 수 있는지 살펴볼 것이다. 또한 현재 관계를 어떻게 고치고 개선할지, 그리고 정말 우리가 의미 있는 삶을 살 수 있도록 무한한 응원과 지지를 보낼 사람들을 위해 우리에게 해만 되는 관계를 어떻게 끊어낼 수 있는지도 살펴보자.

힘이 되는 관계 만들기

높은 벽을 세우지 않고도 경계선을 설정할 수 있는 방법은 존재한다. 당신은 절대 주위 사람들을 변화시킬 수 없다. 하지만 주위 사람들을 바꿀 수는 있다.

내가 아내와 첫 데이트를 한 지 약 2분 후, 나는 아내의 알몸을 봤다. 그날은 내 생일이었고 레베카는 내가 미니멀리스트라는 사실을 알고 있었기 때문에 그녀는 커플 마사지가 적절한 선물이라고 생각했다(그녀가 나에게 제시한 다른 옵션은 승마와 카약이었다. 좋아하지 않는 것을 좋아하는 척할 수 없었기 때문에 그 두 가지는 거절했다).

마사지 시술소에 들어서자 마사지 치료사 두 명이 나와 우리를 반겼다. 한 명은 체구가 큰 남자였고 다른 한 명은 체구가 작은 여자였다. 두 명 다 흰색 가운을 입고 있었고 텅 빈 방 한가운데 두 개의 마사지 테이블이 나란히 놓여 있었다. 마음이 평온해지는 음악이 흘러나오고 있었고 적당히 선선한 에어컨 바람이 고요함을 더욱 배가시켰다. "편하신 만큼 옷을 벗어 주시면 됩니다"라고 여자 마사지 치료사가 말했다. "저희는 2분 후에 다시 들어오겠습니다."

그들이 나가자마자 나는 눈을 동그랗게 뜨고 미소를 지으며 아내를 이런 눈빛으로 바라봤다. "당신이 하자고 한 일이야." 그리고 나는 신발을 벗었다.

아내는 다소 당황스러운 눈빛을 보낸 후에 아무렇지도 않다는 듯 어깨를 한 번 으쓱거렸다. 이렇게 말하는 것 같았다. "같은 방에서 옷을 벗으라 할 줄은 몰랐지."

나는 눈썹을 치켜들며 말했다. "그래도 커플 마사지인 건 알았잖아!"

아내는 다시 한 번 어깨를 으쓱거리고 나서 윗옷을 벗었다. 그러고 나서 나는 적당히 옷을 벗었다(완전히 나체 상태로). 그리고 아내 또한 적당히 옷을 벗은(팬티만 입은) 모습을 보고 얼빠진 듯 바라보지 않으려고 무척이나 노력했다. 그녀가 너무 아름다워서 내 얼굴이 헤벌쭉해졌다. 내 표정이 너무 가관이라 아내가 혹시 기분 나빠할까 봐 걱정이 될 정도였다.

새로운 사람을 만날 수 있는 좋은 방법과 좋지 않은 방법이 모두 나타난 예시다. 누군가와 처음 시간을 보낼 때 나체가 되는 것은 일반적으로 좋지 않은 일이지만 처음부터 자신이 무엇을 좋아하는지에 대해서 솔직한 대화를 나누는 것은 중요하다. 나는 승마나 카약을 좋아하는 척할 수도 있었다. 하지만 그러면 지금의 아내에게 나에 대한 잘못된 기대를 심어 줬을 것이고 결국 우리의 관계 또한 거짓이 되었을 것이다.

대신 나는 처음부터 내가 무엇을 좋아하는지에 대해서 분명하게 밝히고 그녀에게도 솔직하게 말해 줄 것을 부탁했다. 아내 스스로가 어떤 사람인지 그리고 무엇을 원하는지에 대해서 솔직해지길 바랐다. 그래야 우리의 취향이 맞지 않더라도 피상적인 만남을 이어갈 필요도, 부자연스럽게 만남을 끝낼 필요도 없어지기 때문이다.

오늘날 서로가 촘촘히 연결되어 있는 시대에 살고 있는 우리가 새로운 사람을 만날 수 있는 '최상의 방법'은 존재하지 않는다. 라이언은 중학교 때부터 안 친구이고 팟캐스트 숀은 회사에서 만난 친구이긴 하지만 나의 주요 관계 그리고 부차적 관계에 속하는 대부분의 사람들은 지난 10년 내에 새로이 알게 된 사람들이다. 그리고 이들을 각각 만나게 된 사건도 방식도 매우 다르다. 마사지 데이트 몇 달 전, 레베카와 나는 몬태나 미줄라 식료품 가게에서 처음 만났다. 그 당시 우리 둘 다 미줄라에 거주하고 있었다. 친구이자 비즈니스 파트너인 콜린 라이트는 트위터 덕분에 만났고, 라이언과 나와 함께 플로리다에서 카페를 운영하고 있는 위버 부부(조슈아와 사라 위버)는 우리의 책 〈남아 있는 모든 것Everything That Remains〉을 통해 알게 되었다. 철학자 T.K 콜먼은 그가 출연한 팟캐스트를 통해 알게 되었다. 나는 이외에도 데이트 앱, 온라인 모임, 회의, 페이스북이나 인스타그램 친구의 친구 등을 통해 수많은 소중한 관계를 만들었다. 현대 사회에는 그 어느 때보다 새로운 사람을 만날 수 있는 방법과 기회가 수도 없이 존재한다.

최근 내가 새로 맺은 관계들의 공통점을 살펴보면 어떻게 만났는지는 그다지 중요하지 않다. 중요한 것은 왜 만나게 되었는지, 왜 친해졌는지이다. 우리가 친해진 것은 비슷한 가치관을 가지고 있기 때문이다. 물론 나와 복제인간처럼 똑같은 사람만 골라 만난다는 것은 아니다. 내 친구 중 대부분은 서로 다른 종교적, 정치적 신념을 가지고 있고 지향하는 라이프 스타일도 각기 다르다. 다양한 배경, 인종, 성벽, 성적 취향, 사회경제적 지위를 가지고 있다. 하지만 우리가 가까워진 이유는 서로를 성장하게 만드는 관계의 좋은 기반을 만들 수 있었기 때문이다. 내가 가깝게 지내고 아끼는 사람들 중 많은 사람들이 다른 주에 살거나 심지어 다른 대륙에 살기 때문에 자주 또는 정기적으로 직접 만나기는 어려운 상황이다.

그럼에도 불구하고 서로에게 힘이 되는 새로운 관계를 만드는 데에는 세 가지가 중요하다는 사실을 발견했다.

첫 번째, 대부분의 풍요로운 관계는 가치를 공유하는 것으로부터 기인한다. 단순히 신념, 이데올로기, 관심사를 말하는 것은 아니다. 가치적인 측면 외에도 공유하는 공통 분야가 있는 것도 좋다. 하지만 다름을 통해 관계는 진정으로 발전할 수 있다. 다름 때문에 서로에게 도전이 되고 우리의 관점이 더욱 견고해지거나 아니면 완전히 뒤바뀔 수 있기 때문이다.

두 번째, 언제나 양보다는 질이다. 1년에 한두 번 밖에 보지 못하는 사람과도 충분히 친밀한 관계를 유지할 수 있다. 함께 보내는 시간이 의미 있다면 말이다. 반대로 매일 만나는 사람과 그저 그런 관계에 갇혀 있을 수도 있다. 사람들이 여전히 곁에 있는 사람을 당연시하는 경향이 있기 때문에 이런 흐지부지한 관계가 된다고 주장하는 사람도 있다. 물론 그런 경우도 있겠지만 항상 그렇지는 않다. 모든 관계에 의미를 부여할 순 있다. 하지만 무슨 일이 있어도 변함없이 항상 곁에 있는 사람을 존중하고 그 사람에 대해 감사함을 느끼기는 어려울 수 있다. 그래서 아내와 나는 함께하는 시간 중 절반 이상을 떨어져 보낸다. 그 거리로 인해 우리는 더욱 가까워질 수 있다.[xvii]

마지막으로, 모든 관계는 상호성을 바탕으로 한다. 관계가 성장하길 바란다면 상대에 가치를 더하고 또 반대로 상대로부터 가치를 부여받아야 한다는 의미다. 우정, 사랑, 그 외의 모든 관계는 기브 앤 테이크를 바탕으로 한다. 단순한 상호적 관계라고 볼 수는 없다. 나는 모든 관계에는 '우리'라는 상자가 있다고 생각한다. 관계가 잘 자라나기 위해서는 관계에 속한 두 사람 모두 그 상자에 기여하고 그 상자에서 무언가를 얻어가기도 해야 한다. 주기만 하고 받지는 못한다면 착취당하는 느낌일 것이다.

그리고 가져가기만 하고 주지는 않는다면 그것도 바람직한 관계라고 할 수 없다. 하지만 두 사람 모두 줄 수 있는 만큼 주고, 받을 수 있는 만큼 받는다면 그 관계는 성장할 것이다. 물론 칼로 나누듯 주고받는 것이 같진 않겠지만. 관계를 거래라고 볼 수는 없다. 따라서 거래하듯 행동해서는 안 된다. 그저 우리가 줄 수 있는 것을 아낌없이 주는 것이다. 우리가 주는 것이 상대가 우리에게 주는 것과 늘 같을 수는 없다. 상황에 따라서 우리가 주는 경우가 더 많을 때도 있을 것이고 받는 경우가 더 많은

---

xvii 레베카와 나는 팟캐스트 '우리가 사랑하는 방법How to Love'을 통해 어떻게 보면 특이한 우리의 관계에 대해 더 자세히 밝혔다. 팟캐스트는 howtolove.show에서 들을 수 있다.

때도 있을 것이다. 중요한 것은 우리가 무엇을 줄 수 있는지, 그리고 무엇이 필요한지에 대해 솔직해지는 것이다. 솔직해진다면, 관계에 대한 정확한 기준을 세우고 직접 그 기준을 행동으로 실천할 수 있다면 그 관계는 더욱더 풍성한 열매를 맺을 것이다.

나 또한 살면서 관계에 있어 상대보다 많이 기여한 적이 있다. 이 책이 바로 그 예시다. 더 미니멀리스트에서 라이언과 나는 동등한 파트너 관계를 유지하고 있다. 더 미니멀리스트 블로그의 콘텐츠와 책을 쓰는 일 중 90퍼센트는 내가 담당하고 있다. 라이언은 더 미니멀리스트 사업의 다른 분야에 기여하고 있다. 내가 잘 하지 못하는 일들 말이다. 라이언과 나는 장부에 각자 서로 어떤 일을 담당하는지 기재하지 않는다. 각자가 더 미니멀리스트에 얼마나 기여했는지 일일이 따지지도 않는다. 하지만 결과적으로 우리는 큰 치우침 없이 비슷한 수준으로 더 미니멀리스트에 기여하고 있다. 항상 최선을 다해 우리 관계에 적극적으로 기여하고 있기 때문이다.

관계에서 내가 더 기여하지 못했던 상황도 있다. 아내와 만나고 나서 몇 년간 나의 건강 상태는 최악으로 치달았다. 당연히 이전보다 더 많이 기여할 수 없었다. 하루에 몇 시간밖에 일할 수 없었고 따라서 소득도 줄어들었다. 아이를 양육하는 일에도 많이 기여할 수 없었다. 여행을 하거나, 행사에 참석하거나, 심지어 식료품을 사는 일상적인 일도 하기 어려운 수준이었다.

따라서 레베카가 내 일을 대신 해 줄 수밖에 없었다. 내가 아팠던 기간 동안 레베카는 그 이상을 해냈다. 단순히 내가 했던 일들을 대신했을 뿐만 아니라 자신이 할 수 있는 능력을 최대한 발휘해서 나를 돌보고, 내가 치료받을 수 있는 의사를 찾고, 치료 방법을 검색하고, 그리고 가장 중요한 것은 내가 어떤 시간을 겪고 있는지 충분히 시간을 내어 나를 이해해 주려고 노력했다. 그 당시 내가 내린 선택은 정말 내가 바라는 선택이 아니라는 사실을 이해했고 내가 우리의 관계를 의도적으로 등한시하려는 것도 아니라는 사실을 이해했다. 나는 그저 그 당시 최악의 상태였다.

레베카의 지지와 도움으로 나는 다시금 건강을 회복했다. 2019년 여름부터 그렇게 최악의 시기와 회복의 시기를 보내며 나는 사막 한가운데에 있는 커다란 분화구에서 서서히 기어 나오는 것 같은 느낌이 들었다. 기어 나와 땅에 다시 두 발을 딛고 섰을 때 여전히 내 앞에 끝이 보이지 않는 사막이 있는 것 같았지만 적어도 어떤 방향으로 발을 내디뎌야 할지는 아는 느낌이었다. 아팠기 때문에 나는 더욱 겸손해질 수 있었다. 그리고 레베카가 도와주지 않았더라면 나는 여전히 그 텅 빈 분화구 바닥을 기어다니고 있을지도 모른다. 지금도 건강은 서서히 회복되고 있는 중이다. 그리고 점점 더 많이 관계에 기여할 수 있게 되었다. 물론 처음만큼은 아닐지는 몰라도 시간이 흐르면서 나의 기여도는 점점 더 커지고 있다.

내 모습 그대로

나의 말에 이런 생각이 들지도 모른다. "당연히 좋은 사람들과 함께 하고 싶지. 그런데 관계가 나에게 도움이 되는 것인지 해로운 것인지, 성장하고 있는지 퇴보하고 있는지 어떻게 알 수 있을까?"

이 질문에 간단하게 대답하자면,

당신은 이미 알고 있다.

이 관계가 해로운 건지 의문이 든다면
아마 그럴 가능성이 높다.

만날 때마다 불편하거나 불안하다면
아마 그 관계는 해로울 것이다.
그 사람과 있을 때 자주 슬퍼지거나, 불안해지거나, 기분이 나쁘거나,
불편하거나, 화가 나거나, 무섭거나,

죄책감이 들거나, 혼나는 느낌이 들거나, 후회가 되는가?

그렇다면 아마 그 관계는 해로울 것이다.

하지만 정말 좋은 관계라면

이런 의문조차 들지 않을 것이다.

그냥 안다.

이 관계가 참 좋다는 것을.

의미 있는 관계는 어떻게 만들어지는 것일까? 그리고 우리는 그런 관계를 어떻게 누릴 수 있을까? 누구나 지름길을 찾는다. 빠르고 쉽게 그곳에 도달하길 원한다. 하지만 지름길 같은 것은 없다. 어렵고 힘들더라도 그 길을 직접 걷는 수밖에 없다.

건강한 관계를 이룰 수 있는 가장 직접적인 방법은 그저 자신의 모습 그대로 행동하는 것이다. 안다. 어디 광고판에서나 볼 법한 진부한 말이라는 것을. 하지만 그만큼 사실이기도 하다. 자신이 되고 싶어하는 모습이 아니라 자신의 모습 있는 그대로 사람들에게 사랑받아야 한다. 관계는 상품이 아니며, 우리는 판매원이 아니다.

사실 나는 꽤 오랜 시간 나 자신을, 그리고 내가 맺고 있는 관계를 그렇게 바라봤다. 다른 사람들이 나를 좋아하고 사랑하고 나에게 관심을 가질 수 있도록 그들을 설득해야 한다고 믿었다.

그리고 나는 내 진짜 모습이 아닌 다른 모습으로 사랑받으려고 했다. 시간이 지나면서 그런 방식이 진실되지 못할 뿐만 아니라 헛되다는 사실을 깨달았다. 수다스럽고 활발하고 사람과 어울리는 것을 좋아하는 사람처럼 행동하지 않고 내 모습 그대로를 보여줘도 사랑받을 수 있다는 것을 알게 되었다.

결국 우리가 우리 자신을 바라보는 모습이 다른 사람이 우리를 보는 모습이다. 우리가 스스로를 사랑하지 않고서 어떻게 다른 이들에게 사랑받을 생각을 할 수 있을까? 물론 일정 기간 남들을 속일 수는 있다. 스스로를 속일 수도 있다. 하지만 결과는 뻔하다.

자신의 모습 그대로를 보여주기 위해서는 우선 자기 자신에 대해서 잘 알아야 한다. 오늘날 나는 캠핑을(승마나 카약도) 좋아하는 척하지 않는다. 나는 나를 있는 모습 그대로 드러낸다. 다른 사람들이 원하는 내 모습이 아니라. 나는 상대가 불편하거나 싫어하는 것을 바라지 않고, 상대도 나에게 그래 주길 바란다. 다만 이것은 상대와 내가 서로에게 솔직할 때만 가능한 일이다.

진짜 자기 모습이 아닌 다른 사람인 척하는 것에 질렸다면 이렇게 해 보자. 과장되지 않은 진짜 자신의 모습을 보여 주고 그 모습을 그대로 사랑해 주는 사람을 곁에 두자. 그들이 아플 때나 건강할 때나 변함없이 우리의 곁에 있어 줄 사람이다.

우리가 곁에 두는 사람은 우리를 기쁘게 한다. 관계 때문에 우리의 모습이 변하는 경우는 드물지만 결국 우리의 가장 좋은 모습도, 가장 안 좋은 모습도 관계로 인해 드러난다. 그래서 우리는 반드시 현명한 선택을 내려야 한다. 단순히 '오래 알았기 때문에' 계속 같은 사람과 시간을 보내는 것 또는 단순히 어린 시절 많은 추억을 공유하거나 같은 관심사를 가지고 있기 때문에 같은 사람과 시간을 보내는 것도 현명하지 않다. 가장 좋은 관계는 가치의 공유를 바탕으로 한다. 이에 도달하기 위해서 우리는 우리의 경계를 먼저 구분 짓고 효과적인 소통 방법을 배워야 한다.

경계선과 소통

온갖 물건과 잡동사니를 모아댄다. 그리고 다른 사람과의 사이에 세워진 벽은 점점 높아지고 거리도 점점 멀어진다. 집은 물건으로 가득 채워지지만 그 잡동사니 한가운데 우리는 고립된 섬과 같이 외로움을 느낀다.

나는 앞서 경계선을 설정해야 한다고 말했다. 경계선을 설정한다니, 친밀하고 솔직한 관계에서 꼭 해야 하는 일인가 의아할 수도 있다. 우리는 경계선을 설정하는 것을 다른 사람을 받아들이지 않는 것처럼 이해하기 때문이다. 하지만 높은 벽을 세우지 않고도 경계선을 설정할 수 있는 방법은 존재한다.

〈NO라고 말할 줄 아는 그리스도인Boundaries: When to Say Yes, How to Say No to Take Control of Your Life〉의 공동 저자인 헨리 클라우드Henry Cloud 박사는 "분명한 경계선을 가는 것은 건강하고 균형잡힌 라이프 스타일에 필수적이다"라고 말한다. 이 책의 다른 공동저자 존 타운센드John Townsend 박사는 이렇게 말한다. "경계선은 무엇이 우리의 모습인지 그리고 무엇이 우리의 모습이 아닌지 정의한다." 경계선을 통해 자신이 어느 정도까지 허용하고 책임질 수 있는지를 볼 수 있는 것이다. 자신의 웰빙을 둘러싸고 있는 토지 경계선이라고 볼 수 있다.

직장 내 파티션, 아파트의 집과 집을 나누는 벽과 같이 우리가 살고 있는 물리적인 세상에는 분명히 눈에 보이는 경계선들이 많이 존재한다. 이런 경계선들과 마찬가지로 우리가 맺고 있는 관계에도 물리적이고, 정신적이고, 감정적이고, 영적인 경계선을 세우는 것이 중요하다. 클라우드와 타운센드 박사는 이에 대해 이렇게 말한다.

- 물리적 경계선을 통해 어떤 상황에서 누가 우리를 터치할 수 있는지 알려줄 수 있다.
- 정신적 경계선을 통해 우리의 생각과 의견을 표현할 수 있는 자유가 생긴다.
- 감정적 경계선을 통해 우리의 감정을 스스로 해결하고 다른

이들의 해롭고 부정적인 감정으로부터 벗어날 수 있다.

- 영적 경계선을 통해 세상의 기이한 면에 감탄할 수 있다.

경계선을 세운다는 것은 누군가를 밀어낸다는 의미가 아니다. 오히려 경계선을 만드는 것은 사람들을 우리의 삶에 들여올 수 있는 방법 중 하나다. 다른 사람에게 정중하게 무엇이 괜찮고, 무엇이 괜찮지 않은지 알려줄 수 있는 방법이다. 오해와 불상사를 막기 위해서 경계선은 반드시 필요하다. 부모, 배우자, 자녀, 친구, 동료 그리고 심지어 자기 자신을 상대로 건강한 경계선을 만드는 것은 불필요한 피해로부터 관계를 보호하기 위해서 반드시 필요하다. 집 앞에 대문을 만든다고 해서 죄책감을 가질 필요가 없는 것처럼 경계선을 세운다고 해서 죄책감을 느낄 필요는 없다. 우리 집 앞을 지켜주는 대문처럼 잘 세워진 경계선은 바람직하지 않은 것들이 들어오지 못하도록 막고, 가장 적절하고 좋은 관계만 들여오고 누릴 수 있도록 한다.

적절하게 경계선을 세울 수 있는 가장 좋은 방법은 지속적이고 효과적인 소통이다. 하지만 자신의 경계선에 대해 소통하기 전에 먼저 해야 할 것은 경계선에 대한 정의를 내리는 것이다. 집을 새로 짓는다고 생각해 보자. 집을 짓기 위해서는 아주 정확하고 면밀한 세부사항이 필요하다. 이와 비슷하게 각 관계에 대한 개인적인 경계선의 세부사항을 먼저 파악해야 한다.

물리적인 경계선은 무엇이 있을까? 누군가는 포옹도 스스럼 없이 하지만 누군가는 악수도 껄끄러울 수 있다. 이에 대해 옳고 그른 정답은 없다.

정신적인 경계선은 무엇이 있을까? 누군가는 생각이나 의견을 혼자만 간직하고 싶을 수도 있고 아니면 또 누군가는 유튜브를 통해 자신의 정치적인 신념을 다른 이들과 공유하고 싶을 수도 있다. 이것 또한 어느 것이 더 옳다고 할 수는 없다.

감정적인 경계선은 무엇이 있을까? 누군가는 예의 바르고 수용적인 것을 선호할 수도 있고 아니면 반대로 다른 사람이 조금 반감을 느끼더라도 필요하다면 직접적으로 이야기하는 것을 선호할 수도 있다. 무엇이 되었든 자신에게 자연스럽게 느껴지는 대로 행동하면 된다.

영적인 경계선은 무엇이 있을까? 종교가 있다면 그저 개인적으로 종교를 믿는 것에 만족할 수도 있고 아니면 다른 이들에게 전도를 목적으로 종교를 믿을 수도 있다.

자신의 경계선에 대해 알게 되면 자신이 무엇을 수용할 수 있는지 그리고 무엇을 거절해야 하는지를 분명하게 알 수 있다. 하지만 기억해야 할 것은 경계선은 시간이 지나면서 바뀔 수도 있다는 점이다. 평생 같은 대문 안에서 살지 않듯 관계가 변하고 성장하면서 우리의 경계선 또한 변하기 마련이다. 그리고 다른 이들과의 소통이 더욱 많아지고 풍성해질수록 우리의 경계선은 더욱 더 명확하고 구체화된다.

〈비폭력대화Nonviolent Communication〉의 저자 마셜 로젠버그Marshall Rosenberg는 "우리가 소통하는 대부분의 방식, 다른 이들을 판단하고, 괴롭히고, 인종 차별하고, 탓하고, 손가락질하고, 차별하고, 듣지도 않고 말하고, 비난하고, 험담하고, 화났을 때 반응하고, 방어적이고, 누가 좋고 나쁜 사람인지 또는 옳고 그른지 판단하는 것은 '폭력적 소통'에 속한다"라고 말한다. 로젠버그는 이런 방식으로 소통하기보다 '비폭력적 소통'의 네 가지 요소를 사용해볼 것을 추천한다. 이 네 가지 요소에는 관찰, 감정, 필요, 요구가 있다.

- 의식: 공감, 협력, 용기, 진정성 있는 삶을 살 수 있도록 하는 원칙들.
- 언어: 단어의 사용으로 인해 어떻게 관계가 더 가까워지거나 멀어질 수 있는지에 대한 이해.
- 소통: 원하는 것을 요구하는 방법, 상대와 의견이 맞지 않을 때도 상대의 의견에 귀를 기울이는 방법, 모두에게 득이 되는 해답을 도출하는 방법에 대한 지식.
- 영향력을 미치는 방법: 다른 이들을 상대로 힘을 휘두르는 것이 아닌 다른 이들과 함께 힘을 나누는 것.

시간이 흐르고 이 과정이 우리의 삶에 제대로 정착되면서 다른 이들을 판단하거나 설득해야 할 필요가 없다는 것을 알게 될 것이다. 필요한 것은 그저 진심에서 우러나오는 소통이다. 그리고 소통에 더욱 능숙해지면서 우리는 다른 이들과의 관계를 더욱 단단히 쌓아 올리는 법 또한 배우게 된다.

관계를 고치고 튼튼하게 만들기

아내와 나는 격주로 수요일마다 휴가를 내고 둘만의 시간을 보낸다. 박물관을 방문하거나, 하이킹을 가거나 해변을 따라 도로 여행을 떠나는 등 다소 거창한 계획에 따라 하루를 보낼 때도 있지만 보통 때는 집에서 별다른 것을 하지 않고 아침을 먹는 식탁에 각자 좋아하는 책 몇 권을 가지고 와서 독서를 하고 대화를 하는 등, 그냥 시간을 같이 보낸다. 매일 우리를 각자 흩어지게 만들었던 것에 방해받지 않고 말이다. 리셋되는 과정이라고도 볼 수 있다.

나는 그 수요일을 다른 어느 날보다 기다린다. 그날 무엇을 하느냐는 그 날의 의미만큼 중요하지 않다. 단순히 시간을 같이 보내는 것에 중점을 두는 것이 아니라 아내와 나, 우리의 관계가 그 무엇보다 우선이라는 것을 서로에게 상기시켜 주는 것에 중점을 둔다. 그 어떤 우선순위보다 우선시되는 것이다.

2주에 한 번씩 이렇게 그 사실을 서로 기억하면서 아내와 나의 관계는 단순히 표면적인 관계에서는 도저히 불가능한 방식으로 지금까지 계속 단단해지고 있다. 이렇게 주요 관계 몇 개와 부차적인 관계와 주변부 관계를 적절히 잘 맺고 있다면 삶에서 외로움을 느낄 시간은 없다.

서던캘리포니아대학교USC, University of Southern California에는 '우정 101'이라는 수업이 있다.[90] 우정에 대해 가르쳐 주는 수업이라니. 믿기 어렵겠지만 실제로 존재하는 수업이다. 그리고 심지어 가장 대기 인원이 많은 인기 수업 중 하나다. 왜일까? 외롭기 때문이다. 우리는 온라인상에서 친구를 만드는 데에는 전문가가 되었지만 실제 사람들과 소통하고 교류하는 방식은 모두 잊어버린 듯 하다. USC의 이 수업은 이 끊어짐을 다시 이어가는 것을 목적으로 한다.

우정은 진화론적으로 이득이 있다고 한다. "우리와 관계없는 사람들과 관계를 형성할 수 있는 능력은 우리를 사람으로 만들어주는 중요한 기술이다. 우리를 우리답게 만드는 기본적인 요소이다"[91]라고 최근 발간된 〈파남 스트릿Farnam Street〉 에세이에서 셰인 패리쉬Shane Parrish는 말한다.

좋다. 결국 친구를 사귀는 것은 중요하다는 말이다. 그런데 이미 알고 있는 사실인 것 같기도 하다. 그렇다면 우리가 새로이 알아야 할 것은 이미 우리가 맺고 있는 친구와의 관계를 어뻏게 고쳐나가고 튼튼하게 만들 수 있냐는 것이다. 우선 우리는 친밀한 관계의 요소를 파악해야 한다. 더 미니멀리스트의 데뷔작인 〈미니멀리즘: 의미 있는 삶Minimalism: Live a Meaningful Life〉에서 라이언과 나는 좋은 관계에 필요한 여덟 가지 요소를 명시한 바 있다. 그리고 오늘날 그 요소들을 다시 정의해 보라고 한다면 아래와 같이 재정의해 볼 것이다.

사랑. 다른 사람을 향한 깊은 애정과 끝없는 헌신을 의미한다. 누군가를 사랑하면 자신의 바람보다 상대의 관심사가 우선시된다. 사랑은 또 더 큰 사랑을 낳고 관계를 더욱 견고하게 만들기 위해서 자신의 이익은 뒤로 하게 된다.

신뢰. 상대의 동기를 의심하거나 상대로부터 증거를 요구하지 않고도 상대에게 기대고자 하는 의지를 의미한다. 누군가와 신뢰관계를 쌓게 되면 자신 또한 가장 이상적인 모습을 보이게 된다. 신뢰 또한 더 큰 신뢰를 낳고 결국 이 과정에는 양측의 진솔함이 가장 필요하다.

솔직함. 기만이나 강요로부터 자유로워지고 진정성 있게 행동하는 것을 의미한다. 거짓말하지 않겠다고 하는 것은 지름길을 피하고 상대와 같은 길을 걷겠다는 의지를 보이는 것이다.

비록 그 길이 걷기 어려운 길이라 할지라도 말이다. 솔직함은 더 큰 솔직함을 낳고 이는 모든 관계의 가장 튼튼한 기초가 된다.

돌봄. 상대에게 적극적으로 친절함, 연민, 관심을 표현하는 것을 의미한다. 누군가에게 마음을 준다는 것은 지속적인 행동을 통해 관심을 표현할 만큼 자신의 에너지를 쏟는다는 것을 의미한다. 돌봄은 더 큰 돌봄으로 이어지고 의도뿐만 아니라 실제 행동을 통해 그 관계는 더욱 더 견고해진다.

지지. 상대에게 도움을 주고 응원을 하는 것을 의미한다. 어떤 관계를 지지한다는 것은 자신이 신뢰받을 만하고, 헌신적이고, 상대를 배려한다는 것을 의미한다. 지지는 지지할수록 더 커지고 관계에 속한 양측이 서로에게 더 헌신할 수 있도록 돕는다.

관심. 관계에 온전히 집중하고 헌신할 수 있는 능력을 의미한다. 온전히 집중한다는 것은 상대가 얼마나 중요한 사람인지 표현하기 위해 온 마음과 신경을 다 쓴다는 것을 의미한다. 관심은 더 큰 관심으로 이어지고 두 사람 간의 연결고리를 더욱 강화한다.

진정성. 진실될 수 있는 능력을 말한다. 진정성 있다는 것은 관계에 헌신하는 동안 자신의 진실됨과 한결됨을 보여준다는 것을 의미한다. 진정성은 더 큰 진정성으로 이어지고 진정성을 통해 관계는 더욱 타당해진다.

이해심. 상대에 대한 깊은 이해와 공감을 의미한다. 누군가를 이해한다는 것은 표면 아래의 그 사람 전부를 이해하려는 노력이 필요하다. 상대의 감정, 욕망, 행위를 판단이나 거부감 없이 완전히 이해하는 것이다.

위 여덟 가지 요소는 이 책의 많은 부분에서 이미 알게 모르게 등장했다. 그중에서도 신뢰, 정직함, 관심, 진정성은 지난 장에서도 다뤘고 사랑, 돌봄, 지지는 이번 장에서 많이 다뤘다. 이번에는 내가 이해심을 어떻게 이해하는지 조금 이야기해 보려고 한다.

진정으로 누군가를 이해하기란 어려운 일이다. 하지만 관계에 있어서 이해는 운동에 비유해볼 수 있다. 체육관에서 더 많이 운동을 할수록 몸은 더 좋아지기 마련이다. 이와 마찬가지로 상대를 이해하려고 더 많이 노력할수록 관계 또한 더 좋아지기 마련이다. 가장 단단한 관계는 오해를 피하려고 최선을 다하는 관계다. 혼란과 혼동은 종종 더 큰 의견 충돌과 싸움으로 이어지는 경우도 많기 때문이다. 이렇게 관계가 나락으로 빠지는 것을 피하고 관계를 더욱 견고히 하고 싶다면 우리는 상대를 진정으로 이해하기 위한 네 가지 단계를 차근차근 밟아야 한다. 인내, 수용, 존중, 감사다.

인내. 인내심은 다른 요소에 비해서 다소 약한 덕목이지만 다른 이들을 이해하기 위한 좋은 출발선이다. 누군가의 행동이 거슬릴 때 가장 피해야 하는 행동은 투쟁—도피 반응이다. 대신 상대와 나의 차이를 인내할 수 있는 방법을 찾아야 한다.

예를 들어 당신은 미니멀리스트가 되고자 하는데 배우자는 무언가를 열정적으로 수집하는 사람이라고 해보자. 당신과 배우자 사이에는 분명한 취향의 차이가 존재한다. 배우자는 도자기나 빈티지 기타를 수집하면서 만족감을 느끼는 반면 당신은 그런 것들이 그저 잡동사니에 불과하다고 생각할 수 있다. 당신은 머리를 긁적이며 상대를 어떻게 당신 편으로 끌어올까 궁리를 할지도 모른다. 하지만 이런 행동은 당신과 배우자, 양측에게 무척이나 성가신 것이다. 너무 걱정할 필요는 없다. 바로 당장 한편이 되어야 할 필요는 없으니까 말이다. 그저 다른 편에 서 있고 그만한 이유가 있다는 것을 서로 인정하는 것으로 충분하다. 당신은 이해할 수 없는 상대의 이상한 면을 인내하고 상대의 세계관에서 상대가 행복하게 살도록 놔두는 것이 그 사람을 이해하는 것의 시작이다. 아주 큰 첫걸음이라고 할 수 있다. 비록 움직이지도 않는 피겨나 연주하지도 않을 악기에 대한 집착을 이해할 수는 없을지라도 말이다.

수용. 진정으로 다른 이들과 화합하여 살아가려면 우리는 인내를 넘어 수용의 단계로 가야 한다. 다른 이들의 단점이나 이상한 면을 적어도 인내하려는 노력을 보였다면 그 면들이 덜 이상하게 보일 수도, 그리고 시간이 흐를수록 의미 있게도 느껴질 것이다. 물론 당신에게 의미 있진 않더라도 당신이 마음을 쓰는 그 사람에게 의미 있다는 사실을 알게 될 것이다. 배우자가 수집하는 것들이 목적이 있다는 것을 깨닫고 나면 수용하기 더 쉬워진다. 왜냐하면 수집하고자 하는 그 욕망은 그 사람의 일부이며, 당신은 그 행동이 마음에 안들지 몰라도, 아무리 이상한 점이 있다고 하더라도 그 사람 전부를 사랑하기 때문이다.

존중. 그저 인내하는 것이 아니라 상대의 단점과 약점을 수용하는 것은 어렵다. 하지만 그 사람의 단점과 약점 때문에 그 사람을 존중하는 것만큼 어려운 것은 없다. 생각해 보자. 당신 또한 현재의 당신이 되기까지 수년이 걸렸다. 상대가 하룻밤 사이에 당신과 같아지길 기대하는 것은 비상식적이다. 아무리 당신이 생각할 때 당신이 옳다고 해도 말이다. 당신은 작은 피규어나 기타 같은 것을 한 번도 수집해 본 적이 없을지도 모른다. 하지만 당신 또한 다른 누군가가 보기에 충분히 이상한 신념이나 취미를 가지고 있을 것이다. 다른 사람들이 당신과 의견을 같이 하지 않을 때에도, 당신의 입장을 이해하지 못할 때도 당신은 당신의 취향을 존중받고 싶지 않은가. 그렇다면 그 마음을 똑같이 상대에게도 적용해 보자. 비로소 상대를 진정으로 이해하는 것에 한 걸음 더 가까워질 것이고, 당신이 믿는 세계관이 모두가 따라야 하는 유일한 세계관이 아니라는 것을 깨닫게 될 것이다. 물론 잡동사니가 없는 깔끔한 집에 사는 것이 좋을 테지만 당신이 존중하는 사람과 삶을 공유하는 것도 충분히 좋은 일이다.

감사. 존중하는 마음이 있다면 상대를 진정으로 이해하는 것은 머지않았다. 앞서 이야기했던 예시를 계속 사용해 보자. 배우자는 수집으로부터 굉장한 만족감을 느낀다. 그렇다면 굳이 배우자를 바꿔야 할 필요가 있을까? 배우자가 행복하길 바라는데 말이다. 그 수집품이 그렇게 배우자의 삶에 큰 행복과 만족을 가져다 주고 당신 또한 배우자가 행복하고 만족하길 바란다면 수집하는 행위가 당신의 삶에도 기쁨을 가져다 줄지도 모른다. 기쁨은 전염성이 있기 때문이다.

하지만 인내, 수용, 존중의 단계를 모두 거친 후에야 당신은 비로소 정말 진심으로 상대의 욕구에 감사할 수 있게 된다. 우리가 기쁨을 찾는 방식은 각기 다르다. 하지만 기쁨으로 향하는 그 길이 각기 다르다 하더라도 그 길에 감사함을 느끼는 것은 중요하다. 단순히 우리의 기쁨으로의 여정뿐만 아니라 우리가 사랑하는 모든 이의 여정 말이다. 상대를 있는 모습 그대로, 우리가 원하는 모습이 아니라 있는 모습 그대로 감사할 수 있다면 그때야 비로소 우리는 상대를 이해할 수 있을 것이다.

다음번에 상대에 대한 어떤 중대한 결정을 내려야 할 때면 이 단어를 기억하길 바란다. TARA. 인내를 의미하는 Tolerate, 수용을 의미하는 Accept, 존중을 의미하는 Respect, 마지막으로 감사를 의미하는 Appreciate의 앞글자를 딴 단어다. TARA를 충분히 연습하다 보면 관계는 더욱 성장하고 삶을 같이 하는 다른 사람들에 대한 깊은 이해 없이는 경험하지 못했던 풍성함을 체험할 수 있을 것이다. 단순히 배우자에게만 적용되는 것이 아니라 친구, 동료를 포함해서 더욱 친밀함을 누리고 싶은 모든 사람에게 적용할 수 있다. 물론 가치가 충돌할 때도, 상대를 있는 모습 그대로 받아들이기 어려울 때도 있을 것이다. 하지만 TARA를 따르는 것이 부적절한 경우도 있을 것이다. 마약, 죄, 인종차별과 같은 자기파멸적인 행동을 하고 있는 상대를 보면서 그들의 행동을 용인할 필요는 없다. 때로는 작별 인사를 하고, 상대를 뒤로하고, 각자 갈 길을 가야 할 필요도 있다.

결국 이해를 통해 관계에 대한 많은 질문에 답을 찾을 수 있다. 상대에게 동기를 부여하는 것은 무엇인가? 상대가 원하는 것은 무엇인가? 상대가 필요한 것은 무엇인가? 상대를 기쁘게 하고 즐겁게 하는 것은 무엇인가? 상대의 욕구는 무엇인가? 상대의 아픔은 무엇인가? 상대가 즐기는 것은 무엇인가? 상대를 행복하게 만드는 것은 무엇인가? 이 질문에 답을 할 수 있다면 상대의 필요를 충족할 수 있을 만큼 충분한 이해심을 가지고 있다고 볼 수 있다. 그리고 누군가의 필요를 충족할 수 있다면 상대 또한 당신의 필요를 충족시키려고 최선을 다할 것이다. 그렇게 서로 활기차고, 열정적이고, 성장하는 관계가 되는 것이다.

과대평가된 13가지 덕목

지금까지 의미 있는 관계에 필요한 요소들을 살펴봤다. 이제는 우리가 좋고 꼭 필요하다고 믿어 왔지만 종종 과대평가된 덕목들을 살펴볼 차례다.

충실함. 물론 사랑하는 사람에게 충실하는 것은 중요하다. 하지만 충실함 그 자체만으로는 합리성과 현실 사이의 벽을 세움으로써 관계가 더욱 악화될 수도 있다. 상대에게 충실한 것은 괜찮다. 하지만 진실성과 충실함을 맞바꾸는 것은 관계에 해롭다.

존중. 물론 부모님, 이웃, 친구, 가족을 존중해야 한다. 하지만 어느 정도 존중해야 적당한 걸까? 친구가 폭력적인 범죄자가 된다하더라도 그를 존중해야 할까? 무작정 존중하는 것은 우리로 하여금 우리의 가치에 따라 사는 삶에 방해가 될 수 있다. 상대를 적당히 존중하는 것이 중요하다.

자기 의로움. 우리 모두 옳길 바란다. 하지만 자신의 옳음을 지속적으로 주장한다면 독선적으로 보이거나 상대의 불행을 흡족해하는 것처럼 보일 수 있다. 당연히 그 관계는 건강해지지 못할 것이다. 자신의 의견이나 주장에 조금이라도 의심이 든다면 '저도 잘 모르겠어요'가 최선의 답변이다.

투명성. 다른 이들을 솔직하고 열린 마음으로 대해야 한다. 그렇다고 해서 뇌 속에 든 모든 생각과 단어를 필터를 통하지 않고 그대로 내뱉으라는 말은 아니다. 말과 생각을 내뱉는 것에 신중하지 않다면 자신이 사랑하는 사람을 아프게 할 수 있고 그 과정에서 관계 또한 끊어질 수 있다.

즐거움. 즐거움은 옳고 그르다로 판단할 수 있는 영역이 아니다. 하지만 과다한 즐거움은 쾌락에 가깝다. 우리가 맺는 관계는 영원한 즐거움의 매개로서 작용하지 않는다. 우리가 다른 이들과 맺는 관계와 교류가 즐거울 수는 있어도 즐거움이 관계의 목적이 되어서는 안 된다. 즐거움만을 추구한다면 그 외의 많은 요소들을 포기하는 것과도 같다.

편안함. 즐거움의 사촌격이라고 볼 수 있다. 그만큼 편안함도 까다로운 영역이다. 스토아학파 철학자 무소니우스 루푸스 Musonius Rufus는 온갖 종류의 불편함을 회피하려는 사람은 주기적으로 불편함을 수용하는 사람보다 편안함을 느낄 가능성이 더 낮다고 주장했다. 이처럼 불편함을 추구함으로써 우리가 편안함을 느끼는 영역을 점차 확장해 나갈 수 있다.

욕망. 우리 모두 무언가를 하고자 하는 충동이 있다. 하지만 욕구와 열정을 욕망과 혼동하는 경우가 많다. 그리고 욕망이 이길 때, 우리는 정신을 완전히 놓고 만다. 그 어느 때보다 오늘날 욕망은 단순히 성적인 영역을 넘어서서 자동차, 옷, 카메라 장비와 같은 물질적인 것에도 적용된다. 그리고 참 이상하게도 금욕주의를 좋은 것이라고 믿는 우리의 문화는 물건을 탐하는 것은 성적인 욕망보다 좋은 대안이라고 믿게끔 한다.

하지만 이 두 종류의 욕망 모두 목적과 의미가 없다면 그저 해로운 결과로 이어질 수밖에 없다.

동의. 우리 중 대부분은 우리가 사랑하는 사람과 조화롭고 평화롭게 잘 지내길 원한다. 다른 이들의 말에 동의하는 것은 마치 다른 사람과의 조화를 가장 빠르게 잘 이룰 수 있는 방법처럼 보이기도 한다. 하지만 이렇게 상대의 말에 무조건 동의하고자 하는 충동은 잘못되었다. 그저 달래기 식으로 다른 이들의 말에 동의하는 것은 솔직하지 못할뿐더러 다름을 인정하지 못하는 것이다. 상대의 말에 잘 반대하는 방법도 분명 존재한다. 라이언과 나는 항상 다른 의견을 낸다. 하지만 우리가 다투는 경우는 거의 없다. 이렇게 상대의 말이나 의견에 다름을 잘 표현할 방법을 안다면 관계는 개선될 것이다. 왜냐하면 의견에 동의할 때마다 상대는 그 동의가 진심이라는 사실을 알고 그저 마음을 사기 위해 하는 말이 아니라는 것을 알 수 있기 때문이다.

공감. 아마 가장 과대평가된 덕목 중 하나가 '공감'일 것이다. 오늘날 우리는 공감의 중요성을 정말 모든 곳에서 듣는다. 하지만 이들이 실제로 의미하는 것은 공감이 아니라 동정심이다. 정말로 동정심을 의미하는 것이라면 이에 반박할 의향은 없다. 다른 이들의 불행을 진심으로 마음 아프게 느끼는 것은 우리에게 꼭 있어야 하는 덕목이다. 예일대학교 소속 연구자이자 철학자인 폴 블룸Paul Bloom은 저서 〈공감의 배신—아직도 공감이 선하다고 믿는 당신에게Against Empathy: The Case for Rational Compassion〉에서 이렇게 말한다. "우리는 종종 다른 이들의 고통을 직접 체감할 수 있는 능력을 선함의 궁극적인 원천이라고 생각한다. 하지만 이보다 진실되지 못한 것은 없다." 블룸은 이어 "공감은 사회의 불평등과 부도덕을 일으키는 가장 큰 요인이다. 다른 이들의 삶을 더 낮게 하기는커녕 공감은 우리의 편협한 편견에 부합하는 변덕스럽고 비이성적인 감정에 불과하다. 우리의 판단을 흐리게 하고 아이러니하게도 우리를 더욱 잔인하게 만든다"라고 말한다. 블룸에 따르면 "우리는 공감에 의지하지 않고 대신 조금 거리를 둔 동정심에 의해 행동할 때 최상의 모습이 된다"고 한다.

부정적 태도. 의아할 수도 있다. 부정적인 태도가 어떻게 과대평가된 덕목일 수 있을까? 부정적인 태도를 좋은 덕목이라고 생각하는 사람도 있을까? 대부분의 사람들이 부정적인 태도를 '나쁘다'라고 말할 것이다. 그렇다면 우리는 왜 그렇게 자주 다투고, 불평하고, 뒷담화를 할까? 눈에 보이는 쉬운 지름길이기 때문이다. 다른 이들과 같은 것에 대해 불평하고 다른 사람의 뒷담화를 한다면 그 사람과의 연대가 더욱 강해질 수 있다. '상처받은 사람들이 상처를 준다'는 말도 있다. 부정적인 태도를 세상에 퍼뜨리고 다니는 것은 정말 많은 사람을 아프게 하는 일이다.

질투심. 가장 낭비되는 감정인 질투심은 의심으로부터 기인한다. 우리가 충분히 좋은 사람이 아니라는 의심, 충분히 무언가를 하고 있지 않다는 의심. 질투심은 이기적인 감정이다. 어느 면에서도 그 누구에게도 득이 되지 않는 감정이다. 질투심이라는 감정의 반대에 있는 것은 다른 사람이 행복해하는 것을 보고 자신도 행복을 느끼는 감정이다. 아이가 미소 짓는 것을 보고 우리의 얼굴에도 기쁨이 번져나가는 것처럼 말이다. 다른 이들의 기쁨으로 인해 기쁨을 느낄 때, 그 관계에 질투심이 끼어들 자리는 없다.

감수성. 그리스 철학자 제논Zeno은 인간은 이성적으로 설계되었다고 믿었다. 하지만 인간이기 때문에 감정을 기반으로 행동한다고도 믿었다. 따라서 우리가 이성이나 감정을 회피할 이유는 없다. 하지만 지나친 감수성은 피해야 한다. 과도하게 민감하거나 슬프거나 과거를 그리워하는 마음 말이다. 이런 감정들은 이성보다 강력하게 작용할 수 있다. 따라서 과도하게 감정적으로 느껴질 때면 제3자의 이성적인 말이 도움이 될 때가 많다.

진지함. 물론 우리의 말과 행동이 진지하게 받아들여지길 원한다. 그리고 모든 관계를 진지하게 대해야 한다. 하지만 유머와 가벼움을 위한 자리도 충분히 남겨둬야 한다. 그렇지 않으면 우리는 자신의 심각함에 엄청난 부담감을 느끼고 결국 땅속으로 파묻히는 기분이 들 것이다. 따라서 가장 어려운 시기에도 가벼운 농담을 던질 수 있는 여유는 필요하다.

위의 '덕목'들을 피해야 하는 것이라고 말했지만 그중에서도 특히 질투심, 자기 의로움, 부정적인 태도는 정말 피해야 한다. 나머지 것들은 적정한 정도를 찾는다면 도움이 될 수도 있다.

희생과 타협에 대해

내가 과대평가되었다고 생각했다가 마음을 바꾼 덕목이 두 가지 있다. 희생과 타협이다. 상사, 동료, 친구, 애인, 심지어 가족과 수없이 많이 해로운 관계를 경험한 후, 나는 이런 결론에 다다랐다. 나는 희생과 타협을 너무 많이 했고 그렇기 때문에 그 관계가 끝나버렸다는 결론이었다. 어느 정도는 사실일지 모르겠으나 내가 그 사람들을 위해 희생했거나 타협했다는 것 자체는 문제가 아니었다. 다만 잘못된 희생과 타협을 한 것이 문제였다.

안타깝게도 나는 관계를 이어나가기 위해서 내 가치를 희생했다. 결론적으로 나는 다른 이들을 만족시키기 위해서 어설픈 타협을 했다. 다른 이들의 감정을 상하게 하고 싶지 않아서 진실을 회피했다. 진정한 사랑이 아닌 물질적인 것으로 다른 이들에게 잘 보이려고 했다. 다른 이들을 돌보기 위해서 나 자신의 정신적, 감정적, 신체적 건강을 포기했다.

하지만 이렇게 그저 달래는 식으로 상대를 대하는 것은 효과가 없다. 그 순간에만 효과가 있어 보일 뿐이다. 생각해 보자. 어느 날 당신이 알고 있는 모든 사람이 그저 당신을 달래기 위해서 친절하게 행동하고 있었다는 사실을 알게 되면 기분이 어떨까? 의학계에는 실제로 이런 치료 방법이 존재한다. 이를 '고통 완화 처치'라고 부른다. 원인을 제거하지 않고 질병이나 증상을 덜 불편하거나 덜 아프게 만드는 것이다. 관계에서는 이를 '상대를 회유한다'고 한다. 이런 희생과 타협은 진실하지 못하며 관계는 최악으로 끝날 가능성이 크다. 물론 종종 희생이 필요한 경우도 있다. 타협이 필요한 경우도 있다. 우리가 원하는 바를 모두 이룰 수는 없기 때문이다. 결국 우리 인생은 우리만의 것은 아니다.

근본적으로 어느 정도의 희생, 즉 다른 이들을 위해 무언가 중요하고 가치 있는 것을 포기하는 것은 관계에 있어서 필수적이다. 관계를 맺고 이어 나가기 위해서는 시간, 에너지, 관심이 필요하다. 그리고 이는 우리가 가지고 있는 자원 중 가장 중요한 세 가지 자원이다. 그리고 관계 그 자체를 위해서 때로는 이 중요한 자원들을 기꺼이 내놓을 수 있어야 한다.

타협이란 서로 간의 양보를 통해서 다툼을 해결하는 것이다. 타협 또한 관계에서 희생만큼이나 필요한 덕목이다. 취향이 완벽하게 일치하는 사람은 존재하지 않는다. 결국 중간 어디쯤에서 만나야 한다. 그렇다면 중요한 것은 그 중간 지점으로 가는 길에 자신을 희생하는 일을 최대한 막는 것이다.

아이를 양육하는 것이야말로 희생과 타협이 필요한 관계의 완벽한 예시라고 할 수 있다. 나 또한 내 삶에서 이를 직접 경험했다. 겉으로 보기에 양육이란 부담스럽고, 피곤하고, 지루한 일일 수 있다. 하지만 신중한 부모는 자신의 분주함, 즐거움, 관심사를 자신의 아이를 위해서 기꺼이 포기한다. 이런 타협 덕분에 부모와 아이 모두 행복한 삶을 누릴 수 있는 것이다.

양육뿐 아니라 다른 관계에서도 이를 적용할 수 있다. 인생에서 누리고 있는 가장 좋은 관계를 떠올려 보자. 관계를 개선하기 위해서 자신에게 소중한 것을 포기한 적이 있는가? 상대와 서로 조금씩 양보하고 포기함으로써 문제를 해결한 적이 있는가? 만약에 둘 다 해 본 적이 있고 그 과정에서 가치를 포기하지 않고 지킬 수 있었다면 관계를 위한 좋은 결정을 했을 가능성이 크다.

해로운 관계 끊어내기

결국 우리가 우리 자신을 바라보는 모습이 다른 사람이 우리를 보는 모습이다.

멕시코 시티에 사는 정리 파티 참가자 마르타 오르티즈_{Marta Ortiz}는 "사랑을 하면 눈이 먼다"고 말하더니 잠시 사이를 두고 이렇게 말했다. "분명 어느 정도 사실이다." 오르티즈는 수많은 해로운 관계를 겪어본 사람이다. "20대 때 나는 거칠다고 할 수 있는 사람들과 충분히 시간을 보냈다. 하지만 나는 그 과정에서 다이아몬드를 찾았다고 생각했다." 막 피어나기 시작한 로맨틱한 관계에 대해 이야기하며 오르티즈는 이렇게 말했다. "처음에는 모든 것이 좋았다. 그는 내게 무척 잘 대해줬다. 그는 무척 다정다감했고 얼굴도 잘생겼었다."

하지만 오르티즈는 어두운 면은 보지 못했다. "꽤 오랜 기간 그는 자신의 약물 중독을 잘 숨겼다." 그 중독이 언어적, 그리고 결국에는 물리적 폭력으로 나타나기 전까진 말이다. "사랑에 눈이 멀었던 나는 너무 오랜 기간 그것을 그냥 참았다"고 오르티즈는 정리 파티가 마무리될 때쯤 고백했다.

"나에게 해로운 사람들은 이성이 통하지 않는다"라고 〈감성 지능 2.0Emotional Intelligence 2.0〉의 공동저자 트래비스 브래드베리Travis Bradberry는 말한다. "어떤 이들은 자신이 주변에 미치는 부정적인 영향에 대해서 전혀 알지 못한다. 반면에 어떤 이들은 혼란을 일으키고 모든 사람들을 화나게 만드는 것으로부터 만족감을 느끼는 듯하다. 어찌되었든 이들은 불필요하게 골치 아픈 불화를 일으키고 최악인 것은 스트레스를 유발한다."[92]

마르타 오르티즈처럼 우리 삶에 들여오지 않아도 될 관계들을 놓지 못한 적이 있을 것이다. 그리고 우리 중 많은 사람들이 여전히 그 사람들과의 관계를 끊어내지 못하고 있다. 가치를 더하지도 못하고 우리에게 힘이 되어주지 못하는 사람들과의 관계 말이다. 그저 우리에게 끊임없이 가져가기만 하고 주지는 못하는 사람들, 우리의 성장을 방해하는 사람들, 그러면서도 피해자인 척하는 사람들과의 관계 말이다.

시간이 흐르면서 피해자인 척하던 사람들은 가해자가 된다. 관계가 위험해지는 것은 바로 이때다. 가해자들은 우리로 하여금 보람이나 만족감을 느끼지 못하게 만들고 목적이 이끄는 삶을 살지 못하도록 한다. 그리고 시간이 더욱 흐르면서 이 해로운 관계는 우리 정체성의 일부가 되어 버린다.

이런 해로운 관계를 끊어내지 않고 힘겨운 삶을 살 수도 있다. 아니면 마르타 오르티즈처럼 그 관계를 끊어내고 앞으로 나아갈 수도 있다. 어떤 선택을 해야 할지는 당연하다. 그럼에도 불구하고 우리는 그 관계의 주위를 계속 맴돈다. 그저 상황이 변하길 바라면서 선택을 미루고 미루면서 말이다. 그리고 정말 선택해야 할 그날이 왔을 때에도 또 하루하루, 한 달 한 달, 그리고 몇 년이 지날 때까지 미룬다. 그러다 보면 어느덧 함께하고 싶지 않은 사람들과 함께하고 있을 것이다.

어쩌다 이렇게 되었을까?

이유는 크게 두 가지다. 친숙함과 두려움이다.

우선 변화는 부담스럽기 때문에 우리는 친숙한 것에 머문다. 성공적인 관계는 헌신, 연민, 지지, 이해심을 필요로 한다. 그저 그런 관계에 필요한 것은 근접성과 시간뿐이다.

우리가 관계를 끊어내고 앞으로 나아가지 않는 두 번째 이유는 두려움 때문이다. 현재 맺고 있는 관계를 목록으로 정리해 본다면 오늘날 다시 선택할 사람은 몇 명일까? 선택하지 않은 사람이 있다면 스스로에게 왜 그 관계에 머물러 있는지 물어봐야 한다. 그럴듯한 이유가 있을지도 모른다. 하지만 종종 그저 두려움 때문에 머물러 있다. 변화를 만들기 두렵고, 상대의 마음을 아프게 하기 두렵고, 사랑받지 못할까 두려운 것이다. 하지만 우리가 사랑을 가장 잘 표현할 수 있는 방법은 다른 이들에게 솔직해지는 것이다. 조금 더 거리를 두고 사랑하는 것이라 해도 말이다.

당연히 모든 변화는 어렵다. 쉬웠다면 이미 변화는 일어났을 것이다. 하지만 정말 좋은 관계를 맺고 싶다면 변화는 필수다. 관계의 변화와 관련해서 고려해야 할 몇 가지 사항을 알아보자.

관계를 개선할 수는 있어도 다른 사람을 '고칠' 수는 없다.

다른 사람의 천성을 고칠 수는 없다.

다른 사람들이 '더 나은' 사람이 되길 강요할 수는 없다.

다른 사람들의 성격을 바꿀 수는 없다.

다른 사람들이 선호하는 것을 우리가 정할 수는 없다.

다른 사람들이 우리와 비슷해지도록 강요할 수는 없다.

다른 사람에게 우리의 관점을 보여줄 수 있을진 몰라도 그 관점을 똑같이 가지도록 바꿀 수는 없다. 상대를 얼마나 바꾸고 싶던 그 마음과 시도는 헛된 것이다. 그렇다면 서서히 저물고 있는 관계를 마주했을 때 우리가 할 수 있는 것은 두 가지다. 받아들이든지 손을 놓고 앞으로 나아가든지. 이 두 가지 모두 어느 정도 관계를 끊어내는 것이라고 할 수 있다.

상대를 원하는 모습으로 바꾸기보다 있는 그대로 받아들인다는 것은 상대에게 이전에 가졌던 기대를 버리고 새로운 기준으로 소통해야 한다는 것을 의미한다. 단 한 번의 대화로도 충분히 이뤄질 수 있지만 이전에 문제를 많이 겪은 관계라면 관계를 재정의하고 재형성하기 위해 몇 차례의 대화를 통해 상대를 받아들이는 과정이 필요할지도 모른다. 데이트 용어로 이 과정을 관계 정의 DTR, defining the relationship 협정이라고 부른다. 관계를 정의하기 가장 좋은 시기는 바로 그 관계를 시작할 때다. 차선의 시기는 지금이다. 관계가 발전할수록 양측이 필요한 것, 원하는 것, 그리고 관점을 잘 반영한 관계의 조항을 업데이트하는 일이 필요하다. 아내와 나는 적어도 한 달에 한 번씩 '깊은 대화'를 나누며 우리가 서로에게 가지고 있는 기대와 기준이 적절한지를 점검한다. 그리고 1년에 한 번씩 우리의 가치를 돌아보며 어떤 중대한 변화가 일어났는지를 점검한다.[xviii] 어떻게 보면 결혼 서약을 다시 작성하는 것과도 같다. 다만 더 실용적일 뿐.

어떤 이들에게 이런 방법은 너무 거창해 보일 수 있다. 하지만 꼭 그렇지 않다. 레베카와 나는 어려운 주제에 대해서도 오히려 가볍고 재미있게 대화를 나누고 그 대화가 단 한 번도 불필요하게 거창하거나 지루하다고 느낀 적이 없다. 나는 조금 덜 친한 친구들과도 기준, 기대, 믿음, 가치를 주제로 한 대화를 비정기적으로 가진다. 이 대화를 통해 나는 친구들의 삶을 더 잘 이해하고 친구들 또한 자신의 약점에 대해서 더욱 솔직하게 이야기를 나눈다. 이런 식으로 우리는 관계를 개선해 나간다. 결국 관계에 속한 양측이 같은 방향으로 나아가고 있다는 확신을 할 수 있는 유일

---

xviii 우리는 330페이지에 있는 가치에 관한 워크시트를 사용해서 이 시간을 보낸다.

한 방법은 소통뿐이다.

하지만 어떤 관계는 우리의 에너지, 시간, 관심을 받을 만한 가치가 없다. 어떤 사람은 그저 근본적으로 해롭다. 그리고 이렇게 해롭기만 한 사람은 주로 다음과 같은 면을 가지고 있다.

교묘하다.

협박에 능하다.

모욕적이다.

악의적이다.

못됐다.

잔인하다.

폭력적이다.

편견을 가지고 있다.

공정하지 않다.

교묘하게 해로운 사람도 있다. 알아차리기는 조금 더 어려울지는 몰라도 꼭 피해야 하는 종류다. 미꾸라지 한 마리가 온 웅덩이를 흐린다는 말도 있지 않은가. 이런 사람들을 조심하자.

비이성적이다.

부정직하다.

무심하다.

비관적이다.

성질이 급하다.

나르시시스트이다.

무기력하게 만든다.

대놓고 해로운 사람이든 교묘하게 해로운 사람이든 이런 사람과는 거리를 두는 것이 중요하다. 관계를 끊을 때 대화를 나누는 방법도 있겠지만 그보다 더 좋은 방법은 그저 그 사람을 뒤로하고 앞으로 나아가는 것이다. 때로는 대화를 해서 상황이 더 악화될 수도 있기 때문이다. 그 사람을 마주하지 않고도 용서하는 것이 가능하다. 물론 어떤 식으로든 잘 마무리하는 것이 가장 좋겠지만 내가 경험한 바에 따르면 이 '마무리'라는 것은 과대평가되었다. 뭔가 마술같이 상황을 고치거나 나아지게는 하지 않으니 말이다.

사실 우리가 생각한 대로 상황이나 관계가 마무리되는 경우는 거의 없다. 마무리는 그저 정해진 한계점과도 같다. 한계점에 다다른다고 해서 모든 것이 깔끔하게 마무리되는 것은 아니다. 점차 아무것도 남지 않을 때까지 희미해지면서 마무리되는 경우도 많다. 그러니 그 사람의 부재중 전화나 문자 메시지에 꼭 답장을 하지 않아도 된다. 꼭 저녁 약속에 나가지 않아도 된다. 꼭 자신의 행동에 대해서 설명해야 할 필요도 없다. 누군가와 평생 가야 할 의무는 없기 때문이다. 우정이든 동료애이든 사랑이든 모든 것은 권리가 아니라 특권이다. 그리고 상대가 그 특권을 낭비한다면 우리 또한 꼭 그 관계를 이어나가야 할 의무는 없다. 해로운 사람은 그 무엇도 받을 권리가 없다.

때때로 해로운 관계는 그 관계가 끝난 후에도 해롭다. 그 관계가 끝난 이유를 우리는 모를 수도 있다. 아니면 상대가 원하는 식으로 관계를 마무리하지 않길 원할 수도 있다. 따라서 그 사람과 실제로 만남이 끝난다 하더라도 마음에 계속 남는다. 안타깝게도 모든 것이 우리가 원하는 대로 원하는 때에 정리되지 않는다. 그렇다면 이 사람들을 우리의 마음에서 내쫓을 방법은 단 하나밖에 없다. 용서다. 더 이상 가지고 있기 싫은 무거운 짐을 내려놓으면서 우리는 과거의 무게 없이 앞으로 나아갈 수 있도록 상대를 용서해야 한다.

해로운 관계를 끝낼 때 졸혼과 이혼 중 어떤 길을 갈지 선택해야 한다.[93] 좋았던 시절과 교훈을 안고 가장 좋을 때 앞으로 나아갈 수도 있고(졸혼) 아니면 그저 기다리며 온갖 싸움을 견디다가 어쩔 수 없이 상황이 가장 나쁠 때 관계를 마무리할 수도 있다(이혼). 관계를 끊고 앞으로 나아가는 것은 지금 더 어려울지도 모른다. 하지만 장기적으로 봤을 때는 지금이 가장 좋은 때다.

누군가와의 관계를 끊어낸다고 해서 그 사람을 더 이상 사랑하지 않는다는 것은 아니다. 그저 그 관계에 더 이상 참여할 수 없다는 것이다. 그렇다고 해서 그 관계를 끝낸 우리가 나쁜 사람이거나 할 도리를 다 하지 않은 사람이 되는 것도 아니다. 우리는 그저 더 나은 삶을 위해 자리를 만드는 것뿐이다. 싸움이 아니라 대화와 평화가 있는 삶 말이다. 해로운 관계로부터 잘 졸업하는 것은 포기하는 것이 아니라 새로 시작하는 것이다.

> **미니멀리스트의 규칙**　**포기할 수 있는 능력의 규칙**
>
> 〈히트Heat〉라는 영화를 보면 이런 장면이 나온다. 주인공은 "30초 안에 포기할 수 없는 것이라면 절대 그것에 애착을 가지지 마."라고 말한다. 엄청나게 잔인한 대사 같다. 하지만 생각해 보면 포기할 준비가 되어 있다는 것은 정말 궁극적인 사랑의 표현일 수도 있다. 언제든 포기할 수 있다는 것은 지금 포기하지 않은 데에는 그럴 만한 이유가 있다는 것이다.
>
> 생각해 보자. 순간적으로 무엇이든 포기할 수 있는 능력을 가지고 있다면 얼마나 자유로울까? 만약이 아니라 실제로 우리는 그럴 수 있다. 이것을 '포기할 수 있는 능력의 규칙'이라고 부르자. 무언가에 구애를 받거나 애착을 가지지 않는 자유로움에 중점을 둔 규칙이다. 새로운 물건을 사도 그 물건에 어떤 의미를 부여하지 말자. 물건에 의미가 없다면 언제든 원할 때 기꺼이 포기할 수 있기 때문이다. 새로

운 아이디어나 습관을 갖는다 하더라도 그것에 구애받지 말자. 언제든 원할 때 기꺼이 포기할 수 있기 때문이다. 관계에도 적용할 수 있는 규칙이다. 해롭기만 한 사람들과의 관계를 기꺼이 끊어내는 것은 다른 이들과의 교류를 더욱 강하게 만들 수 있다. 물론 '30초 안에' 포기할 수 없더라도 결국 요점은 사람이든, 장소든, 물건이든 애착을 갖지 않거나 구애받지 않는다면 언제든 기꺼이 끊어낼 수 있다는 것이다.

사과의 힘

이 관계가 해로운 건지 의문이 든다면 아마 그럴 가능성이 높다.

관계에서 해로운 사람을 담당하는 사람이 우리 자신일 때도 있다. 그렇다면 그 사실을 깨달을 수 있는 인식과 힘이 필요하고 우리가 내린 결정이 부적절하고 해롭다는 사실을 인정할 수 있어야 한다. 때로는 우리가 그 관계에 미치는 해로움이 눈에 보이지 않을 만큼 미묘할 수도 있다. 정말 아무런 나쁜 의도 없는 실수로 인해 관계가 나빠질 수도 있다. 어찌되었든 잘못은 우리에게 있다. 이럴 때 할 수 있는 것은 두 가지다. 고집스럽게 그 행동을 계속하든지 아니면 사과하든지.

사과하는 것은 더 어려운 선택처럼 보인다. 실수를 인정하고 그 실수를 고치기 위한 행동을 해야 하기 때문이다. 자존심이 상할 수도 있다. 그래서 우리는 우리의 입장을 고수하며 이성적으로 행동하지 못하고 독선적으로 행동한다. 그리고 그 과정에서 관계는 악화된다. 하지만 우리의 자존심을 잠시 제쳐둘 수 있다면 관계의 부서진 조각들을 다시 이어 붙일 기회가 주어진다. 그리고 결국 그 관계는 이전보다 더 강해질 것이다.

우연의 일치인지는 모르겠으나 나 또한 이 글을 쓴 그 주에 비슷한 실수를 한 적이 있다. 나는 더 미니멀리스트의 팟캐스트에서 의도치 않게 내 친구 중 한 명의 개인적인 정보를 밝혔다. 이 친구를 '마이크'라고 해보자. 정말 단순한 실수였다. 그리고 그 당시에는 내가 밝힌 정보가 밝혀서는 안 되는 개인적인 정보인지도 알지 못했다. 하지만 팟캐스트가 나가고 나서 마이크에게서 이메일을 한 통 받았다. 마이크는 기분이 상해 있었다. 나의 첫 반응은 그의 불만 가득한 이메일을 무시하는 것이었다. '별 대수로운 일도 아닌데. 그냥 마이크가 예민하게 반응하는 것뿐이야'라고 생각했다.

하지만 나는 그저 내 기준으로 생각했던 것이다. 나에게 큰일이 아니라고 해서 다른 이에게도 큰일이 아닌 것은 아니었다. 만약에 내가 정말 고의적으로 친구에게 상처를 주고자 했다면 친구가 어떤 감정일지 또 내가 어떤 감정일지는 중요하지 않았을 것이다. 하지만 지금 중요한 것은 내가 친구에게 가한 상처였다. 그렇다면 내가 할 수 있는 일은 단 한 가지였다.

나는 곧바로 마이크에게 전화를 해서 나쁜 의도는 전혀 없었지만 말을 내뱉기 전에 조금 더 생각했더라면 좋았을 것이라고 말했다. 그리고 미안하다고 사과를 하고 두 가지 약속을 했다. 하나는 이번의 실수를 바탕으로 같은 실수를 반복하지 않겠다는 것이고, 다음은 문제를 해결하기 위해서 할 수 있는 일을 하겠다는 것이었다. 물론 완전히 상황을 되돌릴 수는 없었지만 내가 실수한 부분은 편집 과정에서 잘라내서 다른 청취자들이 마이크의 개인적인 정보를 들을 수 없게 했다.

직장 생활 초반에 나는 키가 엄청나게 큰 짐 하_{Jim Harr}라는 멘토를 만났다. 짐의 성품은 그의 큰 키만큼이나 넓고 컸다. 짐은 나에게 재치 넘치는 좋은 말을 많이 해줬고 그의 지혜로움을 통해 나는 나의 행동을 평가하고 나의 행동에 대해 좋은 질문을 하는데 도움을 받았다.

내가 관리하던 지점 중 하나에서 엄청난 실수를 한 다음 짐은 나에게 이런 말을 해 줬다. 아직까지도 짐이 했던 말 중 내가 가장 좋아하는 말이다. 짐은 나를 진솔하게 쳐다보면서 이렇게 말했다. "시간이 지난 뒤에는 모든 것이 명백해질 수도 있고 아닐 수도 있다." 분명히 그는 "시간이 지난 뒤에는 모든 것이 명백해진다"라고 말하고 싶었을 것이다. 하지만 짐이 한 말이 훨씬 더 맞는 말 같았다. 행동하기 전에는 결과를 전혀 알 수 없다는 것이다. 적어도 나는 그 말을 그렇게 해석했다. 왜인지 모르겠으나 이 말은 그 이후로도 수십 년간 내 마음속 깊이 남았다.

내가 팟캐스트를 통해 개인적인 정보를 밝힌 사실을 신경쓰지 않는 마이크가 있는 세상도 분명히 존재할 것이다. 하지만 이 세상에서, 내가 살고 있는 세상에서 마이크는 분명히 신경을 썼고 나는 그의 마음을 아프게 했다. 내가 할 수 있는 최선의 반응은 그 일에 대해 사과하고 앞으로 나아가는 것이었다.

사랑의 공생

관계를 끊고 앞으로 나아가는 것은 지금 더 어려울지도 모른다 하지만 장기적으로 봤을 때는 지금이 가장 좋은 때다.

인습 타파주의자 어윈 라파엘 맥마너스Erwin Raphael McManus와 함께 관계에 대한 그의 의견을 들어볼 기회가 있었다. 맥마너스는 60세에 대장암 4기에서 완치된 후에 암과의 힘겨운 싸움을 그의 저서 〈전사의 길The Way of the Warrior: An Ancient Path to Inner Peace〉에서 밝혔다. 그는 삶의 거대한 계획 가운데 관계는 정말 중요한 몇 안 되는 것 중 하나라는 것을 알게 되었다.

"나는 내가 높아지는 관계만 찾아 다녔다"라고 맥마너스는 말한다. 그러면서 "하지만 나이가 들어가면서 '이 관계는 온전히 나 중심적이다'라는 문화적 나르시시즘에 젖어가고 있다는 것을 깨닫게 되었다"라고 말한다. 그는 단순히 그가 높아지는 관계를 추구하는 대신 다른 이들을 바꾸는 것이 아니라 돕는 사람이 되어야겠다는 생각이 들었다고 말한다.

"우리는 어떻게 하면 내가 더 이득을 볼지에 집중한다. 하지만 이것이 관계의 아이러니다. 나에게 맞는 사람을 어떻게 찾을 수 있을까? 내가 필요한 것을 어떻게 찾을 수 있을까? 내가 원하는 것을 어떻게 손에 넣을 수 있을까?"와 같은 잘못된 질문을 하면서 모든 시간을 소비한다면 관계의 중심을 놓치고 있는 것이다. 관계의 중심은 우리가 되어서는 안 된다. 다른 이들에게 어떻게 투자할 수 있는지, 다른 이들에게 어떻게 선물 같은 존재가 될 수 있는지에 중점을 둬야 한다"라고 맥마너스는 말한다. 그는 건강하고 좋은 관계는 "자신에 대해 신경쓰기보다 상대에게 더 많이 신경쓰는 관계"라고 말한다.

어떻게 보면 맥마너스의 주장은 지금까지 내가 이 장에서 말한 바와 완전히 대치되는 것처럼 보일 수 있다. 하지만 그가 말하는 것은 우리의 가치를 평가 절하하라는 것이 아니다. 단지 자신을 낮추지 않고서 다른 이들을 높이는 방법을 알 수 있을 만큼 자신에 대해 잘 파악하라는 것이다. 그는 이렇게 말한다. "삶은 혼자 살도록 설계되지 않았다. 아무리 능력이 많고, 대단한 능력을 가지고 있고, 지능이 높고, 열정이 많고, 창의적인 사람이라 할지라도 그리고 아무리 자신의 의도, 삶의 목적, 삶을 사는 이유를 완벽하게 잘 이해하고 있더라도, 그래도 삶은 혼자 살도록 설계되지 않았다"라고 말한다. 그리고 이어서 이렇게 말한다.

어떤 생각이 드는지 잘 알고 있다.

"그렇다면 내 꿈은?"

꿈이 무엇이든

그 꿈도 절대 혼자 이룰 수는 없다.

"그렇다면 내 삶의 목적은?"

삶의 목적이 무엇이든

그 목적도 절대 혼자 이룰 수는 없다.

만약에 다른 사람을 필요로 하지 않는 삶의 목적을 추구하고 있다면

삶의 목적이 아닌 것이다.

만약에 다른 사람을 그저 좋은 결과를 도출하기 위한 도구로써 사용하는 꿈을 꾸고 있다면

그것은 전혀 꿈이 아니다. 악몽인 것이다.

우리 모두는 살아가기 위해서는 다른 이들이 필요하다. 다른 이들의 도움이 필요하지 않은 사람은 단 한 명도 없다. 그리고 우리 또한 다른 이들을 돕고자 하는 필요를 가지고 있다. 다

른 이들을 이용하는 것이 아니라, 또 그렇다고 해서 이용당하는 것이 아니라 그저 서로에게 유용한 존재가 되는 것이다. 이것이 관계의 상호작용이고 사랑의 공생이다.

주변에 힘이 되지 않는 사람들이 가득하면 혼자 있고 싶어질지도 모른다. 하지만 정말 혼자일 때는 다른 사람들이 필요하다는 사실을 깨닫게 된다. 대안은 최악의 수감 형태인 독방 감금이다. 아마 최악의 처벌일 것이다. 차라리 위험한 살인자나 폭력적인 범죄자와 시간을 보내는 것이 낫다고 느껴질 만큼 고립은 처절한 것이다.

미니멀리스트의 규칙　**30일 미니멀리즘 게임**

우리가 가진 물건을 정리할 수 있는 가장 좋은 방법은 없애는 것이다. 정리 파티가 너무 극단적으로 들린다면 30일 미니멀리즘 게임에 참여해 보자. 수천 명의 사람이 이 30일 미니멀리즘 게임을 통해 집, 자동차, 사무실을 정리했다. 정리라는 작업은 지루하게 느껴질 때가 많다. 하지만 30일 미니멀리즘 게임은 친숙하면서도 재미있는 경쟁을 통해 정리라는 작업을 즐겁게 만든다.

게임을 어떻게 진행할 수 있는지 알아보자. 추후 한 달간 당신과 함께 미니멀리즘 여정에 동참할 친구, 가족, 동료를 찾자. 첫째 날 각자 물건 하나씩을 없앤다. 그리고 둘째 날에는 각자 물건을 두 개씩 없앤다. 그리고 셋째 날에는 각자 물건 세 개씩 없앤다. 이런 식으로 하는 것이다. 수집품, 장식품, 부엌용품, 전자 기기, 가구, 운동 기구, 침구류, 옷, 수건, 도구, 모자, 없앨 수 있는 것은 모두 없애는 것이다. 기부하든지, 판매하든지, 재활용할 수도 있다. 매일 자정 전까지 물건을 없애야 한다. 가장 오래 게임을 한 사람이 이기는 방식이다. 만약에 게임에 참여한 두 명 모두 30일을 꽉 채웠다면 두 명 다 승자다!

경과를 기록해두자. minimalists.com/game에서 미니멀리즘 게임 달력을 무료로 내려받을 수 있다.

사랑, 그 이상

우리는 모두 언어적인 문제를 가지고 있다. 나는 내 아내를 사랑하지만 부리토도 사랑한다. 나는 라이언을 사랑하지만 새로 나온 맷 카니 앨범도 사랑한다. 나는 내 딸을 사랑하지만 우리 동네에 핀 형형색색의 꽃도 사랑한다.

한 종류의 사랑은 깊은 애정으로부터 나오는 끝없는 헌신을 바탕으로 한다. 그리고 다른 종류의 사랑은 즐길 수 있는 무언가에 대한 선호도 또는 애정을 바탕으로 한다. 그리고 누군가를 '사랑하는 것'과 누군가와 '사랑에 빠진 것'에는 분명한 차이가 있다. '사랑'이라는 공통어가 들어가지만 두 가지는 완전히 다른 의미를 가지고 있다.

캐나다 누나빅 지역에서 사용되는 이누이트족 언어에는 눈을 설명하는 단어가 53개 이상 존재한다.[94] 사랑을 설명하는 단어가 그 절반쯤 된다고 생각해 보자. 하지만 사실 우리 문화는 사랑이라는 단어를 사람에게도, 픽업 트럭에게도, 친구에게도, 프라이드치킨에게도, 애인에게도, 루이비통 가방에게도 사용한다. 하지만 무엇이든 과다하게 그 한계를 넘어갈 때까지 사용하면 그 힘이나 의미를 잃어버리기 마련이다. '사랑'이라는 단어도 마찬가지다.

우리는 모두 사랑이 필요하다. 하지만 사랑만을 필요로 하지는 않는다. 보여야 하고, 들려야 하고, 연결되어야 한다. 존중받아야 하고, 친절하게 대해져야 한다. 하지만 이런 면은 사랑이 없다면 결코 이뤄질 수 없다. 사랑 없는 존중을 상상할 수 있는가? 친절함도. 한걸음 더 나아가 원하던 모든 것을 얻고 바라던 모든 꿈을 이뤘지만 사랑이 없는 삶을 상상할 수 있는가? 그럴수는 없다. 2차원적인 집을 짓거나 빈 컵으로 음료수를 마시려는 것과 같다. 사랑이 없는 삶은 단조롭고 허무한 것이다.

사랑으로 인해 삶의 가장 좋은 것들을 누릴 수 있다면 우리는 왜 더 사랑받으려고 하지 않을까? 왜 남들로부터 좋아한다는 말보다는 섹시하다거나 쿨하다는 말을 더 듣고 싶어 할까? 더 쉽기 때문이다. 우리의 겉모습은 우리가 조율할 수 있다. 하지만 과도하게 트렌디하거나 멋져 보이려고 노력하는 사람을 보면 어떤 느낌이 드는가? 진실성이 없어 보인다. 반짝거리는 물건으로 자신을 치장해서 자신의 모습을 가려야만 편안함을 느끼는 것처럼 보인다. 사랑이 어려운 이유다. 값싼 악세사리나 어떤 거래로 이뤄질 수 없는 것이다. 오직 믿음, 지지, 이해로만 가능한 것이다. 성적인 매력과 호감도는 불확실성 가운데 빠르게 희미해진다. 하지만 사랑은 위험도, 거절도, 고통도 끌어안는다. 기쁨, 즐거움, 고요함이 들어갈 자리가 많다. 사랑이라는 테두리 안에 유일하게 들어맞지 않는 것은 자기 중심성이다. 사랑은 자기 중심적이기에는 너무나도 큰 것이다.

근처에 사전이 있다면 한번 찾아보자. 사랑에는 여러가지 의미가 있다는 것을 알 수 있을 것이다. 깊은 애정의 느낌, 무언가에 대한 지대한 관심과 즐거움, 사랑하는 사람 또는 물건. 하지만 내가 사랑의 정의에서 가장 좋아하는 것은 뉴 옥스퍼드 아메리칸 사전New Oxford American Dictionary의 네 번째 정의다. 이 사전은 테니스 용어를 사용해서 사랑을 정의한다. "사랑: 점수 0" 테니스 경기라는 맥락에서 0이라는 점수는 단 한 가지를 의미한다. 하지만 더 넓게 적용해 보면 수많은 것을 의미할 수 있다. 현대 사회의 넘쳐나는 욕망과 상품화에서 진정한 사랑에 승자나 패자는 없다. 점수를 매기지 않는 것이다.

10년 전, 나는 내 아내 레베카를 알지 못했다. 하지만 우리가 만나고 사랑하게 되면서 다른 관계로부터 사랑을 필요로 하지 않았다. 사랑을 주면 줄수록 우리의 마음은 동나지 않는다. 오히려 더욱 배가된다. 사랑은 완전히 재생가능하다. 100퍼센트 지속 가능하다.

사람들은 그냥 '사랑에 빠지지' 않는다. 사랑은 쌓아 가는 것이다. 사랑은 쉽게 찾을 수 없다. 나는 첫 번째 결혼에 실패한 후 수년간 사랑을 찾아 헤매고 다녔기 때문에 안다. 하지만 사랑은 찾으면 찾을수록 더욱 멀어지는 것 같았다. 말로 설명할 수 없지만 그만 찾아 다니자고 마음먹자 사랑을 찾을 수 있었다. 사랑에 빠지는 것에 중점을 둔 것이 아니라 그저 사랑할 만한 사람이 되는 것에 중점을 뒀다.

이상하게도 사랑할 만한 사람이 된다는 것은 사랑에 빠지는 것과 정반대의 말처럼 들린다. 하지만 되돌아보면 정말 그렇다. 사랑에 빠지는 것에 집착했을 때 그 사랑에 빠지고자 하는 시도는 자기 중심적인 것이었다. 하지만 다른 이들을 사랑하는 것에 중점을 두자 사랑은 점점 더 커져갔다. 그저 나에 대한 것이 아니었기 때문이다.

역설적인 것 같지만 사랑을 얻기 위한 가장 좋은 방법은 놓아 버리는 것이다. 움켜잡고 있지 않을 때 사랑은 더욱 커진다. 따라서 사랑하기 위해서는, 사랑받기 위해서는 우리는 힘을 빼야 한다. 사랑할 만한 사람이 되기 위해서는 누군가의 허락이 필요한 것이 아니다. 누군가가 어려움을 겪고 있을 때 돕고 싶을 수도 있고 문제를 해결하고 싶을 수도 있다. 하지만 매번 가능하지 않을 수 있다. 모든 사람을 도울 수도 없고 모든 것을 해결할 수도 없다. 하지만 상황이 어떠하든 사랑하는 것은 가능하다.

불화가 있고 완전히 실패한 것처럼 보이는 관계에서도 우리는 사랑할 수 있다. 그 사랑이 가까이 있을 때도 있고 반대로 멀리 있을 때도 있다. 누군가를 사랑한다는 것은 상대의 행동 전부를 용인한다는 것은 아니다. 우리는 바람을 피우는 배우자를 사랑할 수도 있다. 뒷담화하는 동료를 사랑할 수도 있다. 거짓말하는 친구를 사랑할 수도 있다. 그들의 행동이 아닌 그들 자체를 사랑하는 것이다. 누군가의 어떤 부분을 싫어하면서도 그들을 이루는 모든 조각을 사랑하는 것은 가능하다.

사랑은 무겁고, 힘들고, 쉽게 알 수 없지만, 우리가 마주한 가장 큰 어려움은 사랑 그 자체가 아니다. 욕망, 흥분, 이끌림을 사랑으로 착각한다는 것이다. 물건과의 관계에서 이는 더욱 명백하게 드러난다. 우리는 TV를, 자동차를, 화장품을 사랑한다고 말하지만 우리 집에 있는 물건이 우리 삶에 있는 사람만큼이나 중요하다고 세뇌시키는 프로파간다에 의해 혼란을 느낀다. 덜 매력적인 물건들을 보면 이 가공된 사랑이 얼마나 터무니없는지 잘 파악할 수 있다. 예를 들어 화장지나 우편함이나 열쇠고리를 '사랑한다'고 말하는 사람은 없다. 하지만 이런 것들은 정말 우리가 사랑한다고 말하는 것만큼 정말 우리의 삶에 필요하고 그만큼 많이 사용하는 것이다.

사랑하지 않고도 물건을 사용할 수 있다. 립밤을 사랑하지 않고 잘 사용하는 것처럼 아이폰 또한 사랑하지 않고 사용할 수 있다. 이렇게 우리는 진짜 사랑을 이해할 수 있다. 사람을 위한 사랑이다. 그저 우리의 삶에 방해가 되는 물건을 위한 사랑이 아니라. 사람을 사랑하고 물건을 사용할 수 있다. 하지만 물건을 사랑하면서 사람을 사용할 수는 없는 법이다.

정리: 사람

다시 라이언의 차례가 돌아왔다. 조슈아와 함께 이번 장에서는 다른 사람들과의 관계에 대해서 살펴봤다. 이제 나와 함께 이 관계를 어떻게 키워나가고 있는지 살펴보도록 하자. 우리는 주위 사람들에게 지대한 영향을 받는다. 현재 우리의 모습도, 미래 우리의 모습도. 어떻게 하면 다른 이들에게 최선의 것을 줄 수 있는지, 그리고 어떻게 하면 상대로부터 최선의 것을 받을 수 있는지 알아보기 위해 아래 질문들에 신중히 답해 보자.

사람에 관한 질문

1. 당신의 MBTI는 무엇인가? 그리고 이 MBTI를 통해서 당신이 선호하는 것에 대해 어떤 점을 알 수 있는가?

2. 당신 삶의 사람들을 더욱 깊게 이해하기 위해서 TARA(인내, 수용, 존중, 감사)를 어떻게 적용할 수 있을까?

3. 다른 이들의 삶에 더 기여할 수 있는 당당한 사람이 될 수 있을까?

4. 사랑, 신뢰, 정직함, 돌봄, 지지, 관심, 진정성, 이해. 이 중 관계를 개선할 수 있는 요소는 무엇이며 삶에 이 요소를 어떻게 적용할 수 있을까?

5. 가족, 친구, 동료, 페이스북 '친구' 그리고 심지어 1년에 한

두 번 보는 사람들까지 현재 맺고 있는 모든 관계에 대한 목록을 작성한다면 그중 오늘날 다시 선택할 관계는 몇 개일까? 그 이유는?

해야 할 것

이번 장에서 타인과 어떤 관계를 맺고 있었는지에 대해 배운 것이 있다면 무엇인지 생각해 보자. 배운 것 중에 마음에 남은 것은 무엇인가? 오늘, 지금 당장 일상생활에 적용해 볼 수 있는 다섯 가지 지침을 살펴보자.

- **나의 '우리 상자Us Box'를 설명해 보자.** 의미 있는 관계를 향한 첫걸음은 무엇을 줄 수 있는지 그리고 무엇을 받을 수 있는지 파악하는 것이다.
  - 다른 이들을 도울 수 있는 방법을 알아보자. 다른 이들의 삶에 기여하고 싶은 것을 적어 보자.
  - 다른 사람들이 이해하고 존중하길 바라는 물리적, 정신적, 감정적, 영적 경계선을 적어 보자.

- **관계에 대한 정의를 내려보자.** 이제 각 관계에 대해 그 관계가 당신의 삶에 어떻게 기여하는지 적어보자. 다음 단계를 통해 답을 찾아 나가자.

- 첫 번째로, 당신의 시간, 에너지, 관심을 정기적으로 또는 비정기적으로 받는 모든 사람을 적어 보자.

- 두 번째로, 적어본 각 이름 옆에 숫자를 붙여 그 관계를 정의해 보자. 1은 주요 관계, 2는 부차적 관계, 3은 주변부 관계를 의미한다. 바라는 대로 숫자를 적는 것이 아니라 현재 당신이 상대를 어떻게 대하는지를 바탕으로 숫자를 적어 보자.

- 마지막으로, 솔직하게 그 목록에 혹시 해로운 관계가 있는지 찾아보고 있다면 그 이름 옆에 X 표시를 해 보자.

- **관계를 재구성하자.** 목록에 있는 사람들을 훑어보고 적절한 그룹으로 배치되었는지 살펴보자. 이 작업을 통해서 거리를 두고 있지만 가까이 하고 싶은 사람들이 있는지 알 수 있다. 그리고 반대로 더욱 거리를 둬야 하는 사람들도 알 수 있다. 따라서 목록에 있는 각 사람에 대해 거리를 두고 싶은 사람에 대해서는 'D', 더욱 가까이하고 싶은 사람에 대해서는 'C'를 적어 보자. 현재 상태에 대해 만족한다면 'OK'를 적어 보자.

- **관계를 개선하자.** 이제 현재 맺고 있는 관계의 상태에 대해

보다 자세하게 파악했으니 관계를 개선할 수 있는 방법을 알아보자.

- 우선 해로운 관계를 살펴보자. 그저 밀어내기 전에 이 관계를 개선할 수 있는 방법이 있는지 스스로 물어보자. 이 사람들에게 이해 받고 존중 받길 원하는 경계선에 대해 물어보고 당신의 경계선에 대해서도 알려주자. 만약에 상대가 당신의 경계선을 존중할 의향이 없어 보인다면 거리를 둘 것이라고 표현하는 것이 적절하다.

- 두 번째로, 거리를 두고 싶은 사람을 살펴보자. 그 사람들 자체가 꼭 해로운 것은 아닐 수도 있다. 그저 성가신 이웃이나 동료일 수도 있고 아니면 그저 이제 더 이상 공통 관심사가 없는 사람일 수도 있다. 필요하다면 앞으로 상대와 시간을 덜 보낼 예정이라는 것을 비폭력적인 방법을 통해서 전달하는 것도 좋다. 상대를 거절하는 것이 아니라 이제부터 다른 것에 동의하기로 마음먹었다고 설명해 줘도 좋다.

- 마지막으로, 곁에 가까이 두고 싶은 사람을 자세히 살펴보자. 그 사람과 시간을 보낼 기회가 생긴다면 상대를 삶에 어떻게 더욱 들여오고 싶은지에 대해 표현해 보자. "스테이시, 항상 너에게 고맙게 생각하고 있어. 앞으로 같이 시간을 더 많이 보내고 싶은데 너는 어

때?"라고 물어볼 수도 있다. 만약에 상대의 대답이 '좋다'라면 상대의 삶에 가치를 더할 수 있는 방법에 대해 생각해 보자.

• **할 수 있는 한 최선을 다해서 상대의 삶에 기여하자.** 모든 관계에서 가장 보람된 것은 주는 행위다. 관심이라는 선물을 주는 것으로부터 시작할 수 있다. 다른 이들과 교류할 때 온전히 자신을 내어 주는 것, 이것은 적극적으로 경청하고, 공감하고, 사랑을 표현하는 것을 의미한다. 매주 아침마다 삶에서 더 가까이하고 싶은 사람들의 목록을 보고 한 명을 고르자. 꼭 거창할 필요는 없다. 그저 사랑하고 지지한다는 사실만 전달하면 된다. 웃긴 사진 한 장을 보낼 수도 있고, 편지를 쓸 수도 있고, 문 앞에 꽃을 둘 수도 있고, 앞마당을 대신 손질해 줄 수도 있다. 의미 있고 영원한 관계를 위해서 우리가 할 수 있는 것들은 수도 없이 많다.

하지 말아야 할 것

마지막으로 좋지 않은 관계가 인생에 어떻게 방해가 될 수 있는지 생각해 보자. 아래는 오늘부터 당장 하지 말아야 할 다섯 가지 행동이다.

- 그저 상대의 감정을 보호하기 위해서 상대를 달래지 말자.
- 그저 호감을 받기 위해서 호감이 있는 것처럼 행동하지 말자. 그리고 다른 사람과 잘 어울리기 위해서 자신의 가치를 희생하지 말자.
- 충실함 또는 공감 같은 덕목을 핑계 삼아 해로운 관계를 지속하지 말자.
- 상대와 관계의 변화를 논의할 때 수동적, 공격적인 대화법을 사용하지 말자.
- 다른 사람의 기분이나 선호하는 것을 맞추기 위해서 의미 있는 삶을 포기하지 말자.

에필로그

우리는 모순덩어리다. 나는 위선자라고도 볼 수 있다. 미니멀리스트라고 하지만 집도 있고, 소파도 있고, 신발도 한 켤레 이상 가지고 있다. 나는 종종 진실을 회피하기도 한다. 대신 인정받길 원하고, 칭찬받길 원하고, 편한 방법을 찾아 다닌다. 내가 세운 규칙을 깨기도 한다. 레인지로버가 나와 있는 반짝거리는 잡지책 광고에서, 롤렉스 시계가 나온 옥외 광고판에서 시선을 떼지 못할 때도 있다. 때때로 명상하는 것도, 운동하는 것도, 건강한 식단도 지키지 않는다.

나의 행동이 내가 지향하는 가치와 늘 부합하는 것은 아니다. 나는 기후 변화를 심각하게 받아들이면서도 휘발유로 달리는 자동차를 타고 석탄화력발전소에서 생성되는 전기로 하루를 살아간다. 노동자 착취는 옳지 않다고 믿으면서도 중국에서 최저 시급도 받지 못하는 노동자들이 조립한 노트북으로 지금 이 문장을 써 내려가고 있다. 그리고 내가 가지고 있는 옷 중 한 벌 이상은 어린아이들의 노동력을 착취하는 공장에서 만들어졌을 것이다. 필요없는 것에 돈을 쓰기도 한다(나는 재킷만 보면 사고 싶어하는 이상한 충동을 느낀다). 종종 혼자 TV를 보기도 하고, 스마트폰을 지나치게 사용하기도 한다. 둘 다 나의 창의력을 방해하는 가장 큰 요소다. 나는 가족을 무척 사랑하지만 그렇다고 엄청 좋은 부모는 아니다. 그리고 분명히 노력하면 형도 지금보다 훨씬 더 자주 만날 수 있을 텐데 그것도 그다지 노력하지 않는다.

그렇지만 한편으로는 10년 전의 나와 비교했을 때 현재 나는 훨씬 더 좋은 사람이다. 내 삶은 훨씬 더 단순해졌고, 산만하지 않고, 솔직하고, 평화롭다. 내 삶은 더 이상 물건에 대한 욕망으로 좌지우지되지 않는다. 나는 내 건강과 웰빙에 훨씬 더 많이 신경을 쓴다. 특히 2019년 '신 대공황'을 겪고 나서 말이다. 나는 내 가치를 이해할 뿐더러 의미 있는 삶을 방해하는 요소들 또한 잘 알고 있다. 나는 빚을 지지 않으려고 엄청난 노력을 하고 직장에서 월급을 받을 때보다 지금 자선 단체에 훨씬 더 기부를 많이 하고 있다. 세상에 흘러넘치는 정보 가운데서도 나는 이전보다 창의력이 넘치고 집중력이 훨씬 좋아졌다. 이전보다 훨씬 더 다른 사람을 배려할 수 있고 인내심도 많아졌다. 나는 친절한 친구이자 유능한 비즈니스 파트너이자 사랑스러운 남편이다.

사실이다. 그럼에도 불구하고 나는 아직 불완전한 인간이다. 아무리 내가 내 삶을 단순화하더라도 나의 결함이 모두 사라지진 않을 것이다. 나는 여전히 실수도 한다. 미니멀리즘이 삶의 모든 고통과 슬픔을 해결해주는 만병통치약은 아니다. 하지만 측량할 수 없을 만큼 내 삶은 미니멀리즘을 통해 나아졌다. 물론 나는 지금도 수많은 문제들을 마주하고 있지만 이전보다는 나은 문제들이다. 내 삶을 더욱 풍요롭고 의미 있고 활기차게 만드는 문제들이다. 이 문제들을 해결하면 할수록 새로운 문제들을 또 마주하게 된다. 결국 삶의 힘듦과 고통은 우리의 심장이 완전히 멈추고 난 후에야 끝날 것이다.

나는 상처도 많은 사람이다. 하지만 그 상처가 나라는 사람을 만들었다. 나는 올해 40살이 된다. 나는 50살의 나를 기대한다. 지금보다도 훨씬 더 나은 사람이 되어 있을 나를. 내가 이런 말을 하는 이유는, 많은 면에서 나 또한 당신이고, 당신 또한 나이기 때문이다. 당신 또한 상처가 많을 것이다. 하지만 그 상처가 당신이라는 사람을 만들었다. 나와 같이 당신도 수많은 결점, 문제가 있고 실수를 했을 수도 있다.

하지만 이제는 갈림길에 서 있다. 다음에 내릴 끔찍한 결정이라는 벼랑 앞에 서 있다. 그다음 거짓말, 그다음 충동구매, 그다음 해로운 습관, 그다음 가치를 저버리는 것, 그다음 낭비, 그다음 기술적 방해. 그다음 판단의 피해자. 이런 부정적인 것들의 연속에 어느덧 당신은 익숙해졌을 수도 있다. 존재한다는 사실도 알아채지 못할 만큼 너무나도 오랫동안 배경에서 울려 퍼지고 있던 화이트 노이즈처럼 말이다.

　과거에 머물기보다 과거로부터 배우는 것이 중요하다. 그래야만 다음에 같은 실수를 반복하지 않을 수 있기 때문이다. 과거의 당신은 그저 지금의 당신을 있게 한 조상이라고 생각하자. 오늘날의 당신은 절대 아니다. 과거의 당신이 한 실수와 과거의 당신이 가졌던 흠은 더 이상 당신의 것들이 아니다. 그것을 붙잡고 있지만 않다면 말이다. 그 패턴을 깰 수 있는 도구는 당신에게 있다. 새로운 시작을 만들 수 있는 것도 당신이다. 물론 극단적으로 하룻밤 사이에 환골탈태할 수는 없겠지만 발끝의 방향을 조금씩 바꾸다 보면 결국 어느덧 발걸음은 완전히 다른 방향으로 향하고 있고, 완전히 다른 길을 걷고 있을 것이다. 그리고 바로 이것을 위해 우리는 그 길에 방해가 되는 것들을 정리하고, 없애야 하는 것이다.

감사의 글

미니멀리즘에 대해서 또 다른 책을 쓸 수 있게 될 거라곤 전혀 생각지 못했다. 2012년도에 단순한 삶에 대한 회고록 〈남아 있는 모든 것Everything That Remains〉의 초고를 완성하고 난 후, 라이언과 나는 물건을 덜 가지고 사는 삶에 대해서 할 수 있는 말은 다 했다고 생각했다. 완벽한 착각이었다. 6년이 지나고 네 차례의 실패를 겪고 난 후, 라이언과 나는 깨달은 사실이 하나 있다. 우리가 처음 미니멀리즘을 우리의 삶에 적용하고 난 후 가장 큰 변화를 겪은 것은 관계라는 것이다. 라이언은 자신의 아내 마리아와 가장 보람되고 기쁜 나날을 보내고 있었고 나 또한 나의 아내 레베카와 그랬다. 역설적이게도 이전에는 가장 어렵게 느껴졌던 관계 중 하나였다. 그러면서 한 가지 의문이 생겼다. 왜일까? 미니멀리즘과 관계에 관한 책을 쓸 수 있을까? 이 하나의 질문이 떠오르자 다른 질문들도 연달아 떠올랐다.

삶에서 가장 중요한 관계가 다른 사람과의 관계가 아니라면? 다른 사람들과의 관계를 잘 맺기 전에 우리 자신을 먼저 이해해야 할까? 라이언과 나는 이전과 비교했을 때 어떤 식으로 달라졌을까? 지난 10년간 우리는 어떻게 변해 왔을까? 앞으로 나아가기 위해 우리가 포기해야 했던 것 또는 사람이 있을까? 너무나도 개인적인 것이라 공개적으로 나누지 않았던 이야기들이 남아 있을까? 있다면 그리고 그 이야기를 솔직하게 나눈다면 어떻게 다른 사람의 삶에 도움이 될 수 있을까?

이 질문들에 대한 답이 이 책이다. 이 책은 나와 라이언의 배우자 레베카와 마리아를 위한 것이다. 단순히 그들이 보내준 사랑 때문이 아니라 그들이 없었더라면 이 책 또한 세상에 나오지 못했기 때문이다(어떤 책을 썼을지도 모르지만 확실히 이 책은 아닐 것이다). 나는 삶에서 가장 힘들었던 2년 동안 이 책의 초고를 작성했다. 삶에서 고통스러운 순간을 꼽으라면 여지없이 그 시기를 꼽을 만큼 힘들었다. 2018년 9월 대장균 감염 사건을 겪고 나서 2020년 초고를 완성할 때까지 나는 매일 고통에 시달렸다. 정말 힘들 때에는 글을 쓰려는 마음도 없었다. 삶에 대한 의지 자체가 없었다.

하지만 레베카는 늘 변함없이 손을 내밀어 나를 수렁에서 끌어올려 줬다. 내가 내 자신조차 돌볼 힘이 없을 때 나를 돌봐 줬다. 가장 힘든 시기에 나의 손을 잡아 줬고 내 건강이 서서히 회복되면서 나를 최고의 모습으로 이끌어 주었다. 그리고 라이언은 감사하게도 내가 겪은 고통을 경험하지 않았지만 그의 삶도 충분히 고통으로 가득했다. 2013년부터 서서히 라이언이 조금씩 고장나기 시작할 때 마리아는 그 부서진 조각들을 다시 주워서 라이언이 온전해지도록 도왔다. 존재해 줘서 고맙다는 말을 이 두 사람에게 전하고 싶다.

또 다른 책을 쓴다는 것은 솔직히 나에게 두려움으로 다가왔다. 〈남아 있는 모든 것Everything That Remains〉보다 나은 책을 쓰기는 어렵다는 생각이 들었기 때문이다. 그 책은 완성하는 데 무려 32년이 걸렸고 지금까지도 내가 가장 자랑스럽게 생각하는 창작물이다. 시간이 지나서도 내가 그 책을 가장 자랑스럽게 여길지는 정말 시간이 지나봐야 알 것이다. 그리고 물론 독자들이 가장 좋아할 책일지도 시간이 지나 봐야 알 것이다. 쓰기 가장 힘들었던 책이면서도 가장 보람된 책이기도 했다. 쓰는 도중에 수십 번도 더 포기하고 싶었다. 정말 책을 쓰기 전까지 네 번이나 시작했다가 실패한 적도 있었다. 하지만 힘겹게 써 내려갔고 그 과정에 수천만 개 이상의 단어들을 버렸고, 다시 쓰고, 또 다시 쓰고, 다시 썼다.

우리 소속사 대표 마크 제랄드Marc Gerald가 올바른 방향을 제시해 주고 나서야 책을 제대로 쓸 수 있었다. 제랄드와 우리의 에디터들 라이언 도허티Ryan Doherty, 세실리 반 뷰렌-프리드먼Cecily van Buren-Freedman은 내가 편안함을 느끼는 영역을 벗어나서 더욱 큰 도전을 할 수 있도록 도와줬고 내가 미니멀리스트로서 개인적으로 했던 실수를 떳떳하게 공개하고 더 나아가 전문가의 견해와 미니멀리즘으로부터 도움을 받은 사람들과의 인터뷰와 이들에 대한 이야기를 잘 엮을 수 있도록 도와줬다. 마크, 라이언, 세실리에게 응원해 줘서 고맙다는 말을 전하고 싶다.

아프고 나서 글을 쓰고자 하는 의지나 영감은 모두 사라져 버렸다. 나는 단 한 번도 마감일을 놓친 적이 없었다. 하지만 아플 때는 어쩔 도리가 없었다. 글을 쓰기에 너무 몸이 힘들었던 날들이 많았고 건강이 더 안 좋아지면서 몇 차례나 마감일을 놓쳐 버렸다. 다행히도 내 친구 "팟캐스트 숀" 하딩이 나의 손을 끌고 힘겹게 결승선까지 가 줬다. 그가 제안한 수많은 아이디어, 통찰력 깊은 연구 그리고 수많은 수정을 통해 이 책은 이루 말할 수 없이 더 좋아졌다. 숀에게 내가 힘이 없을 때마다 기대게 해줘서 고맙다는 말을 전하고 싶다. 그리고 수많은 모자를 너무나도 멋지게 소화해 줘서 고맙다는 말도 전하고 싶다. 정말 뛰어난 팟캐스트 프로듀서이자, 투어 매니저이자, 디렉터이지만 그보다 나에게는 이 지구상에서 최고의 카피 에디터다. 라이언과 나는 정말 숀 당신과 한 팀을 이뤄서 일할 수 있게 되어 운이 좋았다고 생각한다.

더 미니멀리스트 팀에 속한 그 외 많은 사람들에게도 라이언과 나는 감사의 말을 전하고 싶다. 제시카 윌리엄스Jessica Williams, SNS를 통해 더 미니멀리스트의 메시지를 너무나도 아름답게 전달해 줘서 감사하다. 제프 사리스Jeff Saris와 데이브 라튤립Dave

LaTulippe, 디자인계의 모차르트처럼 우리가 만들어 내는 모든 것의 미적인 기준을 높여 줘서 감사하다. 조던 '노우' 무어Jordan "Know" Moore, 중서부 지역에서 온 두 명의 촌스러운 남자들을 카메라에 그럴듯하게 보일 수 있게 해 줘서 감사하다. 매트 디아벨라Matt D'Avella, 가장 유능한 다큐멘터리 감독이 되어 줘서 감사하다. 우리의 계약 담당자인 앤드류 러셀Andrew Russell, 우리를 믿어 주고 우리의 라이브 쇼와 투어를 한층 더 고급스럽게 만들어 줘서 감사하다. 우리의 홍보 담당자인 사라 미니아치Sarah Miniaci, 그 누구보다 더 미니멀리스트를 있게 만들어주고 우리가 전달하고자 하는 메시지를 미디어에 잘 반영해 줘서 감사하다. 우리의 비즈니스 매니저 앨런 메시아Allan Mesia와 회계 담당자 엔젤 드라이든Angel Dryden, 라이언과 내가 그저 의미 있는 창작물을 만들어 내는 데 집중할 수 있도록 그 외 모든 것들을 담당해 줘서 감사하다. 숀 미할릭Shawn Mihalik, 더 미니멀리스트의 온라인 글쓰기와 예산 수업을 관리해 줘서 감사하다. 당신이 하는 일은 내 삶뿐만 아니라 수많은 다른 이들의 삶에 도움이 되는 것이다.

콜린 라이트Colin Wright에게, 2009년 나에게 미니멀리즘을 알려 줘서 고맙다는 말을 전하고 싶다. 그가 아니었다면 나는 여전히 직장 생활과 승진에 목숨을 걸면서 살고 있을 것이다. "내가 놓았던 모든 것에는 손톱 자국이 남아 있다"는 데이비드 포스터 월리스의 말은 미니멀리즘 이전의 내 삶을 가장 잘 나타내는 말이다. 이전에 내가 손에서 무언가를 놓을 유일한 방법은 누군가 내 손에서 그것을 빼앗아 가는 것뿐이었다. 물론 진정으로 놓는 것이라고 할 수도 없겠지만. 콜린 라이트, 그리고 레오 바바우타Leo Babauta, 코트니 카버, 조슈아 베커Joshua Becker를 통해 무언가를 놓는 것이 가능할 뿐만 아니라 놓을 수 있다는 것은 초능력에 가깝다는 것을 알게 되었다. 이 네 명을 통해 나는 물건을 덜 가지고 사는 삶에 대한 자세한 레시피를 받았고 덕분에 라이언과 나는 훨씬 더 의미 있는 삶을 살 수 있게 되었다. 내 자신을 먼저 돕고 결국 다른 이들에게 도움을 줄 수 있게 도와줘서 감사하다.

데이브 램지와 그의 팀에게, 엘리자베스 콜Elizabeth Cole, 레이첼 크루즈, 크리스 호건, 앤서니 오닐, 켄 콜먼Ken Coleman, 존 델로니, 크리스티 라이트Christy Wright, 루크 르페브르Luke LeFevre, 매킨지 마스터스Mckinzie Masters, 코너 와그너Connor Wangner 그 외 램지 솔루션의 모두들, 나에게 큰 영감을 줘서 감사하다는 말을 전한다.

질병의 고통을 덜어준 의사 선생님들과 의료 전문가들에게, 크리스토퍼 켈리Christopher Kelly, 라이언 그린, 루시 메일링Lucy Mailing, 토미 우드Tommy Wood, 아담 램Adam Lamb, 페이턴 베루킴Payton Berookim, 메건 앤더슨Megan Anderson, 엘리스 게데아Elise Guedea, 선지아 슈와이그Sunjya Schweig에게 홀로 남아 있던 수렁에서 건져 내 줘서 감사하다는 말을 전한다.

자나 로렌스Zana Lawrence에게, 190개국에 방영될 수 있도록 넷플릭스 팀을 설득할 만큼 우리의 메시지를 믿어 줘서 감사하다는 말을 전한다. 그녀 역시 미니멀리즘 운동에 지대한 기여를 해줬다.

나의 파트너들에게, 조슈아와 사라 위버, 밴딧Bandit 팀, 칼 MH 바렌부르흐Carl MH Barenbrug, 알베르토 네그로Alberto Negro, 미니멀리즘 라이프 팀, 말콤 퐁티에Malcolm Fontier, PAKT 팀에게 우리의 영역 밖의 의미 있는 프로젝트를 시작할 수 있도록 도와줘서 감사하다는 말을 전한다.

이 책에서 이름이 언급된 모든 사람들에게 의견과 통찰력을 제시해 줘서 감사하다. 이름을 언급하기에는 너무나도 많은 사람이 있지만 나와 직접 만나서 대화를 했든, 통화를 했든, 이메일을 주고받았든 아니면 간접적으로 당신으로부터 영향을 받았든 여러분의 지혜와 통찰력에 감사하다는 말을 전한다.

나의 어머니 클로이 밀번에게, 내가 가장 후회되는 것은 당신이 이 세상에서 보낸 마지막 1년간 당신과 더 많은 시간을 보내지 않은 것이다. 수녀로서, 승무원으로서, 비서로서, 아내로서, 어머니로서 그리고 대단한 미녀로서 파란만장한 삶을 산 당신의 죽음은 결코 헛되지 않았다. 당신의 죽음으로 인해 나는 모든 것, 특히 잘못되었던 내 삶의 초점에 대해 의문을 품게 되었다. 결국 당신의 삶을 통해 나는 이 세상의 모든 것은 찰나에 불과하다는 것을 알게 되었다. 부, 지위, 물건에 집착하기보다는 그 시간을 다른 이들을 사랑하고, 돌보고, 도움이 되는 데 보내는 것이 가장 좋다는 것을 알게 되었다. 당신의 친절함, 포옹, 따뜻한 미소가 그립다. 당신의 마음은 늘 누군가를 섬기고 있었다. 언젠가 나에게 "인생을 이해하게 될 것"이라고 말해 준 적이 있다. 아마 내가 서른다섯 살 되던 해였을 것이다. 그 말을 해 준 지 5년이 지났고 나는 여전히 인생을 완벽하게 이해하지는 못한다. 하지만 점차 가까워지고는 있다. 나에게 인생을 선물해 줘서 감사하고 나의 어머니가 되어 줘서 감사하고, 주기적으로 나의 꿈에 나타나 줘서 감사하다. 감사하고 사랑한다.

나의 형 제롬에게. 어린 시절 내내 나의 아버지상이 되어줘서 감사하다. 나보다 한 살밖에 많지 않지만 나의 기억 속에 형은 언제나 나보다 큰 남자였다. 형이 가진 불굴의 힘 중 단 10퍼센트만이라도 가질 수 있으면 좋겠다.

아담 드레슬러Adam Dressler에게, 고등학교 시절 내내 같은 식당에서 같은 테이블에 서빙을 했을 때부터 지금까지 좋은 친구로 남아 줘서 감사하다. 지난 10년간 우리가 나눴던 대화들은 내가 지금까지 녹음했던 팟캐스트 중 최고의 에피소드가 되었다.

칼 바이드너Karl Weidner에게, 멘토이자 친구가 되어 줘서 감사하다. 내 삶의 절반 이상, 우리가 같이 회사를 다녔을 때부터 지금까지 당신은 나에게 비즈니스, 삶, 부동산에 대해 수많은 것을 알려 줬다. 내가 진 빚을 절대 다 갚지 못할 것이라는 것을 잘 알고 있다. 앞으로 계속해서 조금씩 갚아 가겠다.

애니 바우어Annie Bower에게, 2011년도였나, 그즈음 카페에서 날 만났을 때를 기억하는가? 데이턴 시티 페이퍼에 실린 기사는 더 미니멀리스트의 첫 신문사 인터뷰였다. 그 만남이 평생 우정으로 가게 될지 누가 알았을까? 그저 있어줘서 감사하고 '마무리'에 나눴던 우리의 대화는 이 책의 '7장. 사람과의 관계'에서 등장한다.

T.K. 콜먼T.K. Coleman에게, 방송 중에서 그리고 방송 중이 아닐 때에도 우리가 나눴던 모든 유익한 대화에 감사하다. 논쟁하거나 서로의 기분을 상하게 하지 않고도 반대 의견을 내고 상대의 마음을 돌릴 수 있는 사람은 많이 없을 것이다.

케리, 콜린, 오스틴에게, 내게 사랑이 무엇인지 보여 줘서 감사하다. 내가 한 수많은 실수와 배려 없는 결정에 대해서 미안하다고도 전하고 싶다. 지금 할 수만 있다면 수백만 가지를 달리할 것 같다. 그럼에도 불구하고 감사하다. 너희가 성인이 된 나에게 지금까지 보여 준 사랑으로 인해 지금의 내가 있다.

오하이오 데이턴에게, 라이언과 나를 남자로 만들어 준 도시, 우리 삶의 첫 30년간 우리의 무대가 되었던 곳, 이 도시의 '방탕하지 않은' 아들들이라는 사실이 자랑스럽다.

이 외에도 라이언과 내가 감사를 표해야 할 사람은 수없이 많다. 댄 새비지Dan Savage, 제네트 맥커디Jennette McCurdy, 카필 굽타Kapil Gupta, 니콜 르페라Nicole LePera, 앤서니 드 멜로Anthony de Mello, 아나카 해리스Annaka Harris, 루이스 하우즈Lewis Howes, 댄 해리스Dan Harris, 제이미 킬스타인Jamie Kilstein, 제이콥 매튜Jacob Matthew, 크리스 뉴하트 Chris Newhard, 팀 프레이저Tim Frazier, 네이트 파이퍼Nate Pyfer, 드류 케이프너Drew Capener, 저스틴 말릭Justin Malik, AJ 리온AJ Leon, 안드레 키브Andre Kibb 그 외에도 수많은 사람들. 그리고 혹여나 이름을 언급하지 못한 사람들에게는 죄송하다는 말을 전하고 싶다. 내 잘못이지 당신의 잘못이 아니다.

—조슈아 필즈 밀번

가치에 관한 워크시트

우리가 우리의 가치를 이해하지 못하는 이유에는 두 가지가 있다. 첫 번째는 우리가 우리의 가치에 대해 의문을 가지지 않는다는 것이다. 따라서 우리의 가치는 문화, 미디어, 다른 이들의 영향을 받아 형성된다. 두 번째는 어떤 가치가 다른 가치보다 더 중요하다는 사실을 이해하지 못한다는 것이다. 그리고 실제로 우리가 가치라고 생각하는 것 중 많은 것들이 가치가 아닌 경우도 많다. 그저 정말 중요한 것에 도달하는 데 방해만 될 뿐이다.

더 미니멀리스트는 정말 의미 있는 삶을 살기 위한 가장 좋은 방법은 장기적인 가치와 단기적인 행동을 일치시키는 것이라고 믿는다. 즉, 미래의 자신이 현재의 자신을 자랑스럽게 여길 수 있는 방법을 찾는 것이다. 이 과정을 돕고자 하는 바람으로 우리는 아래 워크시트를 만들었다. 자신의 가치를 잘 이해하면 의미 있는 삶으로 향하는 길을 더욱 잘 찾을 수 있기 때문이다. 각 가치에 대한 자세한 설명에 대해서 다시 보고 싶다면 '4장. 가치와의 관계'를 다시 읽어보길 바란다. 그리고 minimalists. com을 방문해서 해당 워크시트를 프린트해서 직접 손으로 적어 볼 수도 있다.

근본적 가치

흔들리지 않는 원칙들

구조적 가치

개인적인 가치들

표면적 가치

사소하지만 인생을 한층 더 낮게 만드는 가치들

_____

_____

허상의 가치

의미 있는 삶을 사는 데 방해가 되는 것들

_____

_____

_____

_____

_____

파트 2

이 워크시트를 끝낸 후에는 미니멀리스트의 여정을 함께하고 있는 파트너나 신뢰하는 다른 누군가와 함께 워크시트를 복습해보는 시간을 가져 보자. 그리고 상대도 그럴 의향이 있다면 상대의 워크시트도 살펴보자. 자신의 가치를 더 잘 이해할수록 그리고 자신과 가까운 누군가의 가치를 더 잘 이해할수록 그 사람들과 어떻게 더 잘 소통하고 교류하는 방법을 알수 있을 것이다. 흥미롭고 예상치 못한 방법으로 두 사람 모두 성장할 수 있을 것이고 관계는 한층 더 풍성해질 것이다.

북클럽 가이드

아래 질문들을 통해 독자들이 북클럽 만남을 가질 때마다 새롭고 흥미로운 시각으로 주위를 바라보고 이야기를 나눌 새로운 주제를 떠올릴 수 있길 바란다.

1. 책에 나온 일곱 가지 관계 중 가장 어려운 것은 무엇인가?

2. 이 책을 읽기 전 미니멀리즘의 개념이 어떤 것이라고 생각했나? 책을 읽고 나서 바뀐 점이 있는가?

3. 이 책을 읽기 전 사랑에 대한 정의는 어떻게 내렸나? 지금은 사랑을 어떻게 정의하는가?

4. 소유한 물건 중 내려놓기 두려운 것이 있는가? 과도한 물건을 없앰으로써 어떻게 더 의미 있고 즐거운 삶을 위한 자리를 만들 수 있을까?

5. 진실을 숨기는 것 또는 진실로부터 숨는 것은 어떻게 관계를 다치게 했는가? 그리고 진실을 드러내는 것은 어떻게 관계를 더욱 풍성하게 만들고 우리를 성장하게 만들까?

6. 가장 살아 있다고 느끼고 가장 좋은 모습이 되었다고 느낀 적은 언제인가? 살아 있지 않다고 느낀 적은 언제인가? 이런 감정을 느끼는 데 어떤 요인이 작용했을까?

7. 나의 오브제 A는 무엇인가? 그것을 왜 그토록 원하는가?

그것 없이 자신의 가치에 부합되게 사는 것이 가능할까?

8. 현재 경험하고 있는 재정적인 문제는 어떤 것인가? 소비 습관과 돈과의 관계를 개선하기 위해서 어떤 변화를 만들고 싶은가?

9. 의미 있는 무언가를 창작하는 데 방해가 되는 것은 무엇이고 어떻게 방해가 되는가? 인생에서 없애고 싶은 방해물 최소 세 가지를 적어 보자.

10. 현재 맺고 있는 모든 관계를 떠올려 보자. 그중에서 오늘 다시 새로 맺고 싶은 관계는 몇 개가 있을까? 그 이유는 무엇인가? 그리고 그중에서 끊어내고 싶은 관계는 몇 개가 있을까?

참고자료

1. Mary MacVean, "For many people, gathering possessions is just the stuff of life," Los Angeles Times, March 21, 2014.

2. Jamie Ducharme, "A lot of Americans are more anxious than they were last year, a new poll says," Time magazine, May 8, 2018.

3. Louis DeNicola, "How many credit cards does the average American have?" Credit Karma, October 6, 2020.

4. Jessica Dickler, "US households now have over $16,000 in credit card debt," CNBC, December 13, 2016.

5. Susan K. Urahn et al., "The complex story of American debt," The Pew Charitable Trusts, July 2015.

6. Jeff Cox, "Consumer debt hits new record of $14.3 trillion," CNBC, May 5, 2020.

7. Peter G. Stromberg, Ph.D., "Do Americans consume too much?" Psychology Today, July 29, 2012.

8. Margot Adler, "Behind the ever-expanding American dream house," NPR, July 4, 2006.

9. Hillary Mayell, "As consumerism spreads, Earth suffers, study says," National Geographic, January 12, 2004.

10. Eleanor Goldberg, "You're probably going to throw away 81 pounds of clothing this year," HuffPost, June 8, 2016.

11. John de Graaf et al., Affluenza, September 1, 2005.

12. John de Graaf et al., Affluenza, September 1, 2005.

13. Mark Whitehouse, "Number of the week: Americans buy more

stuff they don't need," The Wall Street Journal, April 23, 2011.

14. Maurie Backman, "Guess how many Americans struggle to come up with $400," The Motley Fool, June 5, 2016.

15. Maurie Backman, "62percent of Americans have less than $1,000 in savings," The Motley Fool, March 28, 2016.

16. Maurie Backman, "Guess how many Americans struggle to come up with $400," The Motley Fool, June 5, 2016.

17. Maurie Backman, "Guess how many Americans struggle to come up with $400," The Motley Fool, June 5, 2016.

18. Hassan Burke et al., "How do families cope with financial shocks?" The Pew Charitable Trusts, October 2015.

19. Robert Dietz, "Single-family home size increases at the start of 2018," Eye on Housing, May 21, 2018.

20. John Egan, "Guess how many U.S. storage facilities there are versus Subway, McDonald's and Starbucks," SpareFoot Blog, May 11, 2015.

21. "Almost 1 in 4 Americans say their garage is too cluttered to fit their car," Cision PR Newswire, June 9, 2015.

22. "University of California TV series looks at clutter epidemic in middle-class American homes," UCTV, n.d.

23. "Ten-year-olds have £7,000 worth of toys but play with just £330," The Telegraph, October 20, 2010.

24. University of Toledo, n.d.

25. Malavika Vyawahare, "If everyone lived like Americans, we would need five Earths," Hindustan Times, August 2, 2017.

26. Chris Stewart, "Dayton tops lists of drugged-out cities," Dayton Daily News, August 12, 2016.

27. Ferris Jabr, "Step inside the real world of compulsive hoarders," Scientific American, February 25, 2013.

28. David Hume, A Treatise of Human Nature, 1740.

29. Heidi Milia Anderson, Ph.D., "Dale's cone of experience,"

Queen's University Teaching and Learning Modules, n.d.

30. Will Rogers, "Too many people," BrainyQuote, n.d.

31. Jon Simpson, "Finding brand success in the digital world," Forbes, August 25, 2017.

32. Jasmine Enberg, "Global digital ad spending 2019," eMarketer, March 28, 2019.

33. "Edward Bernays, 'Father of public relations' and leader in opinion making, dies at 103," The New York Times, March 10, 1995.

34. David Kushner, "How Viagra went from a medical mistake to a $3-billion-dollar-a-year industry," Esquire, August 21, 2018.

35. "Should prescription drugs be advertised directly to consumers?" ProCon.org, October 23, 2018.

36. Emma Lake, "Who was Henry Gadsden?" The Sun, September 27, 2017.

37. Akira Tsujimura et al., "The clinical studies of sildenafil for the ageing male," PubMed.gov, February 2002.

38. "Listerine," Smithsonian Museum of Natural History, n.d.

39. Tony Long, "May 8, 1886: Looking for pain relief, and finding Coca-Cola instead," Wired, May 8, 2012.

40. Natalie O'Neill, "The graham cracker was invented to stop you from masturbating," New York Post, September 13, 2016.

41. Kurt Kohlstedt, "Clean city law: Secrets of São Paulo uncovered by outdoor advertising ban," 99퍼센트 Invisible, May 2, 2016.

42. Steve Patterson, "Non-rationality and psychedelics," StevePatterson.com, September 8, 2019.

43. Tami Luhby, "The American Dream is out of reach," CNN Money, June 4, 2014.

44. Bella M. DePaulo and Deborah A. Kashy, "Everyday lies in close and casual relationships," MIT.edu, May 27, 1997.

45. Karen U. Millar and Abraham Tesser, "Deceptive behavior in

social relationships: A consequence of violated expectations,"
APA PsycNet, 1988.

46. Romeo Vitelli, Ph.D., "When does lying begin?" Psychology
Today, November11, 2013.

47. Mary C. Lamia, Ph.D., "Shame: A concealed, contagious, and
dangerous emotion," Psychology Today, April 4, 2011.

48. Sam Harris, "It is always now," YouTube, June 28, 2012.

49. Joshua Fields Millburn and Ryan Nicodemus, "Minimalist
Diets," The Minimalists Podcast, June 10, 2019.

50. Daniel J. DeNoon, "Acne drug Accutane no longer sold,"
WebMD, July 8, 2009.

51. "Nearly half a million Americans suffered from Clostridium
difficile infections in a single year," CDC, February 25, 2015.

52. Asa Hakansson and Goran Molin, "Gut microbiota and
inflammation," National Center for Biotechnology Information,
June 3, 2011.

53. Jeanne F. Duffy, MBA, Ph.D., and Charles A. Czeisler, Ph.D.,
M.D., "Effect of light on human circadian physiology," Sleep
Medicine Clinics, June 1, 2009.

54. Kristen Stewart, "How to fix your sleep schedule," Everyday
Health, February 6, 2018.

55. N. E. Klepeis et al., "The National Human Activity Pattern
Survey (NHAPS): A resource for assessing exposure to
environmental pollutants," PubMed.gov, May–June 2001

56. Mariana G. Figueiro, Ph.D. et al., "The impact of daytime light
exposures on sleep and mood in office workers," Sleep Health
Journal, June 1, 2017.

57. "The pillars of good health," SEEDS Journal, n.d.

58. "The first photos: Daylight revealed widespread damage from 2019
Memorial Day storms," Dayton Daily News, n.d.

59. Bonnie Meibers, "Oregon District mass shooting: What you

need to know," Dayton Daily News, August 10, 2019.

60. "Kenosis," Merriam-Webster.com, n.d.

61. Kimberly E. Kleinman et al., "Positive consequences: The impact of an undergraduate course on positive psychology," ScientificResearch.com, November 25, 2014.

62. Zachary Crockett, "The 2019 drunk shopping census," The Hustle, March 24, 2019.

63. William MacAskill, "Effective altruism is changing the way we do good," EffectiveAltruism.org, n.d.

64. Cornelius Frolik, "Grocery targets Dayton food desert: 'We've got to do something about it,'" Dayton Daily News, May 16, 2018.

65. Zack Friedman, "78% of workers live paycheck to paycheck," Forbes, January 11, 2019.

66. Kari Paul, "The 'true state' of Americans' financial lives: Only 3 in 10 are 'financially healthy,'" MarketWatch.com, November 16, 2018.

67. Kari Paul, "The 'true state' of Americans' financial lives: Only 3 in 10 are 'financially healthy,'" MarketWatch.com, November 16, 2018.

68. Neil Gabler, "The secret shame of middle-class Americans," The Atlantic, May 2016.

69. "Report on the economic well-being of U.S. households in 2018," FederalReserve.gov, May 2019.

70. Christopher Maloney and Adam Tempkin, "America's middle class is addicted to a new kind of credit," Bloomberg, October 29, 2019.

71. "Bankruptcy Statistics," Debt.org, n.d.

72. Barri Segal, "Poll: Only 7% of U.S. debtors expect to die in debt," CreditCards.com, January 8, 2020.

73. Anthony ONeal, Debt-Free Degree, October 7, 2019.

74. Nanci Hellmich, "Retirement: A third have less than $1,000 put away," USA Today, March 18, 2014.

75. Morningstar.com, n.d.

76. "Some primates share, others (hint, hint) are stingy," LiveScience.com, February 2, 2010.

77. Caitlin Dewey, "6 in 10 of you will share this link without reading it, a new, depressing study says," The Washington Post, June 16, 2016.

78. "Smartphone users check mobiles 150 times a day: Study," The Economic Times, February 11, 2013.

79. "Cell phone addiction: The statistics of gadget dependency," King University Online, July 27, 2017.

80. Nicole F. Roberts, "How much time Americans spend in front of screens will terrify you," Forbes, Jan 24, 2019.

81. "Smartphone addiction facts & phone usage statistics: The definitive guide," Bankmycell.com, 2020.

82. "Z-file: Executive insights," Zogby Analytics, n.d.

83. Scott Simon, "Ronny Chieng on 'Asian comedian destroys America!'" NPR, December 14, 2019.

84. Alan Pearcy, "Most employed Americans work more than 40 hours per week," Ragan's PR Daily, July 12, 2012.

85. Seth Godin, "Wasting it," Seth's Blog, February 23, 2020.

86. Shifrah Combiths, "Your smartest friends are using their phone's black-and-white setting, here's why," Apartment Therapy, April 8, 2019.

87. Joe Pinkstone, "How smartphone addiction changes your brain: Scans reveal how grey matter of tech addicts physically changes shape and size in a similar way to drug users," Daily Mail, February 18, 2020.

88. Carl Jung, Psychological Types, October 1, 1976.

89. "MBTI Basics," The Myers & Briggs Foundation, n.d.

90. "Rainn Wilson and Reza Aslan on loneliness, forgiveness, and 'Metaphysical Milkshake,'" Press Play with Madeleine Brand, KCRW, September 25, 2019.

91. Shane Parrish, "The evolutionary benefit of friendship," Farnam Street, September 2019.

92. Travis Bradberry, "How successful people handle toxic people," Forbes, October 21, 2014.

93. Shout out to Rob Bell for this insight.

94. David Robson, "There really are 50 Eskimo words for 'snow,'" The Washington Post, January 14, 2013.

덜 소유하고 더 사랑하라
소유를 버리고 여유를 만나다

펴 낸 날 | 초판 1쇄 2023년 11월 30일
지 은 이 | 조슈아 필즈 밀번, 라이언 니커디머스
옮 긴 이 | 이주현
책 임 편 집 | 이윤형
편   집 | 백지연, 이정
표지디자인 | 문성미

펴 낸 곳 | 데이원
출 판 등 록 | 2017년 8월 31일 제2021-000322호
편   집   부 | 070-7566-7406, dayone@bookhb.com
영   업   부 | 070-8623-0620, bookhb@bookhb.com
팩   스 | 0303-3444-7406

덜 소유하고 더 사랑하라 © 조슈아 필즈 밀번, 라이언 니커디머스, 2023

ISBN 979-11-6847-619-6 03840

* 잘못된 책은 구입하신 서점에서 바꾸어 드립니다.
* 이 책의 출판권은 지은이와 펜슬프리즘(주)에 있습니다.
  내용의 전부 또는 일부를 재사용하려면 반드시 양측의 서면 동의를 받아야 합니다.
* 데이원은 펜슬프리즘(주)의 임프린트입니다.